हृषीकेश सुलभ

कथाकार, नाटककार, रंग-समीक्षक हृषीकेश सुलभ का जन्म 15 फरवरी, 1955 को बिहार के छपरा (अब सीवान) जनपद के लहेजी नामक गाँव में हुआ। आरम्भिक शिक्षा गाँव में हुई और अपने गाँव के रंगमंच से ही आपने रंग-संस्कार ग्रहण किया। आपकी कहानियाँ विभिन्न पत्र-पत्रिकाओं में प्रकाशित और अंग्रेज़ी सहित विभिन्न भारतीय भाषाओं में अनूदित हो चुकी हैं।

आप रंगमंच से गहरे जुड़ाव के कारण कथा-लेखन के साथ-साथ नाट्य-लेखन की ओर उन्मुख हुए और भिखारी ठाकुर की प्रसिद्ध नाट्यशैली *बिदेसिया* की रंगयुक्तियों का आधुनिक हिन्दी रंगमंच के लिए पहली बार अपने नाट्यालेखों में सृजनात्मक प्रयोग किया। विगत कुछ वर्षों से आप *कथादेश* मासिक में रंगमंच पर नियमित लेखन कर रहे हैं।

आपकी प्रकाशित कृतियाँ हैं : *अग्निलीक, दाता पीर* (उपन्यास); *तूती की आवाज़* (*पथरकट, वधस्थल से छलाँग* और *बँधा है काल* एक जिल्द में शामिल) *वसंत के हत्यारे, हलन्त* (कहानी-संग्रह); *प्रतिनिधि कहानियाँ* (चयन); *अमली, बटोही, धरती आबा* (नाटक); *माटीगाड़ी* (शूद्रक रचित *मृच्छकटिकम्* की पुनर्रचना), *मैला आँचल* (फणीश्वरनाथ रेणु के उपन्यास का नाट्यान्तर), *दालिया* (रवीन्द्रनाथ टैगोर की कहानी पर आधारित नाटक); *रंगमंच का जनतंत्र* और *रंग-अरंग* (नाट्य-चिन्तन)।

सम्पर्क : पीरमुहानी, मुस्लिम क़ब्रिस्तान के पास, कदमकुआँ, पटना–800 003

ई-मेल : hrishikesh.sulabh@gmail.com

दाता पीर

हृषीकेश सुलभ

राजकमल पेपरबैक्स

राजकमल पेपरबैक्स में
पहला संस्करण : जनवरी, 2022
दूसरा संस्करण : मई, 2023

राजकमल पेपरबैक्स : उत्कृष्ट साहित्य के जनसुलभ संस्करण

राजकमल प्रकाशन प्रा.लि.
1-बी, नेताजी सुभाष मार्ग, दरियागंज
नई दिल्ली-110 002
द्वारा प्रकाशित

शाखाएँ : अशोक राजपथ, साइंस कॉलेज के सामने, पटना-800 006
पहली मंजिल, दरबारी बिल्डिंग, महात्मा गांधी मार्ग, प्रयागराज-211 001

वेबसाइट : www.rajkamalprakashan.com
ई-मेल : info@rajkamalprakashan.com

विकास कंप्यूटर एंड प्रिंटर्स
ट्रॉनिका सिटी-201 102
द्वारा मुद्रित

मूल्य : ₹299

DATA PEER
Novel by Hrishikesh Sulabh

ISBN : 978-93-92757-11-2

वल्लरी-नमित
वसुन्धरा-विक्रम
और
वत्सला-स्वप्निल
के लिए

शुद अज़ मोमिन बगर्दू बाँग-ए-तकबीर
ज़ि गब्र आवाज़ नारायन हवा गीर

—अमीर ख़ुसरो

यह वह समय था जब मुसलमानों की अज़ान की आवाज़ आसमान की ओर जा रही थी और हिन्दुओं के मुँह से नारायण का स्वर वातावरण में गूँज रहा था।

सब कुछ धुआँ-धुआँ था।

कोठरी, कोठरी के सामने बरामदे का छोटा सा टुकड़ा,...बरामदे के सामने बाँस के ठिंगने खम्भों के सहारे पतहर की टाट से घिरा आँगन। चारों ओर धुआँ भरा था और आँगन के बाहर बेतरतीब उगी झाड़ियों के बीच गुज़रती पगडंडी पर और क़ब्रिस्तान के भीतर चारों ओर कुहासा भरा था। धुआँ और कुहासा दोनों ने ठंड के साथ मिल कर सूरज को दबोच लिया था।

बरामदे में, जहाँ कोयला से जलने वाले चूल्हे पर खाना पकता, वहाँ कालिख ही कालिख थी। चूल्हे में गोंइठा के टुकड़ों के ऊपर कोयला बोझने के बाद छोटी ने आग सुलगा दी थी। सुलगती हुई आग धुआँ उगल रही थी। भीतर-बाहर,... चहुँदिस धुआँ भर चुका था।

गैस वाला एक-आँचिया चूल्हा पिछले कई महीनों से रखा हुआ था। बस गैस सिलेंडर का इन्तज़ार था। चूल्हा तो मोईन कबाड़ी की दुकान से ख़रीद लाया था फजलू। मरम्मत में भी पैसे लगे, पर गैस सिलेंडर के बग़ैर सब जाया हो रहा था।

बरामदे में बैठ-बैठे सत्तार मियाँ सिगरेट फूँक रहे थे। उनकी नज़रें आँगन में टिकी थीं।

बड़ी आँगन के एक कोने पर नाबदान के पास रखे पत्थर के एक चौकोर टुकड़े की पटरी पर बैठी नहा रही थी। प्लास्टिक की बाल्टी से पानी निकाल अपनी देह पर डालती और ठंड से सिसकारी भरती। वह सिर्फ़ पेटीकोट पहने हुई थी। ऊपर की देह ख़ाली थी। उसकी गोरी-नंगी पीठ दिख रही थी। जब कभी घुटनों से छातियाँ दबतीं, उसकी पाँजर में चाँद के आधे-अधूरे दूधिया गोले उग आते। बड़ी ने जैसे ही पेटीकोट का इज़ारबन्द ढीला किया, उसकी पीठ पर नदी की तरह उभरी

गहरी रेखा नीचे आकर और गहरी होती हुई पत्थर की पटरी और उसके कूल्हों की खाई में लोप हो गई।...जब वह पीठ पर पानी उड़ेलती उसकी पीठ की नदी में बाढ़ आती और हरहराते हुए पानी नीचे आता और पत्थर की पटरी से टकरा कर उसके कूल्हों की खाई में उतर जाता।...सब कुछ धुआँ-धुआँ था और कुछ भी साफ़ नहीं दिख रहा था फिर भी, सत्तार मियाँ सब कुछ साफ़-साफ़ देख पा रहे थे, सोच पा रहे थे। बिलकुल शीशे की मानिन्द साफ़-शफ़्फ़ाफ़।

सत्तार मियाँ इस धुएँ का खेल समझ रहे थे। यह सब छोटी की हरमज़दगी थी। जैसे ही बड़ी ने नहाने का ताम-झाम शुरू किया, उसने चूल्हे में आग सुलगा दी ताकि धुआँ पसर जाए।...और कुहासा तो था ही।

बीच अगहन महीने की भोर थी।

भीतर कोठरी में सोयी रसीदन कुकुर खाँसी के मरीज़ की तरह ढाँय-ढाँय खाँस रही थी। सूखी खाँसी। बिना बलगम वाली। कोठरी में अँटा-गँसा धुआँ फेफड़े में जाकर तूफ़ान मचा रहा था। वह छोटी को पुकारना चाहती थी, पर पुकार नहीं पा रही थी। आवाज़ थी कि हलक़ में ही अटक जाती। रसीदन को यह मालूम नहीं था कि बाहर सत्तार मियाँ बैठे हैं। सत्तार मियाँ को मालूम था कि रसीदन भीतर है। वह उसकी खाँसी की आवाज़ से बे-परवाह बैठे थे। पर वह सारी बातों से बेपरवाह नहीं थे। सब समझ-बूझ रहे थे और मौक़े की तलाश में थे। उनका सोचना था कि मरद वही, जो लोहा गरम होकर लाल हो जाए तो हथौड़ा चलाए। जब सत्तार मियाँ आ रहे थे, चौथी गली के मुहाने पर ही उन्हें साबिर मिला था इधर से जाते हुए।

सब समझ रहे थे सत्तार मियाँ। उन्हें पहले से ही शक था साबिर के बारे में और अब उनका यह शक यक़ीन में बदलता जा रहा था। उन्हें यक़ीन होने लगा था कि साबिर इन दिनों बड़ी पर डोरे डाल रहा है। सत्तार मियाँ के होंठ बुदबुदाए, "...यह बड़की साली कम हरामी थोड़े ही है! एक नम्बर की खिलाड़ी है। इल्ज़ाम किसी और के सिर पर और मौज कहीं और! इतनी सुबह,...यहाँ साली हाड़-हाड़ काँप रही है और इसको नहाने की पड़ी है। मानो ज़ियारत करने जाना हो।"

बड़ी नहा चुकी थी। उसने ऊपर से पेटीकोट डाला। गीला पेटीकोट नीचे गिरा। उसे वहीं छोड़, स्तनों के ऊपर इज़ारबन्द बाँध कर उसने आँगन पार किया। सत्तार मियाँ दीदे फाड़े...बरौनियों को ताने उसे निहारते रहे। बड़ी ने सत्तार मियाँ की ओर

देखा तक नहीं। उनके वहाँ होने को नकारती हुई कोठरी में चली गई।

चूल्हे की आग सुलग चुकी थी। कोयले दहक रहे थे। चूल्हे के आस-पास, बरामदे में, आँगन में धुआँ मिट चुका था। कुहासा था। लाल अंगारों की रोशनी दमक रही थी। सत्तार मियाँ ने आवाज़ लगाई, "चुन्नी!...ऐ चुन्नी!"

छोटी को सब चुन्नी बुलाते। यही उसका नाम था। चुन्नी ने कोई जवाब नहीं दिया। वह चूल्हा सुलगा कर जो ग़ायब हुई, सो ग़ायब थी।

चुन्नी से कोई जवाब न पाकर सत्तार मियाँ ने इधर-उधर नज़रें फिराईं। चुन्नी का कोई अता-पता नहीं था। फुरगुदिया चिरई थी चुन्नी। पल में यहाँ, तो छिन में वहाँ। दुपट्टा लहराती फुर-फुर उड़ती फिरती। ज़बान तो लवँगिया मिरचाई जैसी तेज़। अपनी बोली से डंक मारती थी। सत्तार मियाँ का जी करता चबा जाएँ, पर...।

कोठरी से बड़ी निकली।

चूल्हे की आग अब दहकने लगी थी। दहकते चूल्हे पर एक नज़र डाल कर बड़ी आँगन के टाट तक गई और उचक कर टाट के उस पार देखा। फिर बड़बड़ाती हुई लौटी और चूल्हे पर पानी से भरा पतीला चढ़ा दिया। सत्तार मियाँ की उपस्थिति से निरपेक्ष वह चुन्नी की अनुपस्थिति पर लगातार बड़बड़ा रही थी।

"इतने बड़े पतीले में क्या पका रही हो?" सत्तार मियाँ ने पूछा।

"अपना गोस पका रहे हैं। खाओगे?" बड़ी ने सत्तार मियाँ की ओर देखा। चूल्हे से बाहर निकल कर दहकते अँगारे उसकी आँखों में उतर आए थे।

पहले सकपकाए सत्तार मियाँ। फिर उनके भीतर चूल्हे की तरह अँगारे दहकने लगे। कुछ पलों तक वह भीतर ही भीतर छटपट करते रहे। फिर ख़ुद ही अपने भीतर के दहकते अँगारों पर पानी डाल कर सिराया और पूछा, "चाय नहीं बनेगी क्या आज?"

"दूध नहीं है।" बड़ी ने सत्तार मियाँ की ओर देखे बिना जवाब दिया और वह पीतल के गहरे छीपा में चावल धोने लगी।

"काली ही पिला दो अमीना।" सत्तार मियाँ ढिठाई के साथ डटे हुए थे।

बड़ी का नाम अमीना था।

अमीना को रसीदन और फजलू ज़्यादातर बड़ी ही बुलाते। कभी-कभार जब बेटी पर लाड़-दुलार उमड़ता तब रसीदन उसे अमीना बुलाती। सत्तार मियाँ भी बड़ी

ही बुलाते थे अक्सर। बहुत दिनों बाद उनके मुँह से अपना नाम सुन कर पहले तो चौंक पड़ी बड़ी और फिर कुछ नरम हुई। बिना कुछ बोले उसने बड़ा पतीला चूल्हे से नीचे उतार दिया। बिना हत्थे वाली चाय की प्याली से पानी नाप कर अल्युमिनियम की छोटी पतीली में डाला और उसे चूल्हे पर रख दिया।

अलग-अलग रंगों और आकार वाली प्यालियों में चाय छान कर अमीना ने पहले सत्तार मियाँ को चाय दी। फिर भीतर कोठरी में जाकर एक प्याली रसीदन को दे आई। तीसरी प्याली ख़ुद लेकर चूल्हे के पास बैठ गई। उसकी पीठ सत्तार मियाँ की ओर थी। वह चाय की चुस्की भरती और प्याली नीचे रख कर दोनों हथेलियाँ पतीले की पेंदी और चूल्हे के बीच से झाँकती आग की ताप से सेंकने लगती।

सत्तार मियाँ ने सिगरेट सुलगा ली थी। वह चाय की चुस्कियों से सिगरेट के धुएँ की जुगलबन्दी करते हुए अमीना की पीठ निहार रहे थे। समीज से ढकी थी उसकी पीठ, पर सत्तार मियाँ की आँखें उसे उधाड़ चुकी थीं।

हाथ में चाय की ख़ाली प्याली लिये रसीदन कोठरी से बाहर निकली। सत्तार मियाँ को चाय, सिगरेट और बड़ी को निहारने में मगन देखा। बिफर पड़ी, "इस हरामी को और कवनो जगह नहीं मिलती चाय पीने के लिए कि भोरे-भिनसारे आकर बैठ जाता है। और तू इस कुत्ते को चूल्हे के पास बिठा कर चाय पिला रही है?"

सत्तार मियाँ ने बिना रसीदन की ओर देखे चाय की चुस्की, सिगरेट की कश और अमीना की पीठ को घूरना जारी रखा। अमीना ने अपनी अम्मी की ओर देखा। वह एक झटके के साथ उठी। अम्मी के हाथों से प्याली लेकर नाबदान के पास जाकर रख दिया। बाल्टी से पानी निकाल कर बधना में भरा और उसे अपनी अम्मी के हाथों में पकड़ा दिया। रसीदन ओसारे से आँगन में आई। चारों ओर नज़रें फिरा कर जायज़ा लिया और फिर बड़ी से पूछा, "चुन्नी?"

बड़ी ने कोई जवाब नहीं दिया। सत्तार मियाँ बोले, "वो तो चूल्हा सुलगा कर जो गई, सो अब तक नहीं लौटी।"

रसीदन मुड़ी। जलती आँखों से सत्तार मियाँ को देखा। बोली, "तुमसे कौन पूछा? बेमतलब जीभ न चलाया करो।...और कुत्ते की तरह दुरदुराने के बाद भी हमारे घर-आँगन में आकर दुम हिलाना बन्द करो।"

फिर अचानक जैसे कोई ज़लज़ला आ गया हो उसने पानी से भरा बधना सत्तार

मियाँ की ओर फेंका। बधना नाचते हुए सत्तार मियाँ के घुटने से टकराया। पानी छलक कर चारों ओर फैल गया। सत्तार मियाँ तो भीगे ही, कुछ छींटे बड़ी पर भी गिरे और कुछ चूल्हे पर चढ़े पतीले पर। पतीले की बाहरी परत से बूँदों के टकराते ही छन्न की आवाज़ हुई।

पतीले के खौलते अदहन में अमीना चावल मिला चुकी थी। सत्तार मियाँ का दायाँ घुटना ज़ख़्मी हुआ। बधना टकराते ही ठक की हल्की आवाज़ हुई थी। सत्तार मियाँ ने उफ़ तक नहीं किया। होंठों को दाँतों से दाब कर दर्द सह लिया। अपनी लुंगी हटा कर देखा। घुटना आधी उँगली भर कट गया था। ख़ून रिसना अभी चालू नहीं हुआ था।

ठंड में ख़ून रिसने में थोड़ा समय लगता है।

रसीदन आँगन में खड़ी थी। अमीना ने बधना उठाया और फिर से पानी भर कर अपनी अम्मी के हाथों में दिया। रसीदन ने दाँत पीसते हुए कहा, "अरे हरामी जाएगा यहाँ से या...।"

सत्तार मियाँ उठे। उठते हुए उनके दायें घुटने में एक ज़ोरदार चिलक उठी। घुटना सिर्फ़ कटा ही नहीं था बल्कि, चोट भी खा गया था। सत्तार मियाँ को उठते हुए देख कर रसीदन फ़ारिग़ होने बाहर निकल गई। सत्तार मियाँ ने अमीना से कहा, "फजलू को भेज देना। बकरे का गोस भिजवा दूँगा उसके हाथ। पर देर न हो। देर होने पर अचौनी-पचौनी और छाँट ही मिलेगा।"

अमीना ने कोई जवाब नहीं दिया। वह चूल्हे से पतीला उतार कर भात से माँड़ पसाने में लगी रही।

सत्तार मियाँ लँगड़ाते हुए आँगन में आए। निकलने से पहले वे पतहर की टाट में बाँस से बँधे पर्दे को हटाते हुए पल भर के लिए रुके। पर्दा सिनेमा के पोस्टर वाले फ्लैक्स से बना था। उस पर दीपिका को चूमते हुए शाहरुख़ की तस्वीर बनी थी। चूमते हुए शाहरुख़ को निहारा। "नसीब वाले हो मियाँ"...बड़बड़ाते हुए सत्तार मियाँ ने बहिर्गमन किया।

रसीदन का परिवार मुजाविरों का परिवार था। मुजाविरी ही पेशा था। क़ब्रिस्तान के मज़ारों के फ़ातिहा लेना। मुर्दों के दफ़्न के लिए क़ब्रें खोदना। दफ़्न के लिए आए लोगों की ख़िदमत करना। नमाज़-ए-जनाज़ा के लिए इन्तज़ाम करना। अब लोग पहले की तरह सब कुछ साथ लेकर नहीं आते। बस ख़बर भिजवा देते और रसीदन सारे इन्तज़ाम करती। बस एक शब-बरात जब आती रसीदन के घर की चहल-पहल बढ़ जाती। शाबान माह[1] की चौदहवीं रात। हफ़्ता भर पहले से क़ब्रिस्तान के मज़ारों की साफ़-सफ़ाई में पूरा परिवार लग जाता। ख़ैरात की आमद से घर भरा-भरा लगने लगता। कुछ पूँजी लगा कर वह दर्जन के भाव अगरबत्तियों के डब्बे ख़रीद लाती। क़ब्रिस्तान के गेट पर दुगनी क़ीमत में डब्बे बिकते। शर्बत-पानी का इन्तज़ाम रखती। लोग पीते और बिना माँगे पैसे दे जाते। और दूसरा सहारा था हज़रत दाता पीर मनिहारी का।

क़ब्रिस्तान के भीतर, मस्जिद के पिछवाड़े थी हज़रत दाता पीर मनिहारी का मज़ार। मनिहारों के ख़ानदान से थे दाता पीर मनिहारी। घर-घर घूम कर औरतों को चूड़ियाँ पहनाना और साज-सिंगार के सामान बेचना मनिहारों-मनिहारिनों का पेशा था।

दाता पीर मनिहारी का असली नाम अब किसी को नहीं मालूम। अल्लाह ताला ने उन्हें ग़ज़ब का गला दिया था। उनके गले से निकलती आवाज़ में उनकी रूह शामिल होती। गाते तो लगता शहद की चाशनी आसमान से तार बाँध कर बूँद-बूँद...आहिस्ता-आहिस्ता टपक रही हो। उनके गाने और उनकी मीठी ज़बान के क़िस्से रसीदन के नाना सुनाया करते थे। उसके नाना ने भी ये क़िस्से अपने बुज़ुर्गों से सुने थे।

...एक क़िस्सा मशहूर था पीर मनिहारी की बाबत कि वह किसी दौलतमंद शिया की बेटी पर फ़िदा हो गए थे। हर हफ़्ते उसके घर चूड़ियाँ पहनाने जाया करते थे। जब वे उसके घर पहुँचते ज़नानख़ाने वाले हिस्से के आँगन में औरतों की भीड़ जुट जाती। अपने सारे काम-धंधे छोड़कर औरतें बदहवास भागतीं। चाहे ब्याहता हों या क्वारियाँ, सबकी हालत एक जैसी होती। चूड़ियों और साज-सिंगार के दीग़र साज़ो-सामान के अलावा उनके गले से फूटती शीरीं आवाज़ की दीवानगी का आलम यह था कि औरतें गोद के बच्चों या बावर्चीख़ाने में चूल्हे की आँच पर

1. हिजरी कैलेंडर का आठवाँ महीना।

चढ़ी बटलोइयों तक को भूल जातीं। न कोई साज़, न बाज। बस बोल, गला और रूह। वे गाते,

सैयाँ रे बिदेसी घर आजा रे,
हो सावन में आजा रे।
मन की तलैया सूखी पड़ी है,
एक दो बूँद बरसा जा रे।
जोबन डाटूँ डँटे ना मोरा,
जोबन की हूक सुन आ जा रे।
सैयाँ रे बिदेसी घर आजा रे।[1]

ज़नानख़ाने में महफ़िल जम जाती। घर के मर्दों को अच्छी तरह मालूम होता कि अगर मनिहार और बिसाती ज़नानख़ाने में घुस गए तो तब तक औरतें उनकी सुनने से रहीं, जब तक वह अपनी दुकान समेट कर बाहर न निकल जाएँ।...और उसमें भी यह मनिहार तो ख़ास था। औरतों की पसन्द के जादू भरे गीत गाकर उन्हें मोह लेने वाला।

दाता पीर मनिहारी की नौजवानी के दिन थे। ताम्बे-सी ललाई लिये लम्बी काया। ख़ूबसूरत नाक-नक़्श, अँगुठिया केशों की लम्बी-लम्बी लटें और आँखों में सुरमा। अपने हुनर से औरतों की भूख-प्यास हर लेने वाले इस मनिहारी के कंठ से जब बन्ना और सहाना के बोल फूटते, हवा के झोंके झाँझ की तरह बजते। बीच ज़नानख़ाने से उनकी आवाज़ उठती और मर्दों की बैठकों तक जा पहुँचती।

मेरे बन्ने की बात न पूछो, मेरा बन्ना हरियाला है।
हुस्न के चर्चे उसके दम से, रौनक़े आलम उसके क़दम से
नूर के साँचे में क़ुदरत ने, उसको कुछ ऐसा ढाला है।
मेरे बन्ने की बात न पूछो, मेरा बन्ना हरियाला है।[2]

धीरे-धीरे वह लड़की के इश्क़ में इस तरह डूबे कि सुध-बुध खोने लगे।... पर उनकी शीरीं आवाज़ की सारी जादूगरी धरी की धरी रह गई। एक दिन जाड़े

---

1. अमीर ख़ुसरो की रचना।
2. वही,

की दोपहरी थी। वे ज़नानख़ाने में गए। मजलिस जमी। उस दिन उन्हें पता चला कि लड़की का ब्याह तय हो गया है। अगले हफ़्ते निकाह है। लड़की ने उनकी मुहब्बत ठुकरा दी थी। उन्होंने जोग पढ़ा। अपनी ओर से तोहफ़े में सुहाग की चूड़ियाँ दीं। सहाना गाया,

लब भर मोती पलंग पर डारो जी
आज बाबा प्यारी को ख़ूब सँवारो जी।
बाबा की प्यारी, अम्मा की दुलारी जी
काजर आँजो अँखियन, नज़र उतारो जी।
आज बाबा प्यारी को ख़ूब सँवारो जी।[1]

उन पर इश्क़ का जुनूँ इस क़दर तारी हुआ कि वह नीम पागल हो गए। वे दर-दर भटकते। किसी के दरवाज़े पर लड़की देखते तो रुक कर लड़की के ब्याह में गाए जाने वाले गीत गाने लगते।

हरे हरे बाँस कटावो मोरे अंगना,
नीका मंडवा छवाओ रे।
परबत बाँस मँगाओ मोरे बाबुल,
ऊँचा मंडवा छवाओ रे।
मंडवे ऊपर कलश बिराजे,
देखे राजा राव रे।
जैसो लाडली बिटिया रे बाबुल,
वैसा ही ताज रचाओ रे।
हरे हरे बाँस कटावो मोरे अंगना,
नीका मंडवा छवाओ रे।[2]

इस पागलपन के दौरान उन्हें कटिहार ज़िले के बारसूई के पास रहमानपुर में पीर हज़रत शाह हफ़ीज़ुद्दीन लतीफ़ी के ख़ानक़ाह में ठौर मिला। इसी ख़ानक़ाह में उनकी मुलाक़ात पीर के मुरीद मौलाना समीरउद्दीन से हुई और उनके साथ वे

1. सहाना : लोकगीत।
2. अमीर ख़ुसरो की रचना, जो अब अपना रूप बदल कर लोकगीत के रूप में प्रचलित है।

कटिहार के मनिहारी चले गए। उन्होंने मनिहारी में बाबा हज़रत जीतनशाह रहमतुल्लाह के मज़ार पर हाज़िरी लगाई। मौलाना समीरउद्दीन ने उन्हें अपना शागिर्द बना लिया था। उन्हीं की देख-रेख में लिखना-पढ़ना सीखा और सूफ़ी साहित्य पढ़ा। पीर हज़रत शाह हफ़ीज़ुद्दीन लतीफ़ी की अरबी में लिखी किताब पढ़ने के बाद हज़रत दाता पीर मनिहारी ने वह इलाक़ा ही छोड़ दिया जहाँ उनकी माशूक़ा रहती थी। इस किताब में उनके उस्ताद के पीर ने लिखा था कि 'अगर किसी पराई औरत से मुहब्बत हो जाए और छुटकारे का कोई उपाय न सूझता हो तो उस इलाक़े को ही छोड़ दो', सो वे वहाँ से निकल भागे। भटकते-भटकते हज़रत शेख़ शहाबउद्दीन पीर जगजोत के मज़ार कच्ची दरगाह पहुँचे। वहाँ उनकी मुलाक़ात पीर मुसीह से हुई। पीर मुसीह आग की इबादत करने वाले पीर थे। पीर मुसीह के साथ वे ज़ियारत पर निकले और मज़ारों-ख़ानक़ाहों की ख़ाक छानते रहे। एक सुबह पीर मुसीह ने इस फ़ानी दुनिया को अलविदा कहा और उन्हें लगा कि वे फिर अनाथ हो गए। पीर मुसीह के गुज़रने के बाद पीर मनिहारी पर फिर पागलपन दौरा पड़ा और वे महीनों भटकते फिरे। भटकते-भटकते एक दिन इस क़ब्रिस्तान में पहुँचे और यहीं बस गए। लम्बी उम्र जी कर यहीं दफ़्न हुए।

हज़रत दाता पीर मनिहारी के मज़ार पर चूड़ियाँ चढ़ाने की रवायत थी। नकद रक़म कम ही मिलती, पर चूड़ियों से टोकरी भर जाती। रसीदन इन चूड़ियों को कदमकुआँ की चूड़ी गली में आढ़तियों के यहाँ औने-पौने दामों में बेच आती। उनके मज़ार पर ज़ियारत करने वाले जब आते तो कुछ न कुछ मिलता। अगर किसी की मिन्नत पूरी हुई हो, तो कभी-कभार कुछ ऐसा भी मिल जाता जिसकी उम्मीद न रहती। शब-बरात की रात रसीदन के परिवार के लिए ख़ुशियों की रात होती। क़ब्रिस्तान की धरती देवदूतों से पट जाती। सारी रात दुआएँ बँटतीं यहाँ,... ज़िन्दगी की दुआएँ।

अपने पति नसीर मियाँ की मौत के बाद उसे सारा ज़िम्मा अपने माथ पर लेना पड़ा था। बच्चे छोटे थे उस समय। चुन्नी दस की थी। फजलू उससे दो-ढाई साल बड़ा था यानी बारह-साढ़े बारह का। जाने कैसा अज़ाब आया कि उसका एक पाँव सूखने लगा। कहाँ से लाती दवा-दारू के पैसे? पेट पालती कि डॉक्टर-हकीम की झोली भरती? ख़ैराती दवाखाने से लाकर तेल मलती और फँकिया खिलाती रह गई।

फजलू के नसीब में लाँगड़ होना था, सो होकर रहा।...पर अल्लाह का करम कि एक पाँव भले ही उसने ख़राब किया, पर बाजुओं में अथाह ताक़त भर दी। ऐसी ताक़त कि एक दिन में तीन-चार क़ब्रें भी खोदनी पड़ें तो बिना दम लिए खोद लेता और अकेली बैसाखी के सहारे पूरा पटना धाँग आता। बड़ी अमीना पन्द्रह साल की थी। वही रसीदन के पीछे-पीछे फिरकी की मानिंद डोलती। अमीना ही अपनी औक़ात भर हर काम में रसीदन का हाथ बँटाती। आज भी वही सँभालती है सब कुछ। पीठ पर खड़ी रहती है। चुन्नी तो बस चुन्नी ही है। हवा के हल्के झोंके से भी लहराने लगती है।

रसीदन ने क़ब्रिस्तान के भीतर की पगडंडी को पार किया। चारों ओर घना कुहासा था। यह पगडंडी दायीं ओर मुड़ती और क़ब्रिस्तान की पश्चिमी दीवार के पास जाकर गुम हो जाती। इस दीवार के पास की ज़मीन ऊबड़-खाबड़ थी।...दूब और जंगली झाड़ियों से पटी हुई। सेमल, सिहोर और कदम्ब के कुछ पेड़ थे। बीच में कहीं-कहीं ज़मीन समतल और चिकनी भी थी, जिस पर दिन भर बच्चे पिट्टो और चोर-सिपाही खेलते रहते। लड़कियाँ इक्कट-दुक्कट खेलतीं। बड़े बच्चे आते और जुआ खेलने के लिए छोटे बच्चों को पीछे धकेल कर झाड़ियों के पास कर देते थे। इस पश्चिमी दीवार के पास पैख़ाना बना था जिसमें टाट का पल्ला लगा था।

पिछले साल सरकार ने क़ब्रिस्तान की हदबन्दी करवा कर चारों ओर से चहारदीवारी उठवा दी थी। एक बड़ा-सा फाटक भी बना। क़ब्रिस्तान के भीतर बनी नूरानी मस्जिद में रँगाई-पोताई हुई। वज़ू करने के लिए पहले से गड़े चाँपाकल के बगल में दर्जन भर नल लगे। मस्जिद के पीछे वाले हिस्से में बोरिंग हुई, पानी की टंकी बैठायी गई और उसे मोटर से जोड़ा गया। फाटक से सटी एक कोठरी बनी। जब से से कोठरी बनी, फजलू इसी में रहता है।

सब कुछ बना, पर रसीदन के घर में एक पक्का पैख़ाना नहीं बन सका। यहाँ तक कि इस कच्चे पैख़ाने में एक दरवाज़ा भी नहीं लगवाया कमेटी वालों ने। वह कमेटी वालों से मिन्नतें करती रह गई, पर उसकी किसी ने न सुनी। बरसात और जाड़े में रात-बिरात आने-जाने की परेशानी को कोई समझने-बूझने को तैयार नहीं था।

रसीदन के चेहरे से कुहासे में लिपटी शीतलहर टकरा रही थी। रेंगनी और हुरहुर की कँटीली झाड़ियों के बीच से राह बनाती रसीदन करंज की घुटने भर ऊपर

उठी झाड़ियों तक पहुँची। वह फ़ारिग़ होने के लिए पैख़ाने में घुसने ही वाली थी कि शिहोर के पेड़ पर बैठा सफ़ेद डैनों वाला एक पंछी अचानक उड़ा और रसीदन के माथ के ऊपर से निकल गया। उसके डैनों की तेज़ फड़फड़ाहट से पल भर के लिए चौंक गई रसीदन। ये पंछी साल भर नहीं दिखते। अक्सर जाड़ों में जाने कहाँ से आ जाते और क़ब्रिस्तान के पेड़ों पर अपना डेरा जमा लेते। गर्मियाँ शुरू होते ही अचानक किसी दिन ग़ायब हो जाते। रसीदन सोचती, हमसे भले तो ये ही हैं।...न घर-दुआर की फ़िकर और न चूल्हे-चौके की।

अमीना ने फुसफुसा कर फजलू को सूचना दी थी कि सत्तार मियाँ ने गोस देने के लिए उसे चिकपट्टी बुलाया है।

पीरमुहानी से सटे लोहानीपुर के पूर्वी हिस्से में थी चिकपट्टी। अब बस नाम ही रह गया था चिकपट्टी का। सड़क किनारे सात-आठ दुकानें ही बची थीं। चिकपट्टी के चिक शहर के अलग-अलग मोहल्लों में जाकर बस गए थे और दुकानें खोल ली थीं। लोहानीपुर जाकर फजलू सिर्फ़ गोस ही नहीं लाया, तीसरी गली के भूलोटन गोप के अड्डे से दारू के पाउच भी ले आया। दारूबन्दी के बाद भूलोटन गोप की लाटरी निकल आई थी। दोगुनी-तिगुनी क़ीमत पर पर माल बिक रहा था। सत्तार मियाँ की सोहबत और शागिर्दी में फजलू ने कम उम्र में ही पाउच-पान और गाँजे की चिलम पर दम लगाने में महारत हासिल कर ली थी।

अमीना बकरे का गोस पका रही थी।

कुहासा छँट चुका था और मरियल धूप आँगन में काँप रही थी। इस धूप का कोई भरोसा नहीं था। कभी भी लोप हो सकती थी।

हवा कुछ तेज़ थी। अनगिन सूइयों की नोक-सी देह में चुभती हुई हवा आती और पकते मांस और मसालों की गंध में सराबोर होकर अमीना के खुले केशों को लहरा कर आगे निकल जाती। उसके केश हिलकोरे मार रहे थे। बार-बार उसका चेहरा ढक लेते। बीच-बीच में जब वह पतीले का ढक्कन हटा कर कलछी घुमाती, भाप

से उसका चेहरा सिंक जाता और नथुनों में मसालों की ख़ुशबू का भभका भर जाता।

सुबह के कलह की कोई निशानी घर-आँगन में नहीं थी। नहाने-धोने के बाद अपनी बड़ी-बड़ी आँखों में काजर डाले चूल्हे के पास बैठी मांस पकाती अमीना के उत्साह, धूप, हवा और पकते मांस और मसालों की गंध से चारों ओर उत्फुल्लता छा गई थी।

चुन्नी लौट आई थी।

चुन्नी के आते ही रसीदन घर से बाहर निकल गई। पहले तो उसे दूर से ही जलती आँखों से घूर कर देखा। फिर उसके सामने जाकर खड़ी हुई, पर ढीठ चुन्नी अपने सामने रसीदन के होने की परवाह किए बग़ैर कतरा कर आगे बढ़ गई। रसीदन का कलेजा जैसे दो चाक हो गया। उसके पाँव लड़खड़ाए। भीतर कोई हूक उठी और भीतर ही उमड़-घुमड़ कर नाभि के पास जाकर चिलकी। वह चीख़ना चाहती थी, पर आवाज़ कंठ में रुँध गई थी। रसीदन ने बेपरवाह चुन्नी की ओर मुड़ कर देखा और सिर झुकाए आँगन से बाहर निकल गई।

चुन्नी ओसारे में बैठी अपने नाख़ून सँवार रही थी। नाख़ूनों पर गुलाबी रंग की पॉलिश लगाती और उसे सुखाने के लिए फूँकती। बीच-बीच में पतहर की टाट में बाँस से बँधे पर्दे की ओर देखती। हवा के झोंकों से पर्दा फड़फड़ा रहा था और शाहरुख़ ख़ान और दीपिका हिल-डुल रहे थे।

चुन्नी अपनी अम्मी की वापसी का इन्तज़ार कर रही थी। उसने मन ही मन तय कर लिया था कि आज अगर अम्मी ने कुछ कहा-सुना तो वह पलट कर बिना जवाब दिए मानेगी नहीं। इस बड़ी की सारी करतूतों को उजागर कर देगी। यह जो गोस पकाती हुई आँगन में बैठी ज़ुल्फ़ें उड़ा रही है, इसके मुँह पर कालिख मले बग़ैर वह मानेगी नहीं। गुम्मी मार कर ऐसे बैठी है जैसे...। इसकी चुप्पी का खेल अब नहीं चलने देगी वह। बहुत होशियार बनती है।...नाख़ूनों पर कम और दरवाज़े पर हिलते-डुलते शाहरुख़ और दीपिका और चूल्हे के पास बैठी अमीना पर चुन्नी की नज़रें ज़्यादा टिकी थीं।

बीस की उमर इसी साल लगी थी चुन्नी की।

चुन्नी अब तक कई कांड कर चुकी थी। लौंडों-लपाड़ों की तरह दिन भर मटरगश्ती में लगी रहती। इन दिनों लोहानीपुर की चिकपट्टी के कल्लू मियाँ के

लड़के बबलू के साथ उसका इश्क़ चल रहा था। कुछ दिनों पहले वह घर से भागने की तैयारी कर चुकी थी। रसीदन की पायल और अपने कुछ कपड़े पहले ही सहेज कर रख लिये थे। ठीक एक दिन पहले, आधी रात के समय बुद्धमूर्ति वाले चौक के मुहाने पर बबलू मियाँ को पुलिस ने धर दबोचा। लूट की एक पुरानी वारदात में पुलिस उसे पहले से ही तलाश रही थी। सुबह जब छोटी को पता चला, वह मन मसोस कर रह गई। सिर्फ़ एक दिन के चलते सारा मामला उलट गया। चुन्नी अक्सर सोचती, अगर एक दिन के लिए अल्लाह मियाँ ने मोहलत दी होती तो वह बबलू के साथ कलकत्ते में होती। मौज-मज़े की ज़िन्दगी जी रही होती। तीन महीने लग गए बबलू के बाहर निकलने में। जेल से निकलने बाद उसके बाप कल्लू मियाँ ने उस पर बहुत सारी बन्दिशें लगा दी थीं। बबलू को दुकान पर अकेले नहीं बैठने देते थे। गल्ले पर कड़ी नज़र रखते, सो बबलू की आमदनी कम हो गई थी। छोटी को बबलू के हालात बदलने का इन्तज़ार था। उसे भरोसा था कि जैसे ही कुछ रक़म जमा हो जाएगी और हालात बदलेंगे, बबलू उसे लेकर फुर्र हो जाएगा।... बस किसी तरह एक बार निकल जाए वह इस क़ब्रिस्तान की चारदीवारी से बाहर, तब इस घर वालों को पता चलेगा कि छोटी भी क्या थी!

2

नसीर मियाँ को गुज़रे दस साल हो गए। कम उम्र में ही रसीदन का निकाह हुआ था। कुल सत्रह साल उम्र रही होगी। फिर लगभग उन्नीस-बीस सालों तक नसीर का संग-साथ। भरी जवानी में रँड़ापा।...बहुत दिनों तक नसीर का ज़र्द चेहरा चौबीसों घंटे आँखों के सामने नाचता रहता। रसीदन का कलेजा हौलता। सारी-सारी रात उसकी पथरायी आँखों में नींद नहीं आती। नींद में बेसुध पड़े बच्चों को छोड़ कर वह नसीर की क़ब्र के पास जाकर खड़ी हो जाती। जंगली घास की हरियाली से ढकी क़ब्र पर बिना बादलों वाले आकाश से झरती उजास में उसकी आँखें नसीर का चेहरा उकेरतीं। गुच्छ के गुच्छ खिले तारों के फूलों से झरती पंखुड़ियों को वह

अपनी पलकों से चुनती और बिखेर देती नसीर की क़ब्र पर।...रात अगर काली होती और नसीर की क़ब्र पर हवा के झोंकों से लहराती घास की लहरों के नीचे कालिमा के अतल से जब उसका चेहरा उभरता, रसीदन उसे अपनी हथेलियों में भरने की कोशिशें करती।...जाड़े की ठिठुरन भरी सर्द रातें हों या बरसात की भीगती हुई रातें, माटी के भीतर दबी अपनी ज़िन्दगी की धड़कनों की तलाश में वह नसीर की क़ब्र पर ज़रूर जाती। यह सिलसिला सालों चला। लगभग सात-आठ साल। धीरे-धीरे उसने मन को समझाया। जी कड़ा करके ज़िन्दगी की गाड़ी खींचने में जानवर की तरह जुती रही।

सत्तार मियाँ का उसके घर आना-जाना नसीर के समय से ही था। न जाने कौन सी बुरी घड़ी थी कि एक दिन वह सत्तार मियाँ के झाँसे में आ ही गई। उसने सत्तार मियाँ को अपने घर बिठा लिया। न क़ाज़ी, न निकाहनामा। बस बिना कोई रस्म निभाए उसने सत्तार मियाँ को अपने गले में ढोल की रह लटका लिया। तरह-तरह की आशंकाओं से उसका मन काँप रहा था। सन्देह की छाया डोलती रहती, पर होनी को कौन टाल सका है आज तक, सो उसकी आँखों पर परदा पड़ गया था।

सत्तार मियाँ की नज़र अमीना की लहराती जवानी पर टिकी थी। कुछ ही महीने बीते होंगे कि रसीदन ने एक रात सत्तार मियाँ को उसकी छातियाँ टटोलते देख लिया था। उसे अचानक सामने पाकर अमीना की चीख़ निकल गई थी और वह भागी थी। बेहया की तरह सत्तार मियाँ ने उसकी ओर देखा था और बिना कुछ बोले साँड की तरह झूमता हुआ बाहर निकल गया था।

ज़िन्दगी में पहली बार रसीदन ने अमीना पर हाथ उठाया था। एक हाथ से उसका मुँह दाब कर दूसरे हाथ से उसे बेतहाशा पीटती रही थी। वह बेबस जानवर की तरह मार खाती रही। जब रसीदन उसे मार-मार कर थक गई, ख़ुद माटी की भीत की तरह भसक कर ज़मीन पर बैठ गई थी और घंटों रोती रही थी।...और उसी रात उसने सत्तार मियाँ से अपना रिश्ता तोड़ लिया था।

चुन्नी के आते ही रसीदन आँगन से बाहर निकली और मस्जिद के सामने आकर बैठ गई। क़ब्रिस्तान के फाटक और मस्जिद के बीच मरियल धूप की एक पतली पट्टी बिछी हुई थी। अक्सर जाड़े के दिनों में उसके नाना दोपहर में यहीं आकर बैठ जाया करते थे। यहीं चटाई पर पर बैठ कर खाना खाते और उसे अपने

साथ बैठा कर अपनी थाली से ही भात-दाल के के बड़े-बड़े कौर बना कर उसे अपने हाथों खिलाते।

इन दिनों रसीदन को उसके नाना अक्सर याद आते थे। जब भी वह अकेले में बैठ कर अपने बीते दिनों के बारे में सोचती, उसे अपने नाना की सूरत याद आती। उसके नाना मँगता फ़क़ीर थे। ख़ैरात माँग कर ज़िन्दगी जीने वाले फ़क़ीर। लोग उन्हें काले फ़क़ीर बुलाते। उनका असली नाम अब किसी को याद नहीं रहा। उसके नाना थे गोरे-चिट्टे, पर लोग बुलाते काले फ़क़ीर। यह नाम उन्हें उनके काले कपड़ों के चलते मिला था। वे काला जुब्बा[1] पहनते। उनके गले में कई रंगों के चमकते हुए बड़े-बड़े मनकों वाले ढेरों हार लटके होते। सिर पर काली पगड़ी बाँधते। काजल की गहरी-मोटी लकीरों से अपनी आँखें आँजते। एक हाथ में छल्लेदार बेंत की टेढ़ी-मेढ़ी छड़ी रहती, जिसकी मूठ पर चाँदी का एक गोला लगा हुआ था और दूसरे हाथ में होता कशकोल। लोगों का मानना था कि कशकोल[2] में ख़ैरात डालने से बरकत होती है।

उसके नाना बताते थे कि यह छड़ी उनके उस्ताद रहमत फ़क़ीर की थी। कशकोल और पुराना था। रहमत फ़क़ीर के मुर्शिद ने उन्हें दी थी। लोग कहते थे कि रहमत फ़क़ीर और उसके नाना काले फ़क़ीर में आशिक़ी वाला रिश्ता था। रहमत फ़क़ीर उसके नाना के महबूब थे। उसके नाना अपने महबूब की चाकरी में दिन-रात लगे रहते थे। रहमत फ़क़ीर के इन्तक़ाल के बाद बस यही एक छड़ी और यह कशकोल उनके हाथ लगा। अपने नाना काले फ़क़ीर की मौत के बाद उसने बड़े जतन से सहेज कर यह छड़ी रख ली थी। कशकोल और रंग-बिरंगे मनकों वाले हारों को भी पेटी में छुपा दिया था। हार तो अब भी पेटी में रखे हुए थे। कशकोल भी पड़ा था, पर छड़ी की मूठ ग़ायब हो चुकी थी। चुप-चोरी फजलू ने काट कर बेच दिया था और सारा पैसा फूँक डाला था।

उसके नाना काले फ़क़ीर की इस पूरे इलाक़े में बड़ी शोहरत थी। अक्सर अपने बच्चों की ख़ातिर दुआ पढ़वाने के लिए औरतें उनके पास आतीं। दुख और दहशत से मुरझाए औरतों के चेहरे की रंगत काले फ़क़ीर अपनी दुआओं से बदल

1. फ़क़ीरों के पहनने वाला विशेष वस्त्र, जिसे चोगा भी कहा जाता है।
2. भिक्षापात्र।

देते। औरतें रोती-बिलखती आतीं और बच्चों की सलामती का भरोसा लेकर लौटतीं। काले फ़क़ीर बड़े-बड़े झोले लेकर ख़ैरात माँगने निकलते और उधर से टमटम पर भरे हुए झोलों को लाद कर लौटते। टमटम चलना जब बन्द हो गए और उनकी ठिंगनी-मोटी देह जब बे-सँभाल हो गई वे रिक्शा पर बैठ कर ख़ैरात माँगने जाने लगे। एक दोपहर जब ख़ैरात माँग कर भरे हुए झोलों के साथ लौटे, तो रिक्शा से उतरे ही नहीं। लौटते हुए रास्ते में ही वफ़ात पा चुके थे। न वे हिले-डुले और न रिक्शा वाले को कुछ पता चला। रसीदन चाहती थी कि उसके नाना का भी मज़ार पक्का बने, पर क़ब्रिस्तान कमेटी वालों ने बनने नहीं दिया।

काले फ़क़ीर की कुल तीन औलादें थीं। रसीदन की अम्मी की एक और छोटी बहन थी। दोनों बहनों के बीच में थे उसके मामू। दोनों बहनों यानी रसीदन की अम्मी और ख़ाला को गुज़रे अरसा हुआ। पहले पूरा परिवार इसी क़ब्रिस्तान में रहता था। उसकी नानी ज़िन्दा थी तब तक तो किसी को इस बात की फ़िक्र नहीं रहती थी कि घर-गृहस्थी कैसे चलेगी। नानी की देह सोने-चाँदी के ज़ेवरों से लदी रहती। ख़ैरात से ही सही, पर सारी ज़रूरतें पूरी हो जातीं।

जिन औरतों का हमल नहीं ठहरता, वे औरतें हज़रत दाता पीर मनिहारी के मज़ार पर आकर मन्नतें मानतीं और फिर काले फ़क़ीर से दुआएँ पढ़वा कर तावीज़ और गंडे बँधवातीं। औलाद होने के बाद ख़ैरात में ज़ेवर मिलते और उसकी नानी की देह पर लदते जाते। नानी की मौत के बाद सारे ज़ेवर उसकी ख़ाला डकार गईं और उसकी सिधुआ अम्मी के हाथ कुछ न लगा। इन्हीं ज़ेवरों को बेच कर उसके ख़ालू ने फुलवारीशरीफ़ में अपना मकान बनवा लिया और क़ब्रिस्तान छोड़ कर चले गए। क़ब्रिस्तान छोड़ कर गए तो सही, पर हर महीने आ धमकते क़ब्रिस्तान की कमाई में हिस्सा-बखरा माँगने। यहाँ कारूँ का ख़ज़ाना तो गड़ा नहीं था और न ही क़ब्रों पर आसमान से रुपयों की बारिश होती थी कि उसकी अम्मी सहेज कर उन्हें हिस्सा सौंप दे! आते और झगड़ते। जितनी देर रहते चीख़ते-चिल्लाते रहते। उनकी ख़फ़गी से ख़ौफ़ खाकर हर बार उसकी अम्मी कुछ न कुछ दे-दिला कर पीछा छुड़ाती। उसके अब्बू चुप रहते। अम्मी और ख़ालू की मौत के बाद भी यह सिलसिला रुका नहीं। बहुत दिनों तक चलता रहा। उसके दोनों ख़लेरे भाई तो ख़ालू से भी बड़े ज़ालिम हैं। दोनों में आपसी रंजिश थी। इसके बावजूद जब रसीदन से

वसूली करने आते थे, दोनों की ज़ुबान में कोई फ़र्क़ नहीं होता। कुछ न कुछ ले भी जाते और एहसान अलग लाद जाते थे कि क़ब्रिस्तान की सारी ख़ैरात की कमाई छोड़ कर जा रहे हैं। कई बार तो रसीदन के पास पैसे नहीं होते तो वह उधार लेकर देती थी। फजलू छोटा था, फिर भी वह मरने-मारने पर उतारू रहता, पर वह उसे दबा कर रखती थी। अब ख़लेरे भाइयों ने आना बन्द कर दिया है। सुना है, उनके बच्चे पढ़े-लिखे हैं और बाहर रहते हैं।

अबरार मामू भी अपने निकाह के बाद क़ब्रिस्तान से निकल गए। नानी के दुलरुआ थे, सो नानी उन्हें क़ब्र खोदने के बदले स्कूल भेजने लगी थी। आठवीं तक पढ़े। पढ़ाई छोड़ कर कम उम्र में ही होटलों में कच्चा मांस और मछली सप्लाई का धंधा शुरू किया और सब्ज़ीबाग़ के एक होटल वाले की बेटी को फाँस लिया। नानी ने उनके निकाह में भी अपनी औक़ात भर ख़र्च किया था। साल भर बाद बेटा हुआ और उनकी ससुराल में अक़ीक़ा[1] जिस दिन हुआ, उन्होंने नानी को वहाँ नहीं आने दिया। नानी उस मोहल्ले के घरों में पहले ख़ैरात माँगने जाया करती थी। रसीदन की अम्मी बताती थी कि अबरार मामू की इस बन्दिश ने नानी के कलेजे में हूक भर दी थी। रो-रो कर वह कई दिनों तक बेहाल रही थी। छाती पीट-पीट कर रोती थी और पूरे मोहल्ले में क़िस्से सुनाती फिरती कि कैसे इसी ख़ैरात के बलबूते उसने मामू को पाल-पोस कर जवान किया था। इस बेहुरमती ने उसे ऐसा सदमा दिया कि वह चल बसी।

मामू ससुराल के होकर रह गए। सब्ज़ीबाग़ में ही बस गए। ससुराल के होटल की मैनेजरी करते-करते अपने साले को धोखा देकर एक दिन उस होटल के मालिक ही बन बैठे। वे भी अपने निकाह के बाद क़ब्रिस्तान से जो निकले, तो फिर उसकी अम्मी का हाल-चाल लेने भी कभी नहीं आए। उनकी मुर्दा देह आई थी इसी क़ब्रिस्तान में दफ़्न के लिए। नासिर ने ही क़ब्र खोदी थी। रसीदन के मामू के तीनों बेटों ने भी कभी उसकी खोज-ख़बर नहीं ली। मामू के बड़े बेटे ने होटल का धंधा सँभाल लिया। बीच वाला बैंक की बड़ी नौकरी में लग गया और इन दिनों हारुननगर में दोमंज़िला मकान बनवा कर रहता है। मामू का तीसरा बेटा, जिसके बारे में रसीदन को पहले यही पता था कि कॉलेज में पढ़ता था और नीम पागल

1. बच्चे का नाम रखने वाला जलसा।

होकर घर से भाग गया, पर उसे इधर पता चला है कि वह पत्थर की मस्जिद के पास शाह अरज़ाँ की दरगाह में रहता है। एक पुराने क़ब्रिस्तान में है यह दरगाह।... आख़िर कोई तो निकला नाना के ख़ानदान में जिसने फ़क़ीरी का बाना पहना! जब सुना रसीदन ने कि उसके मामू का छोटा बेटा फ़क़ीर बन गया, उसके दिल को सुकून हासिल हुआ था। उसे लगता था कि उसके नाना काले फ़क़ीर की रूह को भी सुकून मिला होगा। रसीदन ने सोचा था कि किसी दिन फ़ुर्सत निकाल कर वह शाह अरज़ाँ की दरगाह जाएगी अपने इस ममेरे भाई से मिलने।

सबकी अपनी-अपनी ज़िन्दगी है। ख़ाला गई, मामू गए और एक दिन उसके अब्बू भी जेठ की भरी दोपहरी में क़ब्र खोदते हुए लू लगने से आधी खुदी हुई क़ब्र में ही उलट गए।

उसके अब्बू सीधे-सादे इंसान थे। अक्सर चुप रहा करते और अगर बोलते तो मीठी बोली-बानी ही बोलते। उनका नसीब फूटा था सो मुजाविरी करनी पड़ी। वे जन्म से मुजाविर नहीं थे। उसके अब्बा बताते थे कि गंगा किनारे चिमनी घाट पर मदरसा मस्जिद के पीछे वाली गली में उनका अपना घर था। छोटा-सा घर। यह घर उनके पुरखों के ज़माने में बहुत बड़ा था। परिवार बड़ा होता गया और घर की ज़मीन टुकड़े-टुकड़े बँटती गई। आँगन और कई कमरों वाला घर बँटते-बँटते सिकुड़ कर इतना छोटा हो गया कि उसमें सारे भाई-बहनों के साथ साँस लेना भी दूभर हो गया था।...फिर एक दिन ऐसा आया कि अब्बू के शराबी बाप ने ज़मीन का वह टुकड़ा भी एक कलाल के हाथों बेच दिया और अपनी दो बीवियों की दर्जन भर औलादों के सिर से छत ग़ायब कर दी। उसके अब्बू बताते कि अब तो कई पीढ़ियाँ बीत चुकीं...चार सौ साल पहले उनके पुरखे आगरा से मलिक बानो की डोली के साथ आए थे। मलिक बानो ताजमहल वाली मुमताज महल की बहन थीं। यहाँ किसी बड़े ओहदेदार के साथ ब्याह कर आई थीं और उनकी डोली के साथ ख़वासों का जो अमला आया था, उसी अमले में उनके पुरखे शामिल थे।

रसीदन के अब्बू मारुफ़गंज के आढ़तियों के यहाँ हम्माली का काम करते थे। एक दिन किसी की मैयत के साथ इस क़ब्रिस्तान में आए और फिर... । अब अल्लाह मियाँ जानें कि उसकी नानी ने उसके अब्बू को अपनी बेटी के लिए फाँसा या ख़ुद उसकी अम्मी ने डोरे डाले या फिर उसके अब्बू ही फ़िदा हो गए उसकी अम्मी पर!

अब्बू के जाने के बाद उसकी अम्मी ने नसीर मियाँ से उसका निकाह करवा दिया और ख़ुद गुज़र गईं। नसीर उसके अब्बू के साथ क़ब्र खोदने की दिहाड़ी पर काम करता था। अब्बू के जाने के बाद उसने अम्मी की बहुत मदद की थी। लम्बा-चौड़ा गबरू जवान था नसीर। हट्टा-कट्टा और गोरा-चिट्टा। रसीदन को भी वह अच्छा लगता था।...पर नसीब ऐसा फूटा कि तीन-तीन औलादें गोद में डाल बेसहारा छोड़ कर चला गया। जाने किसका क्या बिगाड़ा था उसने कि बिना किसी मरज़ के उसका चेहरा ज़र्द पड़ गया और देखते-देखते उसकी आँखें उलट गईं। लोगों ने उड़ा दिया कि नसीर को किसी ने ज़हर दे दिया। किसी ने जाकर थाने में ख़बर कर दी। थाना-पुलिस आई और गई। आज तक कुछ पता न चला। कई बरस बीत गए कोई पता-सुराग़ नहीं। पैसे होते तो सब पता चल जाता। कोर्ट-कचहरी और पुलिस सब उसका साथ देते और अगर किसी ने ऐसा किया था तो उस हत्यारे को सज़ा मिलती, पर ग़रीब के लिए इंसाफ़ गूलर का फूल होता है। फल के पेट में क़ैद इस फूल को कीड़े लग जाते हैं। उसकी अपनी ज़िन्दगी के साथ-साथ तीन और जानें चिपकी हुई थीं, जिनका पेट भरना मुहाल हो रहा था। क्या-क्या करती वह अकेली! छोड़ दिया उसने सब कुछ नसीब के भरोसे। रसीदन को मालूम था कि अब दबी ज़ुबान से पूरा मोहल्ला नसीर की मौत में सत्तार मियाँ का हाथ होने की बात करता है। लोग कहते फिरते हैं कि रसीदन पर लट्टू होकर उसे फाँसने के चक्कर में सत्तार मियाँ ने नसीर को ज़हर मिला कर कुछ खिला-पिला दिया।

कदमकुआँ से रेलवे स्टेशन जाने वाली मुख्य सड़क से निकल कर क़ब्रिस्तान के फाटक तक एक सड़क आती थी।

चौथी गली इसी सड़क से निकलने वाली आख़िरी गली थी। क़ब्रिस्तान की चहारदीवारी से सटे मकानों के सामने से गुज़रती यह गली इतनी सँकरी थी कि ऊपर का आसमान छज्जों से लगभग ढक गया था और नीचे चलते हुए किसी सुरंग में चलने का अहसास होता था। ऐसी ही तीन और गलियाँ थीं, पर वे अपेक्षाकृत

थोड़ी चौड़ी थीं। चारों गलियों के दूसरे सिरे वाले मुँह बन्द थे। सत्तार मियाँ और साबिर इसी चौथी गली में रहते थे।

इन गलियों में रोज़ कमाने-खाने वाले लोग बसे हुए थे। पटना की सड़कों पर अंडा, फल, सब्ज़ी, जूस, आइसक्रीम, शर्बत, लस्सी, पानीपूरी, चाट बेचने वाली एक बड़ी आबादी के चूल्हे इन्हीं गलियों में जलते। टिन के बक्सों से लेकर लोहे के भारी-भरकम ढाँचे तक को आकार देने वाले कारीगरों, ईंट जोड़ने और रँगाई-पुताई करने वाले कामगारों, विवाह से श्राद्ध तक के भोज के लिए सुस्वाद भोजन पकाने वाले रसोइयों से भरी थीं ये गलियाँ। उड़द दाल की पिट्ठी हो या काजू की पिट्ठी, हवन के लिए आम की लकड़ी चाहिए या धूप की, शराबबन्दी के सख़्त कानून के बावजूद देसी दारू का पाउच चाहिए या दूसरे राज्यों से चोरी से आई अंग्रेज़ी शराब—पलक झपकते सब हाज़िर कर देने की क़ुव्वत इन गलियों में थी। इन गलियों की अपनी साख थी। लोग एतबार करते थे कि यहाँ कोई फ़रेब नहीं होगा।

अलस्सुबह इन गलियों से झुंड बाँध कर औरतें निकलतीं और पसर जातीं शहर में। बहुमंज़िली इमारतों में रहनेवालों के घरों के कॉल-बेल घनघना उठते। झाड़ू-पोंछा करना, बर्तन-कपड़े धोना और खाना पकाना सहित छोटे बच्चों की देखभाल करने में पारंगत इन औरतों में से कुछ की वापसी इस फ़्लैट से उस फ़्लैट होते हुए दोपहर में होती। फिर साँझ से पहले निकलतीं और रात में लौटतीं। कुछ तो सुबह निकलतीं तो देर रात गए लौटतीं। क़ब्रिस्तान और नूरानी मस्जिद के फाटक तक जाकर बायीं ओर मुड़ जाने वाली यह सड़क सुबह से देर रात तक मृदंग की तरह और इससे निकलने वाली चारों गलियाँ झाँझ की तरह बजती रहती थीं।

साबिर और फजलू दोस्त थे। दोनों बचपन से साथ-साथ खेले-कूदे और बड़े हुए। लँगड़े फजलू के लिए खेल-कूद का मतलब था बीड़ी पीना और ताश के पत्ते फेटना। यह बीड़ी की लत आगे चल कर गाँजे का चिलम लहकाने और दारू का पाउच पीने में तब्दील हुई। इन दोनों के उस्ताद थे सत्तार मियाँ।

सत्तार मियाँ की माली हालत ठीक-ठाक थी। बहुधंधी आदमी थे। शहर के चिकों से बकरों की खाल ख़रीदकर चमड़े के आढ़तिए को बेचना मुख्य धंधा था। इसके अलावा और भी हुनर थे सत्तार मियाँ के पास। छोटी-मोटी चोरियों और हथलपकई में उन्हें महारत हासिल थी। बचपन में मोटर गराज में काम किया था, सो रात-बिरात

बिना खट-खुट की आवाज़ किए गाड़ियों के पार्ट-पुर्ज़े निकालकर बेच देना उनके लिए बाएँ हाथ का खेल था। बस एक ही कमज़ोरी थी—औरत। इसी कमज़ोरी के चलते सत्तार मियाँ अपनी ज़िन्दगी में बार-बार मात खाते रहे। अब उनका शागिर्द साबिर ही उनकी राह का रोड़ा बना अड़ा हुआ था। वह अमीना पर जान न्योछावर करता था। सत्तार मियाँ जानते थे कि रसीदन उनसे बेपनाह नफ़रत करती थी और चाहती थी कि साबिर से अमीना का रिश्ता हो जाए।

चौथी गली के कोने पर क़ब्रिस्तान के अहाते में ही टिन का एक शेड डाल कर सत्तार मियाँ ने चमड़ा रखने के लिए छोटी-सी जगह बना ली थी और बाहर निकलने के लिए अहाते की दीवार में दरवाज़ा खोल लिया था। रसीदन के घर बैठ जाने के बाद क़ब्रिस्तान कमेटी वालों ने बहुत मिन्नतों के बाद यह जगह दी थी। कुछ ही महीनों बाद रसीदन ने तो घर से निकाल दिया, पर सत्तार मियाँ इस जगह पर क़ाबिज़ रहे।

रसीदन भी पूरी तरह कहाँ निकाल सकी अपने घर से सत्तार मियाँ को! उसे लगता, अमीना और फजलू पर जादू कर रखा है सत्तार मियाँ ने। फजलू तो उनकी शागिर्दी करता है और अमीना अपनी जीभ-चटोरी के चलते सत्तार मियाँ को हवा देती रहती है। कोसती भी है और अपने पीछे-पीछे घुमाती भी है।

सत्तार मियाँ समझ नहीं पाते थे कि यह सब क्या चल रहा है, पर इस उम्मीद में लगे हुए थे कि शायद किसी दिन अमीना का कलेजा मोम हो जाए। सोचते, अगर ऐसा हुआ तो वे पीरमुहानी छोड़ कर निकल लेंगे उसके के साथ। अल्ला जाने ये कौन-सा खेल खेल रही है अमीना उनके साथ!

3

पीरमुहानी और लोहानीपुर जुड़वाँ भाई की तरह थे, हालाँकि दोनों मोहल्लों की बसाहट में बहुत फ़र्क़ था। पीरमुहानी का एक हिस्सा ख़ासमहाल की ज़मीन पर बसा था, जिसमें नए ढंग के अहातों वाले मकान बने थे और इनमें पढ़े-लिखे ओहदेदार

लोग बसे हुए थे। सड़कें चौड़ी और साफ़-सुथरी थीं। यह हिस्सा मुख्य सड़क से क़ब्रिस्तान के फाटक तक आने वाली सड़क की बायीं ओर था और दायीं ओर वे चार पतली-सँकरी गलियाँ थीं, जिनमें माचिस की डिबिया की तरह छोटे-छोटे घर एक-दूसरे पर चढ़े हुए थे।

लोहानीपुर की बसाहट बहुत पुरानी थी। इतनी पुरानी कि उसके बारे में दावे के साथ कुछ भी कह पाना मुश्किल था। बालिश्त भर ज़मीन ख़ाली नहीं बची थी कि कहीं कुछ नया बन सके। पुराने मकानों की ही ख़रीद-बिक्री होती। उन्हें ही तोड़ कर लोग नया बनाते। नींव खोदते हुए इतिहास या अतीत के अकबका कर बाहर निकल आने का ख़तरा हमेशा बना रहता। लोग देर रातों में नींव खुदवाते कि अगर कहीं कुछ निकले भी तो किसी को पता न चले। पता चलने पर पुलिस परेशान करती क्योंकि ऐसी ज़मीन पर सरकारी कब्ज़े का नियम था। कुछ लोगों का कहना था कि इसका नाम नुहानीपुर था, जो बिगड़ते-बदलते हुए लोहानीपुर हो गया। शहर का इतिहास लिखने वालों का मानना था कि यह अज़ीमाबाद बनने और उससे भी बहुत पहले, जब पाटलिपुत्र हुआ करता था तब की पुरानी बसाहट है। कुछ लोग बताते कि सोलहवीं शताब्दी की शुरुआत में यहाँ बहार ख़ाँ लोहानी का शासन था। बहार ख़ाँ लोहानी अफ़ग़ानी था और यह उसके वंशजों की बस्ती थी। यहाँ एक गढ़ का भी हिस्सा था, जिसे उन्नीसवीं सदी के अन्त में एक बंगाली जानकार ने खोद कर इतिहास के कुछ चिह्न निकाले थे।

इतिहास के इसी कटोरे में एक सुबह आँखें मिचमिचाते हुए नवजात सत्तार मियाँ अपने अब्बा बासित मियाँ को मिले थे। पचकौड़ी साह की गली के सामने कूड़े की ढेर पर अंडी रेशम की भागलपुरी चादर में लिपटे हुए थे। बासित मियाँ लोहानीपुर के नामी रईस बाबू बिच्छी सिंह के एक्कावान थे। एक्का रहा नहीं और घोड़ा भी बिक गया। बाबू बिच्छी सिंह सत्तर साल की उम्र में यौनवर्द्धक दवाओं की अधिकता का शिकार बन कर विदा हो चुके थे। उनके बच्चों ने अपने पिता के सारथी को नौकरी से नहीं निकाला था। घर के पिछवाड़े बनी जिस कोठरी में बासित मियाँ रहते थे, रहने दिया था। दो जून की रोटी जैसे मिलती थी मिलती रही। जब बासित मियाँ को सत्तार जैसे पुत्र रत्न की प्राप्ति हुई, वह साठ के आसपास पहुँच चुके थे।

पचकौड़ी साह की गली के मुहाने पर भारी भीड़ जुटी थी। अक्सर ऐसे मौक़ों पर जिस तरह की बातें होती हैं, वैसी ही बातें हो रही थीं। मसलन, बच्चा हिन्दू है या मुसलमान? किसी विधवा का है या क्वाँरी लड़की का? मोहल्ले का है या बाहर की कोई औरत यहाँ डाल गई? लोग इन उलझनों को हल करने में लगे थे और बासित मियाँ बच्चे को अपनी गोद में उठाए बंगाली डॉक्टर समाद्दार के यहाँ जाने को बेचैन थे। पुलिस भी पहुँची। बाबू बिच्छी सिंह का बेटा भी पहुँच गया। वह सुबह की सैर से लौट रहा था। बासित मियाँ बच्चा छोड़ने को तैयार नहीं थे। लाख समझाया बाबू बिच्छी सिंह के वकील बेटे ने पर वे टस से मस न हुए। अन्ततः पुलिस ने वकील साहब के कहने-सुनने पर बासित मियाँ को बच्चा सौंप दिया। वे भागते हुए समाद्दार डॉक्टर के पास पहुँचे। बासित मियाँ का अपना घर-परिवार नहीं था और न बाल-बच्चे थे। जुनूनी थे, सो जोश में आकर बच्चे को उठा लिया था। मन के कोने में कहीं बच्चे की साध छिपी थी, जो अचानक फूट पड़ी थी। जीवट वाले आदमी थे बासित मियाँ। उन्होंने चिकपट्टी में ख़बर भेज कर अपनी माशूक़ नूर बी को बुलवाया। नूर बी बेवा थीं। बासित मियाँ और नूर बी के रिश्ते से लोहानीपुर का बच्चा-बच्चा परिचित था। नूर बी आनन-फ़ानन पहुँचीं। दोनों ने जाग कर तीन रातें गुज़ार दी और ज़िन्दा बच्चे को साथ लिये लौटे। समाद्दार डॉक्टर ने एक पाई नहीं लिया। बासित मियाँ अक्सर अपने मालिक बाबू बिच्छी सिंह को एक्का पर लेकर डॉक्टर के यहाँ जाया करते थे। बासित मियाँ ने नवजात को नूर बी के साथ मिल कर पाल-पोस लिया। इस चक्कर में नूर बी और बासित मियाँ साथ-साथ रहने लगे। नूर बी कभी-कभार चिकपट्टी वाली अपनी कोठरी में इस डर से आया-जाया करती थीं कि कहीं कोई कोठरी पर कब्ज़ा न कर ले। बासित मियाँ ने इस ढलती उम्र में रिक्शा चलाना शुरू किया और बच्चे के लालन-पालन के लिए उपार्जन करने लगे।

सत्तार मियाँ जब दस साल के हुए, बासित मियाँ का बुलावा आ गया और वे चले गए। नूर बी ने बाबू बिच्छी सिंह के घर के पिछवाड़े वाली कोठरी से अपना ताम-झाम समेटा और चिकपट्टी वाले अपने घर में फिर से जा बसीं। सत्तार मियाँ पन्द्रह-सोलह के हुए तब तक नूर बी ज़िन्दा रहीं। उनके गुज़रते ही सत्तार मियाँ बेघर हो गए। नूर बी की कोठरी से चिकपट्टी वालों ने उन्हें निकाल बाहर किया।

इस घर-निकाला के बाद सत्तार मियाँ न रोते फिरे, न किसी से भीख माँगी बल्कि, ख़ुदमुख़्तार हो गए।

बीड़ी, सुरती और गाँजे की चिलम से इसी उम्र में सत्तार मियाँ की यारी शुरू हुई। उन्होंने लूला मिस्त्री के मोटर गैराज में कुछ महीनों तक अपनी पहली और आख़िरी नौकरी की। गैराज के पीछे टेढ़की गली में रहने वाली बसमतिया पासिन के घर ताड़ी पीने के लिए उनका आना-जाना शुरू हुआ और यहीं उन्होंने पहला शिकार किया। अपने से दोगुनी उम्र की बसमतिया पासिन के घर की ताड़ी से ज़्यादा नशा उसकी अदाओं में था। यह सत्तार मियाँ का प्रशिक्षण-काल था। बसमतिया पासिन और सत्तार मियाँ के क़िस्से जब लोहानीपुर की गलियों में तैरने लगे लूला मिस्त्री ने सत्तार मियाँ को गैरेज से निकाल बाहर किया। लूला मिस्त्री के पास चोरी-छिनतई से लेकर हर नशे तक की शिकायत के लिए माफ़ी थी, पर छिनरई के लिए नहीं। वे ख़ुद लँगोट के पक्के थे।

अपने इन्तक़ाल से पहले नूर बी चाँदी की एक हँसुली और एक जोड़ा पायल सत्तार मियाँ को सौंप गई थीं। नूर बी की दी हुई इस विरासत को सहेज कर रखा था सत्तार मियाँ ने। बीच-बीच में उनका मन हुड़कता कि बसमतिया को दे दें, पर वे अपने मन को दाब लेते। कच्ची उम्र ज़रूर थी, पर दिमाग़ कच्चा नहीं था, सो वह विरासत बचा ले गए। बसमतिया का नशा उतरा और इसी विरासत को बेंच कर सत्तार मियाँ ने धंधा शुरू किया। चिकपट्टी से खाल ख़रीद कर आढ़तियों को बेचने का धंधा। इसके अलावा मौज-मस्ती के लिए छोटी-छोटी चोरियाँ और हथलपकई सत्तार मियाँ के लिए आम बात थी। सत्तार मियाँ को धंधा और मौज-मज़े को आपस में फेंटने की आदत नहीं थी। पूँजी लुटा कर सत्तार मियाँ ने कभी ऐश नहीं किया।

नसीर से उनकी दोस्ती बचपन की थी। शुरू में सत्तार मियाँ ने चाहा था कि नसीर उनके साथ मिल कर काम करे, पर वह रसीदन के चक्कर में उसकी अम्मी की चाकरी में लग गया और दिहाड़ी पर क़ब्रें खोदता रहा। रसीदन पर सत्तार मियाँ की नज़र भी थी, पर वह अपना धंधा छोड़ कर क़ब्र खोदने को तैयार नहीं थे।

नसीर के अब्बा गंगा पार इस्माइल चक से उखड़ कर पटना आए थे। परमानन्द पुर के पास गंगा-तट पर बसे इस्माइल चक में एक साल जब सब कुछ नदी के

पेट में समा गया तो अपनी धुनकी और फटका लेकर वह नसीर की महतारी के साथ पटना आ गए। गली-गली घूम कर रुई धुनते और तोशक-रजाइयाँ-दोहर भरते। जाड़े का मौसम बीतता और काम मिलना बन्द हो जाता, तो बीड़ी बनाने का काम करते। इस्माइल चक छोड़ कर आने की हूक कलेजे में टीसती रहती। कुछ बरस बीते और फिर दोनों नसीर को अकेला छोड़ कर अल्लाह को प्यारे हुए। पहले नसीर के बाप मरे फिर उसकी महतारी।

नसीर के पास अपनी महतारी के दफ़्न के लिए पैसे नहीं थे। रसीदन की अम्मी ने अपनी ओर से सारा इन्तज़ाम किया और फिर नसीर उन्हीं लोगों का होकर रह गया। पहले क़ब्र खोदने के काम पर लगा, फिर रसीदन के साथ निकाह के बाद क़ब्रिस्तान में ही बस गया। अक्सर सत्तार मियाँ कहते कि नसीर की दोस्ती-यारी ही थी कि वह लोहानीपुर से सरक कर पीरमुहानी में आकर रहने लगे थे।

4

सर्द रात थी। ऊपर से शांत और नीरव, पर भीतर ही भीतर उथल-पुथल भरी रात। कुहरे और बिजली के खम्भों पर टँगे बल्बों की मरियल रोशनी की चादर ओढ़े रात के पहलू में सोए क़ब्रिस्तान के भीतर आकुल ज़िन्दगियाँ करवटें बदल रही थीं।

रसीदन को नींद नहीं आ रही थी। एक तो ठंड, दूसरे खाँसी और ऊपर से दोनों लड़कियों का चाल-चलन। बड़ी अमीना भी अब छोटी चुन्नी की तरह अपनी मरज़ी की मालकिन हो गई है। पहले अमीना उसके कहे में रहती थी। उसके पीछे-पीछे छाँही की तरह लगी रहती थी। भले ही कुछ बोलती नहीं थी, पर उसके दुखों को सहलाती थी। आजकल इस लड़की को भी पाँख निकल आए थे। यह भी छोटी की तरह इन दिनों लहराती रहती थी। बात-बेबात ज़ुबान चलाती रहती। इसकी भी गज भर की ज़ुबान निकल गई थी। झूठ तो इस सफाई से बोलने लगी थी कि रसीदन को उस पर अब रत्ती भर भरोसा नहीं होता था। पहले बे-परवाह रहती थी, पर इन

दिनों उसे भी छोटी की तरह हर घड़ी आईने के सामने खड़ा रहने का रोग लग गया था। ठीक है। होता है इस उम्र में, पर इसका मतलब यह नहीं कि बिना आगा-पीछा देखे जो जी में आए करो और दूसरों की आँखों में धूल झोंकती रहो।...सौ बार कहा उसने कि इस सत्तार मियाँ से दूरी बना कर रहो, पर सुनने से रही। जीभ-चटोरी की ऐसी लत कि चौबीसों घंटे लार टपकती रहती।...और यह हरामी सत्तरवा ऐसा कि टुकड़े फेंकता रहता था इन लोगों के सामने। जैसे ही टुकड़ा फेंका कि यह बड़की और फजलुआ लपकने को तैयार। ग़ैरत तो बची ही नहीं थी इन दोनों के पास।... छोटी से तो अब जी भर गया था रसीदन का। कहीं डूब-धँस कर मर भी जाती तो चैन मिलता। बाप रे! इतना गुरूर! इतना फ़रेब! उसका कलेजा काँपता रहता कि पता नहीं कब कौन सा कांड कर बैठे यह लड़की! पलक झपकते हवा-बयार की तरह उड़न-छू होती थी। एक काम कहो, तो दस बहाने। गुस्सा ऐसा कि मुँह से आग बरसाती रहती। चलती ऐसे थी कि मानो धरती मसल रही हो। ऐसी जवानी तो किसी की आज तक नहीं देखी रसीदन ने। दिन-रात कल्लू मियाँ का लौंडा चक्कर काटता रहता था। बिल्ली जैसी चाल थी इस लड़की की। क़ब्रिस्तान के फाटक पर फजलू के रहते भी यह पलक झपकते बाहर हो जाती। है तो अनपढ़, पर मोबाइल में घुसी रहती थी। कान में तार ठूस लेती और आँखें मोबाइल पर। चौबीसों घंटे का यही हाल था। लाख पुकारे कोई, न सुनती कुछ और न जवाब देती।...और अगर कभी-कभार सुन भी लिया तो जवाब ऐसा देती कि जी करता कि इसका टेंटुआ दबा दें या अपनी ही ज़हर पीकर जान दे दें। साज-सिंगार का शौक ऐसा कि सुबह बिछावन छोड़ने से रात तक पैर के नोह से लेकर जुल्फों तक में ही उलझी रहती थी। दूसरी गली में बच्चन गुप्ता की बड़ी बहू ने अपने घर में ही लड़कियों के सजने-सँवरने वाली दुकान खोल ली थी। वहाँ जाकर लटें टेढ़ी करवा आती थी। भवें छिलवाने तो हर हफ़्ते जाती। कौन रोके-टोके इस आफ़त को? एक दिन इतना-सा पूछा था रसीदन ने, "पैसे कहाँ से आते हैं गुप्ता जी की बहू को देने के लिए तेरे पास?"

बेहया की तरह जवाब दिया उसने, "सत्तार मियाँ से तो नहीं ही माँगते हैं हम!"

अब इस जवाब का क्या मतलब निकाले कोई? एक दिन भुट्टी भाई की पान दुकान के सामने खड़े किसी लड़के ने फ़ब्ती कसी तो पलट कर उसकी माँ-बहन

करने लगी और भीड़ जुटा लिया। वो तो भुट्टी भाई नेक आदमी हैं और रसीदन को बहन की तरह मानते हैं, सो उन्होंने मामला सुलझाया और लड़कों को डाँट-फटकार कर भगाया। यह ढीठ वहाँ से टलने को तैयार नहीं थी। बड़ी मिन्नतें कीं भुट्टी भाई ने तब जाकर टली वहाँ से।

किसी दिन फ़ौजदारी करवा के ही मानेगी यह। इतने बड़े मोहल्ले में अब दो-चार घर भी नहीं बचे हैं अपनी क़ौम के। कभी रहे होंगे ढेरों लोग, पर अब तो गिनती के भी नहीं बचे थे। धीरे-धीरे घर-दुआर बेच कर सारे लोग मुसलमान आबादी वाले मोहल्लों में जाकर बस गए। आख़िरी बड़ा परिवार सैयद साहेब का था। वे लोग भी यहाँ इसलिए अटके हुए थे कि मकान की मालियत में कई भाई-बहनों की हिस्सेदारी थी। सारे लोग इधर-उधर कई शहरों में छितरा कर बसे हुए थे। बस एक छोटे वाले भाई रहते थे अपने परिवार के साथ। वे सरकारी साहब थे, सो जैसे-तैसे सारा मामला समेटा। सब को समेट कर किसी तरह औने-पौने दाम मकान बेचा। वे लोग हारुन नगर की कॉलोनी में रहने चले गए। उन लोगों के जाने के बाद अब एक भी रसूख़दार परिवार पीरमुहानी में नहीं बचा। बस यह क़ब्रिस्तान बच गया। अगर यह क़ब्रिस्तान नहीं होता, तो शायद वह भी नहीं होती पीरमुहानी में। हालाँकि दीन-दुनिया की आबोहवा इतनी ख़राब हो गई, पर रसीदन के परिवार के लिए कभी कोई दिक़्क़त नहीं हुई। आज भी इस मोहल्ले में उसे बेटी-बहिन की हैसियत मिली हुई थी। लोगों के घर में उसका आना-जाना था। होली-दीवाली में कई घरों से उसके लिए पूआ-पूरी और मिठाई मिलती थी। छठ के पहले इस सड़क की सफ़ाई और सजावट का ज़िम्मा फजलू और साबिर के ऊपर ही रहता।...फिर भी इस छोटकी के चलते रसीदन की छाती काँपती रहती कि न जाने कब कौन-सा बवाल खड़ा का दे यह लड़की! उसके चाल-चलन की शिकायत सुनते-सुनते उसके कान पक चले थे अब।

...सिर्फ़ बेटियों से ही नहीं, बेटे से भी हलकान रहती थी रसीदन। एक तो अल्लाह मियाँ ने एक टाँग ले ली और ऊपर से बीड़ी-सुरती-गाँजा-दारू सबकी लत। वह किसके घर बेटी माँगने जाए! कौन देगा इसको बेटी? यहाँ से निकल कर रिश्तेदारों ने अपनी नई दुनिया बसा ली। उनकी हैसियत बदल गई। भला अब उसे कौन पूछेगा?...रसीदन की आँखों से नींद बहुत दूर जा चुकी थी। वह करवटें

बदलती, कभी अपने हाथ-पैर तानती तो कभी सिकोड़ती, तो कभी गहरी उसाँसें भरती हुई बुदबुदाती—"या अल्लाह!"

रसीदन की बेचैनियों से बेख़बर चुन्नी और अमीना बरामदे में थीं। बरामदे के दोनों सिरों पर दो छोटे-छोटे तख़्त थे, जिन पर उनका बिछावन था। ओसारे में जूट वाले बोरों को सिल कर ठंड रोकने के लिए बड़ा-सा पर्दा पतले बाँस में लिपटा हुआ लटका था। सुबह इसे ऊपर खींच कर ओरी से बाँध दिया जाता था। बरसात के दिनों में इसी बरामदे पर खाना पकता था। अपने-अपने बिछावन पर बड़ी और छोटी दोनों जाग रही थीं।

बड़ी के पास छोटी की तरह बड़े-बड़े सपने नहीं थे। घर के कामकाज की व्यस्तताओं की चादर ओढ़े चुपचाप पड़े रहने वाले दुख थे। सीने में गेहुँअन साँप की तरह कुंडली मार कर बैठा हुआ भय था। मुर्दों के इस पनाहगाह से निकलकर कहीं और जा बसने और दो-चार बच्चे पैदा करके हँसी-ख़ुशी भरी ज़िन्दगी गुज़ारने की हसरत थी।...और सत्तार मियाँ, अम्मी, फजलू और छोटी को लेकर ख़फ़गी थी, जिसे वह अपनी छाती में दफ़्न किए अपने दिन गुज़ार रही थी।

बड़ी अक्सर जब नींद में होती, सपने में सत्तार मियाँ की हथेलियाँ उसकी छाती टटोलने लगतीं और वह चिहुँक कर जाग जाती। उसकी चीख़ उसके गले में अटकी होती। वह उस रात को कभी भूल नहीं सकी। सत्तार मियाँ जब भी सामने आते पल भर के लिए उनकी लम्बी कद-काठी वाली देह सिर्फ़ हाथ में बदल जाती और उसकी देह माटी की ढूह बन जाती। सारा घर यह समझता कि वह सत्तार मियाँ को फाँसे हुए है, पर यह सच नहीं था। उसे घिन आती थी सत्तार मियाँ से। हाँ, वह अपनी अम्मी की तरह सत्तार मियाँ को दुरदुरा कर भगाती नहीं। वह अगर अपने पैसे इस घर पर लुटाता है, तो लुटाए। उसके रोकने से इस घर में कुछ रुकने वाला तो है नहीं। अम्मी, फजलू को क्यों नहीं बोलती कुछ? वह तो दिन-रात सत्तार मियाँ की शागिर्दी में रहता है। अम्मी तो सालों से जानती थी सत्तार मियाँ को। उसके

चाल-चलन का पता था उसे। फिर क्यों बिठा लिया उसे अपने घर में? उस समय नहीं सूझा था उसे कि घर में दो-दो जवान होती बेटियाँ हैं? इसी ओसारे में डर से थरथर काँपती छोटी के साथ लिपट कर वह सोई रहती थी और कोठरी से सत्तार मियाँ और उसकी अम्मी की अजीब-अजीब आवाज़ें सारी रात आती रहतीं।...वह चाहती थी साबिर के साथ निकल जाए इस क़ब्रिस्तान से, पर मन डोलता रहता था। साबिर की करतूतों से कभी-कभी उसका भरोसा हिल जाता था। वह भी फजलू के साथ दिन-रात सत्तार मियाँ के पीछे-पीछे डोलता फिरता था। वह ऐसी ज़िन्दगी नहीं चाहती जिस पर सत्तार मियाँ की छाँही पड़े। बस इतना भरोसा हो गया जिस दिन कि साबिर सिर्फ़ उसका है, वह उसके साथ निकल जाएगी यहाँ से।...बड़ी का हलक़ सूख रहा था और आँखें बरस रही थीं। साबिर तो बाद में आया उसकी ज़िन्दगी में। उससे पहले अपनी सहेली सरोज के भाई को वह पसन्द करती थी। यहीं तीसरी गली में रहती थी सरोज। उसका भाई वेल्डिंग का काम करता था। सरोज के घर उसका आना-जाना था। वह तो उसके भाई के साथ भागने तक को तैयार थी, पर लड़के के मन में खोट थी। वह चाहता था कि पहले...! इस शर्त पर भला वह कैसे भरोसा कर लेती! उसने सरोज के घर आना-जाना छोड़ दिया। सरोज के साथ वही हुआ, जो वह उसके साथ करना चाहता था। सड़क उस पार दलदली गली में एक सेठ के यहाँ सरोज की माई काम करती थी। उसकी माई को कोई बड़ी बीमारी हो गई तो काम करने सरोज जाने लगी। सेठ के बेटे ने सरोज को फाँस लिया। उसे हमल ठहर गया। सेठ का लड़का साफ़ मुकर गया और भरा हुआ पेट लिये सरोज ने सल्फास की गोली खाकर जान दे दी थी। फिर उसका पूरा परिवार ही तीसरी गली से कहीं और चला गया था। साबिर चाहे कुछ भी कर ले, वह सरोज की तरह जान नहीं देना चाहती।...बड़ी उठी और पानी की बाल्टी के पास गई। हलक़ में काँटे चुभ रहे थे। बाल्टी से पानी निकाल कर पीने के बाद बिछावन पर लौटी और गुदड़ी में मुँह छिपा लिया।

चुन्नी दम साधे पड़ी थी। अँधियारा था, पर वह बड़ी का उठना, पानी पीना और फिर जाकर बिछावन पर लेट जाना, सब अपनी आँखों से टेर रही थी। अक्सर ऐसा होता था कि दोनों बहनें अपने-अपने बिछावन पर पड़ी जागती रहतीं, पर आपस में बतियाती नहीं। छोटी को लगता कि उसकी ज़िन्दगी तो बबलू के चलते

डाँवाडोल है, पर इस बड़की को भला किस बात की फ़िक्र! सत्तार मियाँ के पैसों पर गुलछर्रे उड़ा रही है। चौबीसों घंटे कुत्ते की तरह लार टपकाते हुए इसके पीछे दुम हिलाते फिरते हैं सत्तार मियाँ। साबिर चुप्पा है। जल्दी खुलता नहीं, पर है चंट। जितना दिखता है, उससे दोगुना ज़मीन के भीतर छिपा रहता है। सत्तार मियाँ उसके उस्ताद हैं, सो खुल कर सामने नहीं आता, पर चुप-चोरी उसके और अमीना के बीच क्या-क्या चल रहा है, सब उसे मालूम है। हफ़्ता दिन पहले ही उसने और बबलू ने अमीना और साबिर को ठाकुरबाड़ी रोड में बनारसी चाट वाले के यहाँ चाट खाते हुए देखा था। उसके दूसरे दिन ही हरे रंग की नई कुर्ती पहन कर लहरा रही थी। कहाँ से आई नई कुर्ती?...चुन्नी सोच रही थी कि अब वह इस घर के लोगों के बारे में सोचना छोड़ देगी। मरें-खपें सारे के सारे। उसे अब किसी से कुछ लेना-देना नहीं। इसीलिए जितना जी में आता है, घर का काम निबटा देती है और जी न किया तो कुछ नहीं करती। चाहे लाख चीखे-चिल्लाए कोई या ताना मारे, चुन्नी को अब किसी से कोई ग़रज़ नहीं। बस बबलू के पास कुछ और रुपए जमा हो जाएँ, निकल लेंगे दोनों। कलकत्ता जाना है। रात की गाड़ी पकड़े और सुबह कलकत्ता। हावड़ा में बबलू की फूफी रहती हैं। वहाँ आसरा मिल जाएगा। फिर अपना कोई काम-धंधा शुरू करेगा बबलू। पुलिस से भी जान छूटेगी। इतने बड़े कलकत्ता में पुलिस भला क्या खोज पाएगी बबलू को! कोर्ट-कचहरी का मामला अपने आप ठंडा पड़ जाएगा। बबलू का भी जवाब नहीं है। आजकल रात में लालजी टोला की ओर से चहारदीवारी फाँद कर क़ब्रिस्तान में घुसता है और बारी साहेब के मक़बरे में घुस कर बैठ जाता है। इस क़ब्रिस्तान में अकेला मक़बरा है वह। जब से टाटा वालों ने बनवा दिया है यह जगह साफ़-सुथरी हो गई है। महीने में एक-दो बार तो मौक़ा मिल ही जाता है। बस रात काली होनी चाहिए। पिछली बार तो मोबाइल में ऐसा सनीमा दिखाया कि उसकी देह जलने लगी थी। हलक़ सूख गया था और उसकी टाँगें ऐसे थरथरा रही थीं कि एक क़दम चलना मुश्किल। बहुत मुश्किल से जान बचा कर भागी थी वह। बबलू मियाँ कम हरामी नहीं हैं! सत्तार मियाँ से दो डेग आगे ही चलता है बबलू, पर वह बड़ी तो है नहीं कि उसे मुट्ठी में बन्द कर ले कोई! बबलू को बहुत पहले साफ़-साफ़ बता चुकी थी वह कि 'हम जुनैदवा की बीवी नहीं हैं। निकाह के पहले ठेंगा नहीं मिलनेवाला।' चुन्नी को मालूम था

कल्लू मियाँ के घर का सारा खेल। बबलू का चचेरा भाई था जुनैद। कंकड़बाग में मीट की दुकान थी उसकी। वह दुकानदारी में उलझा रहता था और बबलू मियाँ उसकी बीवी...। ख़ुद बबलू ने ही उसे बताया था। उसे कोई एतराज़ नहीं। निकाह के पहले जितना उड़ना है, उड़ लें बबलू मियाँ, पर उसके बाद पंख फड़फड़ाए तो ज़िन्दा क़ब्र में तोप देगी वह। पिछली बार अगर पकड़ा न गया होता बबलू तो अब तक उसकी ज़िन्दगी बहाल हो गई होती। इस मनहूस जगह से दूर जा चुकी होती वह। क़ब्रिस्तान से ज़्यादा और मनहूस कौन-सी जगह हो सकती है भला!

नींद में चलती बड़ी की साँसों की आवाज़ें आ रही थीं। उसे नींद आ गई थी, पर छोटी की आँखों में नींद के लिए जगह नहीं थी। बबलू के साथ ज़िन्दगी गुज़ारने के सपने बसे थे। अब इन सपनों को हटा कर नींद को भला कैसे बसा ले वह!

ऐसी उथल-पुथल भरी रातों में सिर्फ़ रसीदन, बड़ी और छोटी ही करवटें नहीं बदलतीं, बल्कि क़ब्र के भीतर सोए काले फ़क़ीर की नींद भी उचट जाया करती थी। किसी को भरोसा हो न हो, पर रसीदन को भरोसा था कि अपनी ज़िन्दगी के दु:खों से घबरा कर जब-जब वह बेहाल होती है क़ब्र में सोए उसके नाना काले फ़क़ीर की नींद टूट जाती है। वह क़ब्र से बाहर निकल कर उसकी ख़ैरियत पूछने उसके सपनों में आ जाया करते हैं। उसे ढाढ़स बँधाते हैं। वह सिर्फ़ ख़ैरियत ही नहीं पूछते बल्कि उसके लिए अल्लाह ताला से दुआएँ करते हैं। उनकी दुआओं के असर से ही उसकी सारी बलाएँ अब तक दूर होती रही हैं।

रसीदन को ही नहीं पूरे पीरमुहानी के बाशिन्दों को काले फ़क़ीर की दुआओं पर भरोसा था और आज भी उनकी रूहानी ताक़त पर भरोसा है। आज भी कई लोग हैं जिन्होंने पूरे चाँद की रातों के सन्नाटे में काले फ़क़ीर की छाया को घूमते हुए देखा है। आटा चक्की वाले बटेसर भगत तो बताते हैं कि रसीदनी के नाना अक्सर उन्हें नींद से जगा कर सिगरेट माँगते हैं। जब उनकी आँखें खुलती हैं तो ग़ायब। बटेसर एक सिगरेट निकाल कर सिरहाने रख कर आँखें मूँद लेते हैं और फिर जैसे ही

आँखें खोलते हैं सिगरेट ग़ायब। मोहन मिस्त्री के बाबूजी जब तक ज़िन्दा रहे, रोज़ रात में खैनी बना कर अपने सिरहाने काले फ़क़ीर के लिए रखते रहे। हर शब-बरात की रात रसीदन को खैनी के आठ-दस पत्ते और चूना की डिबिया उनकी क़ब्र पर रखने के लिए दे जाते थे।

रसीदन की आँखों में जैसे ही नींद की आवाजाही शुरू हुई और पलकें बोझिल होने लगीं, कोठरी की हवा में एक जुंबिश हुई। लगा, मानो दरवाज़े का पल्ला खुल गया हो और बलखाती हुई हवा का कोई झोंका घुस आया हो। उसने अपनी भारी होती पलकों को खोल कर कोठरी के अँधियारे में निहारने की कोशिश की थी। कहीं कुछ नहीं था। न हवा, न आदमी और न रोशनी...कुछ भी नहीं। उसने करवट बदली और फिर अपनी आँखें मूँद कर सोने की कोशिश की। कुछ देर बाद जैसे ही पलकें बन्द हुईं और नींद तारी हुई उसके नाना काले फ़क़ीर सामने खड़े थे।

काले फ़क़ीर हौले-हौले उसके पास आए और उसके सिरहाने बैठ गए। उसके माथ पर अपनी हथेलियाँ फिराते हुए उन्होंने पूछा, "किस बात पर इतनी बेचैन है हमारी बच्ची?"

"आ गए नाना?" रसीदन ने पूछा।

"कैसे नहीं आते भला! तुमको परेशान देख कर हम कबर में कैसे सोए रहते?"

"बच्चों को लेकर परेशान हैं नाना।"

"बच्चों को लेकर परेशान न रहा कर बच्ची। सबको अपना-अपना नसीब जीना होता है।"

"नसीब ही तो फूटा लेकर पैदा हुए हैं हम।"

"नसीब को मत कोस बच्ची। बस अल्लाह मियाँ पर भरोसा रख।... अल्हम्दुलिल्लाह,...इलिल्लाह!"

चौंक कर उठ बैठी रसीदन। चकित थी वह कि उसके नाना आकर चले गए!... और उसके लिए दुआ पढ़ गए! उसने अपनी आँखें मिचमिचाते हुए अँधेरे में अपने नाना को ढूँढ़ने की कोशिश की। वह दोज़ानू होकर बैठ गई। दोनों हथेलियों को खोल कर ऊपर उठाया और उसके होंठ लरज़े 'अल्हम्दुलिल्लाह...'

रसीदन कोठरी से बाहर निकली। बाहर साँय-साँय बह रही थी हवा। किसी अजाने लोक के पंछियों की तरह अपने धूसर पंख फैलाए कुहरे के टुकड़े हवा के

झोंकों से उड़े जा रहे थे। बड़ी और छोटी अपने-अपने बिछावन पर गुदड़ी ओढ़े गहरी नींद में पड़ी थीं। हवा की आवाज़ के सिवा क़ब्रिस्तान की सारी आवाज़ें ग़ायब थीं। धूसर रंग के सिवा सारे रंग ग़ायब थे। रसीदन ओसारे से नीचे उतर कर आँगन में आई। उसने एक बार मुँह उठा कर ऊपर आसमान की ओर फिर देखा। बिजली के खम्भे पर टँगे बल्ब की पीली रोशनी आँगन के टाट के पार आकर गुम हो गई थी। वह टाट हटा कर आँगन से बाहर निकली। रात-बिरात यही एक परेशानी थी।...अब सुबह होने में बहुत देर नहीं थी, पर इस कुहरे में आज सूरज निकलेगा, इसकी उम्मीद कम ही थी।

सुबह हुई तो सूरज ने कुहरे की चादर ओढ़ रखी थी। थोड़ी देर बाद हवा तेज़ हुई और कुहरे की चादर उड़ गई। फीकी रोशनी वाला सूरज दिखा। कुछ-कुछ अनमना और उदास-सा सूरज।

रसीदन की नींद तड़के ही खुल गई थी। सुबह की हाजत से निबट कर वह लौटी तो बड़ी और छोटी दोनों गुदड़ी में कुंडली मारे पड़ी थीं। रसीदन बाहर निकल गई। राधे गोप की चाय दुकान पर जाकर चाय पी।

जाड़ा हो या गर्मी, राधे की दुकान मुँह अँधेरे खुल जाती। सुबह-सवेरे काम पर निकलने वाली औरतों का दिन राधे की चाय से शुरू होता। यहाँ जमावड़ा लगा रहता। लाख जल्दी हो उसी में आपसदारियाँ निभाई जातीं। एक-दूसरे का हाल-समाचार जानने के साथ-साथ शिकायतों से भरी कनफुसियों के लिए भी यही वक़्त होता। रसीदन काफ़ी देर तक बैठी रही।

रसीदन के लाख मना करने के बावजूद सुबह-सुबह उसके आँगन में सत्तार मियाँ के आ धमकने का सिलसिला इन दिनों जारी था। राधे की दुकान पर बैठे-बैठे ही उसने सत्तार मियाँ को क़ब्रिस्तान के फाटक से भीतर घुसते हुए देख लिया था। वह सत्तार मियाँ का सामना करने से बचती है। उसकी सूरत देखते ही रसीदन की छाती में आग धधकने लगती है। यह रोज़-रोज़ की किचकिच अब बर्दाश्त नहीं होती

उससे। पर करे क्या, ख़ुद ही तो मुसीबत की गठरी लाद ली थी उसने अपनी छाती पर। कल ही हज़ार गालियाँ दी और बधना चला कर मारा भी, पर इस हरामी के पास ज़रा-सी शरम नहीं। इतना ढीठ है कि लाख दुरदुराओ, पर कुत्ते के माफ़िक़ दुम हिलाते हुए फिर पहुँच जाएगा। जिसको समझना चाहिए, जब वही समझने को तैयार नहीं, तो सत्तार मियाँ भला क्यों डरेगा उससे? जब बड़ी को ही अपनी फिकर नहीं, वह अपना सिर धुन कर क्या कर लेगी?

"बुआ, एक और चाय दें?...कड़क बनी है इस बार।" राधे की आवाज़ सुन कर चौंकी वह। क़ब्रिस्तान के फाटक पर टिकी उसकी नज़रें हटीं। राधे ने चाय का ग्लास उसकी ओर बढ़ा दिया। राधे उसे बुआ बुलाता है। राधे के बाप रामबरन गोप को वह भइया कहती थी। वे पिछले साल नहीं रहे। इस मोहल्ले की बेटी है रसीदन, सो उसकी वैसी ही क़दर होती है जैसी मायके में बेटियों की होती है। वह इस मोहल्ले में रसीदन बाद में है, रसीदनी पहले। बेटी-बहिन-बुआ कह कर ही बुलाते हैं लोग। उसे रसीदनी बुलाने वाले मोहल्ले में कुछ ही बुज़ुर्ग अब बच गए हैं। फजलू के अब्बा को भी इस मोहल्ले में दामाद की हैसियत मिली हुई थी। जिसका जी करता, उसे छेड़ देता। रामबरन भाई तो रोज़ उससे हँसी-ठठोली करते और गालियाँ देते। हमउम्रों से छेड़-छाड़ चलती रहती, पर मोहल्ले के बड़े-बुज़ुर्ग इज़्ज़त देते। कभी किसी ने उसे नसीरवा नहीं पुकारा।

रसीदन ने चाय ख़त्म की। राधे ने पूछा, "ठीक बनी थी बुआ?"

"हाँ रे। अच्छी थी। पैसे फजलू से ले लेना।" रसीदन बोली।

"का बुआ...तू भी न! पैसे के लिए टोका है कहियो आज तक?...बोल?" राधे ने उसके हाथ से गिलास लेते हुए कहा।

रसीदन मुस्कराई।

धीरे-धीरे सूरज की चमक बढ़ रही थी। उसे सामने से फजलू आता दिखा। रसीदन अपनी दोनों बेटियों की आरामतलबी से कभी-कभी आजिज़ हो जाती है। चाय की तलब लगी होगी फजलू को। बना कर पिलाने से रहीं दोनों। छोटी से तो कोई आस-उम्मीद नहीं, पर बड़की तो एक कप चाय बना ही सकती है। दूसरा भाई होता तो बवाल मचा देता, पर...। वहीं सत्तार मियाँ आँगन में घुसे नहीं कि चाय की प्याली लेकर बेगम साहिबा सामने...!

"अम्मा!" फजलू सामने खड़ा था।

"आ...। चाय पी ले।" लाड़ जताते हुए रसीदन बोली।

"बहरी हो गई हो का अम्मा? कुछ सुनाई नहीं दे रहा तुम्हें? दोनों चुड़ैलों की तरह आँगन में नाच रही हैं। लग रहा है कि एक-दूसरे को चबा जाएँगी। पुकार-पुकार के गला बैठ गया पर तुम...। जाओ जल्दी।" फजलू राधे की दुकान में लगी बेंच पर बैठ गया।

"या अल्लाह!...अल्लाह बेली!" अपने दोनों घुटनों पर हथेलियों का दबाव बनाती हुई रसीदन उठी। "दोनों हरामज़ादियों की जीभ खुजलाती रहती है। करनी-धरनी जोहि-सोहि और तेवर ऐसे कि...।"

अपने पैर झटकती हुई रसीदन क़ब्रिस्तान के फाटक की ओर भागी।

रसीदन के पहुँचने से पहले ही बड़ी और छोटी के बीच युद्ध-विराम हो चुका था।

अमीना बरामदे में पीढ़िया पर बैठी सुबुक-सुबुक कर रो रही थी। चुन्नी आँगन में रखी बँसखट के पायताने बैठी अपने नाख़ून चबा रही थी। उसकी पीठ अमीना की ओर थी और चेहरा पतहर की टाट में बाँस से बँधे सिनेमा के पोस्टर वाले पर्दे की ओर था। उसकी नज़रें दीपिका को चूमते हुए शाहरुख़ पर टिकी थीं कि रसीदन आँगन में घुसी। चूमते शाहरुख़ का चेहरा गोल मुड़ कर अदृश्य हुआ और दीपिका के चेहरे को आधा निगल गया। चुन्नी ने रसीदन की ओर पल भर के लिए देखा और फिर अपनी नज़रें फेर ली।

रसीदन के भीतर आने के बाद मुड़ा हुआ पर्दा थोड़ा हिल-डुल कर सीधा हुआ। शाहरुख़ और दीपिका हिलते-डुलते वापस लौटे। चुन्नी अपनी अम्मी की उपस्थिति को नज़रअन्दाज़ करती हुई शाहरुख़ और दीपिका के चुम्बन को टेरने लगी।

अमीना के सुबकने की गति और आवाज़ रसीदन को देखते ही तेज़ हो गई। आँखों से रिसते लोर और नाक से चूते पानी में लिथड़ा हुआ उसका चेहरा अजीब भुतहा हो चला था। थोड़ी देर पहले जिस अदा और ताक़त के साथ वह चुन्नी का

मुकाबला कर रही थी, ठीक उसके उलट अपने को दयनीय दिखाने में लगी थी। दोनों के अपने-अपने युद्ध-कौशल थे। चीख़ना-चिल्लाना अगर चुन्नी का हथियार था, तो रोना-बिसूरना अमीना का।

आँगन में चूल्हा पड़ा था। कोयले के टुकड़े बिखरे हुए थे। चूल्हे के भीतर केरोसिन तेल से भीगी लकड़ी के कुछ टुकड़े पड़े थे। चूल्हे से थोड़ी दूर केरोसिन की शीशी लुढ़की हुई थी। केरोसिन की गंध आँगन में पसरी थी। जब हवा के तेज़ झोंके आते, गंध के भभके उठते।...युद्ध यहीं से आरम्भ हुआ था। रोज़ चूल्हा जलाना चुन्नी के जिम्मे था। बिना चूल्हा जलाए वह बाहर निकलने ही वाली थी कि अमीना ने टोक दिया। चुन्नी ने रुक कर चूल्हा जलाने का उपक्रम शुरू तो किया, पर साथ-साथ अपने बोलों से अमीना की छाती में छेद भी करती रही। उसने जब पलटवार किया, मामले ने तूल पकड़ लिया और फिर जो अक्सर होता था, होने लगा। न राजपाट का मामला और न हक़तलफ़ी का। दोनों के पास अपने उफनते यौवन के कस-बल की आज़माइश के लिए यही रास्ता था, सो वे बिना बात के भी मौक़े तलाश लेतीं।

रसीदन ने आगे बढ़ कर केरोसिन की लुढ़की हुई बोतल उठा ली। उसमें कुछ तेल बचा था। लगभग चुल्लू भर। वह बीच आँगन में आकर रुकी और बिना कुछ बोले बोतल में बचा तेल अपने माथे पर उड़ेल लिया और माचिस खोजने लगी। अमीना ने उसे माथे पर तेल उड़ेलते हुए देखा और चीख़ती हुई उठी। भाग कर उसके पास आई। चुन्नी की पीठ के पीछे हो रहा था यह सब। उसने भी एक बार मुड़ कर देखा और फिर निस्पृह भाव से मुँह फेर लिया। रसीदन माचिस की डिबिया खोज रही थी। उसके सामने ज़मीन पर बैठ कर अमीना ने उसके पैरों में अपनी बाँहों का गहुँआ बाँध दिया था कि वह आगे बढ़ कर माचिस न ढूँढ़ सके। चुन्नी बीच-बीच में पीछे मुड़ कर रसीदन और अमीना को देख लेती और फिर अपनी नज़रें शाहरुख़-दीपिका पर टिका देती।...केरोसिन तेल में तर-ब-तर माचिस की डिबिया चूल्हे के भीतर लकड़ी के टुकड़ों के बीच पड़ी मुस्कुरा रही थी।

रसीदन आँगन में बैठ गई। भाव-शून्य आँखों से सब कुछ निहारती रही। अमीना ने आँगन में बिखरे कोयले के टुकड़ों को सहेज कर चूल्हे के पास जमा किया। चुन्नी बाल्टी लेकर पानी लाने गई। पानी लाकर नाबदान के पास रखा। अमीना कोठरी के

भीतर ताखे में रखी साबुनदानी ले आई। रसीदन की बाँह पकड़ कर उठाया और नाबदान के पास रखे पत्थर के चौकोर टुकड़े की पटरी पर उसे नहाने के लिए बैठा दिया। इस बीच चुन्नी ने चूल्हा सुलगा कर उस पर कोयला के टुकड़ों को बोझ दिया। चूल्हे से धुआँ उठ कर आँगन में पसरने लगा। वह बिना किसी की परवाह किए चूल्हा सुलगा कर आँगन से बाहर निकल गई। अमीना अपनी अम्मी के सिर में साबुन लगा कर नहला रही थी।

झमकती हुई चुन्नी आँगन से निकली और राधे की दुकान पर पहुँची। वह राधे की दुकान पर कम आती थी। राधे से उसे बहुत डर लगता था। क़ब्रिस्तान के फाटक के ठीक सामने थी दुकान, सो उसकी सारी कारिस्तानियों पर राधे की नज़र रहती थी। वह कभी कुछ बोलता या उसे टोकता नहीं था, पर ऐसे देखता था कि चुन्नी की हाड़-हाड़ काँप उठती। फजलू वहाँ से जा चुका था। उसे अपने सामने पाकर राधे ने पूछा, "चाय चाहिए का रे चुन्नी?"

"हूँ।" एक छोटी-सी हुँकारी भर कर चुन्नी ने क़ब्रिस्तान के फाटक की ओर अपनी नज़रें गड़ा दी।

राधे ने जब चाय छान कर ग्लास उसके सामने किया तब उसकी नज़रें फाटक सें हटीं। चुन्नी ने बिस्कुट से भरे शीशे के मर्तबानों की ओर देखा। बोली, "बिस्कुट भी राधे भइया।"

राधे ने बिस्कुट दिया। वह चाय में डुबो-डुबो कर बिस्कुट खाते हुए फाटक की ओर निहारती रही। उसे अन्देशा था कि उसकी टोह लेने बड़ी ज़रूर बाहर निकलेगी।...पर ऐसा नहीं हुआ। अमीना नहीं निकली। फाटक पर नज़रें टिकाए चुन्नी का इन्तज़ार बेकार चला गया। चाय का जूठा गिलास नीचे रख कर वह बोली, "राधे भइया, लिख लेना।"

"हिसाब बढ़ते जा रहा है चुन्नी।"

"...हम पर भरोसा ना है का राधे भइया?"

"चुन्नी! हिसाब बढ़ रहा है और भरोसा कम होते जा रहा है।"

"इसीलिए हम तुम्हारे दुकान पर कम आते हैं। रामबरन मामू के मरने के बाद गिनती के आए होंगे तुम्हारे दुकान पर चाय पीने। कहियो हिसाब नहीं किए मामू।"

राधे को झटका लगा। उठ कर जाने से पहले फजलू आज का सारा क़िस्सा सुना गया था। भीतर ही भीतर राधे पहले से ही सुलग रहा था। वह इसके मुँह नहीं लगना चाह रहा था, पर सहने की भी हद होती है। राधे उसके सामने आकर खड़ा हो गया। बोला, "सुन चुन्नी।...हम सारा हिसाब-किताब अभिए लीप-पोत दिए। सब बराबर।...न कुछ हमको पाना और न कुछ तुमको देना।...पर आज के बाद तेरे लिए राधे टी स्टाल बन्द।...दिखाई मत देना हमको।"

तड़क उठी चुन्नी। उसके भीतर बैठा राधे का डर कड़कड़ा कर टूटा। बोली, "तुमको भी कहे दे रहे हैं राधे भइया कि मत देखना हमको। सड़क पर दुकान है, तो हम तो इधर से आएँगे-जाएँगे ही।...तुम चाहो तो मत देखना। आँख अपनी मूँद लो, चाहे फोड़ लो,...हमको कवनो गरज ना है।"

राधे को हक्का-बक्का छोड़ कर चल दी चुन्नी उर्फ छोटी। दुकान पर बैठे लोग भौचक उसको जाते देखते रहे।

चुन्नी चली तो गई, पर राधे गोप को क्रोध की लपटों में झोंक कर। मिठबोलिया राधे की आत्मा पर फफोले उभर आए। अपने स्वभाव के उलट उसका चेहरा लाल भभूका हो गया। चूल्हे पर चढ़े भगौने से उफनकर चाय गिरी और दूध के जलने की गंध पसर गई चारों ओर। चाय के दो गिलास टूटे। बिस्कुटों से भरा शीशे का एक मर्तबान उलट कर गिरते-गिरते बचा।

सुबह से साँझ हो गई पर राधे का मन नहीं सँभला। जैसे-जैसे दिन चढ़ता गया राधे के मग़ज़ की भिन्नाहट बढ़ती गई। चाय की जो दुकान शीतलहर में भी रात के दस बजे तक गुलज़ार रहती थी, उसे राधे ने सई-साँझ बन्द किया और निकल

गया। चौथी गली के भूलोटन गोप के यहाँ से पाउच मँगवा कर पीने के बाद घर गया। घर जाकर पहले तो उसने सोने की कोशिश की, पर सो नहीं सका। थोड़ी देर तक करवटें बदलते रहने के बाद राधे क़ब्रिस्तान के फाटक पर पहुँचा। फाटक पर बनी कोठरी में फजलू और साबिर चिलम पर दम लगा रहे थे। कोठरी में अँटी-गँसी गाँजे की गंध बन्द दरवाज़े और खिड़की के पल्लों की दरारों से रस-रिस कर बाहर आ रही थी। राधे ने आवाज़ दी, "फजलुआ!...फजलुआ रे!"

कोठरी के भीतर बैठे फजलू और साबिर ने राधे की आवाज़ पहचान ली। साबिर ने धीरे से दरवाज़े का एक पल्ला फाँफर किया। गाँजे की गंध का भभका उमड़ा और राधे के नथुनों में घुसा। राधे पहले से ही पाउच की लहरों पर हिचकोले खा रहा था। भीतर घुसते हुए बोला, "साले, तुम दोनों एक दिन भीतर जाओगे।"

"काहे राधे भाई? गाँजा पर रोक ना है। सुने हैं कि अपने मुखमंतरी जी भी दम लगाते हैं। तुम जो पाउच मार के निकले हो, सो गुनाह है।" साबिर ने दरवाज़े का पल्ला सटा कर हँसते हुए कहा।

फजलू चुप था। वह राधे के अचानक आने के कारण की टोह लेने के लिए कुछ ज़्यादा ही सतर्क हो गया था। चुन्नी और राधे के बीच हुई झड़प की ख़बर उस तक पहुँच चुकी थी। उसके हाथों में मटमैले कपड़े की साफी में लिपटी चिलम थी। राधे की ओर चिलम बढ़ाते हुए फजलू ने धीरे से कहा, "लो।"

राधे ने चिलम ले ली और दम लगाया। नाक से धुआँ छोड़ते हुए बोला, "साले, इसमें माल तो है ही नहीं। सब चाट चुके हो तुम दोनों।...नया माल बोझो।"

साबिर ने राधे के हाथ से चिलम लिया और उसकी धुआँती राख को कोठरी के कोने में झाड़ दिया। वह फिर से चिलम पर गाँजा बोझने की तैयारी में लग गया। फजलू अपनी भकुआई आँखों से चुपचाप राधे को निहार रहा था। साबिर ने बात शुरू की, "आज बहुत पहिलहीं दुकान बढ़ा दिए राधे भाई?"

"हाँ।" राधे ने नपा-तुला जवाब दिया और फजलू की ओर देखने लगा।

फजलू समझ चुका था कि राधे क्यों आया है। वह बात शुरू करने का इन्तज़ार कर रहा था कि साबिर ने फिर सवाल किया, "काहे?"

साबिर के सवाल को टालते हुए राधे ने फजलू से पूछा, "फजलू, चुनिया ने आज जो किया मालूम है?"

"हूँ, सुने कि आज तुमसे अझुरा गई।" फजलू की आवाज़ में तटस्थता थी।

"चुनिया को सँभाल फजलू। अब बेसम्हाल होती जा रही है। कवनो दिन भारी कांड हो जाएगा। हम बुआ के चलते अब तक आँख-मुँह बन्द किए थे...पर अब पानी माथ ऊपर बहने लगा है। कल्लू मियाँ के बेटा बबलुआ के फेरा में तुम लोगों को कहीं का नहीं छोड़ेगी ये लड़की।...बबलुआ हरामी रात-बिरात हाता फाँद कर कबरगाह में घुसता है। दोनों का खेला पूरे मोहल्ले में एक-एक आदमी जान रहा है।...हम मुँह-आँख बन्द किए हैं, सो कोई कुछ नहीं बोल रहा है।...हम भी कब तक सहेंगे? अब तो हमारे माथ पर ही हाथ रख दिया इस लड़की ने। तुमको मालूम है कि आज का बोली है हमको?"

"मालूम है।...अब तो बस एक ही उपाय है कि कवनो दिन इसकी गरदन रेत कर फाँसी लटक जाएँ।" फजलू की आवाज़ में क्रोध नहीं, दुख लरज़ रहा था।

"सुन फजलू, मेरी बात सुन। बबलुआ की कवनो मान-मरजाद तो है नहीं। उसका बाप कल्लू मियाँ उसे दुकान पर चढ़ने नहीं देता। चोरी-राहजनी के केस में फँसा है साला।...एक बार चोरी का चस्का लग गया और पुलिस की बही में नाम चढ़ गया, तो इस बीमारी से पीछा छुड़ाना बहुत मुश्किल है। आज न तो कल फिर कांड करेगा और धराएगा ही। चुनिया को समझाओ तुम लोग। समझेगी तो ठीक और न समझी तो बबलुआ पर फंदा डालना होगा। एक दिन हम लोग घेर कर साले की पुरकस कुटाई कर देंगे, मामला अपने आप निपट जाएगा। साले का मोहल्ले में आना-जाना बन्द करना होगा।"

"अभी तो वही आता है और बाद में यही रात-बिरात बबलुआ के पीछे लोहानीपुर जाने लगी तब?" अब तक चुप साबिर ने अपने मन का सन्देह उजागर किया।

"जाएगी कैसे? टँगड़ी काट देंगे। अपनी तरह लाँगड़ बना कर घर में बैठा देंगे।" इस बार फजलू की आवाज़ में क्रोध था। गाँजे के नशे में पहले से लाल हुई उसकी आँखों में ख़ून उतर आया था।

"देख फजलू, हम तो रसीदनी बुआ के चलते आज सह गए। हम तो सह गए, पर मोहल्ला-टोला कब तक सहेगा? किसी दिन बवाल मच जाएगा इस लड़की के चलते।...वैसे भी आजकल...!" अपनी बात बीच में ही रोक कर राधे ने साबिर की ओर देखा।

"का आजकल?" फजलू की आवाज़ में आशंका थी।

"...आजकल दिन-रात साला हिन्दू-मुसलमान लगा हुआ है, सो हम समझा रहे हैं। हमको तो डर है कि किसी दिन पकड़ा गया बबलुआ तो भारी तूफ़ान मचेगा। इससे तो बढ़िया है कि हम ही लोग मिल कर साले को कूट दें।" एक झटके के साथ राधे उठा। पाउच-पान और चिलम के दम के दोहरे असर से उसकी आवाज़ लटपटा रही थी।

साबिर ने उठ कर दरवाज़े का पल्ला खोल दिया। राधे हिलते-डुलते बाहर निकला। फजलू बैठा था। उसके कानों में राधे की कही बात में से केवल 'हिन्दू-मुसलमान' शब्द की अनुगूँज उथल-पुथल मचा रही थी।

5

साबिर और फजलू लगभग हमउम्र थे। फजलू बमुश्किल दो-तीन साल छोटा था। साबिर को उसके अब्बू और उसकी विधवा ख़ाला ने पाल-पोस कर बड़ा किया था। उसकी अम्मा जचगी के समय जच्चाख़ाने में ही उसको छोड़ कर चल बसीं। दूध पीना तो दूर, वह अपनी अम्मा की छाती से भी नहीं लग पाया। उसके अब्बू अलीबख़्श सुल्तानगंज थाना के सामने वाली गली में रहते थे। शादी-ब्याह के मौसम में शहनाई बजाते और जब लग्न के दिन नहीं होते दोनों मियाँ-बीवी बीड़ियाँ बनाते। अलीबख़्श, उस्ताद नूरबख़्श के शागिर्द थे।

अलीबख़्श के उस्ताद नूरबख़्श का बड़ा नाम था। दूर-दूर तक उनकी पूछ थी। पटना के रेडियो स्टेशन में उन्हें एक बार शहनाई बजाने का मौक़ा मिला और फिर उनकी शोहरत को पंख लग गए। वैसे भी उनके अब्बा क़व्वाल थे और मौसीक़ी उनका ख़ानदानी पेशा था। मौसीक़ी की महफ़िलों में अपनी शहनाई से जादू जगाने वे दूर-दूर तक जाते। अलीबख़्श अपने उस्ताद के साथ रहते। उस्ताद अपनी झोली से मुट्ठी बाँध कर जो कुछ निकालते और उनकी हथेली पर रख देते, उससे वह सन्तोष कर लेते। उस्ताद नूरबख़्श जब तक ज़िन्दा रहे अलीबख़्श की ज़िन्दगी बिना

किसी हील-हुज्जत के चलती रही। पर उस्ताद के गुज़रने के बाद अलीबख़्श की ज़िन्दगी तूफ़ानों में घिर गई। साबिर की अम्मा उस्ताद नूरबख़्श की ही छोटी बेटी थीं। उस्ताद नूरबख़्श के घर आते-जाते कब वे उनकी बेटी मदीहा बानो की ज़ुल्फ़ों के असीर हो गए, उन्हें पता तक न चला। उस्ताद के घर में मदीहा बानो उनका सबसे ज़्यादा ख़्याल रखतीं। नौकर-चाकर थे, पर कभी भी उनके हाथों नाश्ता या चाय-शर्बत अलीबख़्श के लिए नहीं आता। मदीहा की अम्मी ख़ुद लेकर आतीं या मदीहा के हाथों भिजवातीं। वह अलीबख़्श को अपने बेटों की तरह ही मानतीं और उनका ख़्याल रखतीं। अलीबख़्श जब उस्ताद के घर होते उनकी आँखें मदीहा बानो को टेरती रहतीं। जब तक मदीहा दिख नहीं जातीं, अलीबख़्श का जी बेचैन रहता। कई बार तो वह ग़लत सुर लगा बैठते और उन्हें अपने उस्ताद की तिरछी नज़रों का सामना करना पड़ता। उस्ताद नूरबख़्श मिठबोलिया आदमी थे। डाँटना-फटकारना उनकी फ़ितरत में नहीं था। फ़ितरतन वह चुप रहने वाले लोगों में थे, सो ग़लतियों पर बस एक अजीब-सी नज़र से देखा करते थे। ऐसी नज़र जिसमें गुस्सा होता भी और नहीं भी होता। धीरे-धीरे ये बेचैनियाँ बढ़ने लगी थीं और उधर मदीहा बानो का दुपट्टा कुछ ज़्यादा ही लहराने लगा था। कभी-कभी तो बिलकुल पास से गुज़रते हुए मदीहा का दुपट्टा अलीबख़्श के चेहरे को छूते हुए सरक जाता। चाय की प्याली पकड़ाते हुए पहले उँगलियों को उँगलियाँ छू लिया करती थीं, पर धीरे-धीरे उँगलियों ने उँगलियों को दाबना शुरू किया और फिर नौबत चिकोटियों तक आ पहुँची। अलीबख़्श के भीतर उस्ताद की नाराज़गी झेलने की हिम्मत नहीं थी। भीतर ही भीतर एक ख़ौफ़ तारी रहता, पर मदीहा पूरे घर में अपने पंख फड़फड़ाती फिरतीं। अपने अब्बा हुज़ूर और अम्मी की लाडली मदीहा अपनी बड़ी बहन और दोनों बड़े भाइयों से बेख़ौफ़ रहतीं। इस बेख़ौफ़ रहने की बहुत बड़ी क़ीमत उन्हें अपने अब्बा की मौत के बाद चुकानी पड़ी।

मदीहा बानो अपने अब्बा हुज़ूर के गुज़रते और चालीसवाँ ख़त्म होते ही ऐसे हठ कर बैठीं कि अलीबख़्श को उनसे आनन-फ़ानन में निकाह करना पड़ा। अपने भाइयों, बड़ी बहन और अम्मी को बिना बताए मदीहा अपने अलीबख़्श को साथ लिये पत्थर की मस्जिद पहुँची और बड़े मौलवी के सामने हाज़िर हो गईं। अलीबख़्श तो मुँह बाये हैरत से सब कुछ निहारते-सुनते रहे, पर मदीहा बानो

ने बड़े मौलवी को जाने कौन सा पाठ पढ़ाया कि उन्होंने क़ाज़ी को बुलवा कर अपनी देख-रेख में निकाह पढ़वा दिया। निकाह के बाद तो ज़लज़ला आ गया। उस्ताद नूरबख़्श के दोनों बेटे और बड़ी बेटी उनकी मुहब्बत पर बिजली की तरह गिरे। लाख समझाया अड़ोस-पड़ोस ने, पर उन लोगों ने किसी की बात न सुनी। बड़े मौलवी से लड़ने-भिड़ने की औक़ात तो थी नहीं, सो आफ़त गिरी मदीहा बानो पर। उन्हें घर से बेघर होना पड़ा। उस्ताद नूरबख़्श के अब्बा ज़हूरबख़्श की अपने बेटे के नाम पर तामीर करवाई हवेली नूर मंज़िल से बिना किसी सौग़ात के उनकी रुख़सती हो गई। अलीबख़्श के पास मदीहा बानो को रखने के लिए न कोई ढंग का न घर था और न ज़िन्दगी गुज़ारने के लिए कोई रोज़ी-रोज़गार था। बिना उस्ताद नूरबख़्श के उनकी शहनाई को भला कौन पूछता? साबिर की अम्मा को अपने अब्बा हुज़ूर के घर के ऐशो-आराम की आदत थी, पर अलीबख़्श की गाँठ ढीली थी। अलीबख़्श ने शादी-ब्याह के मौक़ों पर शहनाई बजाना शुरू किया। इबरार बैंड वालों ने उस्ताद नूरबख़्श का ख़्याल करते हुए उनकी मदद की। लग्न के दिनों में अलीबख़्श की पूछ होने लगी। उन्होंने एक कोठरी किराए पर ले ली थी। जब्र लग्न के दिन नहीं होते, आमदनी कम हो जाती। बीड़ियाँ बनाने की मज़दूरी से ज़िन्दगी काटना दूभर हो जाता, पर मदीहा बानो उफ़ तक न करतीं। उन्हें अपने किए पर फ़ख़्र था। अपने इश्क़ के ग़ुरूर में उन्होंने अपने मायके की दौलत को ठेंगा दिखा दिया था। हालाँकि अम्मी का चुप रह जाना उन्हें बहुत बेचैन करता, पर अपनी सीधी-सादी अम्मी पर भाइयों और बड़ी बहन के क़ब्ज़े को ख़ूब समझ रही थीं, सो उन्होंने भी मुँह फेर लिया था।

साबिर की पैदाइश के समय जाने कहाँ से अचानक मौत आई और झपट्टा मार कर ले गई साबिर की अम्मा मदीहा बानो को! इधर साबिर उनके पेट से बाहर आया और उधर वह तड़पती हुई चली गईं। बेचारे अलीबख़्श की जान साँसत में फँस गई। औरत की मौत का ग़म मनाएँ कि बच्चे की नन्ही-सी जान को पालें-पोसें! ऐसे में साबिर की विधवा ख़ाला बिलकीस बानो सहारा बनी। दो साल से रँड़ापा काट रही थी बिलकीस बानो। पीरमुहानी क़ब्रिस्तान के दक्खिन बसे लालजी टोला के पीछे रेलवे हंटर रोड वाली गली में उसका अपना मकान था। पति आवारा था। रेलवे लाइन पर उसकी कटी हुई लाश मिली। उसके घर के पीछे ही रेल का सिग्नल

था। यार्ड में जाने से पहले मालगाड़ियाँ इस सिग्नल पर घंटों रुकी रहतीं। बिलकीस का आदमी मालगाड़ियों से सामान चुराता और बेचता। यही धंधा था उसका। इसी में किसी दिन हादसे का शिकार बन गया। अब अल्ला जानें कि कोई हादसा हुआ या कि किसी ने दुश्मनी में गला रेत कर रेल लाइन पर फेंक दिया!

बिलकीस बानो साबिर की अम्मा की सगी बहन नहीं थी। वह साबिर के नाना के ख़वास मोहम्मद जान बेटी थी और उसकी अम्मा मदीहा बानो की सहेली थी। मदीहा बानो और बिलकीस बानो में बहनापे का रिश्ता था। ब्याह के बाद बिलकीस बानो रेलवे हंटर रोड पर अपनी ससुराल में रहने लगी थी। बहन जैसी अपनी सहेली की औलाद को पालने-पोसने के लिए बिलकीस बानो ने एक कोठरी वाले अपने मकान की साँकल चढ़ा कर ताला बन्द किया और फ़ौरन जा पहुँची सुल्तानगंज। साबिर की परवरिश के लिए अधेड़ अलीबख़्श को सहारा मिला और साथ ही उनकी शहनाई को जवान बिलकीस बानो की साँसों की फूँक भी मिल गई। अलीबख़्श मन-मिज़ाज से कलाकार आदमी थे और कुछ-कुछ रसिया भी थे, सो बीवी की मौत का ग़म बिसार कर बिलकीस बानो से लटपटा गए और बिना निकाहेसानी उसे अपने घर बिठा लिया। बिलकीस बानो अपने घर का सामान ढोकर सुल्तानगंज ले गई और कोठरी को किराए पर उठा दिया। ब-मुश्किल सात-आठ साल बीते होंगे कि एक रात किसी की बेटी की शादी में अपनी शहनाई में फूँक मारते हुए अलीबख़्श लुढ़क गए। बिलकीस बानो के नसीब में रँड़ापा लिखा था, सो अलीबख़्श भी उसके न हुए। उसके हवाले अपनी औलाद छोड़ कर विदा हो गए। अलीबख़्श की किराए की कोठरी ख़ाली कर जब बिलकीस बानो रेलवे हंटर रोड लौटी तब तक मकान पर किराएदार ने क़ब्ज़ा कर लिया था। अपनी छाती पीटती रह गई बिलकीस बानो, पर मकान में दाख़िल न हो सकी। मकान था ही नहीं। मकान के निशान तक मिट चुके थे। थाना-पुलिस सबके पास गई वह, पर ग़रीब की कौन सुनता है, जो कोई सुनता। फ़ौजदारी करने या मुक़द्दमा करने की औक़ात तो थी नहीं।...और फिर वो समय भी बड़ा उथल-पुथल भरा था। भीतर ही भीतर कहीं आग सुलग रही थी और शहर के दूसरे मोहल्लों की तरह इन मोहल्लों में भी पिछले कुछ सालों से धीरे-धीरे धुआँ पसर रहा था। कोई बिलकीस बानो की मदद के लिए आगे नहीं आया। वह सबके दरवाज़े खटखटाती फिरी, पर सबने मुँह मोड़ लिया।

भूलोटन गोप का रिश्तेदार था वह किराएदार। उसका अपना बड़ा-सा मकान था लालजी टोला में। उसने सोच-समझ कर बिलकीस बानो की कोठरी किराए पर ली थी। कुछ दिनों तक किराया भी दिया। बाद में किराया देना बन्द कर दिया। कुछ दिनों तक तो बिलकीस बानो ख़ुद ही दुधमुँहे साबिर को पालने-पोसने और अलीबख़्श की शहनाई की धुन पर नाचने में मगन रही। मकान के बारे में सोचा तक नहीं। बीच-बीच में जब पैसों की ज़्यादा दरकार पड़ती, वह सुल्तानगंज से आती और किराएदार से पैसे ले जाती। अलीबख़्श की मौत के बाद जब वह बेसहारा हुई, तब तक उसकी कोठरी ज़मीदोज़ हो चुकी थी और वहाँ गाय-भैसों का खटाल बन गया था। भूलोटन गोप के इस रिश्तेदार ने बिलकीस बानो को समय-समय पर दिए गए पैसों की एक सूची बनाई थी। इस सूची में दर्ज रक़म जोड़ कर कोर्ट की स्टाम्प ड्यूटी वाले काग़ज़ पर बाएँ हाथ के अँगूठे का निशान भी लगवा रखा था, जिसे वह बिलकीस बानो के अँगूठे का निशान बताता था। उसने नगरपालिका वालों से साँठ-गाँठ कर टैक्स भरना भी शुरू कर दिया था। पिछले कई सालों की पावती रसीद भी उसके पास थी।

बिलकीस बानो ने इस चौथी गली में एक कोठरी किराए पर ली और सब्ज़ीबाग़ से लंगरटोली जाने वाली राह में बनी शकूर मियाँ की बेकरी में नौकरी करने लगी। रसीदन ने ही कह-सुन कर यह कोठरी दिलवाई थी। बेसहारा बिलकीस बानो की वही ज़ामिन बनी थी।

यही वो समय था जब फजलू और साबिर की दोस्ती हुई। साबिर को रसीदन के भरोसे छोड़ बिलकीस बानो बेकरी में काम करने निकल जाती। साबिर और फजलू दोनों साथ-साथ रहते और दिन भर उधम मचाते रहते। आगे-आगे साबिर चलता और उसके पीछे-पीछे फुदकते हुए भागता फजलू। उस समय तक उसके पाँव ठीक थे। साबिर के मुक़ाबिल दुबला-पतला ज़रूर था फजलू, पर ताक़त की कमी नहीं थी। बिलकीस बानो जब बेकरी से लौटती दोनों बच्चों के लिए कुछ न कुछ लाती। कभी पावरोटी, कभी बिस्किट, तो कभी नानखटाई। कभी-कभी बिलकीस बानो के बेकरी से लौटने में देर होती और रात हो जाती, साबिर रसीदन के पास ही रहता। वह उसे खिला कर अपने पास सुलाती। फजलू और साबिर जवान होते रहे और बिलकीस बानो उससे बेफ़िक्र होती गई। इस बीच फजलू का पाँव ख़राब हुआ। वह

महीनों बिस्तर पर रहा। धीरे-धीरे फजलू अपने एक पाँव की बदौलत खड़ा हुआ। फिर चलने-फिरने लगा। क़ब्र खोदने में अपने अब्बू नासिर मियाँ की मदद करने लगा और साबिर ने सत्तार मियाँ की शागिर्दी शुरू कर दी। वह भी सत्तार मियाँ की शागिर्दी में बिलकीस बानो से कटता गया। वह दिन-रात सत्तार मियाँ के आगे-पीछे फिरकी की मानिंद नाचता फिरता।

फिर ऐसा भी समय आया कि बिलकीस और साबिर के बीच कहा-सुनी आम बात हो गई। कभी बोलचाल बन्द, तो कभी गाली-गलौज। फिर धीरे-धीरे नौबत मार-पीट तक जा पहुँची।...और फिर एक दिन बिलकीस बानो बेकरी से लौटी ही नहीं। पति, मकान और अलीबख़्श को तो वह पहले ही गँवा चुकी थी। कुछ और तो बचा नहीं था उसके पास गँवाने के लिए, सो उसने ख़ुद को ही गँवा दिया। जाने कहाँ चली गई! रसीदन ने उसे हर जगह खोजा, पर वह मिली नहीं। बेकरी वाले शकूर मियाँ तक को पता नहीं था कि वह कहाँ चली गई! हालाँकि शकूर मियाँ ने बातों-बातों में कुछ इशारा किया था। उनकी बातों से ऐसी भनक मिली थी कि पैंतीस-चालीस के आसपास का कोई आदमी अक्सर मिलने आता था और वह उनकी नज़रों से छिप-छिपाकर यानी उनके ग़ायबाने में उससे मिलती-बतियाती थी। बेकरी का काम छोड़ कर ग़ायब रहने के लिए उसे डाँट भी पड़ती थी। शकूर मियाँ जब घर पर होते या बाज़ार से पैसे उगाही के लिए निकलते बिलकीस बानो उस आदमी के चक्कर में बेकरी के काम का नुकसान करती थी। शकूर मियाँ उससे बहुत ख़ुश नहीं रहते थे। बिलकीस बानो शकूर मियाँ के बारे में अलग क़िस्सा बयान करती। शकूर मियाँ बाल-बच्चेदार थे, पर रँडुआ थे। बिलकीस बानो का कहना था कि बुढ़ऊ उस पर बुरी नज़र रखते हैं और बहाने खोज-खोज कर उसे कोसते और तंग करते हैं। शकूर मियाँ घुटे हुए आदमी थे, सो साफ़-साफ़ तो कुछ नहीं कहा, पर उस आदमी की ओर इशारा ज़रूर किया था। अब जिसे न कभी देखा, न कभी जिसके बारे में कुछ सुना, उस आदमी को ढूँढ़ने कहाँ जाती रसीदन! उसके साथ काम करने वालों तक को उसके कहीं जाने या कहीं होने की कोई भनक न मिली। बिला गई बिलकीस बानो! अब अल्लाह ही जानें कि कहीं डूब-धँस कर मर गई या फिर इस रोज़-रोज़ की किचकिच वाली ज़िन्दगी से उकता कर उसी आदमी के साथ निकल ली!

बिलकीस बानो के ग़ायब होने के बाद साबिर को उसकी क़ीमत पता चली। शुरु-शुरू में तो वह बेफ़िक्र रहा कि जाएगी कहाँ,...लौट कर आ ही जाएगी किसी दिन!...पर जब कई महीनों तक नहीं लौटी, तो एक दिन साबिर फूट-फूट कर रोया। फिर गुमसुम रहने लगा। वह महीनों गुमसुम रहा। कम बोलता। रात-रात भर जागता। सत्तार मियाँ और फजलू के साथ दारू पीता या गाँजे की चिलम फूँकता। इन दिनों साबिर को अपने अब्बू बहुत याद आते। अब्बू की शहनाई याद आती। उसके अब्बू की शहनाई उसके पास थी। वैसी ही थी, जैसी वे छोड़ गए थे। सुल्तानगंज से कोठरी ख़ाली कर आते हुए बिलकीस बानो उसे अपने साथ लेती आई थी। बदरंग हो चुकी मख़मल के खोल में लिपटी पेटी में बन्द पड़ी थी शहनाई।

बिलकीस बानो के जाने के बाद उदासियों के बीच लिथड़ता साबिर का बचपन बार-बार झाँकता और उसे बेहाल कर देता। बचपन की छायाएँ कभी काले बादलों की तरह उमड़ती-घुमड़तीं, तो कभी गुच्छ के गुच्छ जलते हुए तारों की तरह उसके ऊपर गिरतीं। कभी अब्बू का दुलार याद आता, तो कभी ख़ाला की मनावन याद आती। बचपन से ही वह ख़ाला को बहुत तंग करता रहा था। भूख लगी होती, फिर भी वह ठान कर बैठ जाता कि नहीं खाएगा और ख़ाला उसके पीछे-पीछे उसकी चिरौरियाँ करती डोलती। अब्बू और ख़ाला में कभी झगड़ा नहीं हुआ। ख़ाला कभी किसी बात पर बड़बड़ाती भी तो अब्बू हँस कर टाल देते। पहले वह यह समझ नहीं पाता कि सबकी अम्मा होती हैं, पर उसकी अम्मा के बदले ख़ाला क्यों हैं! जैसे-जैसे वह बड़ा होता गया, बिना पूछे ही उसे लोगों ने बता दिया कि उसकी अम्मा मदीहा बानो उसे जनमते ही अल्लाह को प्यारी हो गईं और फिर उसकी इस ख़ाला ने ही उसे पाला-पोसा। अपने भोलेपन में उसने अपनी ख़ाला से एक बार पूछा था, "खाला, तुम अल्लाह को प्यारी काहे नहीं हुईं?" उस दिन ख़ाला उसे मारने दौड़ी थी। वह भागा था। फिर ख़ाला को हँसी आ गई थी और उन्होंने उसे अपने पास बुलाने के लिए बहुत मनावन किया था। साबिर के अब्बू जब भी लग्न

कमाने जाते और घर लौटते, मिठाइयों और नमकीन का पैकेट साथ लाते। अब्बू को देखते ही वह दौड़ता। मिठाई का पैकेट लेने से पहले वह अपने अब्बू के काँधे से लटके बन्द मुँह वाले लम्बे मख़मली झोले को उतारने के लिए लपकता, जिसमें उनकी शहनाई होती। उसके अब्बू अपना काँधा झुका देते ओर वह झोला उतार लेता। फिर अब्बू उसके हाथों में मिठाई का पैकेट पकड़ाते हुए झोला सँभाल लेते।

साबिर को सब कुछ तो नहीं, पर बचपन की कुछ-कुछ बातें याद हैं। बातों के साथ-साथ बीते दिनों की कुछ तस्वीरें भी याद हैं, जो उसकी आँखों में ख़ाला के जाने के बाद के दिनों में झिलमिल करती रहती थीं।...उस समय उसे नहीं मालूम था कि हुआ क्या है! पूरी बात तो बहुत दिनों बाद, जब वह कुछ बड़ा हुआ तो पता चली।...उस दिन दोपहर बाद अचानक उसके मोहल्ले सुल्तानगंज की सारी दुकानें बन्द हो गई थीं। लोग अपने-अपने घरों में जाकर छिप गए थे। बीच सड़क पर पुलिस वाले अपनी गाड़ियाँ दौड़ाते हुए लोगों को उनके घरों और गलियों की ओर हाँक रहे थे। कर्फ़्यू लग गया था। वह गंगा किनारे रेती पर पिट्टो खेल रहा था कि बदहवास भागती हुई उसकी ख़ाला पहुँची और उसे घसीटती हुई ले जाकर कोठरी में बन्द कर दिया। साबिर के अब्बू बाहर थे। कुछ ही देर में उसके अब्बू भी पहुँचे। वे भी डरे हुए थे। बार-बार बोल रहे थे कि लगता है दंगा हो जाएगा। इसके पहले उसने दंगा कभी नहीं सुना था। वह दंगा देखने के लिए अपने अब्बू से ज़िद करने लगा। पहली बार उसे अब्बू ने डाँटा था। कई दिनों तक लोग अपने-अपने घरों में बन्द रहे थे। साबिर खिड़की के पल्लों की दरारों से अपनी गली की निर्जनता को निहारता। उसे केवल सामने वाले मकान के बन्द दरवाज़े के सामने बैठी हाँफती हुई वह कुतिया दिखाई देती जिसने हाल ही में सात पिल्लों को जन्म दिया था। कभी-कभी उसके पिल्लों की कूँ-काँ सुनाई पड़ती और थोड़ी-थोड़ी देर पर गुज़रते पुलिस वालों की बूटों की मचमचाहट सुनने को मिलती। जब पुलिस वाले गुज़रते, वह अपनी ख़ाला की गोद में मुँह छिपा लेता। दो दिन बाद घर में जब खाने के लिए कुछ नहीं बचा था, ख़ाला बड़ी मुश्किलों से डरती-सहमती घर से बाहर निकली थी और गली के मुहाने पर नोमान के घर से रोटियाँ ले आई थी। इस बीच वह अपने अब्बू की गोद में मुँह छिपाए गुमसुम पड़ा रहा था।...जब बड़ा हुआ तो उसने जाना-समझा कि कोई मस्जिद ढहा दी गई थी जिसको लेकर बवाल

मचा था।...उन दिनों और उन रातों की तमाम बातें और तस्वीरें साबिर को ख़ाला के जाने के बाद बेतरह याद आती रही थीं। आज भी अब्बू की गोद और ख़ाला की लाई रोटियाँ उसकी आँखों के सामने बार-बार बनती-मिटती रहती हैं। अब्बू तो रहे नहीं और उसके कमीनेपन से तंग आकर ख़ाला जाने कहाँ चली गई!

उन दिनों साबिर सोचता कि अगर उसके अब्बू ज़िन्दा होते तो उसकी ज़िन्दगी में फजलू, सत्तार मियाँ और अमीना नहीं होती और न होता यह क़ब्रिस्तान। यह गाँजे की चिलम और दारू का पाउच नहीं होता। वह अपने अब्बू की तरह क़िवाम की महक वाला मगही पान खाता और शहनाई में फूँक मारता। अब्बू उसे शहनाई सिखाना चाहते थे। वह भी अब्बू की शहनाई वाला मख़मली झोला लेकर अपनी छाती से सटाए फिरता। अब्बू कभी नहीं डाँटते या मना नहीं करते। बचपन में उसे इस साज़ से मुहब्बत थी। जाने कहाँ बिला गई वह मुहब्बत!...और घर में इसके रहते हुए भी उसने इसे बिसार दिया।

साबिर के बड़े मामू उस्ताद फ़हीमबख़्श और छोटे मामू ग़ुलामबख़्श का भी बड़ा नाम है। वे दोनों ज़िन्दा हैं और आज भी शहनाई बजाते हैं और उसके नाना नूरबख़्श की तरह ही लोग उनकी इज़्ज़त करते हैं। वह आज तक अपनी ननिहाल नहीं गया है, उसे बिलकीस ख़ाला ने बताया था। अम्मा ज़िन्दा होतीं तो गया होता। वक़्त रिश्तों के घाव भर देता है, सो उसकी अम्मा होतीं तो हो सकता है कि अब तक सब कुछ बदल गया होता और ननिहाल में उसका आना-जाना होता। मामुओं की शागिर्दी में शहनाई बजाने का उसका सपना पूरा हो गया होता। यह सपना आज टूटे-बिखरे सपने की तरह उसके कलेजे में हूक बनकर ऐसे पसरा हुआ नहीं होता।...ख़ाला ने उसे पूरा क़िस्सा बताया था कि अम्मा और अब्बू का ब्याह कैसे हुआ था और ब्याह के बाद कैसे उसकी अम्मा का रिश्ता अपने मायके से टूट गया था। उसकी सगी बड़ी ख़ाला और दोनों मामा लोगों ने अम्मी को पूरे परिवार से काट कर कैसे अलग कर दिया था और परिवार की जायदाद पर क़ब्ज़ा कर उनको हक़ से बेदख़ल कर दिया था। दूध और ख़ून का रिश्ता न होने के बावजूद ख़ाला ने अपना सब कुछ गँवा कर उसकी परवरिश की...उसे जवान किया। साबिर ने सोच रखा है कि चाहे जो हो, एक दिन वह अपने ननिहाल जाएगा। उसे अपनी अम्मा मदीहा बानो के हिस्से का कुछ नहीं चाहिए। बस उनकी एक तस्वीर माँग

कर ले आएगा। कोई तस्वीर तो होगी ही। आज तक उसने अपनी अम्मा का चेहरा नहीं देखा है। एक तस्वीर देने में भला क्या एतराज़ हो सकता है!

साबिर को नहीं मालूम कि वह अमीना से मुहब्बत करता है या नहीं, पर उसे इतना मालूम है कि अमीना उससे मुहब्बत करती है और उससे शादी करने के लिए तैयार है। वह अमीना की मुहब्बत की इज़्ज़त करता है। वह अमीना की फ़िक्र करता है। साबिर को नहीं मालूम मुहब्बत क्या होती है, पर अगर यही मुहब्बत है...तो उसे भी है मुहब्बत।

वह जुमा की नमाज़ के समय जब भी दोज़ानू होता है, उसकी आँखों में अमीना की सूरत उभर आती है। वह नमाज़ के बाद इस कुफ्र के लिए अपने ऊपर लानतें भेजता है। अल्लाह मियाँ से माफ़ी माँगता है। नमाज़ पढ़वाने वाले बड़े मौलवी हाफ़िज़ नूरुद्दीन साहब जुमा की नमाज़ के बाद अपनी तक़रीर में कहते हैं कि अल्लाह ताला लाफ़ानी होता है इसलिए उसे सब मालूम होता है, मन के भीतर की बातें भी। अब यह साला लाफ़ानी क्या बला है, साबिर आज तक नहीं समझ सका। सोचा है कि पूछेगा किसी दिन मौलवी साहब से। वह सोचता कि अल्लाह अगर मन की बातें भी जानता है तो उसे यह भी मालूम होगा कि नमाज़ के वक़्त अमीना की सूरत दिख जाने में उसका कोई कसूर नहीं।

...अमीना को सत्तार मियाँ फूटी आँखों नहीं सुहाते। अमीना के सीने में सत्तार मियाँ के लिए रत्ती भर भी मुहब्बत नहीं है। बस घर के ह़ालात ऐसे हैं कि वह दम साधे रहती है। सत्तार मियाँ उस पर फ़िदा हैं, सो अमीना एक दूरी बना कर रहती है लेकिन इसके फ़ायदे भी उठाती है। सत्तार मियाँ लार टपकाते रहते हैं और वह घिन करती है उनसे। ख़ुद साबिर की रोज़ी के तार भी सत्तार मियाँ से ही जुड़े हैं, सो वह भी नहीं चाहता कि अमीना से उसकी नज़दीकियों का पोल खुल जाए, हालाँकि फजलू के परिवार से कुछ भी छिपा नहीं है। ऊपर से सब अनजान बने रहते हैं, पर भीतर ही भीतर पता सबको है। कुछ दिन और इन्तज़ार करेगा वह।

वह राह निकालने में लगा हुआ है। जैसे ही रोज़ी-रोटी के लिए अपने बलबूते उसने कोई धंधा शुरू किया, कट लेगा सत्तार मियाँ से और अमीना से निकाह कर लेगा। बस उसके तन कर खड़ा होने भर की देर है। फजलू की अम्मी से रिश्ता बना कर सत्तार मियाँ ने ख़ुद ही अपने पाँवों में कुल्हाड़ी मार ली है। कुत्ते की माफ़िक़ दुर-दुरा कर निकाल दिए जाने के चलते मोहल्ले में भी उनकी कोई ख़ास औक़ात नहीं रही। वह दिन जल्दी ही आएगा जब वह मूत देगा सत्तार मियाँ के पैसे से ख़रीदे हुए बकरे के सालन, दारू के पाउच और गाँजे की पुड़िया पर। इतना कस-बल तो उसकी देह में है ही कि वह सत्तार मियाँ को ललकार सके।

साबिर को अमीना पर भरोसा है। उसे मालूम है कि सत्तार मियाँ के फेंके चारे में फँसने वाली लड़की नहीं है अमीना। बहुत सब्र है अमीना के पास। उसके सपने चुन्नी के सपनों की तरह बेलगाम नहीं हैं। चुन्नी तो किसी की छाती पर अपने पाँव रख कर छलाँग लगा सकती है, पर अमीना ऐसा नहीं कर सकती। सीधी-सादी अमीना के सीधे-सादे रहन-चलन हैं। चुन्नी तो क़ब्रिस्तान की चहारदीवारी की दीवारें ढाह कर बाहर भाग जाना चाहती है। अमीना भी चाहती है इस क़ब्रिस्तान से नजात पाना, पर कोई दीवार ढाह कर नहीं, बल्कि वह सबके सामने उसके साथ एक इज़्ज़तदार औरत की तरह क़ब्रिस्तान के फाटक से निकलना चाहती है। अपने लिए लार टपकाते सत्तार मियाँ की हर चाल को वह समझती है। उनकी मेहरबानियों का सच पता है उसे। कोई अगर अंधे की तरह अपनी कमाई लुटाने पर तुला हो, तो भला लूटने वाले का क्या क़सूर? लालची और बदचलन नहीं है अमीना, इस बात पर साबिर को कोई डिगा नहीं सकता। आज तक उसने साबिर के सामने एक पैसे या किसी चीज़ के लिए मुँह नहीं खोला। जब-जब साबिर ने कुछ देना चाहा, अमीना ने इनकार किया। अगर कुछ लिया भी तो साबिर का मन रखने के लिए लिया। पिछले दिनों साबिर उसके लिए हरे रंग की कुर्ती ले आया। बहुत समझाने-बुझाने के बाद लेने को तैयार हुई थी अमीना। उस कुर्ती को लेकर इस चुन्नी ने हंगामा खड़ा कर दिया था। ख़ुद तो चौबीसों घंटे बेहयाई से मटरगश्ती करती रहती है और दूसरों पर नज़र रखती है। जासूसी में तो माहिर है चुन्नी।

उन दिनों, ख़ाला बिलकीस बानो के ग़ायब होने के बाद, साबिर की उदास ज़िन्दगी को अमीना ने ही ढाढ़स बँधाया था। वही सहारा बनी थी। हालाँकि कम

उम्र थी वह, पर बातें बड़ों की तरह करती थी। आज भी उसका सुभाव साबिर को बहुत अच्छा लगता है। अक्सर चुप रहना और पते की बात करना अमीना की ख़ूबी है। बिला वजह चुन्नी की तरह वह चिल्ल-पों नहीं मचाती। वह तो चुन्नी है, जो चौबीसों घंटे नागिन की तरह फुफकारती रहती है। अगर वह न छेड़े तो अमीना की आवाज़ तक सुनने को न मिले।

साबिर अपने लिए वक़्त के इन्तज़ार में है। जैसे ही उसका वक़्त आएगा, वह अमीना को इस क़ब्रिस्तान से बाहर निकाल ले जाएगा।...बस एक बात उसे रह-रह कर बहुत चुभती है कि शहनाई के लिए अब वक़्त नहीं आएगा। वक़्त ने उससे अब्बू को अगर छीन नहीं लिया होता तो आज वह अपने अब्बू अलीबख़्श और अपने नाना उस्ताद नूरबख़्श का नाम रोशन कर रहा होता।

साबिर का धंधा सत्तार मियाँ के धंधे से जुड़ा हुआ था। पूँजी सत्तार मियाँ की और मेहनत साबिर की। वह रोज़ चिकपट्टियों और छिटफुट दुकानों के फेरे लगाता था और साइकिल पर बकरों की खाल लाद कर लाता था। सत्तार मियाँ क़ब्रिस्तान के उत्तरी-पूर्वी कोने पर जिस जगह पर क़ाबिज़ थे, उस पर उन्होंने टिन का शेड डाल कर गोदाम बना रखा था। साबिर का ज़िम्मा बस इस गोदाम तक माल पहुँचाने का था। रात होते ही सत्तार मियाँ पिक-अप वैन में माल लाद कर आढ़तिए के गोदाम में पहुँचाते थे। भाव को लेकर ख़रीदने-बेचने में मोल-तोल की गुंजाइश न के बराबर रहती थी। माल के आकार के हिसाब से भाव तय थे, ख़रीदने के भी और बेचने के भी। नक़द का रोज़गार था। पैसे देकर माल उठाना और आढ़तिए को माल देकर नक़द रक़म वसूल लेना। बस यह आढ़तिए से रक़म वसूलने वाला मामला ही पेचदार था। आढ़तिए रक़म रोकना चाहते थे। उन्हें लगता कि कच्चा माल छाती पर लाद कर कोई भटकना नहीं चाहेगा, सो उधार देगा ही देगा, पर रोज़गार में सत्तार मियाँ का दबदबा चलता था। कल-बल-छल से वह आढ़तियों से पैसे निकालना जानते थे, सो उनकी पूँजी फँसती नहीं थी। अगर फँस भी गई

कभी-कभार तो सत्तार मियाँ इतने गए-गुज़रे भी नहीं थे कि धंधा ठप्प पड़ जाए। हफ़्ता-दो हफ़्ता में उनकी गाड़ी पटरी पर आ ही जाती थी। अपने गोदाम में सत्तार मियाँ कई दिनों तक माल रोक कर रख नहीं सकते थे। अब हिन्दुओं की बसाहट वाला मोहल्ला था पीरमुहानी। ज़्यादा बदबू उठने पर लोगों की नाराज़गी से बवाल मच सकता था। वो तो क़ब्रिस्तान की ज़मीन में गोदाम था कि जैसे-तैसे धंधा चल रहा था। सत्तार मियाँ अपनी हिकमतों से मोहल्ले के लोगों को और अपनी दबंगई से क़ब्रिस्तान कमेटी वालों को साधे हुए रहते थे। वैसे इस जगह पर भूलोटन गोप की भी नज़र थी। जब दारूबन्दी नहीं हुई थी उसने इस जगह को किराए पर लेने के लिए कमेटी वालों पर दबाव बनाया था। भूलोटन गोप से उलझने से बचने के लिए भी कमेटी वाले सत्तार मियाँ को बर्दाश्त कर रहे थे। साबिर अपना धंधा शुरू कर सकता था, पर उसके पास इतनी क़ुव्वत नहीं थी कि वह चमड़ा रखने के लिए इस इलाक़े में गोदाम किराए पर ले सके। फजलू की दोस्ती और अमीना के चलते साबिर क़ब्रिस्तान का इलाक़ा छोड़ कर किसी दूसरे इलाक़े में जाना नहीं चाहता था। साथ ही आढ़तियों से नक़द क़ीमत हाथ के हाथ निकाल लेना भी उसके बूते से बाहर की बात थी।

साबिर फजलू को बहुत प्यार करता था। एक पैर ख़राब होने के बावजूद फजलू किसी का मुहताज रहना नहीं चाहता और यही बात साबिर को बहुत अच्छी लगती थी। फजलू की इस बात से साबिर को भरोसा मिलता था। उसे फजलू की दोस्ती-यारी पर फ़ख़्र था। अपने रोज़गार की उलझनों के चलते वह सत्तार मियाँ के सामने अक्सर चुप रहता था। भले ही उनकी हर बात पर हामी न भरे, पर उनकी बात काटता भी नहीं था, जबकि फजलू बराबरी से बातें करता। वह सत्तार मियाँ का शागिर्द कम, यार ज़्यादा था।

साबिर ने कई बार सोचा कि वह पीरमुहानी से निकल जाए। किसी दूसरे मोहल्ले में अपना ठौर-ठिकाना बना ले, पर फजलू का भरोसा और उसके लिए अमीना की मुहब्बत, उसे कहीं नहीं जाने देते। फजलू की अम्मी का प्यार भी तो उसे रोकता है। आज के ज़माने में भला कौन करता है पराई औलाद के लिए इतना, जितना फजलू की अम्मी ने किया है उसके लिए! बिलकीस ख़ाला के साथ यहाँ आने से लेकर अब तक और ख़ास तौर से बिलकीस ख़ाला के ग़ायब होने

के बाद तो हर तरह से फजलू की अम्मी ही उसकी देख-रेख करती रही हैं। यह मोहल्ला छोड़ कर भाग जाना आसान था, पर इन लोगों की मुहब्बत और यहाँ की यादों से पीछा छुड़ा कर दूसरी जगह बस जाना आसान नहीं। इतना बे-ग़ैरत नहीं हो सकता वह कि अपनी पिछली ज़िन्दगी को क़ब्र में दफ़्न कर दे और निकल जाए यहाँ से।...कभी-कभी अपनी क़िस्मत पर हँसी आती है साबिर को। सोचता है वह कि अल्लाह मियाँ भी ग़ज़ब के खिलाड़ी हैं! कहाँ पैदाइश और कहाँ रहाइश! कहाँ शहनाईनवाज़ का घर और कहाँ यह क़ब्रिस्तान! कहाँ मख़मली झोले में काँधे से लटकी शहनाई लिये उस्ताद नूरबख़्श के शागिर्द अलीबख़्श और कहाँ साइकिल पर आगे-पीछे बकरों की खाल लादे सत्तार मियाँ का नौकर साबिर! इससे बड़ा खेल भला और क्या हो सकता था?

6

साबिर की नींद औचक खुली। नींद में ही उसने अपनी आवाज़ सुनी और अकबका कर जागा। धाड़ मार कर रोती हुई अजीब-सी आवाज़।

रात अभी बीती नहीं थी। ढल रही थी। वह फजलू की कोठरी में उसके साथ ही सो गया था। रात नशा कुछ ज़्यादा ही चढ़ गया और वह अपनी कोठरी में जा नहीं सका था। वैसे यह कोई नई बात नहीं थी। अक्सर ऐसा होता। उसके बगल में चौकी पर नींद में बेसुध चित पसरा फजलू नाक बजा रहा था। जाड़े की सर्द रात में भी साबिर की देह पसीने से भीग गई थी।

अजीब सपना देखा था साबिर ने। वह सपने में ही रो रहा था। कुछ देर वह बदहवास बैठा रहा। धौंकनी की तरह चलती अपनी साँसों पर क़ाबू पाने की कोशिशें करता रहा, पर साँसें उसके इख़्तियार से बाहर थीं। उसका हलक़ सूख रहा था। उसने खिड़की के पास रखा बधना उठाया और उसकी टोंटी मुँह में लगा ली। बधना में पानी था, पर बहुत कम। इतना नहीं था कि प्यास बुझाई जा सके, पर थोड़ा सा ही पानी पीकर सुकून मिला। हलक़ को जैसे ही नमी मिली, साँसों की आवाजाही

धीमी हुई, पर दर्द से उसका सिर फटा जा रहा था और देह टूट रही थी। साबिर ने खिड़की खोल कर देखा। रात अभी थी। मरियल रोशनी की चादर ओढ़े काँपती हुई सर्द रात। उसने खिड़की बन्द कर दी और सपने के बारे में सोचने लगा।

सपने में उससे कोई कुछ छीन रहा था। मेहंदी रँगे बाल और दाढ़ी वाला वह आदमी कौन था?...सत्तार मियाँ थे?...भूलोटन गोप था? ज़ुल्फ़ें तो सत्तार मियाँ जैसी थीं, पर काली नहीं लाल थीं। मूँछें भूलोटन गोप जैसी थीं, पर उजली नहीं थीं।...कहीं बड़े मामू तो नहीं थे?...पर उसने तो बड़े मामू को आज तक क़रीब से देखा ही नहीं! फिर कौन था वह जो उसके हाथ से...! साबिर ने याद करना चाहा कि आख़िर था क्या उसके हाथ में?...हाथ के सामान की धुँधली तस्वीर साफ़ हुई।...वही मख़मली कपड़े वाला झोला था, जिसमें अब्बू की शहनाई बन्द थी। वह आदमी उससे झोला छीन रहा था और अपनी छाती से झोला सटाए साबिर उसे बचाने की कोशिश कर रहा था और रो रहा था।...साबिर के होश उड़ गए।

कोठरी का दरवाज़ा खोल कर बदहवास बाहर निकला साबिर। इतना बदहवास कि दरवाज़े के पल्लों को उठँगाना तक उसे याद न रहा। क़ब्रिस्तान के फ़ाटक से चौथी गली का मुँह बमुश्किल पचास-साठ क़दम था। साबिर गली में घुसा। उस घर के सामने पहुँचा, जिसकी तीसरी मंज़िल पर उसकी अकेली कोठरी थी। सारे मोहल्ले का विरोध सहती हुई बुढ़िया मकान मालकिन ने साबिर को अपने मकान से निकाला नहीं। बिलकीस बानो इसी कोठरी में साबिर के साथ रहने आई थी। भूलोटन गोप की तिरछी नज़र के बावजूद रसीदन के चलते उसे यह कोठरी किराए पर मिली थी। अब जबकि पीरमुहानी में मुसलमानों की आबादी सिमट चुकी थी, इस मकान में साबिर को किराए पर रखे रहना आसान काम नहीं था। बिलकीस बानो और रसीदन की नेकियों और बहनापे का यह कमाल था कि बुढ़िया मकान मालकिन किसी की बात सुनने को तैयार नहीं हुई।

भीतर से बुढ़िया ने पूछा, "कौन?"

"हम हैं दादी,...साबिर।"

साबिर की आवाज़ सुन बड़बड़ाती...गालियाँ उचारती हुई बुढ़िया निकली। आँचल के छोर में बँधी चाबी से फ़ाटक खोला। फ़ाटक खोलती हुई वह साबिर पर गालियों की बौछार कर रही थी और साबिर अनसुना करते हुए भीतर घुसने

का इन्तज़ार कर रहा था। यह कोई नई बात नहीं थी। अक्सर होता ऐसा। जैसे ही फ़ाटक खुला, कमान से छूटे तीर की तरह साबिर भीतर घुसा। तेज़ क़दमों से सीढ़ियाँ चढ़ते हुए ऊपर पहुँचा।

बुढ़िया ने फिर ताला बन्द किया और अपनी टाँगें घसीटती हुई साबिर के पीछे-पीछे सीढ़ियाँ चढ़ने लगी। हाँफती हुई बुढ़िया जब ऊपर पहुँची, साबिर की कोठरी का दरवाज़ा खुला हुआ था। बुढ़िया की उपस्थिति से बेख़बर बदहवास साबिर पागलों की तरह बिलकीस बानो की टिन की पेटी खोल कर उसमें रखा सामान निकाल-निकाल कर बाहर फेंक रहा था। भौचक बुढ़िया चुपचाप देख रही थी साबिर को और वह पेटी को हींड़ रहा था। अचानक वह पीछे मुड़ा। उसके हाथों में एक झोला था। वही मख़मली झोला, जिसमें उसके अब्बू की शहनाई बन्द थी। उसने झोले का मुँह खोल कर शहनाई निकाल ली। शहनाई को अपनी छाती से सटा कर बिलख-बिलख कर रोने लगा। कभी वह शहनाई को पागलों की तरह चूमता, तो कभी छाती से सटाता। पहले तो बुढ़िया चुपचाप देखती रही, फिर आगे बढ़ी। अपने दोनों घुटनों पर अपनी हथेलियों का बल देती हुई साबिर के बगल में बैठ गई। साबिर ने मुड़ कर उसे देखा और उसकी गोद में मुँह छिपा कर बिलखता रहा। बुढ़िया कुछ ख़ास समझ नहीं पा रही थी, पर अपनी ज़िन्दगी के अनुभवों से इतना तो समझ ही रही थी कि साबिर के कलेजे में कोई गहरी बात छुपी हुई है या उसके मन को कोई चोट पहुँची है। बुढ़िया बिना कुछ बोले उसकी पीठ पर अपनी हथेली और बालों में अपनी उँगलियाँ फिराती रही। उसे दुलारती रही।

चमकती हुई सुबह थी। साफ़-शफ़्फ़ाफ़ सुबह। न कुहरा था, न हाड़ कँपाने वाली ठंड थी। हवा थी, पर धूप की हल्की नरम ऊष्मा में लिपटी हुई।...मंथर बहती हुई हवा।

साबिर की कोठरी में धूप के पंछी फुदकते फिर रहे थे। कोठरी के दरवाज़े और अकेली खिड़की से भीतर घुसते और चहकते हुए धमाचौकड़ी मचाते।

कभी मख़मल की झोली पर, तो कभी शहनाई पर बैठते। कोठरी के फ़र्श पर अपना चेहरा सटाए बेसुध सोए साबिर के चेहरे पर बैठ कर अपने पंखों से उसे सहलाते धूप के इन पंछियों की आवग से पूरी कोठरी गुलज़ार थी। सिर्फ़ साबिर गहरी नींद में था।

बुढ़िया मकान मालकिन जा चुकी थी। उसकी गोद में अपना सिर रख कर सिसकते-सिसकते साबिर जब सो गया, हौले से उसका सिर फ़र्श से टिका कर बुढ़िया बाहर निकल गई थी। थोड़ी देर में जब नरम धूप कुछ तीखी हुई, साबिर ने करवट बदली और उसका चेहरा शहनाई से टकराया। साबिर की नींद खुली। उसने आँखें मिचमिचा कर चारों ओर देखा। पास पड़ी शहनाई और मख़मली झोली,... और ख़ाला बिलकीस बानो की पेटी से बाहर निकल कर बिखरे सामानों को निहारता रहा। रात के सपने और फिर भोर से पहले इस कोठरी में आने के बाद जो कुछ हुआ उसके बारे में सोचता रहा साबिर।...घर के नाम पर यह किराए की कोठरी थी उसके पास, पर इस कोठरी के लिए वह न के बराबर था। उम्र तीस के ऊपर भाग रही थी, पर उसे लग रहा था कि उम्र बीत चुकी। सब कुछ उल्टा-पुल्टा,... गड्मगड्ड। एक सपने तक को ठीक से पाल-पोस नहीं सका वह।

इस उम्र में आकर किसी प्यासी रूह की तरह यह सपना उसके पीछे पड़ा था। जब-तब रुलाता रहता था। अब, जबकि उसे मालूम था कि रोने से कुछ नहीं होने वाला, यह सपना इन दिनों उसकी जान के पीछे लगा था। बिलकीस ख़ाला और अब्बू की सूरत गाहे-बगाहे नज़रों के सामने छायी रहती थी।...उसने बिना देखे ही अपनी अम्मा की सूरत अपने लिए गढ़ ली थी। साफ़-साफ़ तो नहीं, पर एक धुँधली-सी तस्वीर उसके मन में बसी थी। अम्मा की यह तस्वीर अजीब थी! उदास-उदास चेहरा। आँखों में बेचैनी। उसे अपने बचपन का दोस्त नोमान भी याद आता था इन दिनों। गली के मुँह पर लोहे के भारी फ़ाटक वाले मकान में रहने वाला नोमान। नोमान की अम्मा अक्सर उसे ख़मीरी रोटी देतीं खाने के लिए। नोमान से ज़्यादा उसे वह ख़मीरी रोटी याद आती।...नोमान से तो वह मिल ही सकता था। सुल्तानगंज में ही रहता होगा। अपना घर था उन लोगों का।...पर इतने सालों तक उसने नोमान को याद नहीं किया। जाएगा किसी दिन नोमान को खोजने। अगर उसने नहीं पहचाना, तो वह उसे सब कुछ याद दिलाएगा कि कैसे गंगा किनारे

घाट की रेत पर दोनों पिट्टो खेला करते थे!...कैसे दंगे के डर से कई दिनों तक अपने-अपने घरों में बन्द रहे थे दोनों और फिर जब कर्फ्यू हटा,...घरों के दरवाज़े खुले। कितने किस्से थे दोनों के पास एक-दूसरे को सुनाने के लिए कि ख़त्म ही नहीं होते थे!...हो सकता है कि उसकी अम्मा ज़िन्दा हों और वे पहचान जाएँ और उसे ख़मीरी रोटियाँ खिलाएँ! अगर नोमान मिल गया तो वह अपने मामू के घर के बारे में पूछेगा। उसके साथ ही अपनी ननिहाल जाएगा।

साबिर उठा। चाय की तलब लगी थी। वह राधे की दुकान पर अभी जाना नहीं चाह रहा था, सो मन मार कर अपनी दिनचर्या निबटाने में लग गया। रात के नशे से भारी सिर और अपनी ही देह से आती हुई बू उसे परेशान कर रही थी।

नहा-धोकर साबिर बुढ़िया से नज़रें बचाते हुए बाहर निकला। ख़मीरी रोटियों का स्वाद उसकी जीभ पर ठिठका हुआ था। नोमान के घर की ख़मीरी रोटियाँ,... शकूर मियाँ की बेकरी से बिलकीस ख़ाला की लाई ख़मीरी रोटियाँ।...जैसे ही वह गली के मुहाने पर पहुँचा, उसे अमीना की पीठ दिखी। चटक नारंगी रंग की सलवार पर उसकी दी हुई हरे रंग की कुर्ती पहने। उसकी लम्बी काली चोटी कमर तक झूल रही थी। साबिर ने अमीना को आवाज़ दी और फिर हाथों के इशारे से पास बुलाया।

अमीना उसके पास पहुँची। पहले तो वह दीदे फाड़े उसे निहारता रहा, फिर कहा, "चल मेरे साथ।"

"कहाँ?"

"बिना पूछे नहीं चल सकती क्या?"

साबिर के इस प्रतिप्रश्न से पहले तो अचकचा गई अमीना। फिर बोली, "बिना ना-नुकुर किए तेरे साथ जहन्नुम भी जा सकते हैं हम। समझा तू?...घर का सारा काम पड़ा है। छोटी तो खर-कुश भी नहीं टकसाने वाली। सब तो मुझे ही करना है।"

"छोड़ दो तुम भी अमीना दो-चार दिनों के लिए। सब अपने-आप होने लगेगा।... चल अभी,...मेरे साथ चल।" साबिर बेचैन हो रहा था।

"सब छोड़ कर देख लिया है। कुछ नहीं बदलने वाला। छोड़ें, तो सब कुछ अम्मी के ही कपार पर आकर गिरेगा। उसकी जाँगर में अब ताक़त नहीं है कि घर का सारा कामकाज निबटा सके, सो हमको बहुत बुरा लगता है। कलेजा फटने लगता है हमारा।" अमीना किसी समझदार गृहस्थिन की तरह बोल रही थी और साबिर

उसकी समझदारी से परे ख़मीरी रोटियों की महक और स्वाद में डूब-उतरा रहा था।

"बस चल तू अभी। तुरन्त ही लौट आएँगे।" अमीना का हाथ पकड़ते हुए आगे बढ़ा साबिर।

"पगला गए हो का?" चकित थी अमीना।

"हाँ।" साबिर ने अमीना का हाथ छोड़ दिया।

दोनों गली के मुहाने से बाएँ मुड़े। मुख्य सड़क तक पहुँचे। सड़क पार किया और दलदली गली में घुस गए। यह गली बारी रोड से मिलती थी। जिन बारी साहब के नाम पर यह सड़क थी, उन्हीं का मक़बरा क़ब्रिस्तान के दक्खिनी छोर था। बारी रोड के उस पार कई गलियाँ थीं, जो भाँवर काटती हुई सब्ज़ीबाग़ तक पहुँचतीं।

सब्ज़ीबाग़ अब नाम भर के लिए सब्ज़ीबाग़ रह गया था। कभी सब्ज़ियों के लिए रही होगी इसकी शोहरत, पर अब यह फल, मेवा और दीगर सामानों की दुकानों के लिए जाना जाता था। सब्ज़ियों की दो-चार दुकानें ही बच गई थीं। यहाँ क्रोशिए का काम करने वालों, कपड़ों पर सलमा-सितारे जड़ने वाले कारीगरों और दर्ज़ियों की कई दुकानें थीं। शादी-ब्याह के मौसम में इन दुकानों पर भीड़ लगी रहती थी। दो कातिब भी थे। दोनों की दुकानें में उदासी छायी रहती। आँखों पर मोटे शीशे वाला गोल चश्मा चढ़ाए दोनों किताबत के लिए आने वाले ग्राहकों की राह ताकते हुए ज़िन्दगी काट रहे थे। कम्प्यूटर वाले छापाख़ानों के आने के बाद इनके पेशे की कमर ही टूट गई थी। इनकी दुकानों पर कई लोगों की नज़र थी। इनकी मौत का इन्तज़ार चल रहा था। यह लगभग तय था कि इनके मरते ही इनके बाल-बच्चे दुकानों को बेच कर कोई दूसरा धंधा शुरू करेंगे ही। सब्ज़ीबाग़ से लंगरटोली जाने वाली राह में चिकपट्टी थी और थीं कई बेकरियाँ, जिनमें तरह-तरह के बिस्किट, ख़मीरी रोटियाँ वगैरह तैयार होती थीं। बेकरियों से आती सोंधी गंध ताज़ा कटे बकरों के मांस की गंध के साथ मिल कर चौबीसों घंटे इस राह में लहराती रहती और आने-जाने वालों के नथुनों से टकराती।

जहाँ से लंगरटोली वाली राह निकलती उसी तिराहे पर यकूफ़ मियाँ की चाय की दुकान थी जिसमें गुलाबी रंग की कश्मीरी चाय मिलती, जिसे सब्ज़ीबाग़ के लोग शीर चाय कहते। सब्ज़ीबाग़ के लोग यकूफ़ मियाँ को बेकूफ़ मियाँ बुलाते। मोहल्ले के लौंडे उन्हें अनजान बनते हुए बेकूफ़ चा पुकारते और यकूफ़ मियाँ उनकी सात पुश्तों की ऐसी-तैसी करते हुए चाय पिलाते। फल की दुकानों के बीच एक सँकरी-सी गली थी जो आगे जाकर खुल जाती। इसी खुली हुई जगह में अदबी किताबों-रिसालों की तीन दुकानें थीं। इसमें एक दुकान बुज़ुर्ग मिर्ज़ा तौफ़ीक़ की थी, जो पीरमुहानी की तीसरी गली के मूल बाशिन्दा थे और बाबरी मस्जिद के ढहाए जाने के बाद मकान बेच कर सब्ज़ीबाग़ में रहने लगे थे। अदबी किताबों-रिसालों की इन दुकानों के सामने थोड़ी खुली जगह थी, जिसके उस पार था रहमानिया होटल। रहमानिया अदीबों-शायरों और ख़बरनवीसों का अड्डा था। सब्ज़ीबाग़ की भाँवर काटती सँकरी गलियों में बसी ज़िन्दगी का अलग ही अन्दाज़ था। सँभल कर न चलें लोग तो कुहनियों का आपस में टकराना लाज़िमी था। दीवारें और छतें आपस में जुड़ी हुई थीं और छज्जे हाथ भर और कहीं-कहीं तो बालिश्त भर की दूरी से एक-दूसरे को निहारते थे। एक घर में पकते सालन की गंध न जाने कितने घरों में घूम आती! न फुसफुसाहट छिपती और न नैनमटक्का। इन गलियों के घरों में मुहब्बत और ज़िनाकारी दोनों बिना हुए ही क़िस्सों-कहानियों में तब्दील हो जातीं।

भोर होते ही सब्ज़ीबाग़ गुलज़ार हो जाता और देर रात तक गहमागहमी रहती। नीम पागलों की भारी तादाद थी इस मोहल्ले में सो चाहे-अनचाहे यहाँ कोई न कोई झमेला होता ही रहता। महात्मा गाँधी के मेज़बान और सत्याग्रही जिस अब्दुल बारी के मक़बरे में रात के अँधियारे में बैठ कर चुन्नी को बबलू मोबाइल पर पॉर्न फिल्में दिखाता था, उनके इकलौते बेटे भी नीम पागल थे और इसी सब्ज़ीबाग़ में भटकते फिरते। किसी ने कुछ दे दिया तो खा लेते और कुछ पहना दिया तो पहन लेते। अपने अब्बा का नाम सुनते ही पजामे का नाड़ा खोल कर बीच बाज़ार में ही खड़े-खड़े मूतने लगते। सब्ज़ीबाग़ एक ऐसा रंगमंच था, जिस पर कॉमेडी और ट्रेजडी एक साथ मंचित होता।

साबिर और अमीना जब सब्ज़ीबाग़ पहुँचे धूप खिली थी और सर्द मौसम के बावजूद ज़िन्दगी सरपट भाग रही थी।

सबसे पहले दोनों यकूफ़ मियाँ की दुकान पर रुके। गंजे सिर पर सफ़ेद दुपलिया टोपी, आधी बाँह वाला सफ़ेद कुर्ता और चारख़ाने वाली लुंगी पहने यकूफ़ मियाँ का जामुनी चेहरा दिप-दिप चमक रहा था। सुरमे की गहरी लकीरों वाली चौकन्नी आँखों में हमेशा की तरह सन्देह के बादल तैर रहे थे। यकूफ़ मियाँ हमेशा जवान लड़कों को अपनी आँखों से पहले तौलते फिर चाय की प्याली पकड़ाते। वह पैसे की फ़िक्र कम और अपने लिए किए जाने वाले सम्बोधन की फ़िक्र ज़्यादा करते। चाय की प्याली पकड़ाते हुए यकूफ़ मियाँ ने पहले साबिर को घूर कर देखा और फिर उनकी नज़रें अमीना पर जा टिकीं। साबिर से पूछा, "बीवी है तुम्हारी?"

"न, दादी है।" साबिर ने चिढ़ते हुए ऐसे कहा मानो पहले से ही ज़ुबान की बन्दूक में गोली लोड हो। पास खड़े लोग हँस पड़े।

यकूफ़ मियाँ गरजे, "रख, चाय की प्याली रख और भाग यहाँ से।...तेरी जीभ है कि बिच्छू का डंक!"

"चच्चा, तुमको कौन गरज कि हम इसकी बीवी हैं कि नहीं हैं? सब आदमी एक तरह के नहीं होते चच्चा। फालतू बात पूछोगे तो किसी को भी गुस्सा आ जाएगा।" अमीना की आवाज़ नरम थी, पर अन्दाज़ तीखा था।

लोग मज़े ले रहे थे और यकूफ़ मियाँ हक्के-बक्के दोनों के चेहरे निहारने में लगे थे। अमीना और साबिर ने जल्दी-जल्दी सुड़क कर चाय ख़त्म की और प्याली नीचे रख दी। पैसे चुका कर लंगर टोली वाली राह पर आगे बढ़ गए। उनके आगे बढ़ते ही किसी ने कहा, "सचमुच बेवकूफ़ों वाली हरकत करते हो यकूफ़ मियाँ। तुमको कौन-सी ग़रज़ पड़ी थी जानने की,...कि वे मियाँ-बीवी हैं या नहीं? ज़माना बदल गया है यकूफ़ मियाँ। सोच-समझ कर बोला करो।"

यकूफ़ मियाँ की बोलती बन्द थी।

अमीना को साथ लिये साबिर शकूर मियाँ की बेकरी के सामने पहुँचा। उसे बिलकीस ख़ाला की याद आई। शकूर मियाँ की बेकरी की ख़मीरी रोटियों का स्वाद याद आया। बेकरी का कारख़ाना भीतर था और दुकान आगे थी। कुछ सालों पहले शकूर मियाँ अल्लाह को प्यारे हो चुके थे। उनका बेटा काउंटर पर बैठा था। भट्ठी से अभी-अभी निकली गर्म ख़मीरी रोटियों की ख़ुशबू चारों ओर पसरी थी। रोटियाँ ख़रीदते हुए साबिर को हर पल लग रहा था कि अब ख़ाला भीतर से निकल आएगी

और...। उसकी आँखें बार-बार उस दरवाज़े पर जाकर अटक जा रही थीं, जिसके पार कारख़ाने के भीतर जाने वाला रास्ता था। साबिर का जी कर रहा था कि वह किसी की परवाह किये बग़ैर एक झटके से उस दरवाज़े के भीतर दाख़िल हो जाए और भीतर छिप कर बैठी ख़ाला के पैरों से लिपट जाए, दोज़ानू होकर मिन्नतें करे..., उसे बाहर ले आए और घर ले चले। उसे लगा, वह होश खो देगा और यहीं बेकरी में चक्कर खा कर गिर जाएगा। साबिर जल्दी से पैसे चुका कर बाहर निकला।

अमीना दुकान के बाहर ही खड़ी थी। शकूर मियाँ की बेकरी के सामने नाज़ होटल था। खस्सी का सालन बनाने में कोई जोड़ नहीं था उसका। सुबह से देर रात तक चूल्हे पर देग चढ़ी ही रहती थी। दोनों नाज़ होटल में घुसे। एक प्लेट शोरबे वाला मटन लिया और ख़मीरी रोटियों को शोरबे में डुबो-डुबो कर खाया। आसपास काम करने वाले लोग अक्सर अपने टिफिन में घर से रोटियाँ लाते और मटन की प्लेट मँगा कर नाज़ होटल में दोपहर का खाना खाते। चलते हुए साबिर ने दो प्लेट मटन और दो ख़मीरी रोटियाँ पैक करवा कर अमीना के हाथ में पकड़ाते हुए कहा, "घर जाकर भात पका देना। छोटी ने तो कुछ किया नहीं होगा। घर जाकर सब तुमको ही करना होगा।"

अमीना जब घर लौटी, चुन्नी ग़ायब थी। फजलू अपनी कोठरी में पड़ा था। रसीदन चूल्हे पर कोयला बोझ रही थी।

अपनी अम्मी के पास आकर उसने कोयले की टोकनी हाथ में ले ली। रसीदन ने पहले तो उसे घूर कर देखा, फिर बोली, "तुझे भी छोटी की तरह पंख निकल रहे हैं। जा सैर कर..., हमारे नसीब में मरना-खपना लिखा है सो करने दे हमको।"

अपनी अम्मी को बिना कोई जवाब दिए अमीना काम में लग गई। रसीदन बोली, "बताएगी कुछ?...कि जीभ को फालिज मार गया है?"

"साबिर के साथ सब्ज़ीबाग़ गए थे। उसे खमीरी रोटी खाने का मन था। गोस और खमीरी रोटी खरीद कर दीया है घर के लिए।...भात पकने में कितनी देर लगेगी। अभी हो जाता है सब कुछ। तुम चैन से बैठो।" अमीना को मालूम था कि इसके बाद चुप लगा जाएगी अम्मी।...और हुआ भी यही।

राधे टी स्टॉल देर से खुला। ऐसा बहुत कम होता था, पर हुआ। दिन माथ पर चढ़ आया, तब राधे की नींद खुली। उसका पूरा बदन टूट रहा था और सिर मारे दर्द के उड़ा जा रहा था। किसी तरह अपनी देह खींचते हुए राधे दुकान पर पहुँचा। पाउच-पान करना राधे के लिए कोई नई बात नहीं थी, पर बीती रात का मामला ही कुछ और था। चुन्नी से मिला अपमान, क्रोध, देसी दारू और गाँजे के दम ने मिलजुल कर ऐसी उथल-पुथल मचाई थी कि उसकी देह की हड्डियों का जोड़-जोड़ हिल गया था। हर हाल में ख़ुशमिज़ाज रहने वाले राधे का मन पंख कतरे पंछी की तरह फड़फड़ा रहा था।

फजलू के सोने-जागने का कोई रूटीन नहीं था। अगर सुबह-सुबह कोई मैयत आने की ख़बर न हो तो वह अक्सर देर से जागता। नींद खुली तो दिन और अगर न खुली तो रात। अब उसकी देह पर नशे का भी कोई ख़ास असर नहीं होता। फजलू भी दिन चढ़े ही जागा। उसके जागने से पहले साबिर और अमीना सब्ज़ीबाग़ से लौट आए थे। थाली में भात के साथ ख़मीरी रोटी का एक टुकड़ा और मटन पाकर भी वह चकित नहीं हुआ। उसने पूछा तक नहीं कि मटन और ख़मीरी रोटी कौन लाया! अमीना ने ख़ुद ही बताया कि साबिर सब्ज़ीबाग़ से ले आया था।

बीती रात दारू के नशे में धुत्त राधे, फजलू और साबिर से मिलने आया था और बहुत देर तक तीनों बातें करते रहे, इतनी सूचना चुन्नी को मिल चुकी थी। राधे से हुई उसकी बकझक के बाद राधे, फजलू और साबिर के बीच हुई लम्बी बतकही ने उसके भीतर सन्देह के बीज रोप दिए थे। तरह-तरह की बातें उसके मन में आ रही थीं। वह इस बैठकी का रहस्य भेद कर उसके सूत्र पकड़ना चाह रही थी। चुन्नी, अमीना नहीं थी कि सब कुछ जानते-बूझते हुए भी चादर से मुँह ढक कर बेफ़िक्री से सो जाए। उसे अच्छी तरह मालूम था कि बबलू का आना-जाना केवल उसके घर के लोगों की आँखों में ही नहीं, बल्कि इस मोहल्ले के कई लोगों की आँखों में चुभता है। सबकी छाती में फाँस की तरह अटका हुआ है बबलू। चुन्नी सुबह से सूँघती फिर रही थी कि आख़िर देर रात तक तीनों के बीच कौन-सी खिचड़ी पकती रही है! चाहे जैसा भी है बबलू, उसका प्यार है। वह अपने प्यार के लिए राधे हो या सत्तार मियाँ, सबसे लोहा लेने को तैयार थी। उसने अपना मन बना लिया था कि राधे ने अगर कोई चाल चली और उसके और बबलू के बीच अपनी नाक

घुसेड़ी तो वह उसकी नाक काट कर ही दम लेगी। अगर राधे की नज़रों का पानी सूख गया है तो वह भी पूरे मोहल्ले के बीच उसका पानी उतारे बिना नहीं मानेगी। अल्लाह मियाँ बैरी बने बैठे हैं, सो उसे यह सब झेलना पड़ रहा है। अगर अल्लाह मियाँ ने साथ दिया होता और उस रात बबलू पकड़ा नहीं गया होता तो अब तक इस क़ब्रिस्तान और पीरमुहानी मोहल्ले का जाल काट कर उड़ चुकी होती वह।

जाड़े की दोपहरी ढलते देर नहीं लगती।

दोपहरी ढली। सूरज की रोशनी मद्धिम हुई। राधे दुकानदारी में व्यस्त था और चुन्नी राधे की पत्नी बबिता के सामने बैठी अपना दुखड़ा सुना रही थी, "...भौजी, हम अपनी भूल-चूक मान रहे हैं। राधे भाई से बतकुच्चन करके हम ठीक नहीं किए, पर इसका मतलब ई तो ना है कि भाई-बहिन का रिश्ता नहीं बचा।...हमारा भी मूड कल बहुते गरम था। बड़ी जनी दिन-रात हमारे पीछे लगी रहती है। हम अकेले दुश्मन हैं उसके।...चुप्पा है। बोलती नहीं है, पर भीतरे-भीतर वैर पाले रहती है। अम्मी को उकसाते रहती है। एक चुप्पा, सौ हतियारे के बराबर होता है।... अपने तो कस्बिन है और दूसरे के पीछे पड़ी रहती है। कभी सबिरवा, तो कभी सतरवा। दोनों को एक साथ दाना डालती है।...हमको खेल खेलने नहीं आता। हम मुहब्बत करते हैं भौजी,...मुहब्बत। बबलू मरद आदमी है। कलेजे से शेर है। सबिरवा के माफिक मुँहचोर और घरघुसरा नहीं है और न तो सतरवा के माफिक गन्दा आदमी है। नसीब फूटा था सो चोरी-छिनतई में फँस गया।...भौजी, तुम राधे भाई को समझा दो कि हमारे मामले में न पड़े। मदद नहीं कर सकता बहिन की, तो बवाल भी न खड़ा करे। हमको पता चला है कि सब लोग मिल कर बबलू पर घेरा डालने वाले हैं।"

अपनी बबिता भौजी के कान में ज़हर डाल कर चलते-चलते चुन्नी बोली, "कम उमिर में ही तुम्हारे लिए बहुत किए हैं भौजी। याद रखना।"

पिछले पन्द्रह सालों में बबिता गोप ने बहुत कुछ देखा-सुना और भोगा था। एक साल पहले ब्याह का, चार साल दूसरे ब्याह के और दस साल राधे के साथ जीते हुए बबिता ने ज़िन्दगी के इतने रंग देखे थे कि चुन्नी का मामला समझते हुए उन्हें देर न लगी।

पीरमुहानी में बबिता का डंका बजता था।

बबिता का पहला ब्याह गंगा और गंडक के दियारा के बीच बसे एक गाँव में हुआ था। परिवार मातबर था, पर मरद किसी काम का नहीं था। बल-बुद्धि दोनों से दरिद्र था। किसी तरह रोते-सिसकते साल कटा था बबिता का। कभी भसुर नोचता, तो कभी ससुर। जब गंगा और गंडकी ने उफन कर दियारे को जलप्लावित किया, बबिता ने डूब-धँस कर मरने की कल्पना की, पर उसे ज़िन्दगी से इतना प्यार था कि आत्महत्या नहीं कर सकी। ऐसे में एक रात वह घर से निकल गई। निकली तो मरने के लिए थी, पर गाँव के एक बिन्द परिवार के नौजवान ने उसे अपनी नाव से गंगा पार दानापुर उतार दिया। भटकते-भटकते वह रेलवे स्टेशन पहुँची। यहीं उसे राधे गोप के मामा मिले। वे दानापुर स्टेशन पर कुली का काम करते थे। उन्होंने ही सहारा दिया। घर ले गए। बेटे-बहुओं से भरे घर में उसे ठौर मिली। उन्होंने बेटी की तरह मान और लाड़ दिया। गंगा और गंडकी का जल उतरते ही बबिता के ससुराल वालों ने पहले तो उसे नाव से पार कराने वाले उस बिन्द युवक की हत्या की और इसके पहले कि पुलिस की दबिश बढ़े जाकर धावा बोल दिया राधे के मामा के घर। पर वहाँ मामला इतना आसान नहीं था। बबिता ने अपने ससुर और भसुर के नकली मान-मरजाद की धज्जियाँ उड़ा दीं। दूर-दूर से बिरादरी के लोग जुटे थे। भाग खड़ा हुए उसके ससुर-भसुर।

अपने मामा के घर राधे का आना-जाना था। बबिता के आने के बाद राधे का आना-जाना बढ़ गया था। वह भी राधे को पसन्द करने लगी थी, पर वह एक चूक कर बैठी कि अपना मुँह नहीं खोल सकी और न विवाहित राधे की हिम्मत हुई कि अपने मामा से कुछ कह सके। राधे के मामा ने बबिता का दूसरा ब्याह करवाया। पति ड्राइवर था। बबिता ड्राइवर की बीवी तो बन गई, पर मन अटका रहा राधे में और फिर एक दिन वह क़ब्रिस्तान के गेट पर पहुँच गई। उसका ड्राइवर पति ट्रक लेकर हफ़्ता-हफ़्ता दिन बाहर रहता और वह राधे से मिलने दानापुर से पीरमुहानी पहुँचती।

बबिता का इश्क़ जिन दिनों पूरे मोहल्ले की ज़ुबान पर अपने स्वाद के चलते चिपका हुआ था, उन दिनों सारे मोहल्ले को ठेंगा दिखाती हुई कम उम्र चुन्नी परछाईं की तरह साथ उसके लगी रहती। राधे की ब्याहता बनने के लिए बबिता को कम पापड़ नहीं बेलने पड़े थे! सारे ज़माने से लोहा लेना और अपने महबूब को पा लेना

आसान काम नहीं था। एक तो बबिता के ड्राइवर पति की घेराबन्दी और फिर इधर राधे की गाय-सी सिधुआ पहली पत्नी के होने की नैतिकता की आँच। बड़ी मुश्किलों से बबिता ने सब कुछ मैनेज किया और राधे के घर में घुसी। अन्ततः कई झमेलों के बाद बबिता राधे की दूसरी ब्याहता बनी और चुन्नी की भाभी। इस प्रणय-प्रसंग में कमउम्र चुन्नी ने राधे और बबिता का साथ दिया था। राधे के घर में जाते ही पहले साल बबिता ने बेटा जन कर उसकी निःसन्तान पत्नी की गोद में डाल दिया था। बबिता के जने बेटे को गोद में लेकर राधे की पहली पत्नी गद्गद भाव से उसे पालने-पोसने में लग गई। उसके लिए बबिता सौत नहीं रही, छोटी बहन बन गई। मामला सिरा गया। इसके बाद बबिता ने अपने उर्वर गर्भ से चार और बेटों को जन्म दिया और राधे के कुल में उसका डंका बज गया।

बबिता भाभी को अपना फ़र्ज़ याद दिला कर चुन्नी लौटी।

सब्ज़ीबाग़ से लौटने के बाद साबिर ग़ायब था। राधे और सत्तार मियाँ दोनों उसको तलाश रहे थे, पर उसका कुछ पता नहीं चल पा रहा था। सत्तार मियाँ के साथ राधे की लम्बी बातचीत हो चुकी थी और उन्होंने राधे की योजना का समर्थन किया था। चुन्नी को लेकर उनके मन में पहले से ही दहकता हुआ ज्वालामुखी बन्द था। बस इस ज्वालामुखी का मुँह खुलने भर की देर थी। फजलू को बबलू पसन्द नहीं था, पर वह इस मामले में सदेह शामिल नहीं होना चाह रहा था। पैर ख़राब होने के बावजूद न तो उसकी देह में ताक़त कम थी और न ही उसके हौसले में कोई कमी थी। वह मन से शामिल था, पर अपनी देह को इससे अलग खींच कर रखना चाहता था। राधे का मान-मरजाद दाँव पर लगा था। बबलू की राह रोक कर ही वह चुन्नी को सबक सिखा सकता था।

राधे टी स्टॉल अपने निर्धारित समय से देर से खुला और पहले बन्द हुआ।

पीएचईडी के ठेकेदार राम सकल शर्मा के घर राधे गोप, मोहन विश्वकर्मा, भोज मिठाई भंडार वाले भोजलाल साह, राम भजन तिवारी और छोटन सिंह बैठे थे।

भूलोटन गोप और उनके बेटे का इन्तज़ार चल रहा था। राम सकल बाबू पीरमुहानी पूजा समिति के अध्यक्ष थे और भूलोटन का बेटा सचिव था। यह पूजा समिति नवरात्रि में दुर्गा प्रतिमा स्थापित करती। नवरात्रि के समाप्त होते ही लक्ष्मी-प्रतिमा की स्थापना के साथ-साथ छठ-पर्व के समय सड़क और गलियों की साफ-सफाई और बिजली के झालरों से साज-सज्जा करवाती। सरस्वती-पूजा का ज़िम्मा मोहल्ले की बिलकुल नई पीढ़ी के पास था, जिसकी पीठ पर पूजा समिति का हाथ था। अपने टी स्टॉल पर बैठे-बैठे भूलोटन के बेटे मुन्ना सिंह यादव के माध्यम से राधे ने समस्या को विस्तार देते हुए पूरे मोहल्ले के मातबर लोगों के साथ यह बैठक बुला ली थी।

भूलोटन और मुन्ना के पहुँचते ही बैठक शुरू हुई। सबसे पहले राधे ने सारा मामला बयान किया। लगभग सारे लोग मामले से परिचित थे और भीतर ही भीतर क्षुब्ध भी। बबलू की कुटाई और और मोहल्ले में आने-जाने पर प्रतिबन्ध लगाए जाने को लेकर सारे लोग सहमत थे। कुटाई का ज़िम्मा राधे और मुन्ना पर था। राम सकल बाबू का मानना था कि इस प्रोग्राम में सत्तार और साबिर का शामिल होना ज़रूरी है ताकि मामले को उलझाया न जा सके।

आपस में राय-सलाह चल ही रही थी कि राम सकल बाबू के बैठकख़ाने का दरवाज़ा एक झटके के साथ खुला और चुन्नी की बबिता भाभी ने प्रवेश किया। बबिता के प्रवेश करते ही मौसम बदल गया। किसी की ओर देखे बिना बबिता अपने पति राधे से मुख़ातिब हुई, "समाज सेवा का भूत सवार है तो पहिले दारू का पाउच और गाँजे की चिलम छोड़ कर दिखाओ।...और समाज सेवा करने वाले लोग रात के अन्हरिया में लुका-छिपा कर,...चोर-बटमार की तरह गिरोह बनाकर मीटिंग नहीं करते हैं।...हम साफ़-साफ़ कह दे रहे हैं,...कान खोल कर सुन लो,...कि अगर चुनिया को लेकर तनिको बवाल मचा, तो हम सबको लाँगट-उघार करके दम लेंगे।"

सभा सकते में थी। श्रीमती बबिता गोप की बवाली प्रतिभा और ताक़त का अन्दाज़ा सब को था। बबिता ने राम सकल बाबू सहित मोहल्ले के तमाम मातबर लोगों की अनदेखी करते हुए मुन्ना सिंह यादव को सम्बोधित किया, "मुन्ना बबुआ, मीटिंग खतम करके तनी घर पर भेंट कीजिए।...हम आपके भइया को ले जा रहे हैं।"

सबकी नज़रें राधे गोप पर टिकी थीं।

बिना किसी हील-हुज्जत के राधे उठा। आगे-आगे चुन्नी की बबिता भाभी निकलीं और पीछे-पीछे राधे। राधे के बाहर जाने के बाद सब एक दूसरे का मुँह निहारते रहे। कोई कुछ भी बोलने की स्थिति में नहीं था। युवा मुन्ना झटके से उठे और अपने पिता भूलोटन गोप सहित सबको चकित छोड़कर बाहर निकल गए।

सर्द रात थी। कुहासा अभी घना नहीं हुआ था। क़ब्रिस्तान में गिरती चाँदनी कुहासे की झीनी चादर से छन कर सफ़ेद फूलों की तरह क़ब्रों पर बरस रही थी। हवा चाँदनी के इन फूलों को उड़ा रही थी। क़ब्रों पर लहराती घास से चाँदनी के ये फूल उलझते और फिर रक़्स करते हुए इस क़ब्र से उस क़ब्र पर जा पहुँचते। शीत, हवा, कुहासा और चाँदनी के फूलों का रक़्स; क़ब्रिस्तान किसी विशाल रंगमंच में बदल गया था।

लगभग दस दिनों बाद बबलू अपनी चुन्नी से मिलने पहुँचा था। राधे वाली घटना के बाद चुन्नी ने ही एहतियातन उसे आने से रोक दिया था। वह डरी नहीं थी। वह पीरमुहानी के लोगों की आड़ी-तिरछी चालों को जानती थी। उसने बबलू को समझाया था कि मामला थोड़ा सिरा जाए फिर आना ठीक रहेगा।

अब्दुल बारी साहेब की मज़ार की छतरी के भीतर क़ब्र पर लगे संगेमज़ार[1] से पीठ टिकाए बबलू बैठा था और उसकी गोद में सिर रखे चुन्नी संगमरमर के फ़र्श पर अपनी गोरी पिंडलियों में बँधी पायल छनका रही थी। बबलू के मोबाइल स्क्रीन पर अपनी मुठिया कमर लचकाती जामुनी होंठों वाली एक रक़्क़ासा किसी बरसाती नदी की धारा में पड़ते भँवर की तरह चक्कर काट रही थी और गाने वाली की टाँसदार आवाज़ क़ब्रिस्तान की हवा के सहारे लहरा रही थी।

1. क़ब्र पर लगा पत्थर।

ऐ सँभल-सँभल के चलो
पाँव में हमरे छाले पड़ गए।
गोरे से हम काले पड़ गए॥
जबसे प्यार किया है तुमसे
जान के हमरे लाले पड़ गए।
गोरे से हम काले पड़ गए॥[1]

पूरे क़ब्रिस्तान में बवंडर मचा हुआ था।

क़ब्रों से बाहर निकल कर मुर्दे नाच रहे थे। चाँदनी के फूल नाच रहे थे। क़ब्रों पर बेतरतीब उगी घास और लतरें नाच रही थीं। भाँवर काटती हवा और मुन्नी देवी की आवाज़ कुहासे की चादर भेद कर वर्तुलाकार उठती और दिग्-दिगन्त में छा जाती।

अपने बिछावन पर लेटी रसीदन भी मोबाइल से आती आवाज़ सुन रही थी। सुन रही थी और छटपट करती हुई करवटें बदल रही थी। बरामदे में बिछी खाट पर पड़ी अमीना के कानों में भी मोबाइल पर बजता संगीत उतर रहा था। वह निर्विकार भाव से अपनी आँखें मूँदे पड़ी थी। क़ब्रिस्तान के फाटक पर बनी कोठरी में बैठे फजलू, साबिर और सत्तार मियाँ को भी पता चल चुका था कि बबलू क़ब्रिस्तान के भीतर चुन्नी के साथ है। बबलू की ढिठाई का क्या जवाब हो सकता है, यह तीनों की समझ से बाहर था।

बबलू चाउमिन और चिकेन चिली पैक करवा कर साथ लाया था। साथ में स्प्राइट की हरे रंग वाली प्लास्टिक की बोतल में व्हिस्की थी। दोनों ने अब्दुल बारी साहेब की मज़ार की छतरी के नीचे बैठ कर खाया। बबलू ने लाख इसरार किया पर चुन्नी ने बोतल से घूँट नहीं भरी। हाँ, खाना ख़त्म करके बबलू की सिगरेट से दो-चार कश ज़रूर खींचा।

कई दिनों बाद चुन्नी और बबलू की मुलाक़ात हुई थी। संगीत, दारू, खाना और सिगरेट के बाद चुन्नी को चूमकर विदा हुआ बबलू। लालजी टोला की ओर से क़ब्रिस्तान की चारदीवारी फाँद कर जैसे आया था वह, वैसे ही वापस निकला और रेलवे हंटर रोड होते हुए लोहानीपुर की ओर बेदाग़ निकल गया।

---

1. भोजपुरी गायिका मुन्नी देवी का गाया एक गीत।

बबलू को विदा कर सधे पाँवों से घर के आँगन में घुसी चुन्नी। अपने बिछावन पर आकर लेट गई। उसे मालूम था कि भीतर उसकी अम्मी जाग रही है और बगल वाली खाट पर बड़ी दम साधे सोने का बहाना कर रही है।

7

खुनक भरी सुबह थी। झिर-झिर करती हवा के झोंके आते और ठंड की किरचें चुभो कर आगे निकल जाते। धूप भी थी। सोने-सी दिप-दिप करती बिना आँच वाली धूप के टुकड़े जहाँ-तहाँ बिखरे हुए थे।

क़ब्रिस्तान के अहाते में शिहोर और कदम्ब के पेड़ों पर सफ़ेद डैनों वाले प्रवासी पंछियों के झुंडों में हलचल मची थी। वे एक-दूसरे की चोंच में चोंच रगड़ते हुए रोर कर रहे थे। कुछ उड़-उड़ कर मस्जिद की मीनार पर बँधे लाउडस्पीकर पर जा बैठते। पंख फड़फड़ाते और फिर उड़ते हुए वापस पेड़ों पर लौट आते।

सुबह की दिनचर्या से निबट कर रसीदन क़ब्रिस्तान के फाटक से बाहर निकली। राधे की दुकान पर जाकर चाय पी। राधे चुप-चुप था। और दिनों की तरह 'बुआ-बुआ' कह कर उसने न लाड़ दिखाया और न कोई बात की। अपने काम में लगा रहा। रसीदन सब समझ रही थी। वह भी चुप ही रही। चाय पीकर बिना कुछ बोले-बतियाए उठ कर चल दी। क़ब्रिस्तान के भीतर नहीं गई। सड़क के मुहाने पर गई और सामने की दलदली गली से होती हुई अब्दुल बारी रोड के गाँधी मैदान वाले मुहाने पर पहुँची।

वह शाह अरज़ाँ की दरगाह के लिए निकली थी। वह महीनों बाद पीरमुहानी से बाहर निकली थी। वैसे भी वह कम ही निकलती थी। फजलू के पास मोबाइल फ़ोन आ जाने के बाद मैयत को दफ़्न करने के इन्तज़ामात के लिए अब कहीं आने-जाने की ज़रूरत नहीं रह गई थी। फजलू फोन पर ख़बर करता और सारा सामान हाज़िर हो जाता। जब फोन नहीं था, उसे सब्ज़ीबाग़ के फेरे लगाने पड़ते

थे। इसके पहले वह कभी शाह अरज़ाँ की दरगाह पर नहीं गई थी। उसे बस इतना मालूम था कि यह दरगाह पत्थर की मस्जिद के आसपास कहीं है।

टेम्पो स्टैंड में चिल्ल-पों मची हुई थी। यहाँ से पटना के हर इलाक़े के लिए सवारियाँ मिलतीं। पटना सिटी जाने वाले टेम्पो पर बैठ कर उसने कहा, "पथर की महजिद जाना है बेटा।"

"बैठो चच्ची" ऑटो वाले ने कहा।

"शाह की दरगाह वहीं है न बेटा?" रसीदन ने पूछा।

"शाह अरजाँ की?"

"हाँ बेटा।"

"बस पास ही है। थोड़ा आगे बढ़ कर दक्खिन मुड़ जाना।"

टेम्पो वाले की तसदीक़ से रसीदन की जान में जान आई। टेम्पो वाले ने सवारियाँ भरने तक इन्तज़ार किया। रसीदन सोच रही थी कि जा तो रही है अपने उस ममेरे भाई से मिलने, पर उसका नाम तक याद नहीं उसे। कैसे ढूँढ़ेगी? क्या पूछेगी किसी से? ज़माना गुज़र गया उससे मिले। बहुत छोटी उमिर में देखा था उसे। एक तो इतने सालों का फ़ासला और फिर उसका पीरी-फ़क़ीरी का बाना!

टेम्पो रिक्शा वाले ने रसीदन को पत्थर की मस्जिद और शाह अरज़ाँ की दरगाह वाली गली के बीच में उतार कर कहा, "चच्ची, आगे है गली। सीधा भीतर जाकर दायीं ओर मुड़ जाना और फिर किसी से पूछ लेना। एक कबरगाह है। उसी के पास है दरगाह।"

रसीदन ने अपने आँचल के छोर में बँधी गाँठ खोल कर पैसा दिया और बिना कुछ बोले अपनी ममता भरी आँखों से उसे निहारते हुए शुक्रिया अदा किया। टेम्पो वाला आगे निकल गया।

रसीदन ने चारों ओर अपनी नज़रे फिराईं। वह बहुत पहले अपने नाना काले फ़क़ीर के साथ टमटम पर बैठ कर आया करती थी। तब वह बहुत छोटी थी। अब इस इलाक़े के बारे में उसे कुछ भी याद नहीं था। वह जहाँ खड़ी थी उसकी बायीं ओर पत्थर की मस्जिद थी और दायीं ओर दरगाह वाली गली।

सोलहवीं शताब्दी के पूर्वाद्ध में बादशाह जहाँगीर के बेटे शाहजादा परवेज़ शाह को जब बिहार का शासन मिला, उसने अपने पठान सिपहसालार मोहम्मद

नज़र ख़ान की देख-रेख में इसे बनवाया था। बादशाह जहाँगीर के समकालीन थे शाह अरज़ाँ। शाह शायर थे और हिन्दुस्तान के उत्तर-पश्चिम सीमांत पर बसे पख़्तुनिस्तान देश से आए थे। पत्थर की मस्जिद के दक्खिन-पूरब में भवानीपुरी का वैष्णव मठ था और ठीक उससे सटे दक्खिन में था एक बौद्ध स्तूप। अब न वह मठ रहा और न ही स्तूप। उसी स्तूप की ज़मीन पर मुर्दे दफ़नाए जाने लगे और यह ज़मीन क़ब्रिस्तान में तब्दील हो गई। इसी क़ब्रिस्तान में शाह अरज़ाँ ने डेरा डाला। इसके पहले जब वह आए थे उन्होंने सबसे पहले हज़रत मख़दूम शर्फुद्दीन यहया मनेरी के वंशज हज़रत शाह दौलत मनेरी को ख़बर भेजी थी और मनेर में रहने की अपनी ख़्वाहिश ज़ाहिर की थी। शाह दौलत ने जवाब दिया था कि जहाँ दौलत हो वहाँ अरज़ानी की क्या ज़रूरत! फिर वह यहीं बस गए। यहीं उन्होंने पद लिखे। यहीं उन्होंने ख़ानक़ाह स्थापित किया। यहीं दफ़्न हुए। उनकी क़ब्र पर लगे संगेमज़ार पर उनकी वफ़ात की तारीख़ दर्ज है।

रसीदन गली में घुसी। बिना किसी से पूछे थोड़ी देर तक चलती रही। दूर से ही दिख गया क़ब्रिस्तान। क़ब्रिस्तान के भीतर थी दरगाह।

इस पूरे इलाक़े में कई दीगर दरगाहें थीं। सदियों पुरानी जर्जर इमारतें थीं, जो अपने ज़माने में भव्य रही होंगी ओर जिन्हें देख कर लोगों की आँखों की प्यास मिट जाती होगी। यहाँ एक बड़े अहाते वाली ईदगाह भी थी। इमाम बाड़ा था और थी एक मस्जिद, जिसे लोग जामा मस्जिद पुकारते हैं। शाह अरज़ाँ की मज़ार के ऊपर एक बड़ा सा गुम्बद बना था, जिसे उनके उत्तराधिकारी वंश के एक सज्जादानशीं[1] ने उन्नीसवीं शताब्दी में बनवाया था। दरगाह की दीवारें सुनहरे रंग में रँगी हुई थीं। गुम्बद सफ़ेद थी और उसके निचले हिस्से पर लाल और सुनहले रंग की पट्टियाँ बनी हुई थीं। शाह अरज़ाँ के अनुयायी अरज़ाँशाही कहे जाते थे।

शाह अरज़ाँ की दरगाह में आँचल से ढका सिर झुकाए रसीदन दोज़ानू होकर बैठी

1. ख़ानक़ाहों-मठों के गद्दीनशीं।

थी। मज़ार के ऊपर बारह पतले खम्भों वाली छतरी थी। छतरी के खम्भों के बीच तीन ओर से चार-पाँच बालिश्त भर की उठान वाली नक़्क़ाशीदार जाली लगी थी। एक तरफ़ खुला था। सलमा-सितारों जड़ी हरी चादर ओढ़े अपनी क़ब्र में सो रहे थे कवि और पीर शाह अरज़ाँ। जल कर बुझ चुकी अगरबत्तियों की हल्की अगरु-गंध और एक बड़े बर्तन में जलते लोबान की गंध चारों ओर पसरी थी। वन-गुलाब की छोटी-छोटी पंखुड़ियों वाले कुछ फूल हरी चादर पर बिखरे हुए थे। मज़ार के आसपास इस समय कोई नहीं था। दरगाह के सामने एक ओर बूढ़ा शीशम का पेड़ खड़ा था और दूसरी ओर बरगद का एक विशाल पेड़ था, जिसकी चारों ओर चबूतरा बना था। वहाँ म्युनिसपैलिटी का नल लगा था।

जहाँ अमूमन भीड़ लगी रहती थी, जाने क्यों आज वहाँ सन्नाटा था! निर्व्याज सन्नाटा। बस हवा थी। धूप थी। हल्की ठंड थी। बूढ़े शीशम के पेड़ के तने में बने खोड़र से सुग्गे का एक बच्चा हुलक-हुलक कर चकित भाव से दुनिया को निहार रहा था।

समदू फ़क़ीर आए। कहीं बाहर निकले थे। दरगाह के बाहर संगमरमर की एक छोटी-सी चौकी रखी थी। हाथ भर ऊँची इस पत्थर की चौकी की सतह पर बेल-बूटे बने थे। पाये भी नक़्क़ाशीदार थे। बेल-बूटों की नक़्क़ाशी के रंग घिस-घिस कर झड़ चुके थे। बस लकीरें बची थीं। वहाँ एक चापाकल गड़ा हुआ था। चौकी के पास बधना में पानी रखा हुआ था। उन्होंने वज़ू किया और दरगाह में दाख़िल हुए।

मज़ार के सामने बैठी औरत को देख कर पहले तो चकित हुए समदू फ़क़ीर, फिर आँखें मूँद कर अस्पष्ट स्वर में कुछ बुदबुदाते हुए अपनी दोनों हथेलियों को अपने चेहरे पर रखा और कहा, "अल्हम्दुलिल्लाह!"

रसीदन उन्हें एकटक निहार रही थी। अपने को एकटक निहारते हुए पाकर समदू फ़क़ीर ने रसीदन की ओर सवाल भरी निगाहों से देखते हुए पूछा, "आप कहाँ से आई हैं बीबी?"

रसीदन बिना कुछ बोले उन्हें निहार रही थी। सोच रही थी कि उसके ममेरे भाई ने उसके अबरार मामू की देह जैसी लम्बी-चौड़ी देह, आवाज़ और धज पाई है। उसके नाना काले रंग का जुब्बा पहनते थे और इसने सुफेद जुब्बा पहन रखा

है। काले-लम्बे अँगुठिया केश, आगे की ओर लटकीं लटें, घनी-काली दाढ़ी और मूँछें। ललकी गोराई वाले चेहरे पर नगीने की तरह जड़ी आँखों में सुरमे की गहरी लकीरें। समदू फ़क़ीर ने सामने रखी कुश की चटाई पर बैठते हुए कहा, "आपने बताया नहीं बीबी!"

"पीरमुहानी क़ब्रिस्तान से आए हैं हम। रसीदन नाम है मेरा। अबरार मामू के बेटे हो तुम?" रसीदन की आवाज़ भर्रा रही थी और आँखें नम हो चली थीं।

समदू फ़क़ीर बुदबुदाए, "...बाजी।"

"याद है तुमको हमारी?"

"...बाजी, फ़क़ीर वही जो सारे ज़माने को याद रखे और अपने को भूल जाए।... सब कुछ याद है बाजी। बस अपने आप को भुला दिया है। ला आ'लम हो गया हूँ बाजी।...अपनी ख़बर नहीं रखता। बस उसके भरोसे रहता हूँ।...अल्हम्दुलिल्लाह!" समदू फ़क़ीर ने दोनों हथेलियाँ फैला कर दुआ की।

अचानक जैसे बिजली कौंधी और स्मृति-लोप से वापस लौटी रसीदन। उसके होंठों में जुम्बिश हुई। अस्फुट स्वर में वह बुदबुदायी, "...समद!"

रसीदन को अपने ममेरे भाई का नाम याद आया—समद। मन ही मन उसने अपने को कोसा कि क्या से क्या हो गई वह! अपनों के नाम तक बिसार बैठी।... पर मामू ने भी उसको अपना कहाँ रहने दिया! उन्होंने तो सारे रिश्ते-नाते ही तोड़ लिए। और फिर उसकी ज़िन्दगी भी तो ऐसे बेतरतीब उलझ गई कि उसे सँभालते-सहेजते न जाने क्या-क्या खो गया!

"आओ बाजी...बाहर बैठते हैं।" समदू फ़क़ीर दरगाह से बाहर निकले। पीछे-पीछे रसीदन थी। बरगद वाले चबूतरे पर बैठते हुए उन्होंने रसीदन की ओर बैठने का इशारा किया और पूछा, "कैसे आना हुआ बाजी?...सब राज़ी-ख़ुशी तो है?...ख़ैर-आफ़ियत?"

"राजी-खुशी ही जानो।...आजकल किसकी जिन्दगानी में दुख-तकलीफ नहीं! बस चल रहा है सब कुछ। अल्लाह ताला के करम से एक-एक दिन कट रहा है।... तुम्हारे बहनोई के गए जमाना बीत गया। बेटा है एक। उसे भी छुटपन में ही पोलियो मार गया। एक टाँग चली गई। पर उसी के सहारे सब कुछ चल रहा है। अल्लाह ताला ने उसके बाजुओं में ताकत दी है। अपने दम पर अकेले दिन में दो-तीन कबरें

खोद लेता है।...दो-दो बेटियाँ हैं। बस उनकी फिकर में घुलते रहते हैं। समझो कि जितना जीते हैं, उतना ही हर रोज मरते भी हैं। बड़ी तो ठीक है। चाल-चलन की नेक है। घर-दुआर सँभालती है। कहना मानती है। दो रोटी पका कर खिलाने का हुनर है उसके पास।...पर छोटी तो समझो नाक कटाने पर तुली है। न बोल-चाल सीधी और न रहन-चलन। रात-दिन लड़ने के लिए कमान ताने रहती है। ढीठ ऐसी कि मेरी तो छोड़ो, मुहल्ले भर से रार ठाने फिरती है।...आजकल तो...अब का बतावें तुमको!...एक कसाई के लड़के से मुहब्बत चल रही है। सारे मोहल्ले के सामने उसके साथ...। अब का कहें हम!...सारा मोहल्ला हिन्दुओं का है। सबसे मिल-जुल कर रहना होता है। जमाना कैसा बदल गया, सबको मालूम है, पर उस लड़की को किसी बात की हैबत नहीं। अल्ला जाने का लिखा है नसीब में!...समद, तुम्हारे पास आए हैं कि हमारे लिए दुआ करो। कोई उपाय करो कि..." रसीदन ने अपने दुखों की पोटली खोल कर समदू फ़क़ीर के सामने फैला दी।

"मुहब्बत बड़ी शै है बाजी...सबको नसीब नहीं होती।...अल्ला ताला की रहमत है मुहब्बत। नसीबों बाली है लड़की।...कोसो मत उसे। तुम अपनी ज़िन्दगी जी रही हो, इसमें उसका क्या क़सूर? अपनी ज़िन्दगी के लिए किसी ग़ैर को क़सूरवार मत ठहराओ। उसे उसकी ज़िन्दगी जीने दो। बाजी, उसे पैदा करने की क़ीमत मत वसूलो उससे।...उसे उसकी मुहब्बत मिले और उसकी ज़िन्दगी को उसकी मुहब्बत रास आए, इसके लिए दुआ करो।...मैं भी दुआ करूँगा।...बाजी, हम जिस पीर के मज़ार पर बैठे हैं, वे एक शायर थे। उन्होंने ता-ज़िन्दगी मुहब्बत की ही ताईद की। मुहब्बत के क़सीदे पढ़ते रहे। इस मुल्क के थे भी नहीं। मुहब्बत ही थी, जिसकी चोट से पगलाए हुए दर-ब-दर भटकते रहे और फिर यहाँ आकर बस गए। कैसे समझावें तुम्हें बाजी कि मुहब्बत क्या चीज़ होती है! तुम अपनी औलाद की मुहब्बत को चोट मत दो।...कुछ समझ रही हो बाजी?"

"अब इतनी अकल वाली बात हम का समझें समद। तुम फकीर हो। अल्लाह ताला को जानते हो। जो कहोगे, सही ही कहोगे।"

"उसको भला कौन जान सका है आज तक! सारे पीर-फ़क़ीर लगे हैं ज़माने से। हम तो उसको जानने नहीं निकले हैं, बस मानते हैं उसे।" समदू फ़क़ीर की मुँदी हुई आँखों की कोर से आँसू ढुलक रहे थे। बूँद-बूँद झर रहे थे उनके सफ़ेद जुब्बे पर।

रसीदन के कानों में समदू फ़क़ीर की आवाज़ गूँज रही थी। वह उसकी आँखों से चूते मोतियों को अपनी नज़र से चुन रही थी। समदू फ़क़ीर के चेहरे से नूर बरस रहा था। वह उसे मौन निहारती रही।

कुछ देर तक दोनों वैसे ही आमने-सामने मौन बैठे रहे। अबोला पसरा रहा। थोड़ी देर बाद समदू फ़क़ीर ने आँखें खोलीं। उठे। पत्थर वाली चौकी के पास गए। चाँपाकल से बधना में पानी भरा। बधना लेकर चौकी पर बैठे और चेहरे पर पानी के छींटे डाले। गमछी से चेहरा पोंछते हुए वापस लौटे। पूछा, "बाजी, चाय पीओगी? मँगावें?"

"ना बाबू। पीकर चले थे।"

"पी लो बाजी। फ़क़ीरों के पूछे को ना नहीं कहते।" मुस्कुराए समदू। उठे और बाहर निकल कर दरगाह के बड़े फाटक तक गए। किसी को आवाज़ देकर चाय के लिए कहा और वापस लौटे।

"घर जाते हो?" पूछा रसीदन ने।

"घर?...जो दुनिया छोड़ आए, वहाँ अब क्या जाना! एक बार जो दुनिया छूट जाती है, वो भला मिलती है दुबारा!...जैसे इस इस दुनिया को छोड़ कर जाने के बाद कोई नहीं लौटता, वैसे ही उस दुनिया में अब जाने की उम्मीद करना या सोचना भी मेरे लिए कुफ्र है।" समदू फ़क़ीर की आवाज़ में तटस्थता थी। थोड़ी देर पहले जिस भावना के तूफ़ान में वे घिरे हुए थे, वह थम चुका था।

"हमारे घर आओगे?..." रसीदन की आवाज़ में मिन्नत थी।

"आवेंगे। ज़रूर आवेंगे बाजी। हम ऐसे कठकरेज नहीं कि न आवें। तुम इतनी दूर से चल कर आई हो,...भला हम तुम्हारी दावत कैसे ठुकरा दें!" एक चमक भरी मुस्कुराहट तैर रही थी समदू के होंठों पर।

इस बीच एक लड़का केतली में चाय और दो प्यालियाँ लिये आया। दोनों ने चाय पी।

"चलते हैं अब। घर में किसी को बताया भी नहीं कि कहँवा जा रहे।...कुछ लेकर भी नहीं आए तुम्हारे लिए।" रसीदन ने दोनों घुटनों पर हाथ रख उठना चाहा।

"रुको। कुछ लेकर नहीं आईं तो क्या हुआ, कुछ लेकर जाओ।" समदू ने रसीदन को उठने से रोक दिया। वह बैठी रही। वह उठे और दरगाह के पीछे बनी

कोठरी में गए। वहाँ कई कोठरियों की एक क़तार थी। जिस कोठरी में वह घुसे, वह पुराने ज़माने की पतली-चौड़ी ईंटों से बनी थी। जगह-जगह से प्लास्तर झड़ रहा था और सुर्ख़ी-चूने की चुनाई वाली ईंटें झाँक रही थीं।

रसीदन बैठी रही। समदू फ़क़ीर लौटे। उनके हाथ में मिश्री से भरा एक शीशे का मर्तबान था। उन्होंने रसीदन की ओर आँचल फैलाने का इशारा किया। रसीदन ने अपना आँचल फैला दिया। उन्होंने पूरा मर्तबान आँचल में उझल दिया। कहा, "सबको बाँट देना।"

रसीदन विदा हुई। साथ चलते हुए समदू फ़क़ीर क़ब्रिस्तान के फाटक तक आए। पूछा, "हज़रत दाता पीर मनिहारी के मज़ार पर कौन बैठता है?"

"कोई नहीं। हम ही साफ-सफाई करते हैं।...औरतें आती हैं चूड़ियाँ चढ़ाने। कभी-कभार कुछ और मिल जाता है।...एक बात कहें समद?"

"कहो बाजी।"

"आ जाओ पीरमुहानी। वहीं दाता पीर मनिहारी की मजार पर अपना डेरा डालो। काले फकीर के पोता हो। तुम्हारा खानदानी हक है उस मजार पर। हम तो तुम्हारे खानदान से किसी के न होने के चलते मजार अगोर रहे हैं।...तुम्हारे आने से वहाँ की रौनक बढ़ जाएगी। लोगों की आमद बढ़ेगी। वहाँ भी रहने की जगह की कोई किल्लत नहीं है। कब्रिस्तान कमेटी वालों ने नूरानी मस्जिद के ऊपर कई कोठरियाँ बनवा दी हैं। सब खाली ही पड़ी रहती हैं।...आ जाओ मेरे भाई।" रसीदन की आवाज़ में मिन्नत थी, सच्चा दुलार और निश्छल अपनापा था।

"बाजी!...तुमसे मिलने आवेंगे। शाह अरज़ाँ को छोड़ कर अब कहीं जाना मुमकिन नहीं। कई बार निकले यहाँ से। जगह-जगह भटकते रहे, पर हर बार ये अपनी हाज़िरी में बुला लेते हैं।...देर से ही सही, तुम आईं तो सही। तुम्हारे जैसा कोई है, जिसे मेरी इतनी फ़िक्र है, यही क्या कम है?" समदू फ़क़ीर की आँखों की कोर से कुछ बूँदें टपकीं।

"समद!" रसीदन ने दुलारती नज़र से देखा।

"यहाँ भी कोई दिक़्क़त नहीं है। ख़ानक़ाह के सज्जादानशीं मेरा ख़्याल रखते हैं।...तुम फिर आना बाजी। हम भी आवेंगे मिलने।" विदा करते हुए समदू फ़क़ीर की आवाज़ थरथरा रही थी। वे अपने को रोक रहे थे, पर भावनाओं के झोंके उन्हें

झकझोर जाते। ज़माने बाद घर-परिवार या रिश्तेदारी से जुड़ा कोई मुलाक़ात के लिए आया था। रसीदन की आँखें भी डबडबाई हुई थीं और कंठ रुँध गया था। बिना कुछ बोले उसने फाटक पार किया और गली में उतर गई।

समदू फ़क़ीर की आँखें उसे जाते हुए तब तक निहारती रहीं, जब तक वह ओझल नहीं हो गई। जब वे लौटे उनकी नज़र बूढ़े शीशम के उस खोड़र पर पड़ी। सुग्गा-बच्चा की चोंच में सुगनी-अम्मा अपनी चोंच से दाना डाल रही थी। मुस्कुराए समदू फ़क़ीर और अपनी दोनों हथेलियों को ऊपर उठाते हुए आसमान की ओर देखा।

रसीदन बाजी को विदा कर लौटे समदू फ़क़ीर और अपनी कोठरी में बिछी चटाई पर आकर बैठ गए। उनकी पीठ कोठरी की दीवार से टिकी हुई थी। आँखें मुँदी थीं। आकुल मन किसी पंछी की तरह बीती हुई ज़िन्दगी के आसमान में उड़ा जा रहा था। उड़ते-उड़ते कभी रेत के बड़े-बड़े ढूहों वाले रेगज़ार के ऊपर जा पहुँचता, तो कभी दरियाओं, दरख़्तों वाले किसी हरे-भरे सहरा के ऊपर उड़ान भरता। चारों ओर से उमड़ती पागल हवा थी, जो उड़ा ले जाना चाहती थी सब कुछ।...उनके भीतर एक बिना ओर-छोर वाला समंदर था, जो सब कुछ बहा ले जाने के लिए सिर धुनती लहरों के साथ उमगता चला आ रहा था।

समदू फ़क़ीर ने पल-भर के लिए अपनी आँखें खोल कर देखा। सर्द मौसम की धूप के टुकड़े अचानक जलते हुए अंगारों की तरह चमकने लगे थे। धूप के इन टुकड़ों की आँच न जाने किस रास्ते उनके वजूद को पिघला रही थी! उनकी पलकों पर एक साथ आग की लपटें लहरा रही थीं और बर्फ़ के बुरादे झर रहे थे। अजीब क़ैफ़ियत थी। किसी ज़ख़्म का दाग़े कुहन था,...भीतर छिपा कोई पुराना ज़ख़्म, जो ज़िन्दा हो उठा था,...हरा हो उठा था। समदू फ़क़ीर की आँखों के सामने सियाही छा गई। उनके होंठ लरज़े, "अल्लाह-ताला,...रहम कर। ऐ मेरे पाक परवरदिगार!... रहम कर। मेरी सियाहबख़्ती पर रहम कर! मेरे गुनाहों को मुआफ़ी दे!...भला ये कैसा सितम है?...ये कौन-सा जुनून तारी है मेरे ऊपर?"

समदू फ़क़ीर की खुली हथेलियाँ आसमान की ओर उठी थीं और वह ज़ार-ज़ार रो रहे थे। चाय वाला लड़का, जो जूठी प्यालियाँ और चाय के पैसे लेने आया था, उनके सामने खड़ा उन्हें एकटक निहार रहा था। चबूतरे पर रखी जूठी प्यालियाँ लिये जब वह पैसों के लिए कोठरी में घुसा भौचक रह गया। वह समदू फ़क़ीर को पहली बार रोता हुआ देख रहा था। दरगाह पर आने-जाने वाले कई फ़क़ीरों को उसने देखा था, पर आज तक किसी फ़क़ीर को रोते हुए नहीं देखा था।

दिन बीता।

समदू फ़क़ीर ने अनाज का एक दाना मुँह में नहीं डाला। अपनी कोठरी में ही दीवार से पीठ टिकाए कुश की चटाई पर बैठे रहे या फिर सिरहाने अपनी दोनों हथेलियाँ लगा कर चित पड़े रहे। बीच-बीच में जब नमाज़ का वक़्त हुआ उठ कर उस पत्थर की चौकी के पास गए, बधने से पानी लेकर वजू किया, नमाज़ पढ़ा और फिर वापस चटाई पर जाकर बैठे या पड़ गए। दिन ऐसे ही बीता।

रात हुई।

ठंड बढ़ी। चाँद निकला। कुहासा गिरना शुरू हुआ। हवा कभी तेज़ होती तो कुहासा फटता और चाँद दिखने लगता या फिर छिपा रहता। चाँद, हवा और कुहासा; सब मिल कर रात के साथ खेल रहे थे। समदू फ़क़ीर अपनी कोठरी में जहाँ थे, वहीं पड़े रहे।

समदू की ज़िन्दगी के वे सारे दुख जो अनमने से कलेजे की किसी गुफा में छिपे पड़े थे और जिनके चटकीले रंग धूसर पड़ चुके थे, वे आज अचानक अपनी उदासी के लिबास उतार कर क़ातिलों की तरह हमलावर हो चुके थे। समदू फ़क़ीर ने इन हमलावरों से बड़ी मुश्किलों से पीछा छुड़ाया था और शाह अरज़ाँ की हाज़िरी में लग गए थे। ज़र्द पड़ चुकी यादों के साये अपना रंग बदल कर यूँ नाचने लगेंगे, उन्होंने कभी सोचा भी नहीं था। अपने कलेजे के भीतर बसी हल्दी चिरैया की महीन आवाज़ की उदास थरथराहट को वह मरने नहीं देना चाहते थे। उन्होंने कभी मातम नहीं मनाया। अपनी रूह को कभी काला लिबास नहीं पहनाया।

अचानक हवा की गति बदली। धीरे-धीरे तेज़ होती गई हवा। तेज़,...इतनी तेज़ कि उसमें भँवर पड़ने लगा। कुहासे की चादर तार-तार हो गई। चाँद दिखा।

चाँदनी के फूल दिखे। शीशम और बरगद के तनों पर...पत्तों पर चाँदी की परतें चढ़ गईं। हवा के झोंकों से बूढ़े शीशम और उस विशाल बरगद की पात-पात झूम रही थी।...सब कुछ बदलने लगा।...एक बर्क़-सी लहराई और चाँदनी के फूलों के बीच कौंध गई ज़ूबी की सूरत।

...ज़ूबी!

समद पटना विश्वविद्यालय के दरभंगा हाउस में एम.ए. उर्दू के आख़िरी साल के छात्र थे। ज़ूबी पहले साल में थीं। एम.ए. के पहले साल में समद ने मीर की शायरी पर डिस'टेंशन सब्मिट किया था। जब ज़ूबी ने एम.ए. में दाख़िला लिया और डिस'टेंशन के लिए विषय चुनने की बारी आई, उन्होंने भी मीर को ही चुना। बस मीर ही थे सारे फ़साने की जड़ में। वही किसी पवित्र बीज की तरह किसी महाआकाश से गिरे और फिर उन्होंने चाँदनी के दुर्लभ फूलों वाली लता को जन्म दिया, जिसे ज़माना इश्क़ कहता है।

मीर के बहाने मुलाक़ातें शुरू हुईं। पहली ही मुलाक़ात में समद ने ज़ूबी की आँखों से झाँकता हुआ अपने लिए एक सवाल देखा और कहा,

मैं कौन हूँ, अय हम नफ़साँ, सोख़्ताजाँ हूँ
इक आग मेरे दिल में है, जो शो'ला फ़िशाँ हूँ
जल्वा है मुझी से, लब-ए-दरिया-ए-सुख़न पर
सद रंग मिरी मौज है, मैं तब्'-ए-रवाँ हूँ[1]

...और ज़ूबी ने अपनी नज़रें झुका ली थीं।

मीर को पढ़ते-गुनते-जानते हुए दोनों के दिन परवाज़ भरते गुज़रने लगे और रातें जागती सुर्ख़ आँखों में मोम की मानिन्द पिघलने लगीं। समद के लिए दरभंगा हाउस के बोसीदा गलियारों की फ़िज़ा बदल गई थी। पहले जिन सीलन भरे गलियारों, बरामदों और कमरों की बू से समद परेशानहाल रहा करते थे, अब उनसे आती ख़ुशबुओं के झोंकों पर वह हिंडोले भरते। दरभंगा हाउस से सट कर बहती गंगा के चौड़े पाट में दूर तैरते नावों के पाल और मस्तूल, मछुआरों के हाथों से छूट कर नदी तल पर गिरने को आतुर जाल और उछाल मारती जल-धाराओं के

1. मीर के शेर।

साथ हिचकोले खाते,...पंख फड़फड़ाते,...बहते जाते जल-पाखियों को निहारते हुए दिन बीत रहे थे।

यूनिवर्सिटी से लौटकर समद रहमानिया पहुँचते। सब्ज़ीबाग़ में अदीबों के इस अड्डे पर समद को ख़ास तव्वजुह हासिल थी। दोस्त-यार उनके इन्तज़ार में रहते। इन दिनों समद की शायरी का रंग बदल गया था। एक मायावी दुनिया में विचरते हुए उनकी रूह भीगती रहती। उफ़क़ के शून्य में छिपा कोई चेहरा उनकी ग़ज़लों-नज़्मों से झाँकता। साँझ की झिलमिल रोशनियों में कोई हौले पाँव बहुत क़रीब आता हुआ दिखता। रात के आसमान में टँगे चाँद-सितारे उनसे आहिस्ता स्वर में बातें करते और गंगा के उस पार से आती हवा उन्हें पुकारती रहती।

मस्जिद के लाउडस्पीकर से आती अज़ान की आवाज़ सुन कर उठे समदू फ़क़ीर। फ़जर की नमाज़ का वक़्त हो चला था। वजू किया और जानमाज़ बिछा कर नमाज़ अदा करने बैठ गए।

समदू फ़क़ीर नमाज़ अदा कर उठे और रोज़ की तरह टहलने निकल गए। हालाँकि और दिनों की अपेक्षा निकलने में जल्दी की थी उन्होंने। दरगाह रोड पार किया। पत्थर की मस्जिद पहुँच कर मस्जिद के सामने वाले टेकारी रोड में उतर गए। यह ढलान वाली सड़क थी, जो गंगा-तट तक जाती थी।

गंगा-तट पहुँचते-पहुँचते कुहासे की चादर सिमट चुकी थी। भोर का सलेटी आसमान सूरज के स्वागत की तैयारियों में लगा था। गंगा पार दियारे से आती सुबह की हवा के मद्धिम झकोरे समदू फ़क़ीर के मन-प्राण को सहला-सहेज रहे थे। ठंड थी।...पर समदू फ़क़ीर के भीतर सालों से सिराई जो अलाव फिर से दहक उठी थी, उसकी ताप के सामने इस ठंड की कोई बिसात नहीं थी।

पटना में शायद ही कोई ख़ानक़ाह या दरगाह बची हो जहाँ ज़ूबी के साथ वे न गए हों।...और न कोई ऐसा गंगा-घाट बचा था, जिसकी सीढ़ियों पर बैठ कर या जिसकी रेती पर चलते हुए उन्होंने ज़ूबी को मीर के शेर न सुनाए हों!

...पहली बार उन्होंने कृष्णा घाट पर गंगा की प्रशांत लहरों को साक्षी मान कर ज़ूबी की दोनों हथेलियों को अपनी हथेलियों में सहेजते हुए मीर को पढ़ा था,

शाख़-ए-गुल लचके है तो जानूँ हूँ
जल्वागर यूँ भी यार होता है।

अनूठा समय था।

दोपहर ढल रही थी और किसी की परछाईं की प्यास में बेकल सूरज गंगा की गोद में छिपने को आतुर हो रहा था।...और हवा बेकल थी किसी रूह की तपिश और गर्म उच्छ्वासों को चूमने के लिए। कृष्णा घाट की सीढ़ियों पर उतर कर चित्रकारी करने के लिए पृथ्वी के किसी दूसरे हिस्से से अपनी रोशनी समेट कर भागने को बेकल था चाँद।

ज़ूबी के केश खुल कर फैल गए थे। हवा के झोंकों से उड़ते और समद के चेहरे पर छा जाते। इन केशों से आती वसन्त में खिली मंजरियों की गंध समद के रन्ध्रों में उतरती और रगों के रक्त प्रवाह में मिल कर वसन्त रचती।

समद ने ज़ूबी की आँखों में देखा था। उनमें अपराजिता के फूलों की तरह खिले नीले रंग के तारे चमक रहे थे। समद ने गंगा-तट की छाती पर झुके आसमान को निहारा। आसमान की नाभि से अमृत झर रहा था। ज़ूबी और समद धरती का सीना चाक कर अभी-अभी उगी घास के अँखुओं की मानिन्द इस अमृत-वर्षा में भीगते रहे। ज़ूबी के होंठ लरज़े,

इश्क़ ही इश्क़ है, जहाँ देखो
सारे आलम में, भर रहा है इश्क़।[1]

ज़ूबी ने सिर झुका लिया था। समद ने इसी ग़ज़ल का दूसरा शेर पढ़ा था,

दिलकश ऐसा कहाँ है दुश्मन-ए-जाँ
मुद्दई है प मुद्द'आ है इश्क़।

---

1. मीर का शेर।

समद और ज़ूबी कृष्णा घाट की सीढ़ियों पर बैठ गए थे। समद के बाएँ काँधे पर ज़ूबी का सिर टिका था। गंगा के तट पर तिपहरी का इत्मीनान था। इस समय अमूमन भीड़ नहीं रहती थी। यह निठल्लों, जुआरियों और प्रेम करने वाले नौजवान जोड़ों की गतिविधियों का समय था। इनकी गतिविधियों में इत्मीनान स्थायी भाव था। ज़ूबी की आँखें मुँदी थीं और समद तट की रेती पर खेल में लगे पंडुक पंछियों को निहार रहे थे। समद ने पूछा, "एक नज़्म सुनेंगी आप।"

"हूँ" हुंकारी भर कर ज़ूबी ने आँखें खोलीं। समद की ओर देखा। समद के चेहरे पर सपनों के अनगिन रंग छाए हुए थे।

"अधूरी है अभी। पूरी हो जाए,...फिर सुनाऊँगा।"

"अधूरी ही सुनाएँ।" ज़ूबी ने हुक्म दिया। समद मुस्कराए।

लहरा रहा है दामने-अब्रे-बहार [1]
लहरा रही है
अ'र्से-दराज़ से फ़स्ले-दह्र [2]
तेरा हुस्न, ये माहे-ताबाँ... [3]

"बस।...रहने दें।...पूरी कर लें फिर..." ज़ूबी के चहरे पर एक नटखट मुस्कराहट और आँखों में दिलफ़रेब अदा थी। समद उसे निहारते रहे।

दोनों वापस लौटे। रास्ते में दोनों ओर पत्थर के टुकड़ों से ऊँचा पुश्ता बना था। इन पुश्तों की दीवारों की दरारों में सुनहरे पुटुस फूलों की झाड़ियाँ उग आई थीं। गुच्छ के गुच्छ खिले पुटुस के फूल हवा के झोंकों से विह्वल हो रहे थे। समद ने पूछा था, "आपके अब्बा को पता चला कि आप...तो?"

"मुझे कुछ नहीं मालूम।...अल्लाह के वास्ते अभी कोई ऐसी बात न कीजिए कि...। क्यों डरा रहे हैं मुझे?" ज़ूबी की पूरी देह सिहर उठी थी।

समद ने अपनी कमअक़्ली पर मन ही मन अपने को कोसा और ज़ूबी को विदा किया।

---

1. वसन्त के मेघों का आँचल।
2. दीर्घकाल से समय की फ़स्ल।
3. पूर्णचन्द्र, प्रेयसी का चन्द्रमुख।

...सुबह की सैर के बाद गंगा-तट से लौटने के पहले आसमान को निहारा समदू फ़क़ीर ने। आसमान में सूरज की बिन्दी उभर रही थी या...नहीं-नहीं,...ज़ूबी का चेहरा नहीं था। सूरज ही था। ललछौंहा। अभी-अभी का जन्मा। ज़च्चाख़ाने से झाँकता हुआ।

समदू फ़क़ीर मुड़े और रेती छोड़ कर ऊपर चढ़े। टेकारी रोड से ही वापस लौटे। दरगाह रोड में मुड़े। दरगाह से पहले फूस के छाजन वाली रहमत मियाँ की चाय दुकान पर रुके। रहमत से दुआ-सलाम के बाद वहीं बेंच पर बैठ गए। रहमत ने चाय देते हुए संकोच के साथ कहा, "कल अहमदवा कहिस कि फकीर चच्चा रो रहिन है। का बात है सरकार? ऐसी कवन बात हुई कि...? हम आज आने ही वाले थे आपसे मिलने।"

"कुछ नहीं रहमत मियाँ। फ़क़ीर का रोना-हँसना सब बराबर। बेफ़िक्र रहो। कोई बात होगी तो ज़रूर बतावेंगे।" मुस्कराए समदू फ़क़ीर।

धूप अब फैल चली थी। कुहासा पूरी तरह वापस जा चुका था। बस हवा थी... हाड़ में कभी-कभी ठंड की किरचें चुभोती हुई हवा।

समद की उर्दू एम. ए. की पढ़ाई पूरी हुई। उन्होंने यूनिवर्सिटी में टॉप किया। समद के यार दोस्तों ने रहमानिया होटल में जश्न मनाया। ज़ूबी ने सबसे पहले कच्ची दरगाह जाकर सूफ़ी सन्त शेख शहाबुद्दीन उर्फ़ 'पीर जगजोत' के दरबार में हाज़िरी लगाई। कच्ची दरगाह से लौटते हुए मीतन घाट के ख़ानक़ाह मुनएमिया पहुँचीं और मख़दूम मुनईपाक की दरगाह में फूलों की चादर चढ़ाई। वहाँ से निकलीं तो शाह अरज़ाँ के हुज़ूर में पहुँचीं। इन तमाम दरगाहों में वह अपने समद के साथ पहले भी हाज़िरी लगा चुकी थीं और उनके अव्वल आने के लिए मिन्नतें कर चुकी थीं। समद को जब ज़ूबी की इन मिन्नतों के बारे में पता चला, वे बोले, "आपने हमें भी साथ ले लिया होता!"

"आप हमारा मज़ाक़ बनाते।"

"हम ही आपको पहली बार लेकर गए थे इन दरगाहों में। भूल गईं आप?"

"तो क्या हुआ? हमारी मिन्नतें थीं, सो हम गए हाज़िरी लगाने।"

"ज़ूबी, आपको मालूम है न कि पिछले दस सालों से यूनिवर्सिटी में लेक्चररशिप के लिए कोई अ'पॉइंट्मेंट नहीं हुआ और न होने की कोई उम्मीद दिख रही है। सिर्फ़ अव्वल आने से क्या होगा?...लेक्चररशिप मिलेगी नहीं और मैं कोई दीग़र नौकरी-चाकरी करने से रहा।" समद के चेहरे पर आने वाले तकलीफ़देह दिनों की आहट चस्पाँ थी।

"सहाफ़त?"

"सहाफ़त अब बची कहाँ? अख़बारनवीसी अब नेताओं की दलाली में तब्दील हो चुकी है।...और दलाली मुझसे पार न लगेगी।"

"आप भी कौन सा मस्अला ले बैठे! ख़ुशी का मौक़ा है और आप हैं कि..." ज़ूबी ने एतराज़ किया।

समद ने प्यार से देखा ज़ूबी को।

ज़ूबी की पलकें झुकीं।

एक समंदर उमग उठा था। समंदर, जिसके तल में सीपियों की चादर बिछी थी। इन सीपियों के गर्भ में मोती पल रहे थे। इस समंदर की लहरों का फेनिल जल किनारे की रेत पर चित्रकारी कर रहा था।

समद ने ज़ूबी से कहा, "हमें सहेजे रखिएगा।...हमें सिर्फ़ टूट कर बिखरना आता है।"

ज़ूबी ने ख़ामोश नज़रों से समद को देखा। सुबह के साफ़-शफ़्फ़ाफ़ आसमान में मानो किसी हीरक तारे ने एक पतली लकीर खींच दी हो वैसे ही दिखा समद का चेहरा। उसका जी कर रहा था कि अपने दुपट्टे के छोर से वह पोंछ दे उस लकीर को। समद की आँखें अनन्त की ओर देख रही थीं। वह चाह रही थी अनन्त की ओर देखती समद की आँखों पर अपने होंठ रख देना। समद को लेकर उसकी बेचैनियाँ, उत्सुकताएँ और इच्छाएँ सब एक साथ किसी सिम्फ़नी की तरह उसके भीतर बज उठीं। ज़ूबी को समद हमेशा एक उदास नज़्म की तरह लगते। ऐसी नज़्म जिसमें पाने से ज़्यादा खोने की हक़ीक़त दर्ज हो।...जो धूसर चाँद में क़लम डुबो कर लिखी गई हो। जिसकी ज़ुबान में क़ब्रों पर बरसी शबनम की नमी शामिल हो।

समद व्हीलर सीनेट हॉल की दीवार से पीठ टिकाए खड़े थे। ज़ूबी ने कहा, "सीढ़ियों पर बैठते हैं।"

"आप जाएँ। आपके अब्बा हुज़ूर का ब्लडप्रेशर बढ़ रहा होगा।" समद ने कहा।

"मेरे अब्बू ने क्या बिगाड़ा है आपका, जो बार-बार..." ज़ूबी ने नाराज़गी प्रकट की।

"अरे मैं तो चुहल कर रहा था।" मुस्कुराते हुए समद ने कहा।

"आप और चुहल? चुहल आती भी है आपको?...कब से हो गए चुहलबाज़?"

ज़ूबी का यह रंग नया था समद के लिए। उन्होंने अपने दोनों कान पकड़ लिये और बोले, "मुआफ़ी सरकार। फिर कभी जो नाम लिया।"

खिलखिला उठीं ज़ूबी।

समद भी नए रंग में थे।

जैसे समंदर की लहरें अपने विशाल ख़ज़ाने में छिपी असीमित दौलत उलीचती हैं, ठीक वैसे ही रसीदन के जाने के बाद समद की बीती ज़िन्दगी की यादें उलीच रहे थे ये दिन और रात। ऐसा तो कभी नहीं हुआ था!

दिन चढ़ रहा था। समदू फ़क़ीर अपनी कोठरी से बाहर निकले। आसमान की ओर मुँह उठा कर देखा। आज धूप में हल्की आँच थी। गुनगुनी थी धूप। पिछले दिनों की अपेक्षा ठंड कम थी। उन्होंने धरती को ग़ौर से देखा। पिछले कई दिनों की ठंड में मुलायम हुई वनस्पतियों में जान आ गई थी। आसमान की ओर सिर उठाए दूब की लतरें धूप सेंक रही थीं।

हौले पाँव चलते हुए समदू फ़क़ीर ने दरगाह का फाटक पार किया और रहमत की चाय की दुकान की ओर निकल गए।

अबरार हसन चाहते थे कि उनकी तीसरी औलाद समद हसन किसी सरकारी महकमे में मुलाज़मत करें या फिर अपने बड़े भाई मसूद हसन के साथ होटल के रोज़गार में लग जाएँ। कुछ दिनों तक साथ काम करें और रोज़गार का हुनर सीख

कर अपना धंधा शुरू करें। वह अपने मझले बेटे फ़ारूक़ हसन की कामयाबी पर ख़ुश रहते और बात-बात पर उनकी तारीफ़ में क़सीदे पढ़ते रहते। फ़ारूक़ ने बैंक में साहबी पा ली थी और इन दिनों पटना में ही बैंक मैनेजर थे। फ़ारूक़ की शादी के लिए अच्छे घराने की किसी पढ़ी-लिखी ज़हीन लड़की की तलाश चल रही थी।

समद ने अपने अब्बा के दोनों सुझाव नकार दिए थे। उन्होंने साफ़-साफ़ अपनी अम्मी दिलजान बी को बता दिया था कि होटल के धंधे में लगने से पहले, वे बेहतर समझते हैं फाँसी लगा लेना या दरिया में कूद कर जान हलाक कर लेना। रही बात सरकारी मुलाज़मत की, तो यह करना उनके हाथ में नहीं था और फिर दूसरा यह कि उन्हें मालूम था कि उर्दू में एम. ए. की पढ़ाई के बूते ब-मुश्किल क्लर्की ही मिल सकती है। उनके लिए बस एक ही पेशा था। वह कालेज में पढ़ाना चाहते थे। लेक्चररशिप के लिए यूनिवर्सिटी दरवाज़े बन्द थे और जल्दी खुलने के आसार नज़र नहीं आ रहे थे। लेक्चररशिप की राह में एक और रोड़ा था पी-एच. डी.। फिलहाल समद की रुचि पी-एच. डी. में रजिस्ट्रेशन करवा कर रिसर्च के साथ-साथ शायरी करने में ही थी। उन्होंने अपनी अम्मी के मार्फ़त अपने अब्बा तक अपनी बात पहुँचा दी थी। अब्बा से उनकी बोलचाल न के बराबर होती थी। उनके मझले भाई फ़ारूक़ हसन ने अपने अब्बा को समझाया था, "उर्दू पढ़ कर घर का आटा गीला कर रहे हैं समद। इस तालीम के बाद चपरासी की नौकरी भी नहीं मिलने वाली। इससे बेहतर है कि सब्ज़ीबाग़ में ही फलों का ठेला लगा कर बेचें।"

...और दूसरी जो सबसे ख़ास बात उनके अब्बा को समझाई गई, वह यह थी कि एक तो कोढ़ और ऊपर से उसमें खाज! एक तो उर्दू की तालीम और फिर शायरी का चस्का! शायरी तो ऐसा मरज़ है कि लग गया तो पूरे ख़ानदान को घुन की तरह खा जाता है। इसके बाद तो अल्लाह के मराहिम से ही कोई ख़ानदान बच सकता है। पीरमुहानी क़ब्रिस्तान से दिलजान बी की बदौलत निकल भागे अबरार हसन ब-मुश्किल लकीरें खींच कर दस्तख़त कर पाते थे। फ़ारूक़ हसन की बातें और सलाह उनके लिए पत्थर पर खिंची लकीर की तरह थी। बड़े मसूद हसन इन पचड़ों से अलग थे। आठवीं क्लास में थे, उन्हीं दिनों पढ़ाई-लिखाई छोड़ कर होटल के धंधे में जो जुते, बस जुते हुए थे।

फ़ारूक़ के लिए शरीके हयात, समद की बेरोज़गारी और अकेले मसूद के सिर पर लदे व्यवसाय का बोझ—इन समस्याओं से जूझते अबरार हसन बात-बात पर अपना आपा खो देते। उन्हें भरोसा था कि एक न एक दिन फ़ारूक़ के लिए उनके मन मुताबिक़ लड़की मिल जाएगी। मसूद भीतर ही भीतर भले कुढ़ते रहें, होटल की ज़िम्मेदारी छोड़ कर कहाँ जाएँगे! बस एक समद थे जिनकी ज़िन्दगी का ओर-छोर पता नहीं चल रहा था। दिन-दिन भर घर से ग़ायब रहते समद। दिन भर रहमानिया में अड्डा जमाए रहते। रहमानिया बन्द होने के बाद भी घर नहीं लौटते। जब अबरार हुसैन ने पता किया कि आख़िर देर रात तक कहाँ रहते और क्या करते हैं साहिबज़ादे, तो पता चला कि क़ब्रिस्तानिया में पटना भर के लफंगों के होने वाले जमावड़े में शामिल रहते हैं। यह सूचना भी उन्हें फ़ारूक़ ने ही दी थी।

क़ब्रिस्तानिया मेन रोड पर पीर बहोर थाना के ठीक सामने अंग्रेज़ों के क़ब्रिस्तान का नाम पड़ गया था। अंग्रेज़ों के जाने के बाद यह क़ब्रिस्तान बन्द हो गया था। उपेक्षित पड़े इस क़ब्रिस्तान के ठीक गेट पर कालू मियाँ की चाय-दुकान थी, जहाँ चाय के अलावा पावरोटी, बिस्किट और समोसे बिकते। कालू मियाँ की गद्दी मारिया नाम की एक जवान लड़की की क़ब्र पर थी। सुबह पहले खेप की चाय बना कर वह एक प्याली चाय मारिया के नाम पर उड़ेलते और उसकी रूह के लिए दुआ करते। ख़ुदा से भी नहीं डरने का दावा करने वाले कालू मियाँ मारिया की जवान रूह का बहुत एहतराम करते थे। यहाँ देर रात तक उर्दू के अदीबों, अख़बार नवीसों की महफ़िल जमती। क़ब्रिस्तानिया में बैठने के लिए कोई अलग से इन्तज़ाम नहीं था। लोग क़ब्रों पर लगे पत्थरों पर बैठते और हाथों चाय थामे, सिगरेट के कश के साथ बहस-मुबाहिसों में मशग़ूल रहते। कभी अदबी मस्अले ज़ेरे-बहस होते, तो कभी राजनीति और दुनिया के हालात। आपसी नोक-झोंक और जलन का बाज़ार भी अक्सर गर्म रहता। समद क़ब्रिस्तानिया में बैठने वाली नौजवान पीढ़ी में शामिल थे। वे बुज़ुर्गों का एहतराम करते और दोस्तों से प्यार। उनकी नज़्मों में आने वाली नई और अछूती तस्वीरों की रंगत ने उन्हें अलग पहचान दी थी। अदब की तन्क़ीद करने वालों की ख़ास नज़र थी उन पर। समद दिन में रिसर्च के सिलसिले में किसी लाइब्रेरी में होते या रहमानिया में और रहमानिया के बन्द होते ही क़ब्रिस्तानिया जा

पहुँचते। उन्हें न शराब की लत थी और न सिगरेट की। घर पहुँचते तो उनके कमरे में खाना रखा मिलता। शौहर और बेटों के तंज़िया बोल सुनने की आदी हो चुकी थीं दिलजान बी। रोज़ कुछ न कुछ सुनतीं, पर कुछ बोलती नहीं और समद के कमरे में रात का खाना बिला नाग़ा रख आतीं।

अम्मी को छोड़ कर घर के बाक़ी लोगों से समद का लगभग अबोला ही था। मसूद हसन के दोनों बेटे भी उनसे कटे ही रहते। समद चाहते थे कि वे दोनों बच्चे अच्छी तालीम पाएँ, पर उन्हें छोटी उम्र से ही होटल के कैश-काउंटर पर बैठने में ज़्यादा मज़ा आता। जबरन स्कूल जाते और लौटते ही बस्ता फेंक कर तालिबे-इल्म से होटल-मालिक में तब्दील हो जाते। देखते-देखते अपना घर उनके लिए सराय में तब्दील हो चुका था।

इस बीच साल गुज़रा। समद ने पी-एच.डी. में रजिस्ट्रेशन के लिए होने वाला इम्तिहान पास किया। "मीर की शायरी में तसव्वुफ़"[1] विषय पर रिसर्च के लिए अपने पसन्दीदा प्रोफेसर की देखरेख में रजिस्ट्रेशन करवाया। ज़ूबी ने भी एम.ए. पास किया। समद की गरदन पर रोज़गार की तेग पहले से लटक रही थी और एम.ए. करते ही शादी के लिए ज़ूबी की मुश्कें भी कसी जाने लगीं।

इम्तहान ख़त्म होने के बाद से ही ज़ूबी से समद की मुलाक़ातें कम हो गई थीं। ज़ूबी के यूनिवर्सिटी कैम्पस में आने के बहाने कम हो गए थे। रिजल्ट आया तो फिर से दरभंगा हाउस आने-जाने के बहाने ज़िन्दा हो उठे। वे भी रिसर्च करना चाहती थीं, पर उनके अब्बा ठाने बैठे थे कि हर हाल में इस साल बेटी को निबटा देना है। ज़ूबी बड़ी थीं और बेटे की आस-उम्मीद में उनके बाद उनकी अम्मी तलत बानो ने पाँच और बेटियाँ जन रखी थी। छठवीं सन्तान के बाद बच्चेदानी जवाब दे गई और उसे निकलवाना पड़ा। बच्चेदानी निकलवाने के ऑपरेशन के बाद घर में मातम पसर गया था। बेटा न जन पाने के सोग़ ने तलत बानो को दिल का मरीज़ बना दिया था और ज़ूबी के अब्बा आतिफ़ ख़ान दहकते अंगारे में बदल गए थे। वह पहले ही कम आतिशमिज़ाज नहीं थे, पर परिवार पर गिरी आफ़त की इस बिजली ने उन्हें गुस्से का परकाला बना दिया था। वे बात-बेबात सुलगते-भड़कते रहते।

---

1. मीर की शाइरी में अध्यात्मवाद।

आतिफ़ ख़ान बिजली के महकमे में जूनियर इंजीनियर लगे थे और अब इसी पद से रिटायर होने वाले थे। बीच में दो बार सस्पेंड हुए सो प्रोमोशन रुका रहा। पहली बार फतुहा इंस्ट्रियल एरिया के कारख़ानों को चोरी की बिजली सप्लाई करने के इल्ज़ाम में पकड़े गए और दूसरी बार बिजली विभाग के गोदाम से समान चोरी के इल्ज़ाम में। सस्पेंशन के बाद नौकरी में जब-जब वापस हुए पहले की अपेक्षा ज़्यादा हिम्मतवर हुए। उनकी दो ही भूख थी। बेटा, जो हो न सका और दौलत, जिसकी उन्होंने ख़ूब लूट मचाई। वह जो भी लूट-खसोट करते रहे, आधा दर्जन बेटियों की शादी के नाम पर सीना तान कर करते रहे।

आतिफ़ ख़ान को जब तलत बानो की मार्फ़त पता चला कि ज़ूबी इश्क़ कर रही हैं, तो घर में ज़लज़ला आ गया। ज़ूबी मौन रहीं क्योंकि उन्हें मालूम था कि यह ज़लज़ला कोई नया नहीं। सदियों से इश्क़ के मामले में ऐसा ही होता रहा था। यही रवायत थी। उन्हें भरोसा था कि वह और समद मिल कर इस ज़लज़ले पर क़ाबू पा लेंगे।

तलत बानो की सलाह पर आतिफ़ ख़ान ने सब्ज़ीबाग़ के अपने दोस्तों की मार्फ़त समद के बारे में पता किया। सारी जानकारियाँ जुटाने के बाद उन्होंने अपने घर में ज़ूबी सहित सारी बेटियों के सामने नाटकीय अन्दाज़ में दहाड़ लगाई, "...कान खोल कर सुन लो तुम लोग।...इस घर में वही होगा, जो मेरी मर्ज़ी होगी। इश्क़बाज़ी की हक़ीक़त मालूम है मुझे। किसी क़बर खोदने वाले मुजाविर के घर बेटी नहीं ब्याह सकता मैं।...साहबज़ादे अगर किसी काम लायक़ होते तो भला कुछ सोच भी सकता था मैं। दिन-रात आवारगी करने वाले लौंडे से ब्याह नहीं कर सकता मैं। लम्बा-चौड़ा ख़ानदान है मेरा। किस-किस से मुँह छिपाते फिरेंगे!..."

ज़ूबी को छोड़ कर पूरा घर दहशत में था। वह मौन रहीं। अपनी पाँच छोटी बहनों को उन्होंने ममता भरी नज़रों से देखा। उनके माथों पर प्यार से सहलाया और अपने कमरे में जाकर मीर का दीवान उठा कर पन्ने पलटने लगीं।

मोहब्बत ने ज़ुल्मत से काढ़ा है नूर
न होती मोहब्बत न होता ज़हूर

जूबी के चेहरे पर नूर छा गया। कमरे की नीम रोशनी अचानक किसी स्वर्ण गुफ़ा की तरह चमक उठी। चारों ओर सुनहला उजाला फैल गया। बन्द दरवाज़े से,...दोनों खिड़कियों से,...रोशनदानों से सुनहली रोशनी के रेले घुसे आ रहे थे। जूबी का चेहरा दिप-दिप चमक रहा था। उन्होंने आँखें मूँद कर समद को याद किया। झिरझिर बहती गंगा के लहरिल तट पर खड़े, सितारों की बारिश में भीगते समद का चेहरा उभरा। काली मंदिर-घाट की सीढ़ियों के ऊपर बने छोटे से मंदिर की घंटी आवाज़ गूँजी।...और ऊपर, काली मंदिर से आती शंख-ध्वनि पूरे दिग्-दिगन्त में छा गई।

जूबी अपने कमरे में थीं। बाक़ी पाँचों बहनें लिविंग रूम में भूकम्प से ध्वस्त किसी हालिया बने मकान के मलबे की तरह जहाँ-तहाँ बिखरी हुई थीं। लहू-लुहान,... एक-दूसरे को निहारतीं,...अपने पैदा होने का मातम मनाती हुई मौन पड़ी थीं। उन्हें अपनी बड़ी बहन पर अगाध भरोसा था। उन्हें लगता अब्बू के कहर से अगर आपा बच गईं तो उन्हें भी बचा लेंगी। वे पाँचों किसी क़स्साब के खूँटे से बँधी बकरियों की तरह अपनी ज़िन्दगी की ख़ैर मनाती रहीं सारी रात।

अतिफ़ ख़ान को तलत बानो ने समझाया, "छह-छह बेटियाँ हैं। किस-किस पर लगाम लगाते फिरेंगे? इनके लिए दूल्हा और अव्वल ख़ानदान खोजने के चक्कर में हाथ से वक़्त निकल जाएगा और ये सब की सब क्वाँरी बैठी रह जाएँगी।... ख़ानदान का चक्कर छोड़िए।...बस लड़का ठीक-ठाक हो,...दो रोटी कमा कर खिला सके और बाद में इनकी ज़िम्मेदारियाँ हमें न ढोनी पड़ें, इतना देख कर इन्हें रुख़सत कीजिए।...अपने ख़ानदान में भी तो कोई ऐसा हीरे का टुकड़ा नहीं है, जिसे आप बेटी सौंप सकें।"

आतिफ़ ख़ान पहले तो बीवी की नसीहतें सुनते हुए चुप रहे, पर जैसे ही उनके ख़ानदान की बात आई, भड़क उठे, "अब मेरे ख़ानदान पर तंज़ मत करो। मैं नवाब सैफ़ ख़ान के ख़ानदान से हूँ, जो मुमताज महल की बहन मलिका बानो को ब्याह

कर लाए थे। समझीं?...अपने ख़ानदान की फ़िक्र करो। बहेलियों के ख़ानदान से हो तुम। सात पुश्तों से तुम्हारा ख़ानदान मीर शिकार टोली में बसा हुआ था। अब भाइयों ने ज़मीन बेच कर फ़्लैट ख़रीदा है तो ख़ानदान वाली बन रही हो।"

"जब अपना ब्याह बहेलियों के ख़ानदान में कर लिया तो बेटियों के ब्याह के लिए नवाबों का ख़ानदान क्यों ढूँढ़ते फिर रहे हैं?...बेटियों के ख़ून में भी तो बहेलियों का ख़ून शामिल है । मेरा ही दूध पीकर जवान हुई हैं तुम्हारी बेटियाँ।" तलत बानो ने अपने जवाब से आतिफ़ ख़ान की ज़ुबान पर ताला जड़ दिया।

कुछ देर तक चुप रहे आतिफ़ ख़ान। तिलमिलाहट जब कम हुई, पूछा, "तो?... बोलो,...क्या करें?"

"जाओ। एक बार जाकर ख़ुद अपनी आँखों से देखो उसका घर-परिवार। मिलो-जुलो। लड़के के बाप से बात करो। न पसन्द आए, तो न करो।...पर दूसरों की बात पर भरोसा करके,...ख़ुद कुछ जाने-बूझे बिना रिश्ता मत छोड़ो। हमारी तो यही सलाह है। अब मानना, न मानना आपकी मर्ज़ी।" तलत बानो ने संयत स्वर में अपनी बात रखी। आतिफ़ ख़ान मौन रहे और ऊपर अपने कमरे में सोने चले गए। छठवीं बेटी की पैदाइश और ऑपरेशन के बाद से उन्होंने तलत बानो के कमरे में सोना बन्द कर दिया था।

कई दिनों तक घर में मनहूसियत छायी रही। बेटियों से आतिफ़ ख़ान का अबोला रहा। ज़ूबी की छोटी बहनों से बातें होतीं। सबसे छोटी बहन पर अभी तक दहशत तारी थी। वह आती और ज़ूबी की गोद में सिर रख कर लेट जाती या एकटक उनका चेहरा निहारती रहती। बाक़ी चार ज़ूबी के आसपास रहतीं तो चुप रहतीं। तलत बानो सबसे बोलतीं। चाहती थीं कि घर का माहौल बदले, पर उन्हें मालूम था कि यह इतना आसान मामला नहीं है।

आतिफ़ ख़ान कई दिनों तक सोच-विचार करते रहे। उनके भीतर भी उथल-पुथल मची थी।...पर लगभग हफ़्ता दिनों बाद वह अपने मन को समझाते-बुझाते सब्ज़ीबाग़ पहुँचे।

सब्ज़ीबाग़ की मुख्य सड़क दो तीखे-सँकरे मोड़ों से गुज़रती हुई बिड़ला मंदिर की ओर जाती थी। पहले मोड़ के पास ही दायीं ओर जामुन गली थी। आतिफ़ ख़ान इस सँकरी गली के भीतर एक मकान के फाटक के सामने खड़े थे। गली ज़रूर

सँकरी थी, पर मकान तीन मंज़िला और सुन्दर था। इसी मकान में उनकी मुलाक़ात अबरार हसन से हुई। समद के बड़े भाई मसूद हसन भी मिले, पर वह रस्मी दुआ-सलाम के बाद निकल गए। उन्हें शाम की पारी में होटल का कैश काउंटर सँभालने की हड़बड़ी थी। आतिफ़ ख़ान को पहले से पता था कि सब्ज़ीबाग़ के तिराहे से लंगर टोली जाने वाली सड़क पर अबरार मियाँ का होटल था।

समद की शादी की बात सुन कर अबरार हसन के भीतर आग लग गई, पर उन्होंने अपने पर क़ाबू किया और फिर मुलायमियत और हुनरमंदी के साथ अपने साहबज़ादे की बेकारी और शायरी की लत के बारे में बताते रहे। उन्होंने आतिफ़ ख़ान को साफ़-साफ़ बता दिया कि लड़का आपकी बेटी के लायक़ नहीं। इसके बाद उन्होंने असली पासा फेंका। अपने मझले बेटे फ़ारूक़ के क़सीदे पढ़ने लगे। आतिफ़ ख़ान हैरत में थे और ललच भी रहे थे। अबरार हसन ने अपनी बात समेटते हुए साफ़-साफ़ कहा, "अल्लाह ने मुझे बहुत दिया है। मुझे दहेज़ का लालच नहीं। बस लड़की ज़हीन हो,...हुनरमंद हो, परिवार में घुल-मिल कर रहने वाली हो। आप चाहें तो हम लोग रिश्ता माँगने आ सकते हैं।"

आतिफ़ ख़ान के आगे चारा डाल कर ग़ौर से उन्हें देखा अबरार हसन ने। इस बीच फ़ारूक़ बैंक से लौटे। अबरार हसन ने उनसे मुलाक़ात करवाई। दुआ-सलाम के बाद कुछ और देर तक दूसरी बातें होती रहीं। थोड़ी देर बाद वहाँ से वापस लौटे आतिफ़ ख़ान।

इस समय समद घर पर अमूमन नहीं होते थे, सो नहीं थे।

आतिफ़ हुसैन घर लौटे और तलत बानो को सारा माजरा बताया। तलत बानो को काटो तो ख़ून नहीं। सकते में आ गईं वह। लरज़ उठी उनकी देह और रूह। पहले तो एकटक निहारती रहीं अपने शौहर को फिर अपने ऊपर क़ाबू पाया और बिफरते हुए बोलीं, "अजीब आदमी हैं आप!...भला ऐसा भी होता है! लड़की जिससे मुहब्बत करती है, उसी के घर में,...उसके बड़े भाई से उसका निकाह करेंगे!...क्या गुज़रेगी

दोनों पर?...दिन-रात घुट-घुट कर मरेगी लड़की या फिर अपने शौहर से फ़रेब करेगी और आशिक़ के साथ हमबिस्तर होगी,...ज़िनाकारी करेगी। ता-ज़िन्दगी दोज़ख में रहेगी। हम तो बहेलियों के ख़ानदान से हैं, पर आपका ख़ानदान तो नवाबों का है।...यही रवायत है क्या नवाबों के ख़ानदान की?"

तलत बानो की फटकार सुनते हुए भीतर ही भीतर सुलग रहे थे आतिफ़ खान। जैसे ही तलत बानो ने अपनी बात ख़त्म की वह उठे और दाँत पीसते हुए बोले, "हरामज़ादी, जी करता है तेरा गला दबा दें, पर तूने जो ये छह-छह मुसीबतें जन रखी हैं, इन्हें कौन देखेगा, यही सोच कर हाथ नहीं उठते मेरे।...फिर मेरे ख़ानदान पर तंज़ किया तुमने? अपनी कोख देख पहले। बदनस्ल तो तू है।...ग़लती मेरी है कि मैंने तुझसे सलाह-मश्वरा किया।"

आतिफ़ ख़ान ने किसी की न सुनी।

वह अपने एक दोस्त के साथ अबरार हसन के घर गए और ज़ूबी का ब्याह तय कर आए।

तलत बानो ने ज़ूबी को बताया।

ज़ूबी ने अपनी अम्मी की बातें सुनी। न हामी भरी और न ही ना कहा। मौन रहीं।

दिलजान बी अपने बड़े बेटे मसूद हसन और उनकी बीवी-बच्चों के साथ ज़ूबी के घर रिश्ता माँगने की रस्म निभाने पहुँचीं।

निकाह का दिन तय हुआ। दिन में निकाह और रात में वलीमा की दावत।

समद को पहली उड़ती-उड़ती हुई ख़बर अपने घर से ही मिली थी। ज़ूबी के घर से बाहर निकलने पर पाबन्दी थी। मोबाइल सहारा था, पर वह उसे भी अक्सर बन्द ही रखतीं। उन्होंने मोबाइल पर ही समद से सारा हाल बयान किया और अन्त में कहा, "मेरे ऊपर भरोसा रखेंगे आप। जो हो रहा है, फ़िलहाल होने दें। सही वक़्त आने पर सारे फ़ैसले उलट जाएँगे।"

ज़ूबी की बातें सुन कर बस इतना भर कह सके समद, "वल्लाह! मुझे आप पर पूरा यक़ीन है।"

समद समझ नहीं पा रहे थे कि उनके साथ यह सब क्या हो रहा है!...और कौन सा सही वक़्त होगा जब फ़ैसले उलट जाएँगे!...कौन और कैसे उलटेगा इन फ़ैसलों को!...उन्हें पटना के उस मरहूम उस्ताद शायर की ज़िन्दगी का वह वाक़िया

याद आया, जो अदबी दुनिया में क़िस्से की तरह मशहूर था,...कि उनकी माशूक़ की शादी उनके छोटे भाई से हो गई और वह ता-ज़िन्दगी इस दिलख़राश वाक़िए के बाद दोज़ख में छटपट करते रहे।

सब कुछ बहुत जल्दी-जल्दी घट रहा था। समद को कहीं चैन न मिलता। वह बार-बार फोन करके ज़ूबी को परेशान नहीं करना चाह रहे थे। ज़िन्दगी का यह नाटकीय व्यवहार उन्हें अजीब लग रहा था। किसी भी शायर के दीवान में इस तमाशे का ज़िक्र न था और न किसी अफ़साने में ऐसा मंजरनामा उन्हें पढ़ने को मिला था।

समद गंगा के तटों पर भटकते रहे। घर में मझले भाई फ़ारूक़ हसन से ज़ूबी के निकाह की तैयारियाँ चलती रहीं और वह बदहवास गंगा की जल-सतह पर ज़ूबी के चेहरे का बनना-मिटना निहारते रहे। वह अलस्सुबह कुहासे के डैनों पर सवार होकर हवा के सहारे आसमान के नक्षत्रों तक जा पहुँचते और ज़ूबी को ढूँढ़ते। किसी नीले हीरक तारे की तरह चमकती रहने वाली ज़ूबी की आँखें उनका पीछा करतीं।

यह सिलसिला चलता रहा। समद इन दिनों रहमानिया होटल में होने वाली अदबी अड्डेबाज़ी में नहीं दिखते। देर रात कभी-कभार क़ब्रिस्तानिया पहुँचते भी तो एक प्याली चाय गटक कर निकल लेते। उनके घर में किसी को अन्दाज़ा भी नहीं था कि समद पर क्या गुज़र रही है!

निकाह के समय अंजुमन इस्लामिया हॉल में तब अफ़रा-तफ़री मची, जब ज़ूबी ने क़ाज़ी के पूछने पर एक बार भी निकाह क़बूल नहीं किया। हर बार साफ़-साफ़ लफ़्ज़ों में ना कहा। सब के सब भौचक थे। क़ाज़ी ने बड़े प्यार से पूछा, "बच्ची, आपने पहले अपने अब्बा को क्यों न बताया?"

"उन्होंने मुझसे पूछा ही नहीं और न बताया कि वे मेरा निकाह किससे करने जा रहे हैं।" ज़ूबी की आवाज़ के साथ बर्क़ लहरा रही थी।

"आपने अपनी अम्मी को ही बता दिया होता। उन्हें भी नहीं बताया?" क़ाज़ी ऐलान से पहले इत्मीनान कर लेना चाहते थे।

"अम्मी को मैंने हाँ नहीं कहा था।...उनकी पाँच और बेटियाँ हैं। वह एक लाचार औरत हैं जिन पर पाँच और बेटियों की ज़िन्दगी बचाने की ज़िम्मेदारी है। वह ख़ुद बमुश्किल ज़िन्दा हैं।" ज़ूबी के इस बयान के बाद क़ाज़ी ने ऐलान कर दिया कि दुल्हन ने निकाह को क़बूल नहीं किया और वह जबरन निकाह नहीं करवाएँगे। क़ाज़ी ने निकाहनामा मोड़ कर अपनी जेब में रख लिया। 'जामा मस्जिद अहले हदीस' के मौलवी के सामने क़ाज़ी ने लौटते हुए साफ़ तौर पर यह ऐलान किया, "इस लड़की की जान की हिफ़ाज़त की ज़िम्मेदारी इसके वालदैन पर रहेगी। इसे किसी क़िस्म का नुकसान न पहुँचे।"

अबरार हसन चीख़-चिल्ला रहे थे। गालियाँ दे रहे थे। आतिफ़ ख़ान को गोलियों से उड़ा देने और क़ब्र में गाड़ देने की धमकियाँ दे रहे थे। दूल्हा फ़ारूक़ हसन जामा-टोपी पहने, चमेली के फूलों की लड़ियों वाला सेहरा बाँधे दोस्तों के बीच बैठे थे कि उन तक ख़बर पहुँची। उनके चेहरे पर मातम छा गया।

आतिफ़ ख़ान सदमे से चुप थे, मानो उनकी ज़ुबान को फ़ालिज़ मार गया हो। दोनों तरफ़ के रिश्तेदारों को मामला समझ में नहीं आ रहा था। लड़की ने ऐन निकाह के समय ऐसा क्यों किया?...जो लोग आतिफ़ ख़ान के चरित्र को अच्छी तरह जानते थे, वे समझ रहे थे कि लड़की ने किन हालात में लाचार होकर ऐसा किया होगा।

औरतों में चिल्ल-पों मची थी। तलत बानो बार-बार होश खो बैठतीं। उनके चेहरे पर पानी के छींटे मारे जाते, तो आँखें खोलतीं और फिर बेहोश हो जातीं। ज़ूबी की छोटी बहनें चुप थीं और अपनी आपा के पास सिमटी हुई खड़ी थीं। रिश्तेदारी की औरतें लड़की के बारे में क़िस्से गढ़ने में मशग़ूल थीं।

सब कुछ धरा का धरा रह गया। सारे इन्तज़ामात पर पानी फिर गया। रात को होने वाली वलीमा की दावत की तैयारियों में लगे बाबर्चियों को कुछ समझ में नहीं आ रहा था कि वे चूल्हों की आँच बुझा दें या जलती रहने दें!

अंजुमन इस्लामिया हॉल से निकल कर यह ख़बर जामुन गली के साथ-साथ सब्ज़ीबाग़ की सभी गलियों में आग की मानिन्द फैल गई। सब्ज़ीबाग़ के तिराहे पर यकूफ़ मियाँ की गुलाबी चाय की प्यालियों में भी यह ख़बर घुली और अबरार हसन के बन्द होटल के दरवाज़े के पल्लों पर दस्तकें देती हुई शकूर मियाँ की बेकरी को पार गई।

इस तमाशे में समद कहीं नहीं दिखे। उनके घर वालों को उनकी ज़रूरत नहीं थी। हाँ, कुछ रिश्तेदारों और मेहमानों ने समद को खोजा ज़रूर, पर वे हों तब तो दिखें! किसी को नहीं मालूम था कि वे कहाँ हैं! घर वालों को भी उनके बारे में कोई ख़बर नहीं थी।

समद को अंजुमन इस्लामिया हॉल में नहीं होना था, सो वे नहीं थे।

अबरार हसन को बड़ा झटका लगा था। नाक ही कट गई थी। फ़ारूक़ हसन कई दिनों तक बैंक नहीं गए। बैंक से छुट्टी लेकर घर में मुँह छिपाए पड़े रहे। कुछ पता किए बिना आनन-फानन ब्याह तय करके परिवार की इज़्ज़त लुटा देने के लिए वह अपने अब्बा को ही ज़िम्मेदार मान रहे थे और उनसे मुँह फुलाए बैठे थे। मसूद हसन इन सब बातों में न पहले उलझते थे और न उन्हें अभी कोई ग़रज़ थी। वह अपने होटल के कारोबार में जुते हुए थे।

समय बीतने लगा।

समद जैसे देर रात घर आते और सुबह निकलते, वैसे ही आते-जाते रहे। उन्होंने घर में न किसी से कुछ पूछा और न उन्हें किसी ने कुछ बताया। इन दिनों उनका चेहरा पत्थर की तरह कठोर और आँखें रेत के ढूह की तरह उभरी हुई हो गई थीं। वह ज़ूबी से मिलना चाहते थे। बातें करना चाहते थे, पर अक्सर मोबाइल बन्द मिलता। ज़ूबी ने जो किया, उसे वह समझ नहीं पा रहे थे। वह समझना चाहते थे। उनका जी किसी काम में नहीं लगता। रिसर्च का काम तो भूल ही गए थे समद। कोई किताब खोलते तो उसके पन्नों पर छपीं सफ़ें आपस में मिल कर गड्डमड्ड हो जातीं और रेंगने वाले किसी अजीब से कीड़े में बदल जातीं। इसके चलते उन्होंने लाइब्रेरी जाना भी बन्द कर दिया था।

दिनों को बीतना ही होता है, सो दिन बीतते रहे।

दिन बीतते रहे। माह बीतते रहे। समद बे-मक़सद जीते रहे। निकाह वाली घटना के सातवें महीने उन्हें अपने घर से ही ख़बर मिली कि फ़ारूक़ से निकाह

नकारने वाली बदचलन लड़की ज़ूबी की मौत हो गई। फिर यूनिवर्सिटी में उनके साथ पढ़ने वाले एक लड़के से जो ज़ूबी के मोहल्ले में ही रहता था, पता चला कि आतिफ़ ख़ान ने ज़ूबी को मार डाला। पीरमुहानी क़ब्रिस्तान में दफ़्न करने के पहले अल-फ़तिहा की नमाज़ के समय पुलिस पहुँची और आतिफ़ ख़ान को गिरफ़्तार कर ले गई। पोस्टमार्टम हुआ। पोस्टमार्टम के बाद रिश्तेदारों ने दफ़्न किया। पोस्टमार्टम की रिपोर्ट थी कि लड़की को गला दबा कर मारा गया है। गले पर उँगलियों के निशान भी पाए गए थे। आतिफ़ ख़ान जेल में थे। उनकी ज़मानत नहीं हो रही थी और न जल्दी होने की उम्मीद थी। 'जामा मस्जिद अहले हदीस' के मौलवी और क़ाज़ी को पुलिस ने उनके ख़िलाफ़ बतौर गवाह कचहरी में पेश किया था।

यह हौलनाक ख़बर सुनने के बाद समद एक ज़िन्दा लाश में तब्दील हो गए। दिन-रात घर से बाहर भटकते रहने वाले समद अपने कमरे में क़ैद हो गए थे। उनका कमरा बन्द रहता। दिन में पर्दे गिरे रहते और रातों में रोशनी बुझी रहती। उनकी अम्मी दिलजान बी नाश्ता-खाना लाकर रख जातीं। वह कभी खाते और कभी वैसे ही सब कुछ पड़ा रह जाता। समद अक्सर अँधेरे बन्द कमरे में चक्कर काटते रहते और बुदबुदाते हुए ज़ूबी से सवाल करते, "आपने ऐसा क्यों किया?...क्या ज़रूरत थी निकाह का ड्रामा करने की?...किसे सज़ा देना चाहती थीं आप?...हमें झूठा दिलासा देती रहीं आप और ख़ुद यूँ ज़लील क्यों होती रहीं?...ऐसी रुसवाइयों के साथ जाने की और मुझे यूँ अकेला छोड़ जाने की क्यों जल्दी पड़ी थी आपको?... आप जिन मीर का दीवान सिरहाने रखकर सोती थीं उन्हें भी भूल गईं? मीर का यह शेर समद अक्सर बुदबुदाते,

है आशिक़ी के बीच, सितम देखना ही लुत्फ़
मर जाना आँखें मूँद के, यह कुछ हुनर नहीं।

इस बीच समद की दाढ़ी बढ़ गई थी और लम्बे केश और लम्बे हो चले थे।

धूप खिली हुई थी। बरगद के पेड़ वाले चबूतरे पर बैठे समदू फ़क़ीर दरगाह में आते-जाते लोगों को निहार रहे थे। रसीदन से मिले एक हफ़्ता गुज़र चुका था। इस एक हफ़्ते में उनका माज़ी उनसे टकरा-टकरा कर उन्हें लहूलुहान करता रहा था। बीता हुआ वक़्त अपने पंजों से रात-दिन उन्हें नोचता-खसोटता रहा था। इस बीच उन्होंने किसी से कोई बात नहीं की। घायल पंछी की तरह अपने माज़ी के साथ तड़पते रहे थे। आज बहुत दिनों बाद उन्हें मीर याद आए,

मिरी नमूद ने, मुझको किया बराबर ख़ाक
मैं नक़्श-ए-पा की तरह, पाइमाल अपना हूँ।

वह थोड़ी देर पहले सज्जादानशीं के पास से लौटे थे। कुछ ख़ास बात नहीं हुई। उन्होंने उनके हाथों को चूमा। ख़ैरियत पूछी। कुरान की एक आयत पढ़ कर दुआ की। वह सोच रहे थे कि शायद सज्जादानशीं को शुबहा हुआ होगा कि उनकी हालत दुरुस्त नहीं, सो उन्होंने बुलावा भेजा था। उनसे मिल कर आने के बाद समदू फ़क़ीर की आँखें नमनाक हो उठी थीं। सज्जादानशीं उनका बड़ा ख़्याल रखते थे। नौजवान थे सज्जादानशीं। उनसे लगभग बीस साल छोटे। जब वह शाह शरज़ाँ की हाज़िरी में लगे, उनके अब्बा सज्जादानशीं थे। अपने अब्बा हुज़ूर के गुज़रने के समय वह नाबालिग़ थे। उन्होंने बचपन में देखा था कि उनके अब्बा समदू को पढ़ा-लिखा, ज़हीन और दुनियावी फ़रेब से दूर रहने के चलते कितना मानते थे, सो उन्होंने भी इज़्ज़त और मुहब्बत में कभी कमी न की। सबको मालूम था कि समदू फ़क़ीर पढ़े-लिखे शख़्स हैं। उर्दू अदब के जानकार है, सो दरगाह में उनकी बड़ी इज़्ज़त थी। पूरे ख़ानक़ाह में एक वही थे जिसे लाइब्रेरी में रखी दुर्लभ पांडुलिपियों-किताबों को छूने का हक़ दे रखा था सज्जादानशीं ने। समदू फ़क़ीर की ख़ुराक और दीगर ज़रूरतों का इन्तज़ाम भी दरगाह कमेटी के ज़िम्मे था।

समदू फ़क़ीर की फ़क़ीरी के शुरुआती दिन कशकोल लेकर ख़ैरात माँगते हुए बीते थे। दूसरे फ़क़ीरों की तरह उन्होंने कभी एक पाई भी अपने आने वाले दिनों के लिए जोड़ कर नहीं रखी। उतना ही लिया जिससे ज़िन्दगी बनी रहे,...साँसें चलती रहें। उन्होंने बहुत बचपन में अपने दादा काले फ़क़ीर को रिक्शा पर बैठ कर ख़ैरात

माँगते हुए कई बार देखा था। काला जुब्बा और बड़े-बड़े मनकों के दानों वाले हार पहने, एक हाथ में कशकोल और दूसरे में चाँदी की मूठ वाली छड़ी लिये वे कभी-कभार सब्ज़ीबाग़ से गुज़रा करते थे। अब्बा के डर से वे कभी अपने दादा से नहीं मिले, हालाँकि उनका जी करता कि वह जाकर उनसे मिलें,...उनका कशकोल छूकर देखें,...उनसे एक हार माँग कर पहन लें,...चाँदी की मूठ वाली उनकी टेढ़ी-मेढ़ी छड़ी लेकर अपने दोस्तों को दिखाएँ, पर वे कभी ऐसा न कर सके। अपनी शादी के बाद उनके अब्बा ने घर छोड़ दिया था और सब्ज़ीबाग़ में उनके नाना के घर आकर रहने लगे थे। उन्होंने अम्मी के भाई को धीरे-धीरे होटल के पुश्तैनी धंधे से बेदख़ल कर दिया था। होटल पर क़ब्ज़ा हो जाने के बाद उनके मामू पागल हो गए। कुछ दिनों तक इधर-उधर भटकते फिरे और फिर जाने कहाँ ग़ायब हो गए। आज तक पता न चला। लोग कहते हैं कि उनके अब्बा ने ही मामू को ग़ायब करवा दिया था। उनकी अम्मी नाना की अकेली बेटी थीं, सो यहीं क़ाबिज़ हो गए अब्बा। अब्बा को दादा-दादी से नफ़रत थी। दादा की फ़क़ीरी को अपनी इज़्ज़त के ख़िलाफ़ समझते थे वे, सो उन्होंने परिवार से रिश्ता ही तोड़ लिया था।

वह अजीब रात थी। राख की तरह आसमान से झरती हुई रात। चूल्हे की आग की लपटों, धुएँ से काली हो चुकी हाँड़ी की पेंदी की तरह आसमान धरती के ऊपर टँगा हुआ था।...सब कुछ बुझा-बुझा सा। उदास।...समद ने ख़ुद से सवाल किया था, "तुम कौन हो समद हसन?"

"मैं?...मुझे नहीं मालूम।" बुदबुदाते कहा था उन्होंने।

दूर कहीं से आती हुई एक आवाज़ लहराई थी, "जब नहीं मालूम तो फिर ज़िन्दा क्यों हो?...जहाँ दिन में भी ऐसा घना अँधेरा हो उस जगह इस ज़िन्दगी को बेमतलब जीते रहने का यह पागलपन क्यों?...अपने ही सिरहाने बैठ कर अपनी निंदियाई आँखों में कौन-सी जागती हुई दुनिया खोज रहे हो तुम?...यह राख जो आसमान से बरस रही है रात बन कर, तुम्हारे ही जले हुए आशियाने की है और यह हाँड़ी की तरह लटका हुआ आसमान तुम्हारा चेहरा है जिसे तुम्हारी मौत के बाद दुनिया याद करेगी।...सुना तुमने समद हसन?...समझो समद हसन,...हालात को समझो। इस ख़ाक को आसमान में उड़ने दो,...फैल जाने दो उफ़क़ तक। मीर का यह शेर भूल गए कि

मुश्त-ए-ख़ाक अपनी जो पामाल है याँ, इस प न जा
सर को खेंचेगा फ़लक तक यह ग़ुबार, आख़िर-ए-कार

समद को लगा, उनके कमरे की खिड़कियाँ और दरवाज़ा ग़ायब हो गया। कमरे में सिर्फ़ दीवारें ही दीवारें थीं। सियाह दीवारें और उनसे पीठ टिकाए हाथों में अजब-ग़ज़ब हथियारें लिए हत्यारे खड़े थे। वह जिधर मुड़ते उधर ही हत्यारे। कोई राह नहीं कि निकल भागें।...समद के दोनों हाथ ऊपर उठे। उन्होंने आँखें बन्द कर लीं। काँपती हुई आवाज़ में माफ़ी की गुहार लगाई, "अस्तग़ाफ़िर- उल्लाह!"

समद उठे। अपने अँधेरे बन्द कमरे की सिटकिनी हौले से खोल कर बाहर निकले। सीढ़ियों से बे-आवाज़ नीचे उतरे। फाटक खोल कर दिलजान मंज़िल से बाहर हुए और जामुनगली पार कर गए।

चलते रहे समद।

वह अपने पाँवों में फफोले लिए चलते रहे रास्तों पर,...पार करते रहे खाइयाँ, काँकड़-पाथर बिछी पगडंडियाँ, पहाड़ों की तरह उठे ढूह। रास्ते में मिलने वाले आग की लपटों से धधकते जंगलों और उमड़ती नदियों के जल से भी ज़्यादा डरावना था वह छल, जिसका अट्टहास उनके कानों में गूँज रहा था।

उस रात जो जामुनगली से निकले समद हसन, फिर कभी नहीं लौटे। ख़ानक़ाहों-दरगाहों में भटकते रहे। सबसे पहले वह पटना में मख़दूमेजहाँ के नाना हज़रत शहाबुद्दीन पीर जगजोत सुहरावर्दी की ख़ानक़ाह कच्ची दरगाह में पहुँचे। यहाँ से निकले तो हज़रत मख़दूमेजहाँ शेख शर्फ़ुद्दीन अहमद याहया मनेरी की बिहारशरीफ़ ख़ानक़ाह में और फिर मनेर में अब्दुर्ररहीम ख़ानख़ाना के आध्यात्मिक गुरु हज़रत मख़दूम शाह दौलत मनेरी की ख़ानक़ाह में हाज़िरी लगाई। मनेर से निकले तो काको पहुँचे और पीर जगजोत की बेटी बीबी कमाल की ख़ानक़ाह में काफ़ी दिनों तक रहे। काको की प्राकृतिक छटा भी समद की बेचैनियों को सुकून न दे सकी और वह भटकते रहे। कभी भागलपुर, मुंगेर, मनिहारी घाट, तो कभी सीवान के पास हसनपुरा में हज़रत मख़दूम सैयद हसन दानिशमंद की दरगाह सहित छपरा और हाजीपुर की दरगाहों में अपना डेरा जमाया। भटकते हुए पटना उन्हें बार-बार खींचता। पटना के गंगा-तट उन्हें पुकारते। गंगा और गंडकी के मिलन-स्थल पर डूबते सूरज का सोने-सा रंग उनकी आँखों में भर जाता, तो कभी गंगा तट की रेग

से अपनी आँखें मिचमिचाते हुए जनमता सूरज बाँहें फैलाए अपनी ओर आता हुआ दिखता। आख़िरकार वह पटना लौटे। इस बीच ख़ानक़ाहों-दरगाहों की ख़ाक छानते हुए कशकोल में अपने लिए ख़ाकनशीनीं लेकर लौटे। कुछ और विनम्र, फलों से लदे दरख़्त की तरह ज्ञान की भारी गठरी से झुके,...धरती को चूमते हुए, अपनी सपनीली आँखों में ज़माने के लिए माँ की नज़र और कलेजे में माँ की ममता लिये हुए गंगा किनारे मीतन-घाट पर हज़रत मख़दूम शाह मुहम्मद मुनइमपाक की दरगाह में लौटे। कुछ महीने यहाँ हाज़िरी देकर निकले। शाह अरज़ाँ की दरगाह पर पहुँचे और ख़ुदा का हुक्म मानकर यहीं रुक गए। इस दौरान समद ने ख़ानक़ाहों में रखी हुई अनगिनत किताबें पढ़ीं और बहुत कुछ सुना-गुना।

चलते-चलते सात साल बीत गए थे। यह एक लम्बा सफ़र था। इस सफ़र में जब कभी उनके पाँव डगमगाए, उनके दादा काले फ़क़ीर ने आकर अपनी छड़ी पकड़ा दी। जिस दादा को बचपन में देखा भर था, जिनसे बात तक न कर सके थे, जाने कैसे उनकी सूरत सामने कौंध जाती और समद चलने लगते। अम्मी दिलजान बी ज़रूर याद आतीं। वह उनसे बातें करना चाहते, पर कंठ रुँध जाता। और ज़ूबी?...ज़ूबी की सूरत चाँद की सूरत में घुल गई थी। मीर की तरह जब-जब चाँद की रात आती, वह अपने को क़ैद कर लेते। अक्सर उन्हें चाँद आसमान से उतर कर अपनी ओर आता हुआ दिखता। मीर जाते हुए...रुख़्सत होते चाँद को नहीं देख पाते थे और समद आते हुए चाँद को। चाँद को निहारना जानलेवा हो जाता।... धीरे-धीरे चाँद की रातों को उन्होंने जीना सीखा। हालात बदले और सुकून मिला।

इन सात सालों में समद का बाना बदल गया। रूप-रंग बदल गया। खाने-सोने की आदतें बदल गईं। जैसे दबे पाँव चलती यह दुनिया कब बदल जाती है, पता नहीं चलता, वैसे ही समद बदल कर समदू फ़क़ीर बन गए।

8

समदू फ़क़ीर से मिल कर लौटने के बाद रसीदन की दुनिया ही बदल गई थी। शुरू के दो-तीन दिनों वह खोयी-खोयी सी रही। अपने ममेरे भाई की रूहानी दुनिया के नूर

में नहाई हुई वह मौन घर का कामकाज निबटाती और अपने बच्चों को निहारती।... बीती हुई ज़िन्दगी की यादों में आती-जाती और गुज़र चुके अपने लोगों की सूरतों को टेरती हुई रसीदन के भीतर क्या चल रहा है, इसे कोई पहचान नहीं पा रहा था। न उसकी दोनों बेटियाँ और न ही फजलू और साबिर। सत्तार मियाँ का इन बातों से कोई लेना-देना था ही नहीं।

अमीना से साबिर ने पूछा, "आजकल तुम्हारी अम्मी को क्या हो गया है? कुछ बोलती-बतियाती ही नहीं!"

"कुछ समझ में नहीं आ रहा। एक दिन घर से गायब थी। इधर कहीं आना-जाना करती नहीं थी, पर उस दिन दोपहर बाद लौटी। कुछ बताया भी नहीं कि कहँवा गई रही! पूछने पर भी चुप रही।...बस उसी के बाद गुमसुम है।" अमीना की आवाज़ में फ़िक्र थी।

उस दिन लौटते ही फजलू ने भी पूछा था, "कहाँ चली गई थीं बिना बताए? तब से चारों तरफ पूछते फिर रहे थे।...सत्तार मियाँ ने बताया कि तुमको मेन रोड पर पीर बहोर थाना के सामने टेम्पो से जाते हुए देखा। कौन काम आ गया था कि उधर जा रही थीं?...बिना बताए न जाया कर। पहले वाला पटना नहीं रहा। इतनी भीड़-भाड़ रहती है कि कहीं गिर-गिरा गई तो मुसीबत होगी।...एक तो हम पहले से ही डेढ़ टाँग के हैं और ऊपर से तुमको कुछ हो गया तो?"

फजलू के सवालों पर भी रसीदन की ओर से चुप्पी ही रही।

चुन्नी से न के बराबर ही बातचीत होती थी, सो न तो उसने कुछ पूछा और न ही रसीदन ने कुछ बताया। छोटी ने भले ही कुछ न पूछा हो, पर वह भी ग़ौर कर रही थी कि उसकी अम्मी इन दिनों चुप-चुप सी रहती है। बात-बात पर उस पर बरसने और उसे कोसने वाली अम्मी के भीतर कुछ चल ज़रूर रहा है, जिसके चलते यह चुप्पी है।

इस बीच रसीदन का ज़्यादा से ज़्यादा समय दाता पीर मनिहारी के मज़ार पर गुज़रता। साफ़-सफ़ाई तो पहले भी वही करती थी। मज़ार पर रोज़ अगरबत्तियाँ जलाने और कहीं से दो-चार फूल तोड़ कर चढ़ाने का ज़िम्मा उसका ही था।...पर वह जब से समदू फ़क़ीर से मिल कर लौटी थी, ज़्यादातर मज़ार के पास ही बैठी रहती और अपनी नज़रें कहीं टिका कर एकटक निहारती रहती। अक्सर उसकी नज़रों

के सामने एक तस्वीर बनती कि समदू फ़क़ीर और काले फ़क़ीर आमने-सामने बैठे बतिया रहे हैं। एक का जुब्बा काले रंग का है और दूसरे का सफ़ेद। यह रसीदन की ज़िन्दगी का सबसे ख़ूबसूरत मंज़र था। इसे देखते हुए उसकी आँखें नमनाक हो जातीं। इन दिनों अक्सर वह ख़ुद को बिसार बैठती। वज्द की,...ख़ुद को भूल जाने की यह सौग़ात वह समदू फ़क़ीर के पास से लेकर आई थी। रसीदन को भीतर से अच्छा लग रहा था। उसकी अब तक की ज़िन्दगी हाय-हाय में गुज़री थी। मशीन की तरह चलती रही वह। जिस तरह की ज़िन्दगी उसने अपने लिए सोची भी न थी, वैसी ज़िन्दगी जीती रही। न शिकवा, न गिला। करती भी तो किससे करती? कौन था, जो उसकी सुनता? नसीर के जाने के बाद सत्तार मियाँ को अपने गले में फाँसी के फंदे की तरह लटकाने की जो भूल उसने की थी, उसका अफ़सोस घुन की तरह उसे खाता रहा था।

इन दिनों रातें साफ़ होने लगी थीं। तेज़ हवा चलती और कुहासे को उड़ा ले जाती। पर ठंड थी। बेहया की तरह डेरा डाले बैठी थी। जाने का नाम नहीं ले रही थी। जाती भी तो दिन में कुछ घंटों के लिए। रसीदन ने एक दिन आँगन की धूप में बैठ कर मोबाइल पर फुसफुस आवाज़ में बतियाती चुन्नी को आवाज़ दी और अपने साथ आने के लिए इशारा किया। पहले तो चुन्नी कुछ समझ न सकी। चकित भाव से अपनी अम्मी की ओर देखा। रसीदन ने जब पीछे-पीछे आने के लिए दुबारा इशारा किया तो वह उठी।

आँगन में चूल्हे पर भात के लिए अदहन चढ़ाए अमीना बैठी थी। वह भी चौंकी। चुन्नी को पुकारती अपनी अम्मी की आवाज़ और इशारों पर पहले तो उसे भरोसा नहीं हुआ, पर वह अपनी आँखों-कानों का क्या करती भला, जो ये सब देख-सुन रहे थे! चूल्हे पर खौलते अदहन को छोड़ कर वह भी उठी और दबे पाँव पीछे-पीछे चल दी। उसने अपनी अम्मी को चुन्नी के साथ दाता पीर के मज़ार के पास बैठ कर बतियाते हुए देखा। पल भर के लिए रुकी और फिर मुड़ कर वापस लौटी। खौलते अदहन में चावल डाल दिया।

रसीदन ने चुन्नी से कहा, "चुन्नी, हमारी एक-एक बात चैन से सुनना।"

"चैन से कहोगी, तो चैन से सुनेंगे।...तुम बोलो तो।" चुन्नी के वही पुराने तेवर थे।

"अपने तेवर नरम कर बच्ची। हमने जना है तुझे, घूरे से नहीं उठा कर लाए हैं

कि तेरा बुरा चाहेंगे। समझी?...भरोसा कर। दुधमुँही थी तब तेरे अब्बा चले गए। कबर खोद कर पाला है तुम लोगों को।...तू जो चाहेगी वही होगा। तू अगर बबलू से ब्याह करना चाहती है, तो उसी से तेरा ब्याह कर देंगे। कौन से शेख-पठान हैं हम लोग कि खानदान खोजते फिरेंगे?...बस तू अपना रहन-चलन बदल दे। बत्तीस दाँतों के बीच जीभ-सी जिन्दगानी है हमारी। हिन्दुओं का मोहल्ला है। सबसे मिलजुल कर रहना है। आजकल बात का बतंगड़ बनाते लोगों को देर नहीं लगती।...रात-बिरात कब्रिस्तान में कूद कर बबलू आता है। जवान लड़के-लड़कियों पर सबकी टेढ़ी नजर रहती है। कहीं कुछ बबलू के साथ ही हो जाए,...किसी की नीयत खराब हो जाए और लोग कुछ कर दें, फिर तेरी तो जिन्दगानी बरबाद हो जाएगी।...समझ चुन्नी,...बबलू का आना-जाना रोक। अमीना के लिए भी सोच रहे हैं। पहले उसे ब्याह दें। फिर तू जैसा चाहेगी...तेरा ब्याह कर देंगे बबलू के साथ।...और हाँ, उसको भी कह कि अपना रंग-ढंग बदले। चोरी-चकारी बन्द करे। छिनैती का केस पहले से ही चल रहा है। कुछ दे-दिला कर मुकदमा से बरी हो जाए। किसी धंधे में लगे। लुटाने के बदले दो पैसा हाथ में रखे।...फजलू से बतियावेंगे हम। हमारे जीते-जी तेरा कोई कुछ न बिगाड़ेगा। दाता पीर के सामने कह रहे हैं। बस तू हमारी बात मान।" अपनी बात ख़त्म कर रसीदन ने एक लम्बी साँस भरी और उम्मीद भरी नज़रों से चुन्नी की ओर देखा।

चुन्नी सिर झुकाए अपनी अम्मी की बातें सुन रही थी। उसने सोचा भी नहीं था कि उसकी मुहब्बत का मामला इतना सहल हो जाएगा। अपनी अम्मी की नरमदिली पर वह चकित भी थी और ख़ुश भी। उसने अपनी नज़रें उठा कर अम्मी को निहारा। बेलगाम चुन्नी के चेहरे पर अनूठा रंग छा गया था। अपनी मुहब्बत को जीतने का सुकून और भरोसे का रंग। उसकी आवाज़ से शहद टपका, "तुम हमारे ऊपर भरोसा रखो अम्मी।...चलो,...उठो।"

इधर अदहन में चावल के दाने खदक रहे थे और उधर अमीना के कलेजे में चुन्नी और अम्मी की मुलाक़ात खदक रही थी। भात से माँड़ पसा कर अमीना फिर दबे पाँव गई। दोनों को बिना किसी हलचल के सुकून के साथ बतियाते देखा। उनकी बातों की आहट लेने की कोशिश की पर कुछ सुन न सकी। अम्मी का तो नहीं, पर चुन्नी का ख़ौफ़ था कि कहीं वह उसे देख न ले, सो वह दबे पाँव लौट आई।

रसीदन उठी। उठते हुए उसके मुँह से एक दबी हुई 'आह' निकली। चुन्नी ने हाथ बढ़ाकर अपनी अम्मी को सहारा दिया। इन दिनों उठते-बैठते हुए उसके घुटनों में टीस होने लगी थी। साथ-साथ चलते हुए चुन्नी ने पूछा, "उस दिन कहाँ गई थीं तुम? बड़ी देर बाद लौटीं। सब लोग खोजते फिर रहे थे।"

"बतावेंगे। इस उमिर में घर से भाग कर कहाँ जावेंगे भला! तुमको भी ले चलेंगे एक दिन वहाँ पर।" रसीदन ने मुस्कुराते हुए चुन्नी को देखा।

दोनों आँगन में वापस लौटीं। जो हो रहा था, उससे अपने को बेख़बर दिखाती अमीना चूल्हे की बची हुई आँच से अपनी हथेलियाँ सेंक रही थी। आँगन में पड़ी पीढ़िया पर बैठती रसीदन ने अमीना से पूछा, "चाह पिलावेगी बड़ी?"

"हूँ।" अमीना ने दबी हुई हुँकारी भरी।

"हट तू, हम बनाते हैं आज चाह।" यह थी चूल्हे की ओर लपकती हुई चुन्नी की उल्लसित आवाज़।

अमीना को लगा, मानो बिजली का करंट लग गया हो। चौंकी वह। मन ही मन बुदबुदाई, "या अल्लाह! ये कवन सा जादू चल रहा है!"

क़ब्रिस्तान के फाटक पर हलचल बढ़ गई थी। आज जुमा था, जुमे की नमाज़ के लिए लोगों का मस्जिद में आना शुरू हो चुका था। वजू करने वाली जगह पर नलों के सामने जमा लोगों की आवाज़ आँगन में आ रही थी।

रसीदन फजलू के साथ क़ब्रिस्तान के फाटक पर बनी कोठरी में बैठी थी। साबिर भी था। साँझ का धुँधलका घिर आया था और ठंड बढ़ चली थी। पिछले दिनों फजलू के कहने पर साबिर ल्हासा मार्केट से रसीदन के लिए एक शॉल ले आया था। वही शॉल ओढ़े रसीदन बैठी थी। वह इस कोठरी में आने से बचती थी। जानती थी कि फजलू और साबिर की यह कोठरी नशेबाजी का अड्डा है और उसे कुछ न कुछ ऐसा दिख जाएगा, जिससे उसके जी को दुख होगा। दोनों बेहया हैं, सो वह ख़ुद ही बच-बचा कर रहना चाहती थी।

रसीदन को कोठरी में पाकर दोनों अचम्भित थे। अपनी दीदें फाड़ कर निहार रहे थे। जब कुछ न सूझा तो फजलू ने मज़ाकिया लहज़े में पूछा, "कौन कसूर हुआ कि आज थानेदार साहेब छापा मारने आए हैं?"

"आज तक न मारे छापा तो अब जवान बाल-बच्चों पर काहे के लिए मारेंगे छापा?...गोदी का बच्चा तो रहे नहीं कि हमरा डर मानोगे।" रसीदन ने जवाब दिया।

"का अम्मी?...तुम्हारे डर से तो पीरमुहानी काँपता है। हमारी औकात है भला कि न डरें तुमसे!" फजलू लाड़ दिखा रहा था।

"कुछ बतियाना है।"

"हम आते हैं थोड़ी देर में।" साबिर ने उठते हुए कहा।

"तुमको कौन काम निकल आया?...बैठो। तुमको कभी गैर समझे हैं कि..." रसीदन ने अधिकार भरे स्वर में साबिर को डाँट लगाई।

साबिर बैठ गया।

रसीदन ने कोठरी में चारों ओर अपनी नज़र फिराई। फजलू और साबिर दम साधे रसीदन की बात का इन्तज़ार कर रहे थे। फजलू ने उठ कर क़ब्रिस्तान के फाटक वाली बत्ती जला दी और बैठ गया। चारों ओर उजास फैल गया। उसकी कोठरी में ही था क़ब्रिस्तान की बत्तियों का मेन-स्विच।

"हम सोच रहे हैं कि चुन्नी का निकाह बबलू से कर दें।" रसीदन की आवाज़ में ताक़त थी।

फजलू और साबिर दोनों के मुँह खुल गए। दोनों समझ नहीं पा रहे थे कि यह ख़बर सुन कर उन्हें रसीदन से क्या कहना चाहिए! दोनों ने पहले एक-दूसरे को देखा। फिर रसीदन की ओर इस उम्मीद में देखते रहे कि आगे वह क्या कहती है! रसीदन ने बात आगे बढ़ाई, "...जिसके नसीब में जो लिखा होता है, वही होता है। अगर चुन्नी के नसीब में बबलू ही लिखा है, तो उसे कौन बदल सकता है।... अगर जिन्दगानी में सुख लिखा होगा तो उसी बबलू का चाल-चलन कल बदल जाएगा। रही बात उसके कसाई होने की...तो कसाई और मुजाविर में कौन-सा फरक है?...सबसे बड़ी बात यह कि चुन्नी अगर मोहब्बत करती है बबलू से, तो इसे बिगाड़ने वाले हम लोग कौन होते हैं?...अगर चुन्नी सलीके से रहती है तो हम अपने जीते जी यह काम कर देना चाहते हैं।" यह सब कहते हुए रसीदन

के कानों में समदू फ़क़ीर की बात गूँज रही थी कि 'मुहब्बत बड़ी शै है बाजी... सबको नसीब नहीं होती।...अल्ला ताला की रहमत है मुहब्बत। नसीबों वाली है लड़की।...कोसो मत उसे।...बाजी, उसे पैदा करने की क़ीमत मत वसूलो उससे।... उसे उसकी मुहब्बत मिले और उसकी ज़िन्दगी को उसकी मुहब्बत रास आए, इसके लिए दुआ करो।'

रसीदन की बातें ख़त्म होते ही बेसाख़्ता साबिर पूछ बैठा, "और अमीना?"

"हम कहाँ कह रहे हैं कि उसे घर में बिठाए रखना है!...अभी चुन्नी की बात हो रही है। दिन-रात जिसको लेकर घर-बाहर बवाल मचा हुआ है। सारे मोहल्ले में घर-घर बस एक ही किस्सा है चुन्नी और बबलू की मोहब्बत।...तुम लोग भी हाथ धोकर उसके पीछे पड़े हो। सत्तरवा जिसको कवनो लेना-देना नहीं, उसके पेट का दाना-पानी नहीं पच रहा है। बबलू को कुछ हुआ तो हम थाना जाकर सारा भेद खोल देंगे।" रसीदन के तेवर देख फजलू और साबिर की सिट्टी-पिट्टी गुम थी।

फजलू अपनी अम्मी के चेहरे को ग़ौर से देखता रहा। फिर बोला, "अम्मी, कभी तुम्हारे खिलाफ गए हैं हम?...बोलो? तुम्हारी औलाद है, तुम्हारी मरजी,... जो चाहो करो। हमको जो कहोगी, कर देंगे।"

"तुम दोनों ने भी अपने चाल-चलन से नाक में दम कर दिया है। दिन-रात गाँजा और दारू। साबिर मियाँ के तो आगे नाथ, न पीछे पगहा। न बाप, न महतारी। जिसने पाला-पोसा, वह भी न जाने कहाँ बिला गई!...न जाने का सूझा बिलकीस को कि...।" रसीदन की आँखें डबडबा गईं। आँचल से अपनी आँखें पोंछती उठी वह और कोठरी से निकल गई।

फजलू और साबिर बैठे रहे। जाती हुई रसीदन को चुप्पी साधे देखते रहे। रसीदन के जाने के बाद बड़ी देर तक फजलू की कोठरी में मौन पसरा रहा। दोनों एक-दूसरे को निहारते रहे। फिर फजलू ने साबिर को इशारा किया। वह चिलम तैयार करने लग गया।

"तुम्हारी अम्मी तो एकदम बदल गई रे फजलुआ!...कल तक चुन्नी के पीछे हाथ धोकर पड़ी रहती थी। जब देखो तब किचकिच और अभी तो ऐसे बतिया रही थी कि मानो सारा जमाना दुश्मन है चुन्नी का और अकेले उसी को फिकर है। गजब खेल हो गया भाई!" चिलम बोझते हुए साबिर ने कहा।

फजलू चुप था। चिलम पर सुतली की गाँठ सुलगा कर दम खींचने के बाद उसने कहा, "हफ्ता दिन पहले कहीं गई थी।...लौटी तब से बदली-बदली लग रही है। दो-तीन दिन तक तो बिलकुल गुमसुम रही।...अब तो समझ में ही नहीं आ रहा कि इसका माथा कैसे बदल गया।"

"अब जो हो, पर अमीना के पहले चुन्नी का ब्याह ठीक नहीं होगा। बड़ी बेटी घर में बैठी भात पकाए और छोटी गुलछर्रे उड़ाए, यह बात ठीक नहीं।" साबिर ने कहा और चिलम पर साफी लपेट कर दम लगाया। उसकी छाती में खदबद होने लगी।

"सत्तार मियाँ नहीं दिखे आज। तुमसे भेंट हुई थी?" फजलू ने पूछा।

"नहीं। कल बता रहे थे कि कब्रिस्तान कमेटी वालों ने गोदाम हटाने के लिए कहा है। कमेटी से धमकी मिली है कि अगर नहीं माने सत्तार मियाँ तो कमेटी वाले पुलिस केस करेंगे। मोहल्ले के लोगों ने कमेटी वालों को साफ-साफ कह दिया है कि अगर चमड़े का गोदाम नहीं हटा तो बवाल हो जाएगा।...इसी चक्कर में उलझे होंगे। लोगों को पटाने में लगे होंगे।" साबिर ने सूचना दी।

"गोदाम तो हटना ही चाहिए। अब मुश्किल है यहाँ गोदाम रखना।...पर गोदाम हटा तो तेरा धंधा भी बिगड़ जाएगा।"

"हमारा कुछ नहीं बिगड़ेगा फजलू मियाँ। अल्लाह ने मुँह फाड़ा है तो दाना-पानी भी देगा।...हमारा मन भी अब उचट गया है साला इस धंधे से। हम भी अब दो-टूक बात करने वाले हैं सत्तार मियाँ से। सोच लिया है। बहुत हुआ। अब नहीं होने वाला। नया काम-धंधा सोच रहे हैं।" साबिर की आवाज़ में खीझ भरी हुई थी।

दोनों के फेफड़ों में भरता हुआ धुआँ असर दिखाने लगा था। उनकी आँखें सुर्ख़ लाल हो चुकी थीं।

इधर रसीदन फजलू और साबिर से बातें कर रही थी और उधर चुन्नी मोबाइल पर सारा क़िस्सा बबलू को सुना रही थी। अपनी अम्मी का भरोसा पाकर दिन से ही उसकी आवाज़ से शहद टपक रहा था।

बबलू उसकी बातें सुनता रहा। आज रात वह क़ब्रिस्तान में आने की तैयारी कर चुका था। चुन्नी की बातें सुन कर पहले तो उसे लगा, वह फ़रेब रच रही है। उसका आना रोकने के लिए बातें गढ़ रही है। जब उसने आने की ज़िद की, तो चुन्नी भड़क उठी। बोली, "हम तुम्हारे लिए जान दे दें, तो भी तुम मेरे ऊपर भरोसा नहीं करोगे।...झूठ काहे बतियावेंगे तुमसे? डरते नहीं हैं हम किसी से,...तुमसे भी नहीं। देख बबलू, अच्छी तरह जानता है तू। झूठ डरपोक लोग बतियाते हैं। तुझे भरोसा नहीं तो चल फोन का लाइन काट दे।"

वह बबलू को रास्ते पर लाना चाहती थी। बबलू ने घिघियाना शुरू किया, "बस आज तो मिल ले। महँगू के होटल से मटन दोप्याजा लेकर आते हैं।"

"तुम्हीं खाओ मटन दोप्याजा। हमारी जीभ में टनकबाय हो गया है।...बबलू, तुम्हारा यही लल्लो-चप्पो नहीं सुहाता हमको।...कह दिया कि नहीं आना है, बस नहीं आना है। एक तो अल्लाह मियाँ की दुआ से अम्मी तैयार हुई है और तुम आकर सब खेल बिगाड़ना चाहते हो।...कल दिन में हम निकलेंगे, मिल लेना।" चुन्नी ने अपना फ़ैसला सुना कर फ़ोन काट दिया और मुस्कुराते हुए बुदबुदाई, "हमारे बबलू मियाँ भी किसी आफत से कम नहीं।"

कल तक चुन्नी की जिन आँखों में अपने बबलू के लिए आशंकाओं के बवंडर चौबीसों घंटे छाए रहते थे और उसकी नींद को मटियामेट कर देते थे, आज उन्हीं आँखों में सोने सा दिप-दिप करता सुनहला रंग भर गया था। पीरमुहानी की इन गलियों के मकान, लोगबाग और क़ब्रिस्तान के भीतर उभरी क़ब्रों की छोटी-छोटी धूसर ढूहों के रंग बदल गए थे उसके लिए।

दाता पीर मनिहारी के मज़ार के ऊपर गिरती सोडियम वैपर लाइट की रोशनी को निहार रही थी चुन्नी। इस झक्क सफ़ेद रोशनी का रंग भी सुनहला हो गया था। मज़ार के पास ही मस्जिद की पिछली दीवार से उसकी पीठ टिकी हुई थी। वह अपने बबलू मियाँ का चेहरा याद कर रही थी। लम्बे-छरहरे कसे हुए बदन पर गोल चेहरा। हीरो सल्लू भाई की तरह हिम्मती मर्दों वाली मस्त चाल और मुस्कुराहट। फुर्ती ऐसी ग़ज़ब की कि क़ब्रिस्तान की छाती भर ऊपर उठी चहारदीवारी को फाँद कर पलक झपकते उधर से इधर और इधर से उधर। अपनी अम्मी के दिए भरोसे के पंख लगाए उड़ रही थी चुन्नी। अपने सपनों की दुनिया में घुमक्कड़ी कर रही

थी। बबलू को पाकर उसके साथ अपनी मुहब्बत की बेचैनियों को जीने की उसकी लालसाओं को नया कलेवर मिल गया था।...उसकी बलशाली भुजाओं में बँध कर चूर-चूर होना, उसके उन्नत काँधे पर सिर टिका कर आँखें मूँद कर कोई गीत गुनगुनाना,...और फिर उसके सीने से लग कर बेफ़िक्री के आलम में गहरी नींद सोना, चुन्नी की लालसाओं में शामिल था।

उसने देखा कि कोई छाया दूर लालजी टोला की ओर वाली चहारदीवारी के पास काँपी। उसकी ओर बढ़ती रही छाया। छाया धीरे-धीरे पास आती गई। पास,... बहुत पास। मज़ार के पास आकर रुकी। वह आगे बढ़ी। उसके हाथ में चूड़ियों का गुच्छा था। दोनों ने मिल कर दाता पीर मनिहारी के मज़ार पर चूड़ियाँ चढ़ाई और दुआ की। जागती आँखों से सपना देख रही थी चुन्नी कि दूर खड़े शिहोर के पेड़ों पर बैठे प्रवासी पंछियों के बीच हलचल हुई। अपना ठिकाना भूल कर देर तक भटकने के बाद कोई पंछी लौटा था।

चुन्नी ने अपनी हथेलियों से अपना चेहरा पोंछा। बबलू की छाया का कहीं कोई नामो-निशान तक नहीं था। वह दाता पीर मनिहारी के मज़ार को ग़ौर से निहारती रही। उसे लगा, यह पीर का नियाज़ है उसके लिए।

दूसरे दिन की सुबह सत्तार मियाँ एक बुरी ख़बर के साथ प्रकट हुए। किसी ने नहीं सोचा था कि खिली हुई नरम धूप और हल्की सर्द हवाओं वाली ऐसी ख़ुशगवार सुबह इतनी बुरी ख़बर सुनने को मिलेगी। चुन्नी पर तो बिजली ही गिर पड़ी थी। रसीदन को भी सदमा लगा। उसने अपनी दोनों हथेलियाँ फैला कर अल्लाह से दुआ की। फजलू, साबिर और अमीना को बहुत लेना-देना नहीं था इस ख़बर से, पर उन्हें भी अच्छा नहीं लगा था सुन कर। हाँ ख़बर सुनाते हुए सत्तार मियाँ के चेहरे से एक शैतान मुस्कुराहट ज़रूर छलक रही थी।

ख़बर सच्ची थी।

चुन्नी के समझाने-बुझाने और मना करने के बाद बबलू ने क़ब्रिस्तान आना

तो रात मुल्तवी कर दिया, पर मटन दोप्याजा की हुड़क लगी रही। महँगू के होटल में उसके अब्बा एक ज़माने से मटन सप्लाई करते थे, सो उसका वहाँ आना-जाना लगा रहता था। बबलू ने चुन्नी से न मिल पाने के ग़म में नया प्रोग्राम बनाया। वह अपने दोस्तों के साथ महँगू के होटल पहुँचा। दो प्लेट मटन दोप्याजा पैक करवाया। छटंकी को मोबाइल पर चार चवन्नियों के लिए लिए आर्डर दिया। दारूबन्दी के बाद छटंकी ही सहारा था। चार फीट के छटंकी की देह में सैकड़ों लोगों के प्राण बसते थे। उसकी पैंट और शर्ट में चवन्नियों से भरी जेबों की भरमार थी। पलक झपकते वह हाज़िर होता और पलक झपकते ग़ायब। दारू सप्लाई की कूटभाषा में पूरी बोतल को रुपया, हाफ़ को अठन्नी और क्वार्टर को चवन्नी कहा जाता था। रुपया और अठन्नी इन दिनों दूभर था। चवन्नी की बहार थी।

मटन दोप्याजा और चार चवन्नियों के साथ बबलू और उसके दोस्तों की महफ़िल राजेन्द्रनगर पुल के नीचे जमी। छटंकी का दोतरफ़ा रोज़गार था। दो-चार दिनों पर एक-दो सुराग़ पुलिस को भी उसे देना पड़ता था। वह थाने का सप्लायर भी था और मुख़बिर भी। महफ़िल उठने ही वाली थी कि छापा पड़ा और अपने दो दोस्तों के साथ बबलू पकड़ा गया।

सुबह बबलू के अब्बा कल्लू मियाँ थाने में हाज़िर हुए।

अपनी जवानी के दिनों में कल्लू मियाँ की भी ख़ूब शोहरत थी। एक बार तो वह थाने के मुंशी पर छुरा लेकर चढ़ गए थे। बड़ा बवाल मचा था। उन्हें कई महीनों तक फ़रार रहना पड़ा था। थाने का मुंशी नया-नया आया था। वह लोहानीपुर की चिकपट्टी में घुस जाता और मुफ़्त में कलेजी और गुर्दे उतरवा लेता। उसे कल्लू कसाई का इतिहास पता नहीं था और इसी चक्कर में यह कांड हो गया। सिर्फ़ कल्लू मियाँ ही फ़रार नहीं हुए, उसकी भी ऐसी भद्द पिटी कि वह तबादला करवा कर भागा।

कल्लू मियाँ थानेदार के सामने हाथ जोड़े खड़े थे। थानेदार ने कहा, “कुल पचास हजार का खेल है। बेल के लिए पचास हजार का कानून बना दिया है सरकार ने। कोर्ट-कचहरी और वकील-मुख्तार का खर्चा अलग से। थाने से ही फारिग होना है तो अधिया का रेट चल रहा है कल्लू मियाँ। तुम तो पुराने असामी हो। सब बूझिए रहे हो। अब तुमको का बताना। जल्दी करो।”

"हजूर!...कुछ रहम कीजिए।" कल्लू मियाँ ने घिघियाने का नाटक किया।

"...बहुत देर तक रोक के नहीं रख सकते कल्लू मियाँ। आजकल एस. पी. जब देखो तब मुँह उठाए थाना में घुस आता है।...इस साले को सूँघते फिरने की बीमारी है। आ गया तो दस ठो सवाल पूछेगा कि अब तक काहे रोके हुए हो?...फिर तुम पड़ जाओगे फिचकाल में।...जाओ, इन्तजाम करो। माल ढीला करो और बेटा ले जाओ। जल्दी करो।" थानेदार अपना फ़ैसला सुना कर दूसरे काम में लग गया।

कल्लू मियाँ दाँत पीसते और बबलू की महतारी को गालियाँ बुदबुदाते थाने से बाहर निकले।

थाने के बाहर रसीदन और चुन्नी साथ खड़ी थीं।

कल्लू मियाँ अपनी धुन में थे। आगे बढ़े ही थे कि पीछे से कोई आवाज़ आई और उन्होंने मुड़ कर देखा। पास आए। पहले तो पहचान नहीं पाए कि पुकारने वाली यह औरत कौन है, पर अचानक उनकी आँखों के सामने सब कुछ साफ़ हो गया। पूछा, "तुम कबरगाह वाली रसीदन बी हो न?"

"हाँ।" रसीदन की आवाज़ में झिझक थी।

"सत्तार कहाँ है?"

कल्लू मियाँ ने तो सहज भाव से पूछा था क्योंकि उनके लिए रसीदन की पहचान सत्तार की बीवी के रूप में थी। एक बार वह सत्तार मियाँ के बुलावे पर रसीदन के घर दावत खाने गए थे। लोगों की मैयत के साथ कई बार वह क़ब्रिस्तान भी जाते रहे थे, सो रसीदन की धुँधली-सी याद बनी हुई थी।...पर चुन्नी के कलेजे में यह सवाल बर्छी की नोक की तरह घुसा। बेलौस आवाज़ में उसने कहा, "अब हम लोगों का उनसे कोई रिश्ता नहीं है।"

"...पर सत्तार रहता तो वहीं है।"

"हाँ, पर हमारे घर नहीं।" चुन्नी ने कहा। रसीदन चुप थी।

"अच्छा।...थाना में कवनो काम है?"

"बबलू के बारे में जानने आए थे।" चुन्नी ने रसीदन को पीछे कर मोर्चा ख़ुद सँभाल लिया था।

"बबलू!...बबलू को तुम कैसे जानती हो?" कल्लू मियाँ लड़की की ढिठाई पर हैरतज़दा थे।

"आता-जाता है क़ब्रिस्तान में,...हमारे घर।" रसीदन की आवाज़ टूट रही थी, पर उसने कहा।

कल्लू मियाँ ने उड़ती-उड़ती ये ख़बर पहले सुनी ज़रूर थी, पर उन्हें भरोसा नहीं हुआ था। सोचा था उन्होंने कि आजकल के लौंडे-लपाड़ों की बातों का कौन ठिकाना! हाँकने और उड़ाने का शौक चर्राया रहता है।...पर आज तो मामला सीधे आँख के सामने था। पल भर को कुछ सोचा उन्होंने और फिर कहा, "पच्चीस हजार माँग रहा है दारोगा। जा रहे हैं करजा-पैंचा करने।...जब औलाद कमीनी हो तो बाप की आबरू ऐसे ही बरबाद होती है।...जाओ रसीदन बी,...जवान लड़की को लेकर थाने के सामने खड़ी मत रहो।"

रसीदन और चुन्नी को वहीं छोड़ सिर झुकाए आगे बढ़े कल्लू मियाँ। सोचा, पहले इस थाना-पुलिस वाले मामले से निबट लें,...इस हरामी लौंडे को बाहर निकाल लें फिर इस मामले को जानेंगे-समझेंगे।...थोड़ा ही कम पड़ रहा था। बाक़ी रुपए घर में थे। लगभग महीना दिन ही बाक़ी था होली में, सो माल ख़रीदने के लिए पाई-पाई जोड़ कर पूँजी जमा कर रहे थे। मन ही मन बुदबुदाए वह, "...अब अल्ला जाने कैसे रोजगार चलेगा! पैसा रहे पास में तो महाजन उसका दुगना-तिगुना उधार माल देने को तैयार रहता है। माल ही नहीं रहेगा, तो होली में कमाई कैसे होगी! ऐसी औलाद से तो बे-औलाद रहना अच्छा। इस कमीने ने कहीं का नहीं छोड़ा।... जवान बेटे को मारने-पीटने से भी कोई फायदा नहीं।...अबकी निकाल देंगे घर से। जाए साला कबरगाह में और रहे घर-दामाद बन कर।"

कल्लू मियाँ के जाने के बाद भी चुन्नी थाने के सामने से हिलने-डुलने को तैयार नहीं थी। वह बबलू की एक झलक देखने को बेकल थी। जब वह वहाँ रुकने के लिए अड़ी रही, रसीदन ने अपने तेवर बदले। कहा, "तू यहीं रह। भुगतना तू इसके बाद।"

रसीदन की फटकार पर मन मसोस कर चुन्नी उसके साथ घर वापस लौटने को तैयार हुई। वापस लौटते हुए बार-बार पीछे मुड़ कर देखती और अपनी डबडबाई आँखों को दुपट्टे से पोंछती। रसीदन आगे-आगे चल रही थी और वह अपनी अम्मी के पीछे-पीछे। पहले राजेन्द्रनगर गोलम्बर छूटा। फिर माई-थान। लोहानीपुर की चिकपट्टी में रौनक़ थी। कल्लू मियाँ की दुकान बन्द थी। बन्द

दुकान के सामने बेंच पर बबलू का छोटा भाई सड़क पर आते-जाते लोगों को निहरते हुए उदास बैठा था।

कल्लू मियाँ बेटे के साथ घर लौटे। घर से कुल बीस हज़ार रुपए ही निकले। दुकान पर आकर खस्सी ज़िबह किया। अगला दस्त, सीना और कलेजी-गुर्दा मिलाकर दो-ढाई किलो मांस लेकर थाना पहुँचे। बहुत मिन्नतों के बाद थानेदार ने इस शर्त पर मामला निबटाया कि बाक़ी के पाँच हज़ार की वसूली उनके दुकान से गाहे-ब-गाहे मटन मँगा कर होगी।

अपने अब्बा के पीछे-पीछे सिर झुकाए बबलू घर पहुँचा। घर पहुँचते ही उसकी अम्मी ने उसे कलेजे से सटाया और रोने लगी। फिर उसके सामने खाना लाकर रखा। पहले तो कल्लू मियाँ चुपचाप सब कुछ देखते रहे, पर जब बीवी को बेटे से खाने के लिए इसरार करते देखा-सुना तो उनके सीने में दबी आग भड़क उठी। गरजे कल्लू मियाँ, "हरामजादी बन्द कर अपना डिरामा।...बीस हजार नगद और ढाई किलो गोस खाकर आ रहा है। आबरू लुटी, सो अलग।...ऊपर से पाँच हजार के बदले जाने कितना बसूलेगी पुलिस दुकान से। इस पिल्ले के चलते कहीं के नहीं रहे हम। जमा पूँजी लुट गई।...इस कमीने का नया किस्सा सुनोगी तुम तो नाचने लगोगी। इसकबाजी चल रही है। सत्तार मियाँ ने जिस कबरगाह वाली को रख लिया था, उसके पहले आदमी की बेटी से। दोनों बेटी-महतारी थाने के सामने मिली थीं। अब समझ में आया कि दुकान का मालमत्ता कवन से बिल में घुस रहा था!...इस हरामी के चूतड़ पर छुरी से चीरा लगा कर घर से निकालेंगे हम।"

फुफकारते हुए कल्लू मियाँ घर से बाहर निकले और दुकान की ओर चले गए। बबलू के सामने थाली रखी थी। उसके जबड़े का दर्द घर आते ही बढ़ गया था। दायीं आँख के नीचे की चमड़ी सँवला गई थी। रात में पुलिस ने हल्की मरम्मत की थी। उसकी अम्मी ने पूछा, "कवन है रे कबरगाह वाली?"

"तुमको भी सब अभिए जानना जरूरी है? सामने खाना रख दो और उसके बाद छुरी से जिबह कर दो।" बबलू के बोल फूटे।

"अच्छा खा ले पहले। खाने के बाद ही बताना।" बबलू के इश्क की ख़बर सुन कर उसकी अम्मी भीतर ही भीतर ख़ुश थी।

"अच्छी है।...बहुत अच्छी। तुम्हारा घर-दुआर सम्हाल लेगी।...बस हमको बुढऊ की फिकर है। तुमसे तो ठीक नहीं हुए ये। दिन-रात लतियाते-गरियाते रहते हैं तुमको। इनको तो वही ठीक करेगी।" कौर उठाते हुए बबलू ने कहा।

"हाय अल्लाह! का कह रहा है रे?"

"साँच कह रहे हैं अम्मी।...बहुत अच्छी है, पर दबने वाली नहीं।...और कह देना इनको कि जो भी लगा है आज, सब कमा कर भर देंगे।...और अगर हमारी मुहब्बत की गरदन पर छुरी रखेंगे तो निकल लेंगे हम उसको लेकर। फिर इनके हाथ नहीं आने वाले।" बबलू अपनी रौ में था।

बबलू की अम्मी उसका मुँह निहार रही थी। वह जबड़े में दर्द के चलते बिना चबाए जल्दी-जल्दी कौर निगल रहा था। यह सुनने के बाद कि चुन्नी अपनी अम्मी के साथ उसे देखने थाना गई थी, उसके सीने में उथल-पुथल मची थी। वह जल्दी से जल्दी अपनी चुन्नी को फ़ोन करना चाह रहा था।

उधर रोती-बिसूरती चुन्नी रसीदन के पीछे-पीछे चलती अपने घर पहुँची। लाख समझाया रसीदन ने पर उसका रोना बन्द नहीं हुआ। उसकी बड़ी-बड़ी आँखें सूज गई थीं। जिन आँखों में काजल आँज कर वह इठलाती फिरती थी उनमें उदासी पसरी हुई थी। सुबह से अनाज का एक दाना मुँह में नहीं गया था।

अमीना मौन थी। वह चाहती थी चुन्नी को ढाढ़स बँधाना, पर उसे भय था कि कहीं मामला उलट न जाए। उसे चुन्नी के मन-मिज़ाज पर भरोसा नहीं था। उसने चाय बनाकर अपनी अम्मी को दिया और चुन्नी के सामने भी चाय की प्याली रख आई। चाय ठंडी हो गई, पर चुन्नी ने प्याली को हाथ तक नहीं लगाया।

दोपहर बाद चुन्नी के मोबाइल पर जब प्रतीक्षित रिंग टोन बजा, उसके कलेजे में हौलती साँसें और तेज़ हो गईं। उसने फ़ोन उठाया।

बबलू बोल रहा था।

उसकी आवाज़ सुनते ही चुन्नी की रुलाई ज़ोर से फूट पड़ी। वह बिलख-बिलख

कर रोती रही। दूसरी ओर से बबलू क्या कह रहा है, वह बिना कुछ सुने-समझे रोए जा रही थी। थोड़ी देर में आँसुओं का रेला रुका। वह मोबाइल लिये आँगन से बाहर निकली और क़ब्रिस्तान में चली गई। वह बबलू से लड़ती-झगड़ती रही। उधर से जब बबलू ने कहा कि तुम्हें थाना जाने की कवन ज़रूरत थी, तब वह बिफर उठी और गालियों की बौछार करने लगी।

9

सत्तार मियाँ गोदाम नहीं बचा सके।

पूरे मोहल्ले ने मिलकर क़ब्रिस्तान कमेटी पर दबाव बनाया था कि चमड़े का गोदाम हटाया जाए। क़ब्रिस्तान कमेटी भी सत्तार मियाँ से पीछा छुड़ाना चाह रही थी, सो मोहल्ले के लोगों के विरोध को हथियार बना कर उसने दबाव डाला। गोदाम हटाने के लिए उन्हें तैयार होना पड़ा, पर क़ब्रिस्तान कमेटी को सत्तार मियाँ से मुक्ति नहीं मिली। फ़िलहाल यही तय हुआ कि गोदाम हट जाएगा, पर उस जगह पर सत्तार मियाँ क़ाबिज़ रहेंगे।

इस पूरे मामले में रसीदन, फजलू और साबिर चुप ही रहे। वैसे भी इनकी औक़ात नहीं थी कि ये लोग इस मामले में दख़ल दे सकें। सत्तार मियाँ को रसीदन से तो उम्मीद नहीं ही थी, पर फजलू और साबिर इस तरह कन्नी काट जाएँगे, यह उन्होंने नहीं सोचा था। ठीक है कि उनके बोलने या न बोलने से कुछ भी बनने-बिगड़ने वाला नहीं था, पर साथ खड़े तो रह सकते थे। सत्तार मियाँ उनके इस व्यवहार से चोट खाए साँप की मानिन्द फुफकार रहे थे। उन्होंने मन ही मन गाँठ बाँध ली कि मौक़ा आते ही इसका बदला लेंगे पर अभी चुप ही रहना चाहते थे। उन्हें अच्छी तरह मालूम था कि जब वक़्त उलटा चल रहा हो तो अपना मन-मिज़ाज दबा कर रखना चाहिए और दुश्मनियों के सारे मोर्चे एक साथ नहीं खोलने चाहिए। सोचते, इनकी कोई औक़ात नहीं, पर इनका बहाना बना कर क़ब्रिस्तान कमेटी वाले जगह छोड़ने के लिए दबाव तो बना ही सकते थे। सत्तार मियाँ ने क़ब्रिस्तान कमेटी के

सदर को बड़ी मुश्किलों से राज़ी किया था। 'बुढ़ऊ साला भारी घाघ है। चुप-चोरी एक बड़ी रक़म पहुँचा आए, तब जाकर हरामी की जीभ हिली।'...सत्तार मियाँ भुनभुन करते हुए 'अपनी पसन्द' होटल में चिकन-बिरयानी खा रहे थे। अक्सर वह बिरयानी पैक करवा कर ले जाते और फजलू की कोठरी में उसके साथ खाते। साबिर भी साथ रहता था।...पर आज उन्होंने उन दोनों की सोहबत का लालच नहीं किया। याद तो आई, पर टाल गए सत्तार मियाँ।

होटल से निकलने के बाद सत्तार मियाँ साबिर को ढूँढ़ते हुए फजलू की कोठरी में पहुँचे। दोनों वहीं थे। उन्होंने साबिर से साथ चलने के लिए कहा। उन्हें सब्ज़ीबाग़ जाना था। उन्होंने वहाँ गोदाम के लिए पहले से ही किसी से बात की थी। साबिर ने साथ जाने से इनकार करते हुए कहा, "हम तो आज नहीं निकल सकेंगे।...तबीयत ठीक नहीं। माथा पिरा रहा है।"

"हम जानते थे कि तुम हरामी निकलोगे।...चूतिया मत समझो हमको। तुम्हारा हरामीपन जानते हुए तुमको पोसते रहे बेटा।...आज हमको बखत पड़ा है तो तुम काहे मुँह फेर रहे हो,...सब समझ-बूझ रहे हैं हम।...तुम रे फजलुआ,...तुमसे हमको ऐसी उम्मीद न थी!" सत्तार मियाँ दाँत पीसते हुए बोले।

"हम तुम्हारे साथ कौन बिगाड़ कर दिए?...हमको मत लपेटो किसी मामले में।" फजलू ने प्रतिवाद किया।

"तुम दोनों,...एतना सब कुछ हो गया और महतारी-बेटा मुँह में दही जमाए बैठे हो! एक लफज बोला कोई मेरे लिए?...सब समझ-बूझ रहे हैं। गोदाम हट रहा है, हम नहीं। यहीं रहेंगे साले तुम लोगों की छाती पर। आने दो बखत,...तब पता चलेगा सत्तार मियाँ का भैलू।" सत्तार मियाँ ने फजलू से कहा और पैर पटकते हुए चल दिए।

आज सत्तार मियाँ के पास साबिर और फजलू से निबटने के लिए फ़ुर्सत नहीं थी। इस हफ़्ते पीरमुहानी से माल हटाने का वादा किया था, सो हर हाल में आज गोदाम खोजना और यहाँ से माल हटवाने का इन्तज़ाम उन्हें कर लेना था। उन्होंने सोच लिया था कि अब साबिर से भी रिश्ता पूरी तरह तोड़ लेंगे। शाम को लौट कर पाई-पाई का हिसाब करेंगे।...साले ने बहुत पैसा एडवांस ले रखा है। पैसा लौटाए और काम छोड़े।...पैसा रहे, तो आदमी की कोई कमी नहीं होती।

एक बुलावे, सौ धावे। इस साबिर का दिमाग चढ़ गया है।...किसी काम का नहीं है साला और ऐंठ ऐसे रहा है कि...! निबट जाए ये झंझट, फिर बताते हैं साबिर मियाँ को।

सत्तार मियाँ इधर-उधर भटकते रहे। गोदाम के लिए जगह तो मिल गई, पर उसमें खालें रखने के लिए इन्तज़ाम करना था। सारा तामझाम व्यवस्थित करने में हफ़्ता भर का समय लगना था। इस गोदाम में माल तो नहीं था, पर दीगर सामान थे। क़ब्रिस्तान वाले गोदाम में बहुत सारा कूड़ा-कबाड़ भरा था, जिसे निबटाना था और इसे साफ़-सुथरा कर रहने लायक़ बनाना था। उन्होंने तय किया था कि अब इसी में रहेंगे और रसीदन की छाती पर मूँग दलेंगे। ठीक ज़रूरत के वक़्त साबिर ने हाथ खींच लिया था, सो वह परेशानहाल थे। माल कलेक्शन के लिए भी साबिर की जगह नए आदमी की ज़रूरत अलग थी। आजकल भरोसे का आदमी मिलना मुश्किल था। चाहे जैसा भी हो, पर धंधे के लिए भरोसे का आदमी है साबिर। रुपए-पैसे के मामले में इसके भीतर खोट नहीं है। सत्तार मियाँ ने एक गहरी साँस भरी और अपने-आप से कहा, "अब भूल जाओ सत्तार मियाँ उसका ऊँच-नीच। अमीना के चक्कर में तुमसे दूर हट रहा है। उसे मालूम है कि तुम भी लार टपका रहे हो।...जितना गरियाना-बोलना था, गरिया-बोल लिए। अब जाकर उसके पुट्ठे पर हाथ फेरो और अपना काम निकालो।"

दिन में जिस समय सत्तार मियाँ फजलू और साबिर से उलझे हुए थे क़ब्रिस्तान के फाटक पर खड़ी होकर रसीदन उनकी बातें सुन रही थी। जैसे ही उसे पता चला कि सत्तार मियाँ फजलू की कोठरी में घुसे हैं, वह आकर फाटक के पास अपने कान रोप कर खड़ी हो गई थी। जब सत्तार मियाँ निकलने लगे, उसने दीवार की ओट ले ली। वापस आँगन में जाकर अमीना और चुन्नी के सामने सारा क़िस्सा बयान किया और बोली, "कमजोर पर सितुहा तेज।...आकर हमसे काहे नहीं उलझता! हमसे बोले, तो हम जवाब दें हरामी को।"

"तुम्हारी तनिको परवाह नहीं करता है।...गरियाओगी और फिर माथा गोत कर चुप लगा जाओगी।...हमसे भिड़े तो बताएँ! हम उसका सारा खेल समझते हैं।" चुन्नी ने अपनी भौंहें तिरछी करते हुए अमीना की ओर पल भर के लिए देखा और मुँह फेर कर अमीना की प्रतिक्रिया का इन्तज़ार करने लगी।

अमीना चुप रही। वह चुन्नी के उकसावे को समझ रही थी। वह अपने काम में लगी रही। न उसकी ओर देखा और न अपनी अम्मी की बात पर कुछ बोली। सब कुछ सुन कर भी बहरी बनी रही और सब कुछ जान कर अनजान। उसे मालूम था कि अम्मी की शह पाकर चुन्नी इन दिनों आसमान में उड़ रही है।...और उड़े भी क्यों नहीं? जिसका डर था,...जिसने लगाम लगा रखी थी, जब वही शह दे रही है,...जब उसने ही लगाम ढीली कर दी, तो उड़ेगी ही। उड़े। जब आँधी आएगी, तब पता चलेगा चुन्नी रानी को!...उसको अपने साबिर की फिकर है। सत्तार मियाँ ने कहीं कुछ उल्टा-सुल्टा किया, तब वह भी चुप नहीं रहेगी। पीरमुहानी के लोग इतने भी गए-गुजरे नहीं हैं कि उसके साबिर का साथ न दें। वह भी बचपन से यहीं पला-बढ़ा है। सब उसका सुभाव जानते हैं। नशे की आदत के सिवा और कोई बुराई नहीं उसमें। नशे में भी उसने कभी किसी से बिगाड़ नहीं किया है और न तो कभी मोहल्ले में बवाल किया है। उसे साबिर के काम-धंधे की फिकर नहीं थी। उसे भरोसा था कि साबिर में इतना हुनर है कि वह अपनी रोजी-रोटी चला लेगा। अगर सत्तार मियाँ का साथ-संगत न होता, तो यह नशे की आदत भी न होती। अच्छा है कि सत्तार मियाँ का साथ-संगत छूट जाए। अमीना ने मन ही मन दुआ की, 'या अल्लाह रहम कर! इस मलेछ का साथ-संगत छूट जाए।'

फजलू आँगन में आया।

वह आँगन में कम ही आता था। अक्सर अपनी कोठरी में ही रहता। उसी में रसीदन या अमीना खाना दे आती। जब दोनों बहनें लड़तीं और आसमान सिर पर उठा लेतीं, तब आता या फिर रसीदन बीमार पड़ती तब। रसीदन आँगन में बैठी थी। धूप उसकी पीठ को छू रही थी। फजलू उसके सामने आकर खड़ा हुआ। बोला, "सत्तार मियाँ आए थे। साबिर को धमकी दे गए हैं। हमसे भी उलझ रहे थे कि हम लोग उनकी पीठ पर खड़े नहीं रहे। उनके मन में है कि तुमने मोहल्ले के लोगों को गोदाम हटाने के लिए भड़काया है।"

"हम सुन रहे थे सब। वहीं थे हम फाटक के पास दुआरी पर खड़े।...हमसे काहे नहीं बोलिस कमीना? मुँह कूच देते हरामी के पिल्ले का।...तुम को कवन डर है कि चुप्पी ताने रहे? जीभ में लकवा मार गया था का कि नहीं हिली?...काहे नहीं वहीं पटक के गरदन दबा दिए?...आए हो हमको बताने! सब मेरे नसीब का खेल है। जाने कवन गुनाह किए रहे कि अल्लाह ताला ने मति फेर दी!" रसीदन का धीरज जवाब दे गया था।

"अब तुम अपना रोना मत रोओ।...हम तो इतना कहने आए हैं कि आज के बाद अगर सत्तार मियाँ आँगन के भीतर घुसे तो तुम तीनों जन समझना। हमारी कोठरी में आने पर हम लोग बूझेंगे कि का करना है। भीतर आना-जाना बन्द। गोदाम से जो भीतर आने-जाने का रास्ता है, उसको बाँस से घेरवा देते हैं। बाद में कमेटी वालों से बात करके उसको परमानेंट बन्द करवा देंगे। बस।" फजलू ने अपना फ़ैसला सुनाया और मुड़ कर चल दिया।

आँगन में बैठी रसीदन चुपचाप उसकी बातें सुनती रही और उसके जाने के बाद बिफर कर रोने लगी। 'तीनों जन' सुन कर पहले तो चुन्नी के भीतर बिजली कड़की, पर उसने अपना मन मार कर अपने को इस मामले में घसीटा जाना सह लिया। अमीना समझ रही थी कि फजलू का इशारा उसकी ओर ही था। सबको यही लगता है कि इस आँगन में सत्तार मियाँ के आने-जाने के पीछे उसी का हाथ है। चुन्नी तो इसी बात का ढिंढोरा पीटती फिरती है और उसकी अम्मी को भी लगता है कि वह...।

रोती हुई रसीदन को चुन्नी चुप करा रही थी और अपने दुपट्टे से उसकी आँखें पोंछ रही थी। अमीना पास खड़ी थी। इसके पहले जब कभी रसीदन रोती, ठीक इसके उल्टा होता था। अमीना अपनी अम्मी को चुप कराती और चुन्नी दूर बैठी निहारती या बाहर निकल जाती। रसीदन की रुलाई धीरे-धीरे वैसे ही सिरा गई, जैसे जाड़े की धूप दोपहर बाद सिराने लगती है।

रात हुई। सब्ज़ीबाग़ से लौटते हुए सत्तार मियाँ ने ज़मज़म होटल से कबाब, मटन करी और शकूर मियाँ की बेकरी से तीन लोगों के लिए ख़मीरी रोटियाँ पैक करवाईं और रिक्शा पर बैठ कर पीरमुहानी पहुँचे। क़ब्रिस्तान के फाटक पर उतरे और फजलू की कोठरी के भिड़े हुए दरवाज़े को ठेला। दरवाज़ा खुला। फजलू और साबिर मोबाइल पर कोई फ़िल्म देख रहे थे। अचानक सामने सत्तार मियाँ को पाकर दोनों अचकचा गए।

"दीदें फाड़े निहार का रहे हो दोनों? लो,...पकड़ो।" हाथ में झूलते पॉलिथिन के झोले को आगे बढ़ाते हुए बोले सत्तार मियाँ।

फजलू ने आगे हाथ बढ़ा कर झोला थाम लिया। वह जेब से नोट निकालते हुए साबिर से मुख़ातिब हुए, "भूलोटन के पास से माल ले आओ।"

"हम नहीं जावेंगे। हम दारू पीना बन्द कर दिए हैं।" साबिर ने दो टूक जवाब दिया।

"कब से रे? भोसड़ी के,...तुम्हारी नाक बहुत ऊँची हो गई है। तुमको तो हम...।" अपनी बात अधूरी छोड़ कर बाहर निकल गए सत्तार मियाँ। गए और अपने कुर्ते की जेबों में चार चवन्नियाँ भर कर लौटे। दारूबन्दी के बाद से पूरी बोतल का मिलना मुहाल था। बस चवन्नियों की बहार थी।

तीनों साथ बैठे, जैसे बैठते थे। फजलू की कोठरी में सारा इन्तज़ाम था। रिकाबियाँ थीं, ग्लास थे और बधना में पानी था। तीनों ने पहले कबाब के साथ शुरू किया। दारू के बाद मटन के शोरबे में ख़मीरी रोटियाँ डुबो-डुबो कर खाते रहे। सब कुछ पहले जैसा ही चल रहा था, पर बातचीत नहीं हो रही थी। चुप्पी थी। सत्तार मियाँ बीच-बीच में कुछ बोलते,...बातचीत के अवसर तलाशते, पर फजलू और साबिर टाल जाते। दोनों उनसे नज़रें बचाते हुए एक-दूसरे को चुपके से देख लेते और आँखों की कूट-भाषा में अबोला बनाए रखने के संकेत देते-लेते। सत्तार मियाँ सब समझ-बूझ रहे थे।

पीना-खाना ख़त्म करके सत्तार मियाँ ने उठते हुए साबिर से कहा, "सब्ज़ीबाग़ में गोदाम तय करके आए हैं। थोड़ा काम करवाना होगा उसमें। कल से राज मिस्त्री लगेगा। तीन दिन तो लग ही जाएँगे काम पूरा होने में। सुबह आ जाना। साथ ही चलेंगे। तुमको ही काम करवाना है।"

साबिर चुप्पी ताने हुए रहा। उनकी ओर देखा तक नहीं।

"बोल काहे नहीं रहा है?...बहिर हो गया है का रे?...जिन्दगानी ऐसे नहीं चलती बेटा।...ऊँच-नीच होते रहता है। मुँह फुला कर बैठने से काम चलेगा भला!" सत्तार मियाँ की आवाज़ में मुलायमियत थी।

"हमको अब तुमसे कोई गरज नहीं रहा। तुम दूसरा आदमी खोज लो।" साबिर की आवाज़ बदल गई थी। शराब के नशे से भारी और ख़फ़गी के चलते कठोर हो गई थी उसकी आवाज़।

सत्तार मियाँ अचम्भित खड़े रहे कुछ देर तक। फिर उन्होंने फजलू से कहा, "फजलुआ, इसको समझाओ।...साला कहीं का नहीं रहेगा। इस साले निकम्मे को हमहीं ढो सकते हैं।"

"हमको बीच में मत घसीटो।...हमको कोई लेना-देना नहीं है।...और एक बात कान खोल कर सुन लो।...आज के बाद से इस कोठरी में बैठकी बन्द। इस कोठरी में और भीतर आँगन में तुम्हारा आना-जाना बन्द।...साबिर का मामला, साबिर से सलटो।" फजलू का जवाब सुन कर सत्तार मियाँ को लगा, मानो उन पर पत्थर बरस रहे हों।

कुछ देर मौन रहे सत्तार मियाँ। फिर बोले, "अच्छा! अब समझे कि तुम्हीं इसको नचा रहे हो।...अच्छा नहीं कर रहे हो फजलू।...हम मोहल्ला नहीं छोड़ रहे हैं फजलू,...बस गोदाम हटा रहे हैं। तुम दोनों को..."

"धमकी मत दो।...दिन में सुन लिए थे चुपचाप, पर ऐसा मत बूझो कि हर घड़ी तुम्हारी बात सुन के चुप रह जाएँगे।" सत्तार मियाँ की आँखों में आँखें डाल कर फजलू अपनी बैसाखी के सहारे खड़ा हो गया।

साबिर भी सत्तार मियाँ पर नज़रें टिकाए हुए था। दोनों उनका ही खा-पीकर इस तरह हमलावर हो उठेंगे, वह सोच नहीं सके थे। उनका सारा नशा फट गया। पल भर के लिए ठिठके सत्तार मियाँ और फिर एक झटके में कोठरी का दरवाज़ा खोल कर बाहर निकले। बाहर रसीदन खड़ी थी। उन्होंने रसीदन को देखा,...ठिठके और फिर आगे चले गए।

सत्तार मियाँ के जाते ही रसीदन कोठरी में घुसी। पूछा, "का हो रहा था?"

"जो होना था, हो गया। साबिर ने साफ़-साफ़ जवाब दे दिया कि अब वह

सत्तार मियाँ की नौकरी नहीं करेगा। हम भी बोल दिए कि आज के बाद इस कोठरी और भीतर आँगन में मत घुसना।" फजलू ने सूचना दी।

रसीदन ने जूठी रकाबियों की तरफ़ इशारा करते हुए पूछा, "और ई सब?"

"सोच रहे थे सत्तार मियाँ कि उनकी खैरात खा-पीकर उनके पीछे दुम हिलाएँगे हम लोग, सो यह सब लेकर आए थे।...हम लोग भी सोचे कि आज खा-पी लेते हैं पहले, फिर इनको जवाब देंगे।" फजलू ने कहा।

"अगर इसके बाद उस हरामी का लाया कुछ खाए तो समझना...। इस हरामी का कुछ भरोसा नहीं। तेरे अब्बा...।" बोलते-बोलते ठिठक गई रसीदन। उसके कलेजे में एक हूल उठी और पूरी देह में पसर गई। वह पीछे मुड़ी और कोठरी से बाहर निकल गई।

रात काफ़ी बीत चुकी थी।

सत्तार मियाँ कोठरी से निकल कर आगे बढ़े और चौथी गली में मुड़ गए।

रसीदन दाता पीर मनिहारी के मज़ार के सामने जाकर गुहार लगा रही थी, "रहम करना मेरे दाता पीर।...तुम्हारी चाकरी करते रहे हैं, तुम्हीं लाज रखना मेरी।"

कुछ दिन गुज़रे। ठंड विदा हो रही थी। दिन पहले की अपेक्षा गर्म और रातें हल्की सिहरन भरी होतीं।

क़ब्रिस्तान में सेमल, शिहोर और कदम्ब के पेड़ों पर डेरा जमाए प्रवासी पंछी अब विदा होने लगे थे। अँजोरिया की रातें जा चुकी थीं और अन्हरिया की काली रातें बीत रही थीं। दाता पीर मनिहारी के मज़ार के ऊपर टँगे सफ़ेद रोशनी वाले सोडियम वैपर लाइट का उजाला भी ग़ायब था। कमेटी वालों को रोज़-रोज़ याद दिलाने के बाद भी महीनों यह रोशनी बन्द ही रहती। पहले तो चुन्नी भी खेल करती थी। बबलू के चक्कर में ऐसा निशाना लगाती कि दो-चार दिनों बाद ही रोशनी ग़ायब। इन दिनों बबलू का आना बन्द था, फिर भी रोशनी ग़ायब थी।

रसीदन अपनी कोठरी में पड़ी थी। घर का कामकाज निबटा कर अमीना भी

बरामदे में तख़्त पर थी और चुन्नी कान में हेड फ़ोन लगाए अपने मोबाइल पर नज़रें गड़ाए हुई थी। आँगन में जलते बल्ब की रोशनी बरामदे तक फैली हुई थी और रोशनी का एक टुकड़ा खुले दरवाज़े की चौखट लाँघ कर रसीदन की कोठरी में जा बैठा था।

रसीदन सोच रही थी कि उसने यह कैसा फंदा अपनी गरदन में लटका लिया, जिसके चलते उसे रोज़-रोज़ मरना पड़ रहा है! एक भूल की ऐसी सज़ा कि पूरी ज़िन्दगानी जहन्नुम बन कर रह गई है। दिन-रात सत्तार मियाँ की छाया पीछा करती रहती है। हर बात में कहीं न कहीं से आकर आफ़त की तरह मेरे सामने खड़ा हो जाता है। गोदाम क़ब्रिस्तान कमेटी वालों ने हटवाया और दुश्मनी हमसे और हमारे बच्चों से! साबिर की अपनी जिन्दगी है। वह काम नहीं करना चाहता उसके साथ, तो उसके लिए फजलू ज़िम्मेवार!

शाह अरज़ाँ की दरगाह से लौटी, तो उसे बहुत सुकून मिला था। समद ने चुन्नी को लेकर उसकी छाती में बैठे डर को मिटा दिया था। उसने अपने मन को समझाया-बुझाया और अल्लाह ताला पर भरोसा करके बबलू के लिए तैयार हो गई। उसे भी लगा कि अपने मन के भरोसे के लिए बेटी की पसन्द से मुँह फेरने से कौन फ़ायदा! सबकी अपनी-अपनी ज़िन्दगी है और सबका अपना-अपना नसीब।... पर अल्लाह को तो उसको रुलाने में ही मज़ा आता है। अपने मन की बात बताए चौबीस घंटे भी नहीं बीते थे कि बबलू मियाँ थाने पहुँच गए। चोरी-छिनतई में पहले से ही बदनामी थी और अब ऊपर से यह नया बखेड़ा। अल्लाह जाने कैसे कटेगी इस लड़की की ज़िन्दगी! एक तो लड़की का मन-मिज़ाज टेढ़ा और मरद भी ऐसा खोजा कि...। मेरी हालत देख कर भी इसकी दीदें नहीं खुलीं। अगर यही हाल रहा तो सारी ज़िन्दगी सिर धुनती फिरेगी।...रही बात अमीना की तो वह उसे अब साबिर के पल्ले बाँधने में देर नहीं करेगी। जैसा भी हो, बबलू से तो अच्छा ही है। रही दारू की लत, तो उसका अपना ही बेटा कौन-सा दूध का धुला है। वह तो सबसे गया-गुज़रा है।

रसीदन ने आँखें मूँद कर अपने नाना काले फ़क़ीर को याद किया।

अक्सर ऐसा होता। जब भी रसीदन की बेचैनियाँ बढ़ जातीं और कलेजा हौलता वह आँखें मूँद कर अपने नाना को याद करती। काले फ़क़ीर सामने आकर खड़े हो

जाते। उसे ढाढ़स बँधाते। उसका माथा सहलाते। उसे भरोसा देते।...काले फ़क़ीर की छाया रसीदन की आँखों के सामने लहराई।

"नाना!"

"हाँ मेरी बच्ची।"

"कैसे पार लगेगी जिन्दगानी?"

"सबकी पार लगती है। तेरी भी लगेगी। परवरदिगार किसी को बीच राह में नहीं छोड़ता। सबकी पार लगाता है, सो तेरी भी पार लगाएगा।"

"सत्तार मियाँ तो...।"

"कुछ नहीं बिगाड़ पाएगा वह तेरा।...हिम्मत से काम ले। टूट मत। सहेजे रह अपने को मेरी बच्ची।"

रसीदन को भरोसा देकर काले फ़क़ीर की छाया लरज़ी और लोप हो गई। आँगन से आकर कोठरी में बैठे रोशनी के टुकड़े में समा गई छाया।

रसीदन चाय पी रही थी। राधे ने ख़ालिस दूध वाली गाढ़ी चाय बना कर रसीदन को दी थी। वह कई दिनों बाद राधे के पास चाय पीने आई थी। ऐसा पहले कभी नहीं हुआ था कि वह राधे की दुकान पर इतने दिनों तक न आए। निरोग नहीं रहने पर भले ऐसा हुआ हो, पर उसकी देह चल रही हो और वह राधे के हाथों की बनी चाय छोड़ दे और दो लफज बतियाए बिना रह जाए, ऐसा पहली बार हुआ था। पहले तो देर होने पर राधे टोक दिया करता था, पर इस बार राधे भी चुप्पी ताने रहा। चुन्नी के बोल-व्यवहार से उसके कलेजे में गहरी चोट लगी थी। फजलू और साबिर पहले की तरह ही कोठरी में चाय मँगाते या कभी-कभार दुकान पर ही आकर पी जाते। उसे एक दिन फजलू ने ही बताया था कि बबलू मियाँ से चुन्नी का निकाह करने के लिए अम्मी ने मन बना लिया है। वह सोच रही है कि इस मुसीबत को टालने का यही उपाय है। अब उसके नसीब जो लिखा है, वही तो होगा। इस ख़बर के बाद राधे गोप ने चुन्नी और बबलू मियाँ के बारे में सोचना बन्द कर दिया था।

कोई अपने सत्तू का भूँजा भुँजवा कर खाए या जो जी में आए करे, उसको कोई लेना-देना नहीं।...हाँ, पर वह रसीदन बुआ के लिए इतना भी पराया नहीं कि वह उससे यह बात छिपाती फिरे! अगर वह अपना समझ कर बताती, तो वह कलेजा खोल कर मदद करता। छाती ठोक कर उसके लिए खड़ा होता।

चाय ख़त्म होने के बाद रसीदन के हाथ से गिलास लेते हुए आदतन राधे ने पूछा, "ठीक बनी थी बुआ?"

"हाँ रे! तेरे हाथ की चाय कभी खराब बनती है भला!" रसीदन बोली।

"...तो भी मेरे दुकान पर आना-जाना बन्द कर दी हो तुम!...का बिगाड़े हैं तुम्हारा कि न आना-जाना और न हाल-समाचार?" राधे रोक नहीं पाया अपने को।

"अल्लाह कसम! तुम कुछ नहीं बिगाड़े हो बाबू।...बस मन उचट गया है मेरा। कहीं आने-जाने का मन नहीं करता। अपने ही दुख से बेहाल हैं बाबू। बाल-बच्चा का हाल तुमसे छिपा तो नहीं हैं। सब जानते हो तुम।...अबरार मामू के छोटका बेटे से मिलने गए थे। फ़क़ीर हो गया है। शाह अरजाँ के दरगाह पर रहता है। उससे मिल कर लौटे और तय किया कि चुन्नी का निकाह बबलू से कर देंगे।" रसीदन ने एक झटके में अपनी बात सुना दी।

"पहिले से मालूम है हमको। फजलू बताया हमको।...बुआ, जब तुम राजी हो गई, तो भला किसको इनकार होगा?...चैन से रहो। जब करना हो कर दो।" राधे ने कहा।

"असली मुसीबत तो सत्तार मियाँ है।...फजलू और साबिर को रात धमकी दे गया है।" रसीदन ने भेद खोला।

"रात तो तीनों जन साथ बैठ कर खा-पी रहे थे।...कौन बात की धमकी?" राधे चौंका।

"साबिर उसके साथ काम नहीं करना चाहता और कमेटी वालों ने गोदाम हटवा दिया। सबका जिम्मा हमारे और फजलू के कपार पर मढ़ रहा है।" अपनी बात कह कर रसीदन ने डबडबा आई अपनी आँखों को आँचल के छोर से पोंछा।

"का बुआ...तुम भी न गजबे बात करती हो! सत्तरवा साले की बात पर फिकिर में हो। गीदड़भभकी दे रहा है। उसकी औकात नहीं है कि तुम्हारा कुछ बिगाड़ ले।...

तुम्हारे चलते मोहल्ले में दो पैसे का भैलू है, नहीं तो पहिलहीं साला पीरमुहानी से विदा हो गया होता।" राधे ने रसीदन को समझाया और उसके पास से जाकर चूल्हे पर चाय का बरतन चढ़ा दिया।

रसीदन चलने के लिए उठने लगी, तो उसे रोकते हुए बोला, "जाओ मत। बैठो। फ्रेश चाय बना रहे हैं। पीकर जाओ।"

रसीदन ने उसकी ओर ममता भरी आँखों से देखा और बैठ गई।

इधर पीरमुहानी क़ब्रिस्तान के भीतर रसीदन के आँगन में चुप्पी पसरी हुई थी और उधर लोहानीपुर की चिकपट्टी में कल्लू मियाँ के घर बाप-बेटे में जंग छिड़ा हुआ था। बाप की बन्दिशों और रात-दिन की किचकिच से परेशान बबलू मियाँ ने साफ़-साफ़ एलान कर दिया था कि अगर चुन्नी से उसके निकाह के लिए अब्बू तैयार नहीं हुए, तो वह घर छोड़ देगा। कल्लू मियाँ का कहना था कि वह घर छोड़ दे या फाँसी लगा ले, वह निकाह के लिए किसी क़ीमत पर राज़ी नहीं होंगे। वैसे उन्हें लग रहा था कि बबलू घर छोड़ कर निकल जाए यही बेहतर होगा क्योंकि, ऐसे जवान बेटे का घर में होना न होना किस काम का जो कमा कर दो पैसे देने के बदले घर की जमा-पूँजी ही सफाचट कर जाए! बबलू की अम्मी की जान बीच में फँसी हुई थी। वह बेटे के मामले को लेकर बदहाल जी रही थी। कभी बेटे को समझाती तो कभी शौहर को। कभी शौहर से गालियाँ और तंज़ सुनती तो, कभी जवान बेटे की तड़प और ग़ुस्से की आँच में में पिघल कर आँसू बहाती रहती। बेटा कहता कि तुम्हारे चलते रुके हुए हैं और सब कुछ सह रहे हैं और शौहर का कहना था कि तुम्हारे चलते इस हरामी को घर में घुसने देते हैं वरना अब तक तो इसके चूतड़ पर लात लगा कर निकाल चुके होते।

कल्लू मियाँ ने बबलू को दुकानदारी से अलग कर दिया था। उसे दुकान पर न बैठने देते और न ही गल्ला छूने देते। गल्ले पर नहीं बैठने के चलते बबलू मियाँ की आमदनी बन्द थी। जब कल्लू मियाँ नहीं होते उनका छोटा बेटा दुकान

सँभालता। बाप की नज़र बचा कर बबलू दुकान के इर्द-गिर्द मँडराता रहता। कल्लू मियाँ कभी माल ख़रीदने निकलते या इधर-उधर होते तो पलक झपकते वह छोटे भाई को फाँसता या दबा कर गल्ले से सौ-दो सौ झपट कर ले उड़ता।

लालजी मार्केट, हथुआ मार्केट और खेतान मार्केट के गलियारों में चुन्नी के साथ भटकते हुए दोनों एक-दूसरे के घरों के मौसमों की जानकारी लेते-देते रहे। जब चुन्नी ने सत्तार मियाँ का किस्सा सुनाया, बिना कुछ सोचे-समझे बबलू ने कहा, "ठोंक देते हैं साले को। झंझट ही खतम कर देते हैं।"

"अब यही करो तुम!...जुआ, दारू, चोरी, छिनतई, छिनारी सब तो कर ही लिये हो,...बस एक मर्डर बाकी है, सो भी कर लो। चले जाओ जिन्दगी भर के लिए जेल में। यहाँ रोने के लिए तो हम बैठे ही हैं।...पर हम भी बैठ कर कितना दिन रोवेंगे? चल देंगे किसी का हाथ-बाँह पकड़ के। करते रहना जेल में मौज-मजा।" चुन्नी की आवाज़ लरज़-लरज़ कर टूट रही थी।

"अब बीच मार्केट में पें-पें मत करो।"

"हम पें-पें कर रहे हैं? हमको अपनी अम्मी से औडर मिल जाए तो इस सत्तरवा हरामी को एक दिन में सीधा कर दें। बड़की नहीं हैं हम। लल्लो-चप्पो नहीं आता हमको।" सँभल गई थी चुन्नी। उसने अपनी लरज़ती आवाज़ पर क़ाबू पा लिया था और तबले के बाएँ की तरह टन्न-टन्न बोल रही थी।

चुन्नी की इसी अदा का दीवाना था बबलू। बोला, "तुम्हारी बात सुन कर एतना लभ आता है न करेजे में कि मन करता है कि...!"

"का मन करता है?" चुन्नी चहक रही थी।

"कि तुमको भी गोली मार दें और अपने को भी।" बबलू मियाँ ने पल भर के लिए ग़ौर से देखा चुन्नी को। उसके चेहरे पर टिकी अपनी नज़रें हटाते हुए उसका मन सिहरा। फिर बोला, "अब्बू का डिरामा चलता रहा तो यही न करना पड़े!"

"आजकल बहुत डायलाग मारने लगे हो।...कम बकबक किया करो। चलो तुमको चाट खिलाते हैं।" चुन्नी ने हाथ पकड़ कर चाट की दुकान की ओर खींच लिया।

दोनों चाट खा रहे थे। चुन्नी अपने हाथों बबलू मियाँ को चाट खिला रही थी। बीच में खाना रोक कर उसने चाट वाले से चाट में और खट्टी चटनी डालने के

लिए इसरार किया। बबलू मियाँ ने कहा, "मामला गड़बड़ लग रहा है।"

"हम समझे नहीं।"

"सुने हैं कि औरत को जब बच्चा होने वाला रहता है तो बहुत खट्टा खाती है।"

"कुत्ता हो, तो कुत्ते वाली बात ही करोगे!..." आँखें तरेरते हुए देखा चुन्नी ने। बबलू के मुँह के सामने से अपनी हथेली पर रखा चाट का दोना खींच लिया और फिर कहा, "हम जुनैदवा की बीवी नहीं हैं बबलू मियाँ।...जाओ, जाकर उसको चाटो। जूठखोर कहीं का!...पहिले भी तुमको बोल चुके हैं कि हमको जुनैदवा की बीवी मत समझना।"

"पागल हो?...हँसी-मजाक भी नहीं बूझती हो।" बबलू मियाँ की घिघ्घी बँध गई।

"आज के बाद कहियो ऐसा घटिया मजाक किए तो समझ लो,...ठेंगा दिखा कर चल देंगे।...लो खाओ। मुँह मत लटकाओ,...लो खा लो।" चुन्नी की आवाज़ मुलायम हो चली थी। बबलू मियाँ ने मुँह खोला और उसने चम्मच उसके मुँह में डाल दिया।

लौटते हुए बुद्धमूर्ति वाले चौराहे के पास दोनों रुके। यहाँ से दोनों को अलग होना था। बबलू मियाँ ने पूछा, "तुमको जुनैदवा की औरत से डाह होती है?"

"डाह?...हमारा चले तो हरामजादी का करेजा फाड़ के उसका दिल खा जाएँ!...सुन लो बबलू मियाँ, अगर निकाह के बाद पलट के भी उधर देखे तो आँख फोड़ देंगे। सारी जिन्दगी भले तुम्हारा गू-मूत करना पड़े!...आन्हर होकर रहना हमारे साथ।" चुन्नी की आवाज़ में क्रोध कम और दृढ़ता ज़्यादा थी।

"अल्लाह कसम! साँच कह रहे हैं,...जबसे तुम हो उसकी ओर देखे भी नहीं। तुमसे मिलने से पहले का मौज-मजा था, जो बीत गया।" बबलू ने चुन्नी का हाथ थाम लिया और एकटक निहारता रहा उसे। सामने ध्यानस्थ बुद्ध की श्याम-वर्ण प्रतिमा दोपहर की खिली हुई धूप में चमक रही थी।

क़ब्रिस्तान में किसी की मैयत आने वाली थी। रसीदन और फजलू दफ़्न के लिए

इन्तज़ामात में लगे हुए थे। रसीदन ने इन दिनों फजलू का साथ देने के लिए ठीके पर एक मज़दूर रख लिया था। वह क़ब्र खोदने में फजलू का साथ देता। जब कभी मैयत आती, वह आता। कभी-कभार बिना काम के भी मिलने आ जाता। कम उम्र का गठीले बदन वाला साँवले रंग का यह लड़का भँवर पोखर से आता था। अनुभवी था। उसके बाप शाहगंज क़ब्रिस्तान में क़ब्र खोदने की मज़दूरी करते थे। उनके साथ वह भी क़ब्रें खोदने जाया करता था। अपने बाप के गुज़रने के बाद उसने यहाँ काम शुरू किया था। वह ख़ुद ही फजलू के पास का काम माँगने आया था। फजलू ने तो मना कर दिया था, पर जब रसीदन को पता चला, उसने उसे समझाया-बुझाया और लड़के को रख लिया। लड़का दूरी के चलते शाहगंज क़ब्रिस्तान छोड़ कर यहाँ काम करना चाहता था।

फजलू और वह लड़का क़ब्र खोदने में लगे हुए थे। रसीदन नमाज़े-जनाज़ा के इन्तज़ाम में लगी थी। मैयत किसी बड़े और रुसूख़दार आदमी की थी, सो वह इस बात के लिए चाक़-चौबन्द थी कि कोई कमी न रह जाए। किसी बड़े घराने की मैयत आती तो काम बढ़ जाता था। आमदनी तो अच्छी होती, पर मलामतें हज़ार होतीं।

उधर रसीदन और फजलू अपने काम में लगे थे। बरामदे पर बैठी चुन्नी मोबाइल पर फिल्म देखने के अपने पसन्दीदा काम में लगी थी और इधर साबिर और अमीना मस्जिद की पीछे वाली दीवार और दाता पीर मनिहारी के मज़ार के बीच वाली ज़मीन पर चटाई बिछा कर बैठे हुए, जो हो रहा था उस पर और आने वाले दिनों में जो होने के आसर नज़र आ रहे थे उस पर अपनी चिन्ताएँ साझा करने में लगे थे।

"अच्छा हुआ कि सत्तार मियाँ से तुम्हारा पीछा छूटा।...पर अब का करोगे?" अमीना ने पूछा।

"अपना बिजनेस करेंगे।"

"बिजनेस के लिए पैसा कहाँ से आएगा? जमा-पूँजी तो चाहिए।" अमीना ने अपनी चिन्ता प्रकट की।

"सब हो जाएगा। जब ठान लिए हैं कि करेंगे तो कहीं न कहीं से पैसे का जुगाड़ भी हो जाएगा। तुम फालतू में अपना माथा मत खराब करो। सोच रहे हैं कि एक बार..." अपनी बात बीच में ही रोक दी साबिर ने।

"का सोच रहे हो?" अमीना साबिर के मन की बात जानने के लिए उत्सुक

थी। साबिर का यूँ बीच में बात रोक कर चुप लगा जाना उसे अच्छा नहीं लग रहा था। उसने कहा, "तुम्हारी यही आदत बहुत खराब है। आधा बोलोगे और आधा पेट में पचा लोगे। हमको बहुत चिढ़ होती है। तुम्हारी इस आदत से अम्मी भी चिढ़ी रहती है। कहती है कि साबिर बचपन से ही चुप्पा बदमाश है।"

"बदमाश तो नहीं हैं। होते तो ये हाल होता मेरा!...आजकल तो बदमाश का ही जमाना है।"

"बात बताओ पहले कि का सोचा है?" अमीना अपनी ज़िद पर अड़ी थी।

"...सोच रहे थे कि एक दिन सुल्तानगंज जाएँ। अपने नाना के घर। नाना तो कबके गुजर चुके हैं, पर मामू लोग हैं।...जाते हैं एक बार। देखते हैं कि लोग मेरी अम्मी को भूल गए हैं कि याद रखे हुए हैं! आज तक अम्मी से वैर पाले हुए हैं कि मन-मिजाज बदला है उन लोगों का!...अपने बचपन के दोस्त नोमान का भी पता लगावेंगे।" साबिर की आँखों में सपने तैरने लगे थे, जैसे नीले जल वाली झिरझिर बहती किसी नदी में चाँदी की तरह चमकती हुई मछलियाँ तैर रही हों।

इस बीच सेमल के पेड़ पर बैठा एक प्रवासी पंछी उड़ा और शिहोर पर आकर बैठ गया। सारे प्रवासी पंछी जा चुके थे और यह अकेला छूट गया था। अब इसके जा सकने और अपनों के झुंड से मिल पाने की उम्मीद नहीं थी। गर्मियों के दिन आ रहे थे। चैत-बैसाख-जेठ की तपन में तड़पना और अपनी लम्बी गरदन पटक-पटक कर किसी दिन मर जाना ही इसका नसीब था। हर साल,...अमूमन ऐसा होता कि कोई न कोई पंछी अकेला छूट जाता और गर्मियों के दिन बीतते-बीतते उसकी जान चली जाती।...साबिर सोच रहा था कि उसके साथ भी तो यही हुआ। अपने खानदान,...अपने लोगों से अलग होकर जी रहा है वह। यह जीना भी भला कोई जीना है! न रोज़ी-रोटी ढंग से और न मान-मरजाद! यह जीना तो मौत से भी बदतर है।

"जाने का,...लोगों से मिलने का मन है तो जाओ, पर इतना उदास होकर,... मन मार कर तुम कुछ मत करो। आजकल कई दिन से देख रहे हैं हम कि तुम बोलते-बतियाते अचानक चुप हो जाते हो। इधर-उधर निहारने लगते हो। अपने मन को थिर करो साबिर। अकेले नहीं हो तुम। अब हम भी तो तुम्हारे साथ हैं। सोचे हो कभी कि तुम्हारी ऐसी हालत देख कर हमको कैसा लगता होगा?" साबिर की ऐसी हालत देख कर उसकी फ़िक्र से परेशान हो उठी अमीना।

"कुछ हम जोड़-गाँठ कर रखे हैं। कुछ राधे भाई ने कहा है कि मदद करेगा।... कुछ और जुगाड़ करने में लगे हैं। मोईन कबाड़ी ने एक पुराना ठेला देने के लिए कहा है।...सोचते हैं कि ठेला पर फल की दुकान शुरू करें। कच्चा धंधा है पर मारजिन अच्छा है।" साबिर ने अपने रोज़गार की योजना का खुलासा किया।

अमीना के चेहरे पर ख़ुशी छा गई। बोली, "चलो बकरे की खाल की बदबू से जान छूटी तुम्हारी। हम तो सोच रहे थे कि तुम सत्तार मियाँ वाला धंधा ही शुरू करने के लिए सोच रहे हो।"

साबिर के चेहरे पर सुकून और ख़ुशी की एक झीनी परत छा गई। अमीना को उसके रोज़गार की योजना पसन्द आई, यह जान कर उसे हिम्मत मिली। अपने पर भरोसा बढ़ा। अमीना ने उससे पूछा, "सुल्तानगंज कब जाना है?"

"किसी दिन निकल जाएँगे।...धंधा शुरू कर देने के बाद तो निकलना मुश्किल होगा, सो सोच रहे हैं कि पहिले ही हो आएँ।" अपनी बात कहते हुए आदतन साबिर ठिठका। उसने अमीना की ओर देखा और फिर बोलने लगा, "...हो आते हैं एक बार। हो सकता है नसीब में कुछ और लिखा हो! अम्मी के भाइयों के दिल में अपनी मरी हुई बहन के लिए मुहब्बत जाग जाए और उनकी नज़र बदल जाए।"

मैयत आ चुकी थी। क़ब्रिस्तान में मैयत के साथ आए लोगों का रेला उमड़ पड़ा था। साबिर और अमीना उठे। अमीना आँगन में चली गई और साबिर क़ब्रिस्तान के फाटक से बाहर निकल गया। राधे की दुकान पर भी बैठने की जगह नहीं थी। मैयत में आए लोग बेंचों पर बैठे चाय पी रहे थे। साबिर चौथी गली में मुड़ा। सामने से आते हुए सत्तार मियाँ दिखे। उसने सोचा नहीं था कि इस तरह गली में औचक सत्तार मियाँ से उसका सामना हो जाएगा। दोनों ने एक-दूसरे को देखा और अपनी-अपनी आँखें फेर कर आगे निकल गए। सत्तार मियाँ गली से बाहर निकले और वह अपनी कोठरी की ओर चला गया।

कोठरी में पहुँच कर साबिर ने पेटी से अब्बू की शहनाई निकाल कर उसे पोंछा। उसने मन ही मन अपनी ख़ाला बिलकीस बानो का शुक्रिया अदा किया कि वह उसे और शहनाई को सहेज कर साथ ले आईं। साफ़ करने के बाद उसे निहारता रहा। फिर आँखें मूँद कर शहनाई को अपने होंठों से चूमता रहा। पागलों

की तरह शहनाई को चूमते हुए वह बिफर-बिफर कर रोता रहा। रोते-रोते निढाल होकर वहीं,...ज़मीन पर ही लेट गया।

शहनाई उसके सीने से चिपकी हुई थी।

10

साबिर सुल्तानगंज पहुँचा।

अमीना ने बहुत समझा-बुझाकर उसे भेजा था। वह सैकड़ों बार इस मोहल्ले में आया होगा। बकरों की खाल ख़रीदने के लिए वह पटना की सड़कों और गलियों में कई सालों से भटकता रहा है, पर उसके मन में कभी यह ख़्याल नहीं आया कि वह अपनी ननिहाल जाए या अपने बचपन के दोस्तों को खोजे। इन सबसे ग़ाफ़िल ही वह जीता रहा।...वह सुल्तानगंज थाना के सामने खड़ा था। इसी के सामने था नोमान का घर। उसके घर के बगल से ही वह गली निकली हुई थी, जिसमें कहीं उसका घर था। सब कुछ कितना बदल गया है! नोमान का घर तो पहचान में ही नहीं आ रहा है हालाँकि इस घर की यादें साबिर के पास बची हुई थीं। अपना घर तो वह ढूँढ़ ही नहीं सकता। गली के भीतर एक भी खपरैल मकान नहीं बचा है। साबिर ने सोचा कि वह उस घर को ढूँढ़ कर भी क्या करेगा! किराए का मकान था। अपना होता तो...! अपना तो सपना ही है।

साबिर ने जब पूछताछ की तो उसे पता चला कि नोमान का परिवार मकान बेच कर अरज़ानी कॉलोनी जा चुका है। उसके अब्बू-अम्मी तो यहीं गुज़र चुके थे। फिर दोनों भाई मकान बेच कर यहाँ से निकल गए। पड़ोस के शर्मा जी ने मकान ख़रीद लिया है। बड़ी-बड़ी मूँछों वाले शर्मा जी की हल्की-सी याद है उसे क्योंकि उनकी मूँछों के चलते वह उनसे बहुत डरता था।...लोगों ने बताया कि नोमान अब बहुत बड़े आदमी हो गए हैं। बहुत पैसे कमाते हैं। अमरीका में रहते हैं।...साबिर पहले तो बहुत ख़ुश हुआ कि उसके बचपन का दोस्त बड़ा आदमी बन गया,... बहुत अमीर हो गया, पर फिर उदास भी हो गया कि अब वह नोमान से मिल नहीं

"पता नहीं। कुछ साल हुए अचानक घर छोड़ कर चली गईं।...आप उन्हें जानते हैं?"

"इसी घर में उसकी भी परवरिश हुई। हमारे ख़वास मोहम्मद जान की बेटी थी।"

कुछ देर के लिए चुप्पी तन गई। फ़हीमबख़्श कुछ सोचते-विचारते रहे। उनके चेहरे पर स्मृतियों के विवर उभर आए थे, जिनसे तरह-तरह के भाव निकल रहे थे। साबिर की समझ से सब कुछ बाहर था। उसके लिए यह क़यास लगाना कठिन था कि उनके भीतर क्या चल रहा है! साबिर अब लगभग सहज हो चुका। अपना सच बता कर उसे बहुत इत्मीनान हुआ था। वह सोच रहा था कि अम्मा की तस्वीर माँग कर रुख़सत हो ले कि फ़हीमबख़्श ने आवज़ दी, "रुक्न बी!"

वही औरत बाहर निकली। उसने अपनी आँखें मिचमिचाते हुए दोनों को देखा। बोली, "जी।"

"नाश्ता-शरबत तो लाओ। इतनी देर लगाती हो।...और सबको भेजो यहाँ।" फ़हीमबख़्श की आवाज़ में थकन थी।

"किनको-किनको भेजें?"

"कहा तो कि सबको भेजो। कहो कि एक पुराने रिश्तेदार आए हैं।"

"छोटे भाईजान तो हैं नहीं। कहीं बाहर निकले हैं।"

"जो हैं, उनको तो भेजो।" रुक्न बी को समझाते हुए फ़हीमबख़्श खीझ उठे थे।

रुक्न बी भीतर गई। साबिर और फ़हीमबख़्श चुप बैठे रहे। पहले नाश्ता आया। चने की घुघनी, सेव-दालमोठ और शाही टुकड़े के साथ शरबत का गिलास। पीछे-पीछे फ़हीमबख़्श की बीवी आईं और आकर उनके पास बैठ गईं। उनके बैठते ही दो औरतें कमरे में दाख़िल हुईं। एक फ़हीमबख़्श के छोटे भाई की बीवी थीं, जो दरवाज़े के पल्लों से लग कर खड़ी रहीं। दूसरी मदीहा बानो की बड़ी बहन थीं फ़रहत बानो। फ़रहत बानो बगल वाले सोफे पर बैठीं। उजड़ा हुआ अजीब-सा चेहरा था उनका। उदासी और ख़फ़गी दोनों का मिला-जुला बदरंग चेहरे पर छाया हुआ था। साबिर ने तीनों को बारी-बारी से सलाम किया। घर की तीनों औरतें और रुक्न बी अचानक नमूदार हुए इस मेहमान के बारे में जानने के लिए उत्सुक थीं। फ़हीमबख़्श ने कहा, "ये मदीहा के बेटे हैं। क्या नाम बताया बाबू तुमने?"

"साबिर!"

पाएगा। कहाँ अमरीका और कहाँ पीरमुहानी की चौथी गली!

उसने नूर मंज़िल का पता पूछा। उसे नूर मंज़िल की बिलकुल याद नहीं थी। एक ही मोहल्ले में रहते हुए नूर मंज़िल से वह अनजान था। सुल्तानगंज थाना के पास से कुछ दूर आगे बढ़ने के बाद दायीं ओर एक गली मुड़ती थी। इस गली के मुहाने पर दोनों तरफ़ और सामने भी होटलों का क़तारें थीं। रमज़ान के दिनों में इधर से गुज़रते हुए वह कई बार इन होटलों से कीमा के पराँठे और कबाब पैक करवा कर ले जा चुका है। इसी गली में नूर मंज़िल थी।

यह गली आगे जाकर दो हिस्सों में बँट गई थी। दो सँकरी गलियाँ इससे निकलतीं थीं। एक दायीं ओर मुड़ती और दूसरी बायीं ओर। ठीक इसी जगह नूर मंज़िल की दोतल्ला इमारत खड़ी थी। पुराने ढब की इमारत। बड़ा-सा फाटक। नीचे लम्बा बरामदा। दोनों ओर गोल कमरे। ऊपर भी छत वाला बारजा।

फाटक बन्द था। साबिर बन्द फाटक के सामने खड़ा टोह ले रहा था कि कैसे भीतर जाए! किसको आवाज़ दे या किससे पूछे! अचानक उसकी नज़र फाटक के बगल में लगे बिजली के स्विच पर पड़ी और उसे कोफ़्त हुई। उसने अपने-आप को मन ही मन कोसा कि कैसा बागड़-बौरहा है वह कि तबसे उजबक की तरह खड़ा किसी के आने या दिखने की बाट जोह रहा है! साबिर ने संकोच के साथ घंटी का स्विच दबा दिया। भीतर एक अजाना भय था और उसके पैरों में कँपकँपी हो रही थी।...एक बार उसके मन में आया कि लौट जाए वह! लौटने के लिए सोचना शुरू ही किया था कि फाटक खुला और एक अधेड़ औरत निकली। पूछा, "का बात है?"

"शहनाई वाले फहीम साहेब का यही घर है?" जवाब में सवाल किया साबिर ने।

"हूँ।...यही है। मिलना है का?"

"हाँ। मिलना है।" साबिर का मन अब भी थिर नहीं था। भीतर-ही-भीतर कोई तूफ़ान गुज़र रहा था।

"नाम?"

"साबिर। पहिले से जान-पहचान नहीं है।...पीरमुहानी से आए हैं।" वह अब फाटक के भीतर था।

उस औरत ने बैठने के लिए इशारा किया और भीतर चली गई। बरामदे में

बेंत की पुरानी कुर्सियाँ थीं। बीच में बेंत की ही एक छोटी-सी मेज़ थी, जिस पर शीशा लगा हुआ था। शीशा घिस-घिस कर बदरंग हो चुका था। दोनों तरफ़ के गोल कमरों के दरवाज़े बन्द थे। भीतर जाने के लिए बरामदे के बीच में एक बड़ा दरवाज़ा था। दरवाज़ों के पल्लों का रंग-रोग़न भी पुराना पड़ चुका था। दीवारों के रंग भी धूमिल हो चुके थे। कहीं-कहीं तो रंग झड़ कर चकत्ते उभर आए थे। फाटक और बरामदे के बीच की ख़ाली ज़मीन पर बेतरतीब ढंग से दूब उग आई थी। बरामदे से फाटक तक जाने-आने के चलते एक पतली लकीर-सी पगडंडी बन गई थी। साबिर ने सिर ऊपर उठा कर छत की ओर देखा। लकड़ी की कड़ियों और शहतीरों पर छत टिकी हुई थी। वह सोचने लगा कि जब बच्ची रही होंगी उसकी अम्मा मदीहा बानो तो इसी सहन में खेलती होंगी। इसी बरामदे में उनकी गुड़ियों की बारात आती होगी। यहीं...।

"भीतर बुला रहे हैं।" बरामदे का उठँगा हुआ पल्ला खोले वही औरत खड़ी थी और साबिर को भीतर बुला रही थी।

साबिर उठा। पाँव अभी भी साथ नहीं दे रहे थे। तेज़ धड़कता हुआ कलेजा बार-बार उसके वश से बाहर चला जा रहा था। वह भीतर घुसा। बरामदे जितना ही लम्बा-चौड़ा बैठकख़ाना था। इसके पहले साबिर कभी ऐसे किसी कमरे में नहीं घुसा था। उसे बैठते हुए सिहरन हो रही थी। इस बड़े से बैठकख़ाने में बेंत का सोफ़ा था। कुछ और कुर्सियाँ थीं। सोफे और कुर्सियों पर रंग-बिरंगी कढ़ाई वाले कुशन थे। नीचे गलीचा बिछा हुआ था। कमरे में चारों ओर तस्वीरें टँगी थीं। अधिकतर तस्वीरें पुराने ज़माने की लग रही थीं।

साबिर तस्वीरों के पास जाकर निहारना चाहता था। चाहता था कि उसमें अपने अब्बू को पहचान ले। शहनाई बजाते लोगों की इन तस्वीरों में उसके अब्बू तो होंगे ही। यह साबिर के सपनों का दुर्लभ ख़ज़ाना था, जिसमें शामिल होने की उसकी चाहत मटियामेट हो चुकी थी। एक तस्वीर पर उसकी नज़र टिकी ही थी और वह अपने अब्बू को पहचानने की कोशिश में था कि भीतर से किसी के आने की आहट हुई। सफ़ेद कुर्ता और तहमद में भारी-भरकम देह वाले फ़हीमबख़्श ने कमरे में प्रवेश किया। उनके आने के साथ-साथ इत्र की ख़ुशबू का एक झोंका लहराया और पूरे कमरे में फैल गया। साबिर ने अदब के साथ सलाम किया। फ़हीमबख़्श

ने उसे जवाब दिया और एक नज़र देखा। सोफा पर बैठते हुए उन्होंने सा
बैठने लिए इशारा किया और पूछा, "क्या नाम है आपका?"

"जी..., साबिर। पीरमुहानी से आए हैं।" साबिर ने कहा। वह खड़ा

"बैठिए तो।...कहिए? कैसे आना हुआ?"

"जी,...हम मदीहा बानो के बेटा हैं।" बिना लाग-लपेट के साबिर
परिचय दिया।

फ़हीमबख़्श को पहले तो अपने कानों पर भरोसा ही नहीं हुआ। व
बाद यह नाम सुन रहे थे। कभी जो नाम इस घर के भीतर ख़ुशबू की तर
करते रहता था, वह सालों पहले ग़ायब हो चुका था। अचानक यह
कर वह अपने सामने खड़े नौजवान को निहारते रहे। उसे सरापा घूरते
समझ नहीं पा रहे थे कि क्या बोलें और करें क्या! उनकी आँखों के
ही सूरत की कई छवियाँ लहरा उठीं। उनके कानों में आवाज़ें भरने लग
की दीवारों से टकराती और उनके भीतर उतरती इन आवाज़ों ने उनके
पलक झपकते हिला कर रख दिया। फ़हीमबख़्श ने धीमी,...लगभग
आवाज़ में कहा, "बैठो।"

साबिर थोड़ी दूर रखी एक कुर्सी की ओर बैठने के लिए बढ़ा।
कि वह वहाँ पहुँचे और बैठे, फ़हीमबख़्श बोले, "उधर नहीं।...इधर
पास बैठो।"

उनके पास आकर सोफे पर बैठा साबिर।

"कहाँ रहते हो?"

"पीरमुहानी में।"

"करते क्या हो?"

"कुछ खास नहीं।...खाल..." बोलते-बोलते रुक गया साबिर।

"कुछ तो करते होगे?"

"एक जगह काम में लगे थे। बकरे की खाल का धंधा था उन
काम छोड़ दिया। अब अपना धंधा शुरू करना है। जल्दी ही शुरू
ने अपनी हिचकिचाहट तोड़ दी और साफ़गोई से बात कही।

"बिलकीस कहाँ है?"

तीनों औरतें चौंक उठीं। तीनों ने एक-दूसरे को देखा। रुक्न बी मदीहा बानो के इस घर से रुख़सत होने के बाद आई थीं, पर उन्हें भी सारा क़िस्सा मालूम था। वह नौकरानी थीं, सो किसी के आने-जाने से उनकी ज़िन्दगी पर कोई फ़र्क़ नहीं पड़ने वाला था। असल हैरानी घर की तीनों औरतों के लिए थी। इतने सालों बाद, जबकि इस घर के लोग मदीहा बानो को लगभग भूल चुके थे, साबिर का यूँ अचानक प्रकट होना उन्हें चकित और चिन्तित कर रहा था। फ़हीमबख़्श ने साबिर से तीनों का परिचय करवाया। फिर अपनी बीवी से पूछा, "मुन्ने कहाँ गए हैं?"

पीछे से उनके छोटे भाई की बीवी ने कहा, "आसपास ही निकले होंगे। कोई काम तो था नहीं। लगता है बस ऐसे ही कहीं निकल गए हैं घूमने-फिरने।"

मुन्ने उनके छोटे भाई ग़ुलामबख़्श का पुकारू नाम था।

"कुछ खाया नहीं तुमने?...लो,...खाओ कुछ।" फ़हीमबख़्श ने कहा।

"जी हम घर से नाश्ता करके चले हैं।"

"फिर भी,...लो कुछ।"

साबिर ने बहुत सकुचाते हुए घुघनी वाली तश्तरी की ओर हाथ बढ़ाया ही था कि उसकी बड़ी ममानी ने पूछा, "अचानक,...इतने सालों बाद ननिहाल की याद कैसे आ गई?...कोई ख़ास बात?"

"नहीं। कोई ख़ास बात नहीं। बहुत पहले से ही सोच रहे थे कि एक दिन जाएँगे सबसे मिलने।...पर...।" ठिठका साबिर।

"पर?" फिर पूछा बड़ी ममानी ने।

"पर डर लगता था कि कोई पहचानेगा भी या नहीं!..." साबिर बिना किसी प्रपंच के बतिया रहा था जबकि उससे पूछे जा रहे सवालों के पेट में ढेरों आशंकाएँ थीं। साबिर ने सोचा, अब यहाँ से निकलना चाहिए। अम्मा का घर देख लिया। मामू और ममानियों से मिल लिया।...पर एक चीज़ चाहिए उसे, पर माँगना ठीक रहेगा या नहीं! वह दुविधा में था, पर भीतर से उस चीज़ के लिए ऐसी बेचैनी थी कि वह अपने को रोक नहीं सका और बोल उठा, "कुछ माँगने आए थे।"

संकोच से भरे साबिर का यह कथन नूर मंज़िल की दीवारों से टकराया और किसी विशाल घंटे की तरह टन्न से बजा। सीलन भरी दीवारें अचानक किसी कठोर धातु में बदल गईं। फ़हीमबख़्श को झटका ज़रूर लगा, पर वह स्थिर थे। साबिर

की दोनों ममानियाँ और ख़ाला को इस आवाज़ ने हिला कर रख दिया। उनके भीतर जो शको-शुबहा रेंग रहा था, वह फन निकाल कर खड़ा हो गया। बड़ी ममानी ने पूछा, "क्या माँगने आए हो?"

इसके पहले कि जवाब दे साबिर उसकी खाला ने, जो अब तक मौन थीं, सवाल दाग दिया, "अपनी अम्मा का हिस्सा चाहिए?"

"नहीं!" साबिर के नकार में घन की चोट थी।

"तो फिर क्या चाहिए?" इस बार छोटी ममानी ने पूछा था।

"एक तस्वीर चाहिए अम्मा की।...हमने उनको देखा तक नहीं है।" साबिर ने अपनी माँग रख कर चारों ओर देखा।

आग की एक लपट जो थोड़ी देर पहले कमरे में नाच रही थी, उसकी आँच सिरा चुकी थी। संशय के जो प्रेत नाच रहे थे उनके पाँव ठिठक गए। साबिर की पवित्र लालसा का नूर जादू की तरह कमरे में छा गया। उसके निर्भय, निस्संग, अनावृत्त आत्मा की धवलता के रसायन ने कमरे में उपस्थित लोगों की आत्माओं के रंग उजागर कर दिए थे। सबसे पहले रुक्न बी की आँखों में जल भरा और कंठ से हिचकियाँ फूटने को आतुर हुईं। वह मुँह में आँचल ठूसती हुई कमरे से भाग गईं। फ़रहत बानो का उजाड़ चेहरा कुछ और कँटीला,...कुछ और वीरान हो गया। वह उठीं और बिना किसी की ओर देखे कमरे से बाहर हुईं। दरवाज़े के पल्ले से लगी छोटी ममानी सामने आईं। मेज़ पर रखे नाश्ते के सामान में से शाही टुकड़ा वाली तश्तरी उठा कर साबिर के आगे करते हुए बोलीं, "पहली बार नाना-मामा के घर आने पर बिना मीठा खाए नहीं लौटते।...लो खाओ।"

साबिर ने तश्तरी ले ली। खाने लगा। बड़ी ममानी उठीं और छोटी को अपने साथ आने के लिए इशारा किया। फ़हीमबख़्श चुपचाप सब देख रहे थे। उनकी आँखों के सामने मदीहा और अलीबख़्श के चेहरों की झलक उभरती और मिटती। साबिर ने शाही टुकड़ा ख़त्म किया। फ़हीमबख़्श उठे। भीतर जाते हुए बोले, "बैठो तस्वीर लेकर आते हैं।"

कमरे में अकेले बैठा साबिर चारों ओर टँगी तस्वीरों को निहार रहा था। सोच रहा था कि वापस जाकर जब अमीना को बताएगा यहाँ के बारे में तो वह क्या कहेगी! फजलू को बताने से कोई फ़ायदा नहीं। उसकी ज़िन्दगी सिर्फ़ मैयत, क़ब्र,

दारू और चिलम की बातों में उलझ कर रह गई है। रसीदन ख़ाला को अच्छा लगेगा यह जान कर कि वह अपने ननिहाल हो आया। बिलकीस ख़ाला से वह अक्सर कहा करती थी कि मुझे साथ लेकर एक बार मेरे ननिहाल हो आए, पर ख़ाला कभी लेकर नहीं गईं। वह डरती रहीं मेरे मामुओं और मेरी अपनी फ़रहत ख़ाला से।

फ़हीमबख़्श अन्दर आए। उनके हाथ में एक लिफ़ाफ़ा था। उनके पीछे-पीछे दोनों ममानियाँ थीं। साबिर को लिफ़ाफ़ा देते हुए उन्होंने कहा, "इसमें दो तस्वीरें हैं। एक तुम्हारी अम्मा की और दूसरी में तुम्हारे अब्बू शहनाई बजा रहे हैं।...पर तस्वीरें घर ले जाकर देखना।"

बड़ी ममानी के हाथ में एक पॉलिथिन बैग था। उसके बिलकुल पास आकर पूछा उन्होंने, "ब्याह हुआ है तुम्हारा?"

साबिर इस सवाल के लिए बिलकुल तैयार नहीं था। अचकचा गया वह, पर सँभलते हुए कहा, "जी...नहीं।"

"ये एक सौग़ात है तुम्हारे लिए। बीवी होती तुम्हारी तो उसके लिए भी देते, सो पूछा।" ममानी के चेहरे संयमित मुस्कान थी। संकोच के चलते साबिर के हाथ आगे नहीं बढ़े लेने के लिए। ममानी फिर बोलीं, "ले लो बाबू। ननिहाल से ख़ाली हाथ नहीं लौटते।"

"आते रहना।" छोटी ममानी ने कहा।

"जब जी करे आ जाना।...अपना मोबाइल नम्बर दे दो।" कहते हुए बड़ी ममानी ने छोटी ममानी की तरफ़ इशारा किया कि वे नम्बर लिख लें।

साबिर ने नम्बर लिखवाया और सबको आदाब करते हुए बाहर निकला। बड़े मामू फाटक तक छोड़ने आए थे।

ननिहाल से मिली सौग़ात और अपनी अम्मा-अब्बू की तस्वीरें जैसी नायाब दौलत लिये साबिर लौटा।

गली से बाहर निकल कर ऑटो रिक्शा लिया। अम्मा-अब्बू की तस्वीरें सीने से सटाए ऑटो रिक्शा पर बैठे साबिर को अब भी भरोसा नहीं हो रहा था कि वह अपने ननिहाल से लौट रहा है। उसे यह सपने की तरह लग रहा था कि उसके पास उसके अम्मा-अब्बू की तस्वीरें हैं। उसका जी किया कि खोल कर रास्ते में ही देख

ले तस्वीरों को, पर उसने अपने मन को समझाया। न जाने मामू ने वहाँ देखने से क्यों मना किया, पर वह भी चाहता था अकेले में देखे इन तस्वीरों को। भरी भीड़ में इन तस्वीरों को देखने से, देखने का सुख खो न जाए इसका डर उसके भीतर समा गया था। अब तक उसने खोया ही खोया है। अम्मा, अब्बू, बिलकीस ख़ाला और शहनाई बजाने का हुनर सीखने की चाहत—सब तो खो ही चुका है वह। इतनी उम्र बीत गई तब यह ख़ुशी मिली है। साबिर ने सोचा, जी भर के अकेले में निहार लेने के बाद वह केवल अमीना को दिखाएगा इन्हें। फिर सोचा उसने कि बाद में क्यों! अमीना के सामने तो देख ही सकता है वह! अमीना भला अब पराई कहाँ रही! उसके बिना अब किसी सुख का क्या मतलब!

साबिर गाँधी मैदान के मुहाने पर ऑटो रिक्शा से उतरा और उसने दलदली गली की राह पकड़ ली। वह दलदली गली में पिसते मसालों की तीखी गंध से बेपरवाह एक हाथ में पॉलिथिन बैग लटकाए और दूसरे हाथ से तस्वीरों वाला लिफ़ाफ़ा अपने सीने से सटाए ख़रगोश की तरह फुदकते हुए चला जा रहा था। गली पार कर वह पीरमुहानी वाली मुख्य सड़क पर पहुँचा और भोज साह की मिठाई वाली दुकान से चन्द्रकला पैक करवाया।

साबिर सीधे क़ब्रिस्तान पहुँचा। उसने अमीना को आवाज़ दी। वह निकली। उसे साथ आने का इशारा किया और दाता पीर मनिहारी के मज़ार के पास मस्जिद की पीछे वाली दीवार से सट कर बैठ गया। उसके पीछे-पीछे अमीना थी। साबिर ने कहा, "बैठो।"

"बात क्या है? बोलो तो! सुल्तानगंज गए थे तुम?"

"हाँ!...तुम हमारे पास बैठो तो पहले, सब बताते हैं।" साबिर के चेहरे से ख़ुशी और सब कुछ बता देने की बेकली छलक रही थी।

अमीना उसके पास बैठ गई।

साबिर ने लिफ़ाफ़ा खोला। दो तस्वीरें थीं। एक उसकी अम्मा की और दूसरी

उसके अब्बू की। अब्बू शहनाई बजा रहे थे। दोपलिया टोपी पहने हुए थे। अब्बू की हल्की याद थी उसे। जो चेहरा यादों में धूमिल दिखता था, अब वह उसकी आँखों के सामने चमक रहा था। अम्मा को वह पहली बार देख रहा था। तस्वीर से नज़रें हटने को तैयार नहीं थीं। सफ़ेद-काली तस्वीर में वह अपनी नज़रों से रंग भर रहा था। सलवार-सूट में थीं अम्मा। रिबन बँधी दो चोटियाँ आगे झूल रही थीं। भोला-भाला चेहरा। होंठों पर हँसी। काजल की रेखा वाली बड़ी-बड़ी आँखों में ढेर सारा प्यार। साबिर की छाती में एक आँधी उठी और भँवर बन कर भीतर ही भीतर उमड़ती रही। उसकी आँखें पहले नमनाक हुईं, फिर बरसने लगीं धारासार। हिचकियाँ बँध गईं। उसका काँधा झुक कर अमीना के काँधे से जा लगा। अमीना ने हौले से उसके काँधे को नीचे सरकाया और उसका सिर अपनी गोद में रख लिया। दुपट्टे के छोर से उसकी आँखें पोंछती रही। उसके बालों में अपनी उँगलियाँ फिराती रही। थोड़ा-सा नीचे झुकी अमीना और उसने अपने होंठों से साबिर के ललाट को छू लिया।...क़ब्रिस्तान के दक्खिनी-पच्छिमी छोर पर खड़े शिहोर के पेड़ों पर कोई कोयल कूकी। यह इस साल के वसन्त में किसी कोयल की पहली कूक थी।

वसन्त आ चुका था।

वसन्त साबिर के दरवाज़े पर खड़ा था और पुकार रहा था। अमीना के सघन केश वसन्त के स्वागत में खुल कर लहरा रहे थे। दोनों की आँखें मुँद गई थीं। साबिर की हिचकियाँ टूट कर धीमी हो चुकी थीं। देखते-देखते क़ब्रिस्तान का नज़ारा बदल गया था। सारी क़ब्रें वृक्षों में बदल गई थीं। क़ब्रिस्तान एक हरा-भरा जंगल बन गया था। वह कोयल लगातार कूक रही थी। पुंकेसर बन गया था उसका कंठ और उसकी कूक से पराग झर रहे थे। क़ब्रिस्तान की भूमि पर पसरी दूब और जंगली लताओं पर बहुरंगी फूल खिल उठे थे। इन फूलों के कुक्षिनाल आकाश की ओर मुँह उठाए झूम रहे थे।

सूरज बीच आकाश में था और धूप खिली हुई थी। दाता पीर मनिहारी की रहमतों की छाँह में इस समय पृथ्वी पर हवा, प्रकाश, वसन्त, मेघ, जल, अग्नि; सब के सब अपने यौवन के उठान पर थे। अमीना की गोद में नन्हे शिशु-सा दुबका हुआ था साबिर।

मस्जिद की मीनार पर बँधे लाउडस्पीकर से अज़ान की आवाज़ गूँजी—'अल्लाह हो अकबर-अल्लाह हो अकबर...अशहदोल्लाह...'। ज़ुह्र[1] की नमाज़ का वक़्त हो चला था। अमीना ने हौले से साबिर को अपनी गोद से निकाला। साबिर ने उसे देखा। निहारता रहा कुछ देर। दोनों उठे। दाता पीर मनिहारी के मज़ार की ओर देखा और पल भर के लिए आँखें बन्द कर उनका शुक्रिया अदा किया। वहाँ से चले दोनों। अमीना की नज़र पॉलिथिन बैग पर गई। पूछा उसने, "बैग में का लाए हो?"

"पता नहीं ममानी ने दिया है। देखो और अपने पास ही रखना।"

"इसमें तो कपड़े हैं तुम्हारे लिए।"

"बहुत अच्छे लोग हैं। सारा क़िस्सा बाद में सुनावेंगे।...और ये पकड़ो। इसमें चन्द्रकला है।" सब कुछ अमीना को देकर, तस्वीरें अपने साथ लिये निकल गया साबिर।

"हाय अल्लाह! चाय के लिए चूल्हे पर पानी..." बोलती हुई तेज़ पाँवों से आँगन की ओर भागी अमीना।

प्रवासी पंछियों के जाने के बाद घरेलू पंछियों की वापसी से क़ब्रिस्तान के पेड़ों पर इन दिनों हलचल मची हुई थी। ज़ुह्र की नमाज़ के लिए नमाज़ियों का आना शुरू हो चुका था।

नूर मंज़िल में हलचल मची हुई थी।

मुन्ने उर्फ़ ग़ुलामबख़्श जब बाहर से लौटे और साबिर के आने का क़िस्सा सुना, तो हैरत में पड़ गए। वह समझ नहीं पा रहे थे कि अचानक इतने सालों बाद मदीहा के बेटे को क्या पड़ी थी कि वह आ पहुँचा! तस्वीर के बहाने उनके परिवार के साथ यह किसी धोखाधड़ी की शुरुआत तो नहीं! कहीं ख़वास की बेटी बिलकीस बानो तो कोई चाल नहीं चल रही! अपनी बीवी सहित अपने भाई-भौजाई की कमअक़्ली पर पहले तो उन्हें कोफ़्त हुई, पर बाद में उन्होंने सोचा कि हो सकता

1. दोपहर की नमाज़।

है अल्लाह ताला ने उन दोनों भाइयों पर रहम किया हो। अपनी बहन को जिस तरह दर-बदर भटकने के लिए उन लोगों ने छोड़ दिया और ग़ुरबत में जीने के लिए मजबूर किया, वह कहीं से इंसानियत नहीं थी। पाक परवरदिगार की नज़रों से कुछ भी छिपा नहीं होता। इसी नाइंसाफ़ी के चलते वे लोग आज एक ऐसी सियाहबख़्ती को बतौरे-सज़ा भुगत रहे हैं, जिससे आज़ाद हो पाना उनकी क़िस्मत में नहीं।... बड़ी बहन का ब्याह ही नहीं हुआ। ऐसी नकचढ़ी रहीं कि अब्बा के ज़माने में जब-जब रिश्ता आया नकारती गईं। अब्बा के जाने के बाद भी रवैया नहीं बदला और देखते-देखते उम्र हाथ से फिसल गई। दोनों भाई एक औलाद के लिए तरसते हुए अब बूढ़े हो चले। बड़े भाई ने तो दूसरा ब्याह भी किया, पर औरत ऐसी बला साथ लिये आई कि सारे घर की फ़िज़ा ही बदल गई। एक देह में हज़ार मरज़। दिन-रात डॉक्टर-हकीम के चक्कर लगाते गुज़रते। वह भला औलाद क्या जनती, उसको तो ख़ुद ही जान के लाले पड़े हुए थे। तमाम कोशिशों के बावजूद उनकी दूसरी भाभी एक दिन चल दीं। फ़हीमबख़्श ने इसके बाद ब्याह रचाने से तौबा कर ली। आज भी कोई ऐसा दिन नहीं गुज़रता कि इस ब्याह के लिए उनके भाई को भाभी के तंज़ न सुनने पड़ते हों। ग़ुलामबख़्श को एक बेटी दी अल्लाह ने, पर वह जच्चाख़ाने में ही चल बसी। फिर कभी नसीब के दरवाज़े नहीं खुले। बेटी देने के बाद शायद सोचा हो परवरदिगार ने कि इस क़साई को बेटी देकर क्या होगा! बहन की तरह उसकी ज़िन्दगी भी नेस्तनाबूद कर देगा। लाख कहा ज़माने ने पर उन्होंने दूसरा ब्याह नहीं किया। वे अपनी बेगम से बेइन्तहा मुहब्बत करते हैं। लोग जब ज़्यादा तंग करते, वे कहते—"पहले से ही दो-दो शादियाँ हैं।...एक शहनाई से और दूसरी औरत से। तीसरी मुझसे पार नहीं लगने वाली। अल्लाह करें कि शहनाई में फूँक मारते दम निकले।"...और हँस देते।

रात में दस्तरख़ान से उठने के बाद दोनों भाई राय-मशवरा के लिए बैठे। दोनों की बीवियाँ भी थीं। दोनों भाई साठ पार कर चुके थे। बड़े फ़हीमबख़्श अपनी भारी देह के चलते लाचार होते जा रहे थे। शुगर और ब्लड प्रेशर की बीमारी के साथ-साथ घुटनों के दर्द से बेहाल रहते। अब शहनाई में फूँक मारते हुए साँस की लय कभी-कभी टूटने लगती। उनका नाम था, सो उनके बिना मंच पर बैठे काम नहीं चलता था, हालाँकि इन दिनों अकेले अपने बूते डेढ़-दो घंटे का कार्यक्रम कर

पाना मुश्किल हो चला था। साथ बैठे ग़ुलामबख़्श की फूँक के सहारे ही सब कुछ चल रहा था। वह अब केवल महीन काम करते और बाक़ी ग़ुलामबख़्श सँभालते। उनके अब्बा हुज़ूर मरहूम नूरबख़्श की दुआओं का असर और अल्लाह का रहमो-करम था कि मौसीक़ी की दुनिया में अब भी साख और पूछ दोनों बरक़रार थी। इस शहर में तो उनकी बराबरी का कोई नहीं था। आमदनी में कोई कमी नहीं आई थी। बिना माँगे इतना मिल जाता कि ठाठ से ज़िन्दगी चल रही थी।...बस अल्लाह ने एक ही फ़िक्र दे रखी थी कि धीरे-धीरे जब और उम्र बढ़ेगी और देह लाचार होगी, कौन देखभाल करेगा! रुक्न बी या किसी दीगर नौकर-चाकर के भरोसे तो ज़िन्दगी कटने से रही। कौन सँभालेगा इस ढलती हुई उम्र में? यह सवाल परेशान किए रहता था। रिश्तेदारियों में दूर-दूर तक कोई ऐसा नहीं था, जिस पर भरोसा किया जा सके।...साबिर का आना किसी चिराग़ के लौ की तरह उम्मीद के रूप में उनके सामने रोशन हो रहा था। हालाँकि चारों को शुबहा था कि अगर ऐसा हो तो बड़ी बहन फ़रहत बानो इसे आसानी से पचा पाएँगी? साबिर के जाते ही उन्होंने अपना रंग-ढंग दिखाना शुरू कर दिया था। न जाने मदीहा से कौन-सा वैर-भाव था इन्हें कि आज तक नहीं भूल सकीं। उस समय भी यही थीं सारे फ़साने के बीच। सारा फ़साद इनकी देखरेख में ही हुआ। इन्होंने ही दोनों भाइयों के दिलो-दिमाग़ में नफ़रत भर दी थी। हालाँकि बच्चे नहीं थे दोनों, पर कान का ज़हर बहुत ख़तरनाक़ होता है। दोनों भाइयों और उनकी बीवियों को लग रहा था कि यही वक़्त है जब पिछली ग़लती को सुधार कर नई शुरुआत की जाए।

फ़हीमबख़्श ने कहा, "मुन्ने, तुम एक दिन पीरमुहानी जाओ। पता करो कि बिलकीस कहाँ रहती थी? क्या इसी लड़के को ही यहाँ से साथ लेकर गई थी? लड़के के बारे में पता करो। इसके चाल-चलन के बारे में पता करो।...आँख मूँद कर तो भरोसा नहीं किया जा सकता।...सब्ज़ीबाग़ में एक बुज़ुर्ग मिर्ज़ा तौफ़ीक़ रहते हैं। रहमानिया होटल के सामने उनकी किताबों और रिसालों की दुकान है। मेरे मिलने-जुलने वाले रहे हैं। पहले वे पीरमुहानी में ही रहते थे। उनसे मिल लो। हो सकता है वे कुछ जानते हों!"

इसके पहले कि ग़ुलामबख़्श कुछ बोलें, उनकी बीवी ने कहा, "मोबाइल नम्बर दे गया है। जब सब कुछ ठीक-ठाक लगे तो उसे फ़ोन करके मिल भी लेंगे एक

बार। आप मिले भी नहीं हैं। कई बार देखने से भी बहुत कुछ अन्दाज़ा लग जाता है।...कहाँ रहता है? कैसे रहता है?"

"ठीक है।...पता करते हैं। कुछ मेरे जानने वाले लोग भी हैं उस मोहल्ले में।... पर अभी यह बात कम से कम लोगों को मालूम हो, तो ज़्यादा बेहतर होगा।" ग़ुलामबख़्श बोले।

"अगर सबका मन चाह पीने को हो, तो हम भी पी लेंगे।" अपने ख़ास अन्दाज़ के साथ रुक्न बी थीं। इस घर के बाबर्चीख़ाने पर उनकी हुकूमत चलती थी।

"रुक्न बी, तुमको वो लड़का कैसा लगा, जो दिन में आया था?" ग़ुलामबख़्श ने पूछा।

"अल्लाह कसम, बड़ा प्यारा था। एकदम सच्चा-सुच्चा लग रहा था।" रुक्न बी बोलीं। सबको देखा। पूछा, "चाह?"

"बनाओ। तुम्हारे चलते हम लोग भी पी लेंगे।" ग़ुलामबख़्श ने मुस्कुराते हुए कहा।

रुक्न बी रुख़सत हुईं।

ग़ुलामबख़्श ने सबसे पहले अपने बड़े भाई के दोस्त सब्ज़ीबाग़ में मिर्ज़ा तौफ़ीक़ से सम्पर्क किया। साबिर के बारे में उनकी राय ठीक-ठाक थी। उन्होंने कहा, "बहुत दिन हो गए पीरमुहानी छोड़े, पर मैं उस लड़के को जानता हूँ। वह अपनी ख़ाला के साथ रहता था।...एक औरत थी, उसका नाम याद नहीं मुझे,...पर वही उसे साथ लेकर किसी दूसरे मोहल्ले से आई थी। ग़ुरबत की ज़िन्दगी रही है। वहाँ एक सत्तार मियाँ रहते हैं। बकरे की खाल का धंधा करते हैं। क़ब्रिस्तान में ही एक कोने में गोदाम बना रखा है। उन्हीं के साथ काम करता था।...अब पता नहीं क्या करता है। सत्तार मियाँ तो अक्सर सब्ज़ीबाग़ में दिख जाते हैं। दुआ-सलाम होता है। अब मुलाक़ात हुई तो पूछूँगा उनसे।...पर बात क्या है? क्या हुआ कि तहक़ीक़ात कर रहे हो?"

"भाई जान ने कहा था आपसे पता करने के लिए। मामला क्या है, वही जानते हैं। मुझे कुछ बताया नहीं।" ग़ुलामबख़्श कन्नी काट गए।

अपने जानने वाले दीगर लोगों से भी जानकारियाँ लेने के दो-चार दिनों बाद वह पीरमुहानी पहुँचे। पहुँचने से पहले उन्होंने साबिर के मोबाइल पर फ़ोन किया। साबिर ने बहुत अदब के साथ बात की। ग़ुलामबख़्श पीरमुहानी पहुँचे। पता चला, साबिर क़ब्रिस्तान के आसपास ही मिलेगा।

साबिर राधे की चाय दुकान पर बैठा चाय पी रहा था कि रसीदन ने उसे आवाज़ दी और कहा कि तुमको कोई खोज रहे हैं। वह हाथ में चाय का गिलास लिये क़ब्रिस्तान के फाटक पर पहुँचा। ग़ुलामबख़्श वहीं खड़े थे। वह बिना बताए पहचान गया कि उसके छोटे मामू ही हैं। बड़े मामू से मिलता-जुलता चेहरा था। देह ज़रूर उनकी तरह भारी नहीं थी। उसने आदाब किया और चाय के लिए पूछा। ग़ुलामबख़्श को अटपटा लग रहा था, पर उन्होंने चाय पीने के लिए हामी भरी और उसके साथ जाकर राधे की दुकान पर चाय पी। पूछा, "रहते कहाँ हो?"

"यहीं। पास ही में।...चौथी गली में एक कमरा किराए का है। ख़ाला के टाइम से ही है।" साबिर ने कहा।

"चलो, चलते हैं तुम्हारे कमरे में।"

"जी...।" सकुचाते हुए साबिर ने कहा, "चलिए।"

दोनों उठे। राधे अपने काम में लगा था, पर उसके कान साबिर और मिलने आए इस मेहमान की बातों को टेर रहे थे। उसने कहा, "साबिर भाई, और चाह की जरूरत हो तो मोबाइल से मिस कॉल मार देना। डेरा में भेज देंगे।"

साबिर ने राधे की ओर देखा और मुस्कुराने की कोशिश की। राधे की इसी अदा पर वह फ़िदा रहता था। वह संकोच में डूबा जा रहा था कि कोठरी में तो बैठने के लिए एक कुर्सी तक नहीं। चारों तरफ़ बेतरतीबी से सब कुछ पड़ा होगा। सही वक़्त पर राधे काम आता है। उसने मामू से नज़र बचा कर राधे को इशारा किया कि वह एक कुर्सी या बेंच भिजवा दे।

अपने मामू को साथ लिये साबिर सीढ़ियाँ चढ़ रहा था कि मकान मालकिन बुढ़िया दादी ने आवाज़ दी, "कौन है रे?"

"हम हैं दादी, साबिर।"

"किसको लेकर आया है?" साबिर की एक-एक हरकत पर निगाह रखती थी बुढ़िया।

"मामू हैं दादी।"

"तेरे मामू कहँवा से पैदा हो गए रे?" बुढ़िया दादी आज पीछे ही पड़ गई थी।

"मेरे अपने मामू। सुल्तानगंज से आए हैं।" साबिर ने जवाब दिया।

बुढ़िया दादी को भरोसा नहीं हो रहा था। वह पीछे लग गई। हुचकती हुई सीढ़ियाँ चढ़ती वह पीछे-पीछे पहुँची। बोली, "कौन मामू रे? वही, जिसने तेरी महतारी को घर से निकाल दिया था?"

किसी तीर की तरह बुढ़िया की कर्कश आवाज़ ग़ुलामबख़्श के कलेजे में घुसी और उन्हें घायल कर गई। वह लहूलुहान साबिर की कोठरी में खड़े थे।

"दादी, तुम भी न...कौन जमाने की बात ले बैठी! हम बाद में बतियावेंगे तुमसे।" परेशानहाल साबिर और परेशान हो उठा था। चाहता था दादी किसी तरह टले।

"तुम का बतियावोगे बाबू? हमको सब मालूम है। बिलकीस ने सब किस्सा सुनाया है हमको।...चाह बनवाते हैं तेरे मामू के लिए।" बुढ़िया पीछे मुड़ कर जाने लगी।

"छोड़ दे दादी। राधे भाई को बोल दिए हैं। भेजेगा।" साबिर ने मना किया और बड़बड़ करती बुड़िया दादी नीचे उतरी।

इस बीच राधे का आदमी लोहे की एक फोल्डिंग कुर्सी और काठ का एक स्टूल रख गया।

ग़ुलामबख़्श कुर्सी पर बैठे और उनके सामने साबिर स्टूल पर बैठा। बुढ़िया मकान मालकिन ने कोठरी में घुसते ही जो तीर मारा था, उसकी पीड़ा से तिलमिला उठे थे वह।...पर यह सोच कर कि बिना पता किए ही साबिर की सचाई की बुढ़िया ने तसदीक़ कर दी, उनकी पीड़ा कुछ कम हुई।

साबिर की कोठरी में बहुत देर तक बैठे रहे ग़ुलामबख़्श। साबिर से बतियाते रहे। बचपन से लेकर अब तक की कहानी सुनाता रहा साबिर और वह सुनते रहे। बीच-बीच में कभी-कभार कुछ पूछते और साबिर अपने बारे में बताता। साबिर ने कुछ भी नहीं छिपाया सिवा इसके कि वह अमीना से मुहब्बत करता है। बीच में राधे ख़ुद चाय लेकर आया। साथ में बिस्किट भी थे। वह इस बहाने देखने आया

था कि सब ठीक तो है। इशारों में उसने जानना चाहा कि कुछ और चाहिए, पर साबिर ने इशारों में ही मना किया।

साबिर की ज़िन्दगी की आधी-अधूरी दास्तान सुनते हुए ग़ुलामबख़्श नोनी लगे दीवार की तरह भसकते रहे। कभी कलेजा मुँह को आता, तो कभी आँखें नमनाक होतीं। भीतर ही भीतर कोई चीख़ उमड़ती और उनकी नाभि से जा टकराती। उनका दम घुटने लगता। मदीहा की लपलपाती हुई छाया यादों की काई लगी ज़मीन पर बिछलती हुई दिखती। कभी उनकी आँखों के सामने सियाही छा जाती, तो कभी किसी सियाह गुफा के भीतर औचक नूर भरता और मदीहा के बचपन की सूरतें उभर कर उनकी आँखों को चौंधिया देतीं।

साबिर ने पेटी खोल कर अपने अब्बू की शहनाई निकाली और ग़ुलामबख़्श की गोद में रख दिया। उनका पूरा वजूद काँप उठा। अपनी थरथराती उँगलियों से उन्होंने शहनाई को छुआ। सहलाते रहे कुछ देर तक। फिर उसे उठा कर माथे से लगाया। चूमा और फूटफूट कर रोने लगे, जैसे बरसात की कोई पागल नदी अपनी लहरों से किनारों को तोड़ कर बह चली हो। अकथ पश्चात्ताप की पीड़ा में लिथड़ रहे थे ग़ुलामबख़्श। अलीबख़्श की शहनाई के वे सुर जो अब तक उनका पीछा कर रहे थे, उनसे लिपट कर उन्हें कसते जा रहे थे। उनके यार थे अलीबख़्श। वे वाचाल और अलीबख़्श चुप्पा। उस्ताद नूरबख़्श की अलीबख़्श पर ख़ास नज़र थी। बड़े फ़हीमबख़्श इन दोनों से आगे थे, पर उनमें और उनके दोस्त अलीबख़्श में काँटे का मुक़बला चलता। रागदारी के मामले में अलीबख़्श उन्हें हमेशा पीछे छोड़ देते। मंच पर भी दोनों पर उस्ताद की कड़ी नज़र रहती। कभी-कभी उस्ताद दोनों को खुला छोड़ देते और मज़े भी लेते। अजब समाँ बँधता। मौसीक़ी का ऐसा असर कि कुछ देर के लिए सुनने-देखने वालों की दुनिया ही बदल जाती।

अपने काँपते हाथों से शहनाई उठा कर एक फूँक मारी ग़ुलामबख़्श ने और साबिर की कोठरी में नूर भर गया, मानो सारी दुनिया की फ़िक्र छोड़ कर सूरज आ बैठा हो। हालाँकि, शहनाई बेढब ही बोली थी, पर साबिर इस नियामत को पाकर चकित था। उसकी इस बदहाल में कोठरी में उसके अब्बू की शहनाई बोली थी, उसके लिए यही बहुत था। उसने सोचा भी नहीं था कि ऐसा भी दिन आएगा। उसने

दीवार में बने रैक पर रखी अपने अब्बू की तस्वीर की ओर मुड़ कर देखा। उसके अब्बू मुस्कुरा रहे थे।

"तुम शहनाई बजाना चाहते हो?" सीढ़ियाँ उतरते हुए पूछा ग़ुलामबख़्श ने।

"चाहने से क्या होता है! ऐसा मेरा नसीब कहाँ!" साबिर ने कहा।

"सीखने की कोई उम्र नहीं होती।...आदमी के भीतर जुनून हो तो जब चाहे सीख सकता है।...तुम्हारे लिए तो यह और भी आसान है। ख़ून में शहनाई है। तालीम देने वाले भी हैं।" सँभल-सँभल के सीढ़ियाँ उतरते हुए उन्होंने पीछे आ रहे साबिर की ओर देखा।

"जी। सीखना चाहते हैं।" साबिर के स्वर में उत्फुल्लता थी।

"चाह पिलाया रे साबिर?" बुढ़िया दादी को उतरते पाँवों की आहट मिल गई थी।

"हाँ दादी। पिला दिया है।" साबिर ने जल्दी से जवाब दिया।

दोनों अब नीचे थे। ग़ुलामबख़्श ने कहा, "मकान तो हिन्दू का लग रहा है।"

"जी, अब पीरमुहानी में मुसलमानों के मकान नहीं बचे हैं। सारे लोग बहुत पहले निकल चुके यहाँ से।...जो इक्का-दुक्का बचे थे, वे लोग भी कब के जा चुके हैं।"

"मकान मिलने में दिक़्क़त होती होगी?"

"इसमें तो खाला के टाइम से ही हैं हम।...हमको तो याद भी नहीं कि कब और कैसे इस मकान में आए थे।...दादी बहुत मानती है। बकबक करती है, पर दिल की बहुत अच्छी है।...आते ही आपको भी दादी...।" साबिर दादी की टिप्पणी से संकोच में था।

"कब आ रहे हो सुल्तानगंज?" ग़ुलामबख़्श ने पूछा।

"आप जब कहें।"

"जुमा के दिन आओ। दोपहर का खाना वहीं खाना।" ग़ुलामबख़्श ने साबिर को देखा। उसकी नज़रें झुकी हुई थीं।

"जी।"

"फोन करना।...नम्बर है?"

"आपने किया था, सो नम्बर तो आ ही गया है फोन में।" दोनों चलते-चलते मुख्य सड़क तक आ चुके थे।

साबिर ने रिक्शा रोक कर अपने छोटे मामू को बिठाया और दुआ-सलाम के बाद विदा किया।

साइकिल रिक्शा पर बैठे ग़ुलामबख़्श गाँधी मैदान की ओर चले जा रहे थे, जहाँ से उन्हें सुल्तानगंज के लिए ऑटो रिक्शा पकड़ना था। रिक्शा गाँधी मैदान के वलय के किनारे-किनारे चल रहा था। उन्हें एक पुरानी बन्दिश याद आई, जिसे पहले उनके मरहूम दादा ज़हूरबख़्श गाया करते थे और फिर बाद में उनके मरहूम अब्बा नूरबख़्श अपनी शहनाई पर बजाया करते थे। उन्होंने गुनगुनाना शुरू किया,

गाँठ री मैं कौन जतन कर खोलूँ,
मोरे पिया के जिया में पड़ी रे।
ऐ गुइयाँ मोरे पिया के जिया में
दैया रे मोरे पिया के जिया में पड़ी रे।
मपनि ध ममपनि ध रे नि धप...
सबके तो सैयाँ सबके संग हैं
मैं बैठी बिस घोल।
गाँठ री मैं कौन जतन कर खोलूँ।[1]

इसी गाँधी मैदान में दशहरा के दिनों के प्रोग्राम में उनकी और अलीबख़्श की कई बार जुगलबन्दी हुई है। तब दोनों की तैयारियों के मस्ती भरे दिन थे। स्टेज पर लड़ने-भिड़ने का मज़ा ही कुछ और था। हुनरआश्ना लोगों के सामने अपने हुनर का जादू दिखाने की होड़ मची रहती थी, पर मन में ज़रा-सी भी जलन नहीं,... आपसदारी पर कोई असर नहीं। अब्बा हुज़ूर और भाईजान, दोनों को खुली छूट दे देते और मुस्कुराते हुए निहारते। प्रोग्राम के बाद हरेक तान और मुरकी पर बातें होतीं।...एक बार स्टेज पर जाने से पहले ही अब्बा हुज़ूर की तबीयत बिगड़ गई।

1. बहुत पुरानी संगीत की बन्दिश।

फ़हीम भाई परेशान हाल कि कैसे पार लगेगा। उस्ताद के बिना लोग सुनेंगे या नहीं, पर अलीबख़्श और उन्होंने साथ मिल कर ऐसी धूम मचाई कि लोग वाह-वाह कर उठे।

ग़ुलामबख़्श सोच रहे थे कि मदीहा और अलीबख़्श को लेकर जो गाँठ पड़ गई थी, उसे खोलने का वक़्त आ चुका है। पहले ही बहुत देर हो चुकी है, अब और नहीं...। जब तक यह गाँठ नहीं खुलेगी ज़िन्दगी सहल नहीं होगी। अल्लाह ने साबिर की सूरत में यह मौक़ा दिया है। इसे गँवाना, एक बार फिर अपने ही पाँवों पर कुल्हाड़ी मारने जैसा होगा।

कभी मदीहा, कभी अलीबख़्श तो कभी साबिर की बातें और सूरतें याद करते ग़ुलामबख़्श पीरमुहानी से गाँधी मैदान और वहाँ से सुल्तानगंज पहुँचे। उन्हें लग रहा था, वह गंगा-तट से सूरज का उगना देख कर लौट रहे हों।...पछतावे की आँच को सिरा आए हों गंगा के जल में और भर लाए हों अपनी अँजुरी में गंगा-जल। वह बार-बार अपनी हथेलियाँ निहारते। उनकी हथेलियाँ हरे पत्तों में बदल गई थीं और जल की बूँदों को सहेजे हुई थीं।

अपने छोटे मामू को विदा कर साबिर राधे की दुकान पर पहुँचा। रसीदन भी वहीं थी। राधे उसे बता चुका था कि साबिर के मामू हैं, उससे मिलने आए हैं। उसके पहुँचते ही रसीदन और राधे ने प्रश्नाकुल आँखों से उसकी ओर देखा। उसके चेहरे पर ख़ुशी तरलता छाई थी। अब्बू की शहनाई की वह अकेली और दुर्लभ आवाज़ मिश्री की तरह उसके पूरे वजूद में घुल रही थी, हालाँकि बिना पत्तर की आवाज़ जैसी-तैसी ही निकली थी, पर यह आवाज़ उसके लिए सपने की तरह थी। उसके मन की ऋतु बदल रही थी। पेड़ की फुनगियों पर उग आए नवजात टूसों की तरह उसके मन के पोर-पोर पर उग आए उम्मीदों के टूसे किसलय बनने को उमग रहे थे। वह सपनों में खोया हुआ ही राधे की दुकान तक पहुँचा था।

"गए?" राधे ने पूछा।

"हूँ।" धीमी आवाज़ में एक हुँकारी भर कर बैठ गया साबिर।

"चलो अच्छा हुआ साबिर भाई कि छूटा हुआ ननिहाल मिल गया तुमको।... सब टाइम एक जैसा नहीं रहता। का बतिया रहे थे?" राधे पूछ रहा था, पर रसीदन चुप थी। उसे बिलकीस बानो याद आ रही थी कि कैसे परेशान हाल पहुँची थी इस साबिर को लिये! नाक बहाता साबिर कैसे उसके आँचल का छोर पकड़े दिन-रात उससे चिपका रहता था!

"शहनाई सीखने के बारे में पूछ रहे थे।" साबिर ने कहा। इसके सिवा उसके पास बताने के लिए कुछ था भी नहीं।

"बहुत बढ़िया है यार! सीख लो। सत्तार मियाँ के धंधे में खटने से तो सौ गुना बढ़िया है।...मजा मारोगे। ढंग के लोगों का साथ-संगत रहेगा।...देख साबिर मौका बार-बार नहीं मिलता।...का बुआ गलती बात बोल रहे हैं का?" राधे ने सलाह देते हुए रसीदन से पूछा।

"अब हम का बता सकते हैं बाबू। हम तो खाली कबर और मैयत जानते हैं।... बात तो तुम्हारी ठीक है कि संगत बदल जाएगी, पर फजलू के साथ दारू-गाँजा के लिए टाइम नहीं मिलेगा।" रसीदन ने धीरे से चोट की साबिर पर।

"दारू-गाँजा बुरी चीज है, पर ऐसी भी बुरी नहीं कि...। जाने दे बुआ, इतने बरस बाद ननिहाल से नेवता मिला है। अब तू उसके मन के उछाह पर पानी मत डाल।" राधे बोले जा रहा था और साबिर चुप था। वैसे भी उसने आज तक रसीदन की किसी बात का जवाब नहीं दिया था। उसके कलेजे में रसीदन के लिए बहुत मुहब्बत थी। ख़ाला बिलकीस बानो के रहते हुए या जाने के बाद रसीदन ने ही उसे सँभाला है। बिलकीस बानो को खो देने के बाद रसीदन ही उसका सहारा रही है।

"हम उछाह पर पानी नहीं डाल रहे बाबू।...हम तो आँख में अँगुली डाल कर साँच दिखा रहे हैं। देख लो फजलुआ की हालत। पहिले जैसी अब रह गई है उसकी देह? बोलो?...खाँखड़ हो गई है। पहिले एक दिन में तीन-तीन कबर खोद लेता था। और अब? हँफनी उपट जा रही है। आदमी रखना पड़ा हमको। उसको जो पैसा जाता है, सो अगर बचता तो किसके काम आता?" रसीदन की चिन्ता खीझ बन कर निकल रही थी। उसकी अपनी दुनिया थी और इस दुनिया के सुख-दुख

थे। उसे क्या पता था कि साबिर के लिए शहनाई बजाने का मतलब क्या है! साबिर की आँखों में पलते सपनों से वह अनजान थी। उसके कलेजे में चौबीसों घंटे टीसते रहने वाले ज़ख़्म के बारे में कभी सोच न सकी थी रसीदन।

अपने दोनों घुटनों पर हथेलियाँ टिका कर कराहती हुई उठी रसीदन। अपने पाँवों की तकलीफ़ से आजिज़ आ चुकी थी वह। बोली, "लगता है लोथ बन कर जीना लिखा है नसीब में।...उठना-बैठना मुहाल हो गया है।" उसकी तलमलाती देह को थामने के लिए आगे बढ़ा साबिर। वह फिर बोली, "...बड़ी सगौती पका रही है। खा कर कहीं निकलना रे साबिर।"

"सबिरवा काम नहीं आएगा बुआ, जो इसको खस्सी खिला रही हो। हम ही काम आएँगे।...एक दिन हमको भी सगौती खिलाओ बुआ।" राधे ने चुटकी ली।

"खिला तो दें, पर तेरा धरम चला जावेगा। पतोहू घर में घुसने न देगी।" रसीदन क़ब्रिस्तान के फाटक की ओर बढ़ी। साबिर ने चैन की साँस ली। राधे से ननिहाल के बारे में बतियाता रहा। राधे उसके लिए चाय की नई खेप चूल्हे पर चढ़ा चुका था।

कुछ देर बाद साबिर और फजलू ने आँगन में बैठ कर साथ-साथ खाना खाया। अमीना खिला रही थी। बरामदे में बैठी चुन्नी मनोयोग से खाना परोसती और पूछ-पूछ कर दुहरावन देती अमीना को देख रही थी और कल्पना कर रही थी कि साबिर की जगह बबलू बैठा है और वह खिला रही है। उसे इस बात से जलन होती कि साबिर के लिए तो इस घर का दरवाज़ा खुला हुआ है और आँगन में जगह ही जगह है, पर बबलू के लिए पहरे लगे हैं।

साबिर अपने मामू के आने क़िस्सा बयान कर रहा था। एक-एक बात कि कैसे आए, क्या-क्या पूछा-कहा उन्होंने और उसने क्या जवाब दिया। उसने यह भी बताया कि आने वाले जुमा के दिन वह फिर सुल्तानगंज जा रहा है। वह सोच रहा है कि अगर सब कुछ ठीक-ठाक लगा और वहाँ का माहौल जँचा उसे, तो वह शहनाई बजाना सीखने की कोशिश करेगा। अमीना उसकी बातें ग़ौर से सुनती रही और फिर पूछा, "...और जो धंधा करने की सोच रहे थे उसका क्या करोगे?"

थाली से नज़रें हटा कर जवाब दिया उसने, "धंधा तो हर हाल में करना ही है। हड़बड़ा कर नहीं, ख़ूब सोच-विचार कर ही करेंगे ताकि फिर पैर न खींचना पड़े।"

खाना ख़त्म कर दोनों बाहर निकले। कोठरी में गए। चिलम तैयार किया और दम लगा कर सो गए। फजलू की नाक घर्र-घर्र बज रही थी।

साबिर के आने बाद नूर मंज़िल की उदास सुबहों और शामों का रंग थोड़ा बदला था। ग़ुलामबख़्श के पीरमुहानी से लौटने के बाद उम्मीद के रंग इसमें भरने लगे थे। पश्चात्ताप की जो छाया मँडराती रहती थी कुछ सालों से, उस छाया का आकार भी सिमट रहा था। ग़ुलामबख़्श ने जब घर लौट कर सारा क़िस्सा बयान किया और साबिर की ज़िन्दगी के पन्ने खुले, सबकी आँखें नमनाक हो गईं। आपस में बातचीत के बाद यह तय पाया गया कि साबिर को पीरमुहानी छोड़ कर आने और यहीं नूर मंज़िल में रहने को कहा जाए। दूसरे तल्ले के कमरे और ग़ुस्लख़ाने को साफ़-सुथरा करवा कर रँगाई-पुताई करवा दी जाए। यहीं रख कर उसे शहनाई की तालीम दी जाए ताकि आने वाले वक़्त में उस्ताद नूरबख़्श का घराना ज़िन्दा रह सके और उन दोनों भाइयों की बुढ़ापे में देखरेख भी हो सके। दूसरे संगतकारों की तरह साबिर भी प्रोग्राम में अपनी शहनाई लेकर पीछे बैठें। इतनी जल्दी रागदारी तो होने से रही, पर सुर तो भर ही सकते हैं। आमदनी में जैसे औरों को हिस्सा मिलता है, उन्हें भी मिले। सबके साथ बाहर निकलेंगे तो धीरे-धीरे इस दुनिया का चलन भी सीख जाएँगे। न सही पढ़े-लिखे, पर समझदार लगते हैं, सो बहुत जल्दी सँभाल लेंगे, ऐसी उम्मीद सबको थी।

"मुन्ने, तुम कह दो कि जुम्मा को दिन में नहीं, शाम को आए या उसका जी करे तो दिन में ही आ जाए। उस दिन शाम को महफ़िल रख लेते हैं। ज़माना हुआ मिल कर बैठे। रियाज़ भी हो जाएगा। उसकी आँखें भी खुलेंगी कि वह अपनी ज़िन्दगी में किन चीज़ों से महरूम रहा! उसके मन में मौसीक़ी को लेकर मुहब्बत जागेगी।...और हाँ यह भी कह दो कि अपने अब्बू की शहनाई लेता आए। शहनाई ठीक हालत में थी?" बड़े फ़हीमबख़्श ने कहा।

"हाँ, ठीक ही थी। पत्तर नहीं थे। सुज्जा और चापिल बदलना होगा। लकड़ी

वाला धारी का हिस्सा ठीक था। नाड़ी भी ठीक थी, पर बदल देना बेहतर होगा। धारी पर भी वार्निश होगी। प्याले को माँज कर चमकाना होगा।...बिना पत्तर के ही एक फूँक मारी थी हमने।" ग़ुलामबख़्श ने अलीबख़्श की भूली-बिसरी शहनाई का हुलिया बयान करते हुए कहा, "अब्बा ने हमसे ही मँगवा कर अलीबख़्श को दी थी। कलकत्ते की ब्रैगेन्ज़ा एंड कम्पनी से,...मारक्विज़ स्ट्रीट में ख़रीदी थी।"

"हम लोग बहुत जल्दबाज़ी तो नहीं कर रहे?" बड़ी जनी थीं।

"देखिए भाभी, जब अल्लाह ताला रास्ते खोल देते हैं, तो फिर क्या धीमी चाल और क्या जल्दबाज़ी! एक राह दिखी है। चल कर देखने में क्या हर्ज़? हम लोग किसी का बुरा करने तो जा नहीं रहे।...और न ही एहसान करने जा रहे हैं उस पर। उसका हक़ है, सो उसे दे रहे हैं।"

"लड़के ने ग़ुरबत देखी है, पर है तो हमारे ही ख़ानदान का हिस्सा। मुझे तो नरमदिल लगा। क़ब्रिस्तान से उठ कर मौसीक़ी की दुनिया में आ रहा है। समझदार होगा, तो ज़िन्दगी बदल जाएगी।" छोटी जनी ने बोल रही थीं।

फ़रहत बानो ने अब तक चुप्पी लगा रखी थी, पर सबको एकमत होते हुए देख कर उनके सब्र का बाँध टूट गया, "हमारी तो न इज़्ज़त रही इस घर में और न हमारा हक़ रहा, पर सब लोग कान खोल कर सुन लें कि इस फ़ैसले में हम शामिल नहीं हैं।...जिस लड़की की हरकत के चलते ख़ानदान की ऐसी-तैसी हुई और हमारी अम्मी गुज़र गईं, उसकी औलाद को चौबीसों घंटे नज़र के सामने देखना हमसे पार न लगेगा। अब्बा की क़ब्र पर अभी घास भी नहीं उगी थी कि घर छोड़ कर भाग गई।...बड़ी जल्दी मची थी हथेलियों पर मेहंदी रचाने की!"

अपने पाँव पटकती,...काँसे के फूटे बरतन की तरह बेसुरी आवाज़ में झनकती फ़रहत बानो उठ कर चल दीं। हाथों में चाय की प्यालियों से भरा ट्रे लिये कमरे के भीतर आती रुक्न बी उनसे टकराते-टकराते बचीं। बोलीं, "हाय अल्लाह! अब इन्हें क्या हुआ?...किस ततैया ने काट लिया?"

सब लोग चुप थे। कुछ ऐसा ही घटित होगा, सबको इसकी उम्मीद थी। चाय की प्यालियाँ रख कर रुक्न बी जाने लगीं, तो बड़े फ़हीमबख़्श बोले, "उनकी चाय लेती जाओ। उनके कमरे में ही पहुँचा दो।"

"जिन्दा चबा जाएँगी हमको।...मैं न रही तो सुबु का नाश्ता कौन पकाएगा?"

बड़बड़ करती,...बिना चाय की प्याली लिये रुक्न बी कमरे से बाहर निकल गईं। चारों लोग एक-दूसरे का चेहरा निहार रहे थे।

"तो ?" ग़ुलामबख़्श ने सवालिया निगाहों से सबको देखा।

"तो क्या,...अब जो होगा देखा जाएगा। इन्हें जो करना है, करें।...तुम कल साबिर को फ़ोन कर लेना।...सारी ज़िन्दगी इनका ख़याल रखते गुज़र गई फिर भी इनका पेट नहीं भरा।...अलीबख़्श वाली शहनाई जल्दी ठीक करवाओ। जितनी जल्दी हो सके, उतनी जल्दी। फ़िलहाल तो मुरादपुर जाकर दास एंड कम्पनी से एक नई ले आओ। हम साबिर को जुमा के दिन गंडा बाँधेंगे।" बोलते हुए फ़हीमबख़्श उठ खड़े हुए।

नूर मंज़िल में साबिर के स्वागत की तैयारियाँ शुरू हुईं।

साबिर जब जुमा के दिन नूर मंज़िल पहुँचा तो वहाँ का माहौल बदला हुआ था। भीतर वाले बैठकख़ाने की साफ़-सफ़ाई चल रही थी। बीच की मेज़ें हटा कर बैठने के लिए फ़र्शी इन्तज़ाम चल रहा था। इन सब कामों के लिए रुक्न बी के बेटे को बुलाया गया था। बाहर के बरामदे की तरतीब भी बदली हुई थी। फाटक और बरामदे के बीच जो छोटा-सा सहन था, उसकी सफ़ाई भी चल रही थी। सहन में बेतरतीब उग आई लतरों की काट-छाँट करके उन्हें तरतीब दी जा रही थी। भीतर जनानख़ाने में सबसे ज़्यादा भागदौड़ में रुक्न बी लगी थीं। बावर्चीख़ाना उनके ज़िम्मे था। दोपहर का खाना पका कर उन्हें रात के खाने के लिए लगना था। शामी कबाब की तैयारी करनी थी। गोश्त पकाना था। कई तरह के मसाले कूटने थे। मीठे में फ़िरनी और ज़र्दा पुलाव दोनों की माँग थी। रात के खाने पर घर के लोगों के अलावा संगतकारों को भी शामिल होना था। इनके अलावा दोनों भाइयों के कुछ ख़ास दोस्तों को भी दावत दी गई थी। यह रोज़मर्रा वाली रियाज़ की महफ़िल तो थी नहीं! आज उस्ताद नूरबख़्श के नवासे साबिर अलीबख़्श को गंडा बाँधा जाने वाला था। उस्ताद और शागिर्द दोनों के लिए यह ख़ास मौक़ा था। ग़ुलामबख़्श अपने साथ साबिर को लेकर

नाज़ स्टोर गए और उसके लिए चिकन के काम वाला सफ़ेद लखनउवा कुर्ता और पाजामा ले आए। साबिर 'ना-नुकर' करता रहा, पर वे माने नहीं।

जुमा की नमाज़ के बाद दोनों भाई साबिर के साथ दस्तरख़ान पर बैठे। साथ बैठते हुए साबिर का जी घबरा रहा था। वह अपनी ज़िन्दगी में पहली बार दस्तरख़ान पर बैठ कर खा रहा था। इसके पहले तो उसने दस्तरख़ान का नाम भी नहीं सुना था। यह कौन-सी बला है, जानता भी नहीं था। खाना लज़ीज़ था, भूख भी थी, पर उसके कौर नहीं उठ रहे थे। सब कुछ सामने रहते हुए भी वह पेट भर खा नहीं सका।

शाम हुई।

सबसे पहले तबला वादक पंडित रामसिंगार महाराज पहुँचे। उनके बाद डुग्गी वादक पुत्तन लाल, साथ में शहनाई पर सुर भरने वाले मौजूद हुसैन और सफ़ीर ख़ान की आमद हुई। दोनों भाइयों के कुछ दोस्त पहुँचे। सफ़ेद कुर्ता-पाजामा में सजे-धजे साबिर अलीबख़्श को बीच में बिठाया गया। एक दुपलिया टोपी भी उनके सिर पर थी। पंडित रामसिंगार महाराज ने एक तश्तरी मँगवा कर उसमें रक्षा-सूत्र, रोली और अक्षत रखा। वह उस्ताद फ़हीमबख़्श के कहने पर अपने घर से ही ये सामान लेकर आए थे। उस्ताद बीच में आए। रक्षा-सूत्र साबिर के हाथों में बाँधा। रोली का टीका लगाया। दुआ पढ़ कर पहले अक्षत को अभिमंत्रित किया और साबिर के सिर पर डाला। सामने रखी हुई साबिर के अब्बू की शहनाई मुस्कुरा रही थी। उसके हाथ में नई शहनाई देकर उस्ताद फ़हीमबख़्श ने आँखें मूँद लीं और दोनों हथेलियों को सामने करते हुए फिर दुआ पढ़ी। सबने उसको दुआएँ दीं और मुबारक कहा।...उस्ताद के अब्बा उस्ताद नूरबख़्श ने इसी तरह उनकी और ग़ुलामबख़्श की गंडा-बँधाई की रस्म की थी। रस्म पूरा करने के बाद उस्ताद ने कहा, "उस्ताद की आबरू शागिर्द के हाथ में होती है। अब हमारी आबरू तुम्हारे हाथ है। उस्ताद के बोल-वचन,...उस्ताद का हुकुम आख़िरी होता है। इसे टालनेवाले या न मानने वाले हुनर से महरूम रह जाते हैं। मौसीक़ी आबे-क़ौसर है। आबे-क़ौसर यानी जन्नत में बहने वाली नदी का पानी। इससे मीठा इस दुनिया में कुछ भी नहीं।"

इसके बाद महफ़िल शुरू हुई। उस्ताद फ़हीमबख़्श ने राग पूरिया शुरू किया। ग़ुलामबख़्श साथ दे रहे थे। मारवा थाट के इस राग के सुरों के अवरोह, सानि धप

मग रेसा के साथ नूर मंज़िल में साँझ उतर रही थी। पूरिया के बाद पूरिया धनाश्री में उस्ताद फ़हीमबख़्श ने ठुमरी शुरू की। शहनाई पर पूरब अंग की ठुमरी के 'बोल-बनाव' में उन्हें महारत हासिल थी। अपनी शहनाई लिये सबसे पीछे बैठा साबिर चकित भाव से इस नई दुनिया को ताके जा रहा था। वह जिस दुनिया से आकर यहाँ बैठा था, वह दुनिया उसे खींच रही थी। उसे लग रहा था कि पता नहीं वह यह सब कर पाएगा भी या नहीं! यह सब तो पीछे छूट गई उसकी ज़िन्दगी कब का निगल चुकी थी। अब क्या वह इस लायक़ रह भी गया है?...वह सोचता और उदास होता। सामने संगीत का जादू था, नई ज़िन्दगी के दरवाज़े से आती रोशनी थी, तो पीछे थी सत्तार मियाँ के गोदाम से आती खाल की बू और क़ब्रिस्तान के फाटक पर बनी फजलू की कोठरी में फैले गाँजा के धुएँ की उमगती हुई महक। साबिर के मन में चिलम की हुड़क उठी। लगा, उसका दम घुट रहा है। उसका जी कर रहा था कि सब कुछ फेंक कर भाग जाए। कहीं से भी चिलम पा जाए और दम लगा ले।...उसने सोचा, अगली बार वह भोज साह के बेटे की तरह सिगरेट में भर कर ले आएगा और लोगों की नज़रें बचा कर पी लिया करेगा।

साबिर चिलम के बारे में सोच रहा था और नूर मंज़िल में शहनाई गूँज रही थी।

साबिर पीरमुहानी लौटा। सुल्तानगंज से लौटते हुए देर हो गई थी। राधे की दुकान बन्द हो चुकी थी। फजलू की कोठरी का उठँगा हुआ पल्ला धकेल कर वह अन्दर घुसा। कोठरी में गाँजे की गंध भरी थी। फजलू गहरी नींद सोया था। क़ब्रिस्तान के भीतर आँगन से भी कोई आहट नहीं मिल रही थी। सब सो चुके थे। वह फजलू के सिरहाने हाथ लगा कर गाँजे की पुड़िया निकालने कोशिश कर रहा था कि उसकी नींद टूट गई। गहरी नींद से औचक जाग कर उठा फजलू। पूछा, "कब आए तुम?"

"बस आ ही रहे हैं।...लाओ, माल दो। साली जान निकल गई। दिन से रात हो गई और सूँघ भी नहीं सके हैं।" चिलम लहकाने के लिए आतुर हो रहा था साबिर।

फजलू ने पुड़िया पकड़ाते हुए उसे ग़ौर से देखा। नया कुर्ता-पाजामा पहने देख कर पूछा, “आज फिर नया कुर्ता मिला क्या ननिहाल से?...अबे, तुम्हारा तो नसीब खुल गया! एक हमारा नसीब देखो कि अल्लाह ने हमें मामू ही नहीं दिया। जो रिश्ते के थे, उनसे न कोई जान-पहचान और न कोई लेना-देना। अम्मी के मामू थे, तो वह अपनी बहन को यहीं दफ़न करके अपने निकल लिए सब्ज़ीबाग़ और फिर कभी मुड़ के न देखा।”

“वो भी तो यहीं आए दफ़न होने।” चिलम पर बोझने के लिए गाँजा मलते हुए साबिर ने कहा।

“हाँ दफ़न होने ही आए, हाल-समाचार पूछने नहीं। हमारे अब्बू ने ही उनकी कबर खोदी थी।” फजलू ने सुतली की गाँठ बना कर साबिर को दी।

चिलम सुलगा कर दोनों दम मारने लगे। साबिर ने साफी लपेट कर दम लगाया, लपक उठी और लहक उठी चिलम। फजलू बोला, “वाह उस्ताद! आज तो रंग में हो।”

“गए तब से तड़प रहे थे भाई।...वहाँ कोई जुगाड़ ही नहीं सूझ रहा था।... कल इन्तजाम के साथ जाना होगा।”

“कल फिर जाना है?”

“हूँ।” एक छोटी-सी हुँकारी भर कर चुप लगा गया साबिर। कुछ देर सोचता रहा। फिर उसने सुल्तानगंज का सारा क़िस्सा बयान किया।

फजलू सुनता रहा। फिर बहुत धीमी आवाज़ में बोला, “अच्छा है यार। जिन्दगानी बदल जाएगी तेरी।”

“पर हमको कभी-कभी भीतर से डर लगता है। टिक सकेंगे या नहीं! सब लोग अच्छे हैं, पर एक बात समझ में नहीं आ रही कि इतने अच्छे हैं, फिर हमारी अम्मा के साथ ऐसा काहे किया लोगों ने!” साबिर की आवाज़ में टूटन थी।

“देखो साबिर, अब तुम चूतियापा बन्द करो। आलतू-फालतू सोचना बन्द करो और जो हो रहा है, उसमें मन लगाओ या भाग लो। नहीं तो तुम्हारा हाल आधा तीतर, आधा बटेर वाला हो जाएगा। अबे, सत्तार मियाँ का आँड़ चाटने से तो बढ़िया है न शहनाई फूँकना।”

“सो तो है!” साबिर ने कहा।

दोनों तख़्त पर साथ ही पसर गए। साबिर को सुल्तानगंज जाने के लिए सुबह उठना था।

रात भर साबिर की नींद उचटती रही। आँखें लगतीं। नींद का झोंका आता और कुछ ही देर बात उसकी नींद उचट जाती। उसे लगता कि जैसे सुबह हो गई हो और दिन निकल आया हो। दिन चढ़े तक बेफ़िक्री के साथ सोए रहने वाले साबिर ने अपना चैन खो दिया था।

सुबह हुई।

वसन्त की खुनक भरी हवा झिरझिर बह रही थी। साबिर उठा और अपनी कोठरी की ओर भागा। बुढ़िया दादी जगी हुई थी। हर बार की तरह उसने साबिर को कोसते हुए फाटक का ताला खोल दिया।

आनन-फ़ानन नहा-धोकर तैयार हुआ साबिर। बाहर निकला। राधे की दुकान खुल चुकी थी। दुकान पर उन औरतों की भीड़ जुटने लगी थी, जो सुबह-सबेरे पीरमुहानी की गलियों से निकल कर दूसरे मोहल्लों के घरों में काम करने जाती थीं। राधे एक चूल्हे पर दूध उबाल रहा था और दूसरे पर चाय खौल रही थी। उसकी दुकान का यह सबसे व्यस्त समय होता था। सबको काम पर भागने की जल्दी पड़ी रहती थी। साबिर ने राधे को आँखों से इशारा किया कि उसे भी निकलना है। जल्दी-जल्दी चाय सुड़क कर वह चला। सामने क़ब्रिस्तान के फाटक पर अमीना थी। अमीना को देख वह उसके पास आया। पूछा, "चाय ला दें?"

"किसके लिए?"

"तुम्हारे लिए।...और किसके लिए?"

"हमको नहीं चाहिए चाह तुम्हारी।"

"अब भोरे-भोरे टिहुको मत। हम जल्दी में हैं अभी। एक जगह निकलना है। लौट कर बताते हैं सब तुमको।"

"हमको का पड़ी है कि टिहुकेंगे? हम तुमसे पूछ तो नहीं रहे हैं कि तुमको कहँवा जाना है! न पूछे हैं कि कल दिन भर तुम काहे नहीं दिखे!"

"मामू के पास गए थे। लौटने में देर हो गई। वहीं जा रहे हैं। लौटते हैं तो...।"

"लौटो या वहीं बस जाओ,...जैसी तुम्हारी मरजी।...अब मामू-ममानी मिल गए तो दूसरों की कौन जरूरत?"

"बात समझो। पगलेट की तरह मत बतियाओ। आते हैं, तब तुमको सारा किस्सा बतावेंगे।"

"जाओ।"

"जाएँ?" किसी अबोध बालक की तरह पूछा साबिर ने।

हल्की मुस्कान ऐसे तैर उठी अमीना के होंठों पर, मानो हौले से वसन्त आकर बैठ गया हो। बोली, "हूँऊऊऊ...जाओ।"...और कमान से छूटे तीर की तरह भागा साबिर। आज से उसका रियाज़ शुरू होने वाला था। मामू ने बुलाया था। सुल्तानगंज पास तो था नहीं। पहुँचने में समय लगना था। यहाँ से दलदली गली होते हुए गाँधी मैदान और फिर वहाँ से ऑटो रिक्शा लेकर सुल्तानगंज पहुँचना होता था। पहले ही दिन वह अपने मामू की नज़र में ग़ैर ज़िम्मेदार नहीं होना चाहता था।...दलदली गली में थोड़ी देर चलने के बाद बाद उसे लगा कि वह कुछ भूल गया है।...जल्दबाज़ी में वह फजलू से माल लेना भूल गया था। सिगरेट तो मिल जाएगी, पर सुल्तानगंज में गाँजा कहाँ मिलेगा! सोचा उसने,...मिलता ही होगा। जब रोज़-रोज़ आना-जाना करना है, तो वहीं पता करना होगा।

साबिर सुल्तानगंज से लौट रहा था।

सुबह जब वह नूर मंज़िल पहुँचा, उसके उस्ताद और बड़े मामू फ़हीमबख़्श उसका इन्तज़ार कर रहे थे। सबसे पहले उन्होंने उसे शहनाई के बारे में बताया। शहनाई के हरेक हिस्से का नाम और उसका काम बताया। फिर उसे हाथों में पकड़ने और अपने मुँह तक ले जाकर फूँक मारने का तरीक़ा बताया। फूँक मारते हुए कई बार उसकी छाती घरघराई और उसका दम उखड़ा। उन्होंने पूछा भी, "सिगरेट पीते हो?"

"नहीं।" बेदाग़ झूठ बोल गया वह। कैसे बताता कि गाँजे की चिलम पर दम लगाए बिना उसकी न सुबह होती है और न ही उसे रात की नींद आती है!

"धुएँ वाले नशे से जितना बचोगे, उतनी ही लम्बी फूँक मार सकते हो। फेफड़े का काम है। ख़्याल रखना मेरी बात का।" उस्ताद फ़हीमबख़्श बहुत मीठा बोलते थे।

साबिर का कलेजा काँपा। पहले दिन ही उस्ताद को शक हुआ और उसने ना कह कर झूठ से शुरुआत की थी। उस्ताद उसकी फूँक ठीक करवाते रहे। अपनी शहनाई से सुर देकर सुर की पहचान करवाते रहे। बीच-बीच में वह उसके अब्बू अलीबख़्श के बारे में बातें करने लगते। कभी उसके अब्बू का कोई क़िस्सा सुनाने लगते, तो कभी अपने उस्ताद यानी उसके नाना के बारे में बताने लगते। इसके बाद छोटे मामू आए। ममानियाँ आईं। रुक्न बी नाश्ता ले आईं। मामू ने अपनी मीठी आवाज़ में प्यार के साथ कहा, "साबिर मियाँ, तुम शहनाईनवाज़ उस्ताद नूरबख़्श के नवासे हो। अब हाथ में अपना साज़ ले लिया है तुमने।...यह अच्छा नहीं लगता कि तुम क़ब्रिस्तान में पड़े रहो और नूर मंज़िल के कमरे ख़ाली पड़े रहें,...और चौखट तुम्हारे आने की राह निहारती रहे।...इतनी दूर से रियाज़ के लिए रोज़-रोज़ आना मुमकिन नहीं। हम लोगों को नहीं मालूम क़ब्रिस्तान वाली उस नेक औरत से बिलकीस का कौन-सा रिश्ता था! यह भी नहीं मालूम कि तुम्हारा उन लोगों से कैसा और कितना गहरा रिश्ता है! हम लोग यह नहीं चाहते कि तुम उन लोगों को छोड़ कर हमारे हो जाओ, पर इतना ज़रूर चाहते हैं कि तुम्हारा जो छूट गया है, वो तुम्हें हासिल हो।...हम लोग चाहते हैं कि तुम नूर मंज़िल आ जाओ। यहीं रहो, हम सबके साथ। यहाँ तुम्हें किसी चीज़ की कमी नहीं होगी, न मुहब्बत की और न ही रोटी की। ज़िन्दगी को एक सिलसिला मिलेगा। पहले ही बहुत देर हो चुकी है सीखने-सिखाने में। सब कुछ भूल कर बहुत समय देना होगा। दस-बारह घंटे रोज़। मौसीक़ी की दुनिया जुनून भरा मुहब्बत खोजती है।...ऊपर वाला कमरा देख लो। ग़ुस्लख़ाना भी अलग है। सारा इन्तज़ाम अपनी पसन्द से कर-करवा लो। हफ़्ता दिन में सब हो जाएगा। यहाँ रहोगे तो हम लोगों की देख-रेख भी हो जाएगी और तुम्हारी तालीम भी चलती रहेगी। रही बात तुम्हारी आमदनी कि तो हम लोगों ने अपने सब संगतकारों के लिए महीना बाँध रखा है। इसके अलावा हर प्रोग्राम पर सबको एक रकम भी देते हैं। यह सब तुम्हें भी मिलेगा।...और इसके अलावा भी ज़रूरत पड़ेगी तो तुम्हें किसी के सामने मुँह नहीं खोलना पड़ेगा। तुम्हारी बड़ी ममानी देखेंगी। हमारी जेब में भी यही दो-चार पैसे डाल देती हैं।...अब यह घर तुम्हारा भी है। हमने अपनी बात कह दी। तुम कुछ कहना चाहो तो कहो। अब यह तय करना तुम्हारे ऊपर है।"

साबिर उनकी बातें सुनता रहा। चुप रहा। वह तुरन्त हाँ या ना कहने की स्थिति में नहीं था। फिर छोटे मामू ने ऊपर ले जाकर कमरा दिखाया। छोटी ममानी साथ थीं। पहली बार वह बैठकख़ाने से भीतर घुसा। एक आँगन था। तीन ओर कमरे और बरामदे बने थे। दायीं ओर बड़े मामू का कमरा था। उसके बाद एक और छोटा कमरा, जिसमें कई तरह के साज़-सामान रखे हुए थे। एक बड़े आकार का ग़ुस्लख़ाना था। इसके बाद था फ़रहत बानो का कमरा। बायीं ओर ऊपर जाने के लिए ज़ीना था और इससे सटा रुक्न बी के लिए एक छोटा कमरा और बाबर्चीख़ाना था। सामने चौथी ओर ऊँची दीवार थी। इससे सटा एक नल लगा था। छोटे मामू ने बताया कि पहले यहाँ एक कुआँ हुआ करता था। उसकी अम्मा मदीहा बानो छोटी थी और एक बार उसमें गिरते-गिरते बची थी, सो उसे पाट दिया गया था। ऊपर पहले तल्ले पर था छोटे मामू का कमरा, ग़ुस्लख़ाना, दूसरे तल्ले पर जाने का ज़ीना और बड़ा-सा टैरेस, जिस पर फूलों के गमले थे। दूसरे तल्ले पर था वह कमरा जिसे साबिर की रिहाइश के लिए तैयार किया जाना था। बड़ी-बड़ी खिड़कियों वाला हवादार कमरा। कमरे में एक पलंग और मेज़ पड़ी हुई थी। पास ही था ग़ुस्लख़ाना।

साबिर अपनी ज़िन्दगी के बदलते हुए रंगों को देख कर हैरत में था। ऑटो रिक्शा में बैठ कर सुल्तानगंज से लौटते हुए उसकी आँखों के सामने नूर मंज़िल के आँगन, कमरों, सीढ़ियों, छत और दूसरे तल्ले पर बने उस हवादार कमरे की तस्वीरें आ-जा रही थीं और बुढ़िया दादी की कोठरी सहित फजलू की कोठरी, रसीदन ख़ाला के आँगन और क़ब्रिस्तान के भीतर फैली क़ब्रों की छोटी-छोटी ढूहों के साथ मिल कर गड्डमड्ड हो रही थीं।

पीरमुहानी पहुँच कर सबसे पहले वह अपनी कोठरी में गया। कोठरी की दीवारों को निहारता रहा। बिलकीस ख़ाला की पेटी को देखता रहा। सामने दीवार वाली रैक पर रखी अम्मा-अब्बू की तस्वीरों के सामने खड़ा होकर उनके चेहरों पर आँखें टिकाए रहा। उसकी आँखें नमनाक हुईं। फिर वह निकल गया।

साबिर के ऊपर अजीब-सी बेचैनी तारी थी। वह समझ नहीं पा रहा था कि यह ख़ुश होने वाले हालात हैं या दुखी होने वाले। जो मिल रहा था वह दौलत थी या जो छूट रही थी वह! छाती के भीतर कुछ लगातार हौल रहा था। वह राधे की दुकान पर पहुँचा। उसने चाय पी और फजलू की कोठरी में गया। वह नहीं था। क़ब्रिस्तान के भीतर रसीदन ख़ाला के आँगन में गया। आँगन में बैठा फजलू खाना खा रहा था। रसीदन बोली, "बैठ जाओ तुम भी। गरम-गरम भात है। खा लो।"

"पेट भरा है। भूख नहीं अभी।" साबिर ने कहा।

"का खिला दिया ममानी ने कि पेट में जगह नहीं?" अमीना ने तंज़ करते हुए पूछा।

कोई जवाब नहीं दिया साबिर ने। आँगन में बिछी खाट पर मौन बैठा रहा। फजलू के खाना ख़त्म करने का इन्तज़ार करता रहा। खाना ख़त्म करके फजलू जब चलने लगा, उसने उसे रोका और अपने पास बैठने का इशारा किया। फिर रसीदन और अमीना को आवाज़ दी। दोनों आईं। बोला, "खाला, तुमसे कुछ बात है।"

"बोलो।" रसीदन पीढ़िया खींच कर सामने बैठ गई। अमीना पास खड़ी रही। चुन्नी घर में नहीं थी। कहीं बाहर निकली थी।...साबिर ने गहरी साँस भरी। बात शुरू करने के लिए हिम्मत बटोरी और फिर सारा क़िस्सा बयान किया।

साबिर बोलता रहा और उसे बिना टोके सब चुपचाप सुनते रहे।

अपनी बात ख़त्म करके साबिर ने सबसे पहले अमीना की ओर देखा। उसके चेहरे पर सियाही छा गई थी। फजलू के चेहरे पर कोई रंग नहीं था। उसके लिए यह कोई चौंकाने वाली बात नहीं थी। जब से साबिर ने सुल्तानगंज जाना शुरू किया था, उसकी बातें सुन कर फजलू को लगने लगा था कि यह होने वाला है। वह चाहता भी था कि साबिर निकल जाए इस जहन्नुम से। रसीदन एकटक साबिर के चेहरे को निहार रही थी। उसके चेहरे को पढ़ कर वह जानना चाहती थी कि उसकी मंशा क्या है। वह उसके भीतर चलते तूफ़ान को महसूस कर रही थी। रसीदन बोली, "साबिर, सबकी जिन्दगानी में ऐसा दिन नहीं आता।...तेरा अच्छा समय आया है, इसे गँवाना मत। हम लोग तो यही चाहेंगे कि तेरा भला हो।...चला

जा। का रखा है यहाँ पर? न बाप-महतारी और न घर-दुआर!...रही बात हम लोगों की, तो आते-जाते रहना। रिश्ता बनाए रखना तो अपने हाथ में है। बचपन से साथ रहे हो, सो सूना-सूना लगेगा, पर समय सब भर देता है। मन लगा कर सीखना। साल-दो साल में सीख लोगे तो चार पैसे लायक आदमी बन जाओगे।...हाँ एक बात आज पहली बार अपना मुँह खोल कर कह रहे हैं कि अमीना के बारे में जो भी सोचा हो बता देना।"

रसीदन की आख़िरी बात ने पल-छिन में माहौल बदल दिया। अमीना, जो अब तक पास खड़ी बातें सुन रही थी, जाकर बरामदे में धम्म से ऐसे बैठी, मानो कोई माटी की दीवार बरसात में गिर गई हो। उसने बमुश्किल अपने आँसू रोक रखे थे। फजलू भी उठा और अपनी बैसाखी के सहारे टाँग घसीटता हुआ आँगन से बाहर निकला। रसीदन बैठी रही। साबिर बोला, "नहीं जाना हमको। यहीं रहेंगे।"

"अपने मन को सँभाल कर,...सोच कर काम करना चाहिए।...आदमी अगर मन का सच्चा हो, तो कुछ भी नहीं छूटता। सब बना रहता है।" कहते हुए उठी रसीदन और वह भी बाहर निकली। साबिर आँगन में बैठा रहा। चुन्नी आई। बरामदे में अमीना को और आँगन में खाट पर साबिर को चुपचाप बैठे देख कर निहारा और भीतर वाली कोठरी में चली गई।

साबिर उठा और उसने अपने पीछे-पीछे आने के लिए अमीना को इशारा किया। अमीना उठी और उसके पीछे चली। उसके पाँवों में जैसे किसी ने पत्थर बाँध दिए हों। वह पैर घसीटते हुए चल रही थी। उसकी कमर से लेकर पाँव की पिंडलियों तक में अजीब सी चिलकन भर गई थी और दर्द नसों में दौड़ रहा था।

दोनों क़ब्रिस्तान के भीतर थे। दाता पीर मनिहारी के हुज़ूर में खड़े थे। साबिर आगे और अमीना उसके पीछे। उन दोनों के इर्द-गिर्द लालसाओं के अन्धे प्रेत नाच रहे थे। फागुन की हवा जाने किस ठौर अपनी नशे की डिबिया गिरा आई थी और जेठ-बैसाख की हवा की मानिन्द उझंख होकर बह रही थी। क़ब्रों पर उगी दूब की लतरें झुलस उठीं। साबिर ने पीछे मुड़ कर अपनी पीठ के क़रीब खड़ी अमीना को देखा और अपनी दायीं बाँह बढ़ा कर उसे सहेज लिया। मस्जिद की पिछली दीवार और मज़ार के बीच की जगह पर ले आया। दोनों दीवार से अपनी-अपनी पीठें टिका कर बैठ गए।

क़ब्रिस्तान में धूल उड़ रही थी। हवा नई क़ब्रों की माटी उटकेरती और ऊपर उछाल देती। धूल नाचने लगती। क़ब्रिस्तान की पच्छिमी दीवार के पास के पेड़ ऐसे हिल-डुल रहे थे जैसे उन पर प्रेतों की सभा बैठी हो। करंज की झाड़ियों को हवा मरखहवे साँड की तरह रौंद रही थी। साबिर ने अमीना को एक बाँह से समेट कर अपनी गोद में छिपा लिया।

साबिर की गोद में अपना मुँह छिपाए अमीना हिचकियाँ बाँध कर रोती रही। उसकी आँखों से जल बहता रहा...बहता रहा। इतना जल बहा कि हवा की तपन सिरा गई। जल में घुल कर धूल धरती से जा लगी। क़ब्रों के ढूह डूब गए। सिर्फ़ दाता पीर मनिहारी का मज़ार बचा था। साबिर ने अपनी गोद में छिपी अमीना पर से अपना कसाव ढीला किया। निहारा उसे। उसके सघन केश चेहरे को ढके हुए थे। साबिर ने अपने हाथों से केशों को सहेज कर चेहरे से हटाया। रो-रो कर अमीना की आँखें दाड़िम के रक्तिम फूलों की तरह दिख रही थीं। उसकी इन आँखों में संशय नहीं था, पर सपनों की उदास, कातर और खंडित छायाएँ मँडरा रही थीं। नीचे झुका साबिर। नीचे,...कुछ और नीचे। अमीना की ज़ुल्फ़ें किसी सर्पिणी की तरह उमगती हुई ऊपर उठीं। उसके चेहरे को छूकर फिर नीचे आईं। उसके चेहरे ने अमीना के चेहरे को स्पर्श किया। साँसों के जाल में उलझ गए दोनों के चेहरे। आकाश से पृथ्वी पर ठोप भर मधु टपका। साबिर के होंठों ने अमीना के होंठों को हौले से छू लिया।

अमीना ने तुरन्त अपना चेहरा साबिर की गोद में गोत लिया। कुछ देर साबिर उसकी ज़ुल्फ़ों में अपनी उँगलियाँ फिराता रहा। अमीना उसकी गोद में सिर रखे लम्बी-गहरी साँसें भरती रही और साबिर की छाती की धड़कन सुनती रही। साबिर ने कहा, "हम कहीं नहीं जाएँगे।"

"नहीं। तुम जाओगे। हमारे माथे पर हाथ रख कर किरिया खाओ कि जाओगे और शहनाई सीख कर अपने अब्बू की तरह नाम कमाओगे। अल्लाह किरिया हमको तुम पर बहुते भरोसा है।" अमीना ने कहा।

मज़ार के पास उगे जटामासी के पौधों के पास गौरैयों का झुंड दाना चुग रहा था। रोज़ सुबह अमीना मुट्ठी भर अन्न के दाने डाल जाती थी। एक ढीठ गौरैया ने अमीना के पैर के पास आकर उसे छू लिया।

अमीना उठी। साबिर भी उठा। दोनों ने दाता पीर मनिहारी के सामने खड़े होकर दुआ पढ़ी। गौरैयों का झुंड उड़ कर इधर-उधर बिखर गया।

11

साबिर मियाँ सुल्तानगंज जा बसे। वह बिलकीस बानो की पेटी रसीदन के पास छोड़ आए थे और कहा था कि कुछ दिनों बाद इसे ले जाएँगे।

फागुन बीता। होली का त्योहार बीता। कुछ और महीने भी बीत गए। ईद और बकरीद के त्योहार भी आए और चले गए।

साबिर मियाँ अब साबिर अलीबख़्श हो चुके थे। शुरू-शुरू में साबिर का आना-जाना लगातार चलता रहा, पर धीरे-धीरे कम होता गया। यह तो होना ही था। एक तो सुबह से लेकर रात तक दस-बारह घंटों के रियाज़ का दबाव और फिर बीच-बीच में पटना से बाहर 'उस्ताद फ़हीमबख़्श-उस्ताद ग़ुलामबख़्श और हमनवा' की यात्राएँ। शहनाई सीखने के साथ-साथ साबिर पार्टी की मैनेजरी का काम भी सँभालने लगे थे। गाँजे की चिलम पर दम लगाने की आदत छूट गई थी। कभी-कभार अंग्रेज़ी दारू मार लिया करते थे। उनके छोटे मामू भी कभी-कभार पीने वाले लोगों में थे, सो नूर मंज़िल की हवा से इसकी ख़ुशबू की पुरानी जान-पहचान थी। इस दारूबन्दी के अभाव-काल में डुग्गी बजाने वाले पुत्तन लाल उनके सप्लायर थे। साबिर तो पीरमुहानी की गलियों से निकल कर सुल्तानगंज पहुँचे थे, सो उनके लिए अपनी राह ढूँढ़ लेना बहुत कठिन काम नहीं था। सुल्तानगंज के बाशिन्दे और दुकानदार अब साबिर को पहचानने लगे थे कि वह उस्ताद नूरबख़्श के नवासे हैं। अलीबख़्श की याद इक्का-दुक्का लोगों के पास ही बची थी। उनकी ग़ुरबत की ज़िन्दगी ने उनकी पहचान को मरते ही निगल लिया था।

साल बीता। बीता ही नहीं, कुछ ऊपर निकल गया!

भादों का महीना चल रहा था। अँजोरिया की रातें शुरू हो चुकी थीं, पर दिन-रात बरसात की झड़ी लगी रहती। मेघों ने आसमान पर क़ब्ज़ा कर रखा था। दूज का हिलाली चाँद आकर जा चुका था, पर कोई देख नहीं सका। मेघ कभी टूट कर

बरसते, तो कभी फुहियाँ बरसाते। सारा शहर जल-जमाव से नरक बना हुआ था। नाली का गंदा पानी उपट कर मिलता और लोगों के घरों में घुस जाता। चारों ओर बदबू फैली हुई थी। क़ब्रिस्तान में पानी भर गया था। क़ब्रों के ढूह डूब गए थे। जब-जब हवा का झोंका आता, घास-फूस के सड़ने-गलने की बू से साँसें उखड़ने लगतीं। सूरज जाने कहाँ मुँह छिपाए पड़ा था! सुबह और शाम का फ़र्क़ मिट चला था। रातें भयावह होतीं। फजलू अपनी कोठरी में अकेले पड़ा रहता। उसकी कोठरी में सत्तार मियाँ का आना-जाना बन्द था। रसीदन के बदले हुए तेवर के चलते उन्होंने पिछले दिनों एक बार भी आँगन की ओर झाँकने की हिम्मत नहीं दिखाई थी। रसीदन इन दिनों अल्लाह से एक ही गुहार लगाती कि भले ही दो पैसे हाथ में न आएँ और चूल्हा न जले, पर कोई मैयत न आए। हालात ऐसे थे कि क़ब्र खोदने और दफ़्न करने में जी हलकान हो जाता।...पर भला मौत किसी के रोके रुकी है कभी, जो मैयत का आना टल जाता!

पिछली रात बेहद भयावह और बदनसीबी लाने वाली रात थी। अक्सर जाग कर अपनी रातें गुज़ारने वाली रसीदन की आँखों में जाने कहाँ से ऐसी नींद आई कि उसे कुछ भी पता न चला। एक छोटे-से खटके पर भी चिहुँक कर जाग जाने वाली रसीदन की दुनिया लुट गई और वह सोती रही। साबिर के जाने के बाद जिस अमीना की आँखों में नींद के बदले दुखों के बर्फ़ीले पहाड़ पिघलते रहते थे, उसकी आँखें भी थक गई थीं और नींद ने उन पर क़ाबू कर लिया था। दिन भर बरसने के बाद साँझ में मेघों ने दम लिया था। लगा था, अब ये रात में अपनी थकन मिटाएँगे, पर इन्हें चैन कहाँ! आधी रात के बाद आसमान को चीर कर बिजली चमकती रही और ये गरजते-बरसते रहे।

सुबह हुई तो सब कुछ वैसा ही था, जैसा रहता था। बस चुन्नी नहीं थी।...पर वह तो अक्सर सुबह ग़ायब ही रहती थी। किसी के घर गप्पें लड़ाती रहती या क़ब्रिस्तान के किसी कोने-अँतरे में बैठी मोबाइल पर बबलू से हींहीं-ठींठीं करती हुई मिलती। जब अमीना चूल्हे-चौके का काम निबटा लेती तभी उसकी सूरत दिखती। उस सुबह भी यही लगा था कि होगी कहीं अपनी मौज में!...पर जब काफ़ी देर हो गई और वह घर नहीं लौटी, रसीदन की छाती धड़कने लगी। एक अजाना डर बार-बार मन पर तारी हो जाता। उसने फजलू से बात की। फजलू

भी नहीं समझ पा रहा था कि आख़िर वह कहाँ गई होगी! राधे की दुकान बन्द थी। उसने घर जाकर राधे और बबिता से पूछा। मोहल्ले के उन घरों में जहाँ कहीं उसके होने की उम्मीद थी, पता कर आई रसीदन, पर चुन्नी को नहीं मिलना था, सो वह नहीं मिली।

क़ब्रिस्तान के फाटक के सामने पानी बह रहा था। पीरमुहानी की मुख्य सड़क ऊँची थी और इस ओर ही ढालुआँ था। उधर से आता पानी क़ब्रिस्तान से निकलते पानी में मिल कर लोहानीपुर वाली राह पकड़ कर तेज़ धार के साथ बह रहा था। रसीदन फाटक के सामने घुटने भर पानी में खड़ी होकर चुन्नी के दिख जाने के इन्तज़ार में राह निहार रही थी। फजलू इसी हाल में अपने एक पाँव से पानी ठेलता हुआ चुन्नी को खोजता फिर रहा था।

दिन भर में धीरे-धीरे मेघों ने अपना बसेरा बदल लिया था। पहले उन्होंने अपना रंग बदला। साँवले से गंदुमी हुए। फिर हवा के झोंकों के साथ ठिठोली करते आगे निकल गए थे। रात में चूल्हा नहीं जला। फजलू की कोठरी में उसके साथ बैठी रसीदन ने सारी रात जाग कर बिताई।

अमीना बरामदे में पड़ी रही। साबिर ने यहाँ से जाने के बाद दूसरे महीने में ही उसे मोबाइल ख़रीद कर दिया था। पहले उसका रोज़ फ़ोन आता। बहुत बातें करता। नूर मंज़िल के क़िस्से सुनाता। धीरे-धीरे फ़ोन आना कम हुआ। वह फोन करता भी तो हमेशा हड़बड़ी में रहता। अब तो उसके पास कोई बात ही नहीं बची थी कि वह अमीना को फ़ोन करे। वह सोच रही थी कि अच्छा किया चुन्नी ने कि निकल गई। कोई लाख अपनी छाती पीटे, पर चुन्नी का उससे क्या बनने-बिगड़ने वाला! उसके लिए बबलू था, सो उसने बबलू को पा लिया। इतनी बड़ी दुनिया में कहीं न कहीं ठौर तो मिल ही जाएगा दोनों को। बबलू हिम्मती है, सो लेकर उड़ गया चुन्नी को। साबिर को ननिहाल की दौलत चाहिए थी,...शहनाई बजाने का हुनर चाहिए था, सो उसने भी अपनी राह चुन ली। अम्मी को जब सत्तार मियाँ चाहिए थे, तो उसने भी किसी की परवाह किए बिना उन्हें अपने पल्ले में बाँध ही लिया था। फजलू की जिन्दगानी दारू और चिलम के भरोसे चलती है, सो वह उसका इन्तज़ाम कर ही लेता है। अब बची वह। बस उसके लिए ही सारी दुनिया सूनी पड़ी है। उसके नसीब में साबिर को याद करना और लोर टपकाते रहना बदा

है, सो वही हो रहा है। सारी रात यही सब सोचती हुई अमीना अपने बिछावन पर करवटें बदलती रही। चुन्नी के नसीब से रश्क करती रही।

सुबह हुई।

राधे की चाय दुकान दो दिनों बाद खुली थी। जिन लोगों को राधे की दुकान की चाय और गप्पबाज़ी की लत लगी हुई थी, उनकी बेचैनियों को आराम मिला था। लकड़ी की दो बेंचों और चार-पाँच फोल्डिंग कुर्सियों के अलावा बैठने की और जगहें नहीं थीं और धरती गीली थी सो अधिकतर लोग खड़े थे। चुन्नी के ग़ायब होने की ख़बर मोहल्ले में फैल चुकी थी। राधे की दुकान पर होने वाली बतकही के केन्द्र में चुन्नी थी। जितने मुँह, उतनी बातें। सबके अपने-अपने अनुभव थे और अपने-अपने आकलन। इस बतकही के सूत्रधार थे सत्तार मियाँ। इन दिनों राधे की दुकान पर उनका आना कम हो गया था, पर आज वह आकर बहुत देर से जमे हुए थे। राधे चुप था। इस बतकही में शामिल हुए बिना वह आहत मन से चाय खौलाने और छान कर लोगों को देने में लगा था कि कदमकुआँ थाना की पुलिस जिप्सी आकर रुकी।

दारोग़ा आगे बैठा था। पीछे चार सिपाही थे और उनके बीच ही धँसे बैठे थे कल्लू मियाँ। दारोग़ा ने राधे को पास बुलाया और रसीदन के बारे में पूछा। उसने क़ब्रिस्तान के फाटक की ओर संकेत किया। दारोग़ा के कहने पर एक सिपाही फाटक पर गया। फजलू की कोठरी में बैठी रसीदन उसके साथ जिप्सी तक आई। पीछे-पीछे फजलू भी। दुकान पर भीड़ बढ़ गई थी। बढ़ती भीड़ को देख कर दारोग़ा ने डपटा, तो कुछ लोग थोड़ी दूरी बना कर खड़े हो गए और कुछ खिसक लिए कि कौन कड़ाही में सिर दे! एक कुर्सी पर बैठे सत्तार मियाँ उठ कर दारोग़ा के पास आकर खड़े हो गए थे। दारोग़ा ने रसीदन को अजीब-सी नज़रों से घूरा। लग रहा था मानो बकरा ख़रीदने से पहले कसाई आँखों से ही उसका मांस तौल रहा हो। फिर पूछा, "चुन्नी तुम्हारी बेटी है?"

"जी!"

"कहाँ है?"

"पता नहीं हजूर। कल दिन भर खोजते रहे। परसों रात से ही कहीं चली गई है।"

"कहीं चली गई है कि अपने ही भगा दी हो? कहीं भेज दी हो? बोलो?... साथ में कौन है उसके?

"हम अपनी ही बेटी को काहे भगावेंगे सरकार!" कल्लू मियाँ की ओर इशारा करते हुए रसीदन बोली, "इस कल्लू मियाँ के बेटे बबलू से मिलना-जुलना था उसका। हम बोले थे कि ब्याह कर देंगे, पर..."

"पर?" सवाल पूछकर दारोग़ा ने भेदने वाली नज़र से भीड़ की ओर देखा और ख़ुद ही बोलने लगा, "बड़ी जबर बेटी पैदा की हो कि कसाई के लड़के को लेकर भाग गई! पहिले लड़का सब लड़की लेकर भागता था, अब लड़की भागने लगी लड़का लेकर! गज्जब!...थाना चलो।"

"हुजूर माय-बेटी दोनों खिलाड़ी हैं। इसको कम मत समझिए।" सत्तार मियाँ बीच में टपके।

"तुम कौन हो?" दारोग़ा की भौंहें तिरछी हुईं।

"यही इसका दूसरा आदमी है, जिसके बारे में बोले थे।" कल्लू मियाँ ने तसदीक़ की।

"कुत्ता है,...कमीना है। मेरा आदमी नहीं है। जीना हराम कर दिया है हम लोगों का इस हरामी ने।" बिफर उठी रसीदन।

दारोग़ा हैरत में आ गया। मोहल्ले के लोगों ने भी रसीदन को इस रूप में कभी नहीं देखा था, सो सब लोग सकते में थे।

सत्तार मियाँ की फ़ज़ीहत करने के बाद रसीदन कल्लू मियाँ की ओर मुड़ी और बोलने लगी, "इस कसाई से पूछिए हुजूर,...इसको सब पता है। इसको पता था कि इसका बेटा, मेरी बेटी से मुहब्बत करता है। हम बोले, कर देते हैं ब्याह। हम कौन होते हैं रोकने वाले? इसके चलते भागा है इसका बेटा मेरी बेटी को लेकर। हमको तनिको भनक लगती तो हम ऐसा कांड नहीं होने देते।...बेटी भी हमारी गई और दामुल-फाँसी भी हमहीं चढ़ें?"

ममला उलझा गया। दारोग़ा को लगा कि बीच सड़क पर तहक़ीक़ात से काम

नहीं चलने वाला। उसने एक सिपाही से कहा, "सबको समेट कर थाना ले आओ।" फिर सत्तार मियाँ को मुड़ते हुए बोला, "...तुम भी पहुँचो। खिसक मत जाना।... खिसके तो बूझना।"

दारोग़ा जैसे ही जिप्सी में बैठा, राधे चाय लिए सामने आया। दरोग़ा और सिपाहियों ने मुफ्त की चाय पी और वापस लौटे। कल्लू मियाँ ने ही थाने में इत्तिला की थी, सो वही असली आसामी थे। पुलिस उन्हें साथ बैठा कर लाई थी और साथ ले गई।

राधे की दुकान पर भीड़ फिर बढ़ी। जो कुछ हुआ, उस पर बतकही शुरू हुई। सिपाही ने रसीदन और फजलू को एक रिक्शे पर बिठाया और दूसरे पर सत्तार मियाँ के साथ ख़ुद बैठ कर थाने चला। रसीदन के रिक्शे पर बैठते ही राधे उसके पास आया और बोला, "हम दुकान समेट कर जल्दी ही आ रहे हैं बुआ।"

अमीना क़ब्रिस्तान के फाटक पर खड़ा होकर सब कुछ देख रही थी। राधे उसके पास पहुँचा। बोला, "तू फिकिर मत कर। हम थाना जा रहे हैं। बुआ को कुछ नहीं होने देंगे। तुम साबिर को भी फोन कर दो।"

यह सब चल ही रहा था कि श्रीमती बबिता गोप पहुँचीं और पहुँचते ही उन्होंने राधे की फ़ज़ीहत शुरू कर दी, "गजबे मुँहचोर मरद हो तुम। तुम्हारे सामने बेकसूर रसीदन बुआ को पुलिस वाला सब ले गया और तुम निहारते रहे।...मुन्ना बाबू को बुलाओ। हम चलते हैं थाना।...हमको तो देरी से पता चला। पहिले आए होते तो पुलिस वालों का परिछावन कर देते।"

चुन्नी की बबिता भाभी ने मुन्ना सिंह यादव को बुलवाया। पति और उनको साथ लेकर थाना चलीं। अमीना ने साबिर को फ़ोन किया। उससे फ़ोन पर सारा क़िस्सा बताते हुए कहा, "तुम थाना पहुँचो। जाकर देखो।...हो सके तो पहले सुल्तानगंज से सीधे शाह अरजाँ की दरगाह जाओ। वहाँ अम्मी के ममेरे भाई समदू रहते हैं। फकीर हैं। उन्हें साथ लेकर जाओ।"

पीरमुहानी में यह ख़बर कि चुन्नी के सिलसिले में रसीदन को पुलिस पकड़ कर ले गई है और सत्तार मियाँ ने सबके सामने उसके ख़िलाफ़ बयान दिया है, बड़ी तेज़ी से फैली। रसीदन को लेकर मोहल्ले में किसी के मन में कोई शिकायत नहीं थी,...दुराव नहीं था, सिवा इसके कि उसने अपने पति नासिर मियाँ की मौत के बाद सत्तार मियाँ जैसे आदमी को घर बिठा लिया था।...पर सत्तार मियाँ को

लेकर आम राय अच्छी नहीं थी। यह ख़बर मिलते ही पान वाले भुट्टी भाई की दुकान पर चर्चा का दौर गर्म था।

कदमकुआँ थाना में बहुत दिनों बाद ऐसा रोचक मामला आया था जिसमें लड़के के बाप का आरोप था कि लड़की ने लड़के को भगाया। फिर इस मामले में सत्तार मियाँ ने अलग पेच फँसा दिया था कि वह लड़की के सौतेले बाप हैं और उनकी बीवी एक बदज़ात औरत है, जिसने यह सारा जाल रचा है। साफ़-साफ़ अपनी बात बता कर रसीदन थानेदार के सामने हाथ जोड़े ज़मीन पर बैठी थी। फजलू उसके पीछे बैठा अपनी आँखें मिचमिचा रहा था। बबिता गोप ने थाना पहुँच कर मामले का रंग ही बदल दिया। बबिता ने बयान दिया, “सर, लड़की मुहब्बत करती थी। मुहब्बत करना कोई क्राइम तो है नहीं। दोनों बालिग हैं और ब्याह करने वाले थे।...उसका ये बाप कल्लू कसाई लड़के से चोरी-छिनतई का धंधा करवाता था। इस लड़की की मुहब्बत के चलते उसका मन-मिजाज बदल गया था और उसने यह सब करना छोड़ दिया था। लड़के पर केस है। बेल पर है। बाप को चाहिए चोरी-छिनतई का माल और लड़के को अपनी मुहब्बत। यह लड़की को और घर वालों को हर दिन धमकी देता था कि अगर ब्याह किया तो दोनों को जान से मार देगा। अब आप ही बताइए, का करती लड़की?...सत्तार मियाँ बदचलन आदमी है। इसकी भी मिलीभगत है। दोनों लोहानीपुर के पुराने यार हैं। इस हरामी की बुरी नजर बुआ की दोनों बेटियों पर है।...आप मोहल्ले के किसी आदमी से पूछ सकते हैं।”

थानेदार के सामने थोड़ी तस्वीर साफ़ हुई, पर इतनी भी नहीं कि उसे भरोसा हो जाए। उसने रसीदन से पूछा, “तुम थाना में रिपोर्ट लिखवाने क्यों नहीं आईं?”

“कल भोर में पता चला तब से खोज रहे हैं।...हमको मैयत दफनाने के सिवा और कुछ नहीं आता साहेब। गरीब-लाचार बेवा की कौन सुनता है कि थाना आते?... अब आपके सामने हैं।” रसीदन रो रही थी।

किसी के आँसू पर भरोसा न करने की और बिना पिघले लोगों की गाँठ से पैसे सरका लेने की आदतों के बावजूद थानेदार को लगा कि वह फालतू अपना समय बरबाद कर रहा है। उसने बबिता से कहा, "इसकी ओर से एक अरजी लिख कर दो कि इसकी बेटी कल से लापता है और इसको जिस पर भगा ले जाने का शुबहा हो उसका नाम लिखो।"

मुन्ना सिंह यादव ने अर्ज़ी तैयार की। अर्ज़ी में लिखा कि कल्लू मियाँ के बेटे से लड़की का मिलना-जुलना था और उसे शुबहा है कि सत्तार मियाँ की मिलीभगत से कल्लू मियाँ ने उसका अपहरण करवाया है। मुन्ना सिंह यादव की लिखी अर्ज़ी पर बिना पढ़े-सुने रसीदन ने अँगूठे का निशान लगाया। दारोग़ा ने कहा, "जाओ तुम लोग। पर जब थाना बुलाए, हांजिरी लगाने आना होगा।"

रसीदन और साथ आए सारे लोगों ने सुकून की साँस ली। बिना हील-हुज्जत के फिलहाल जान छूटी। ताल ठोंक कर पीरमुहानी से निकली थी बबिता गोप और लाज बच गई। सत्तार मियाँ भी साथ चलने के लिए उठे तो दारोग़ा ने डपट दिया, "तुम कहाँ चला रे? बैठ।"

सत्तार मियाँ धसकते हुए जहाँ से उठे थे वहीं बैठ गए।

"तो तुम लड़की के बाप हो?" दारोग़ा ने पूछा।

"सौतेला!"

"सौतेला का होता है रे? आँय? बाप, बाप होता है। कैसा बाप है रे कि तुम अपनी बेटी को ही गायब करवा दिया?"

"हम अलग रहते हैं।" सत्तार मियाँ का माथा अब झनझनाने लगा था। उन्हें लगा, जैसे गरदन में साँप लिपट गया हो।

"ढेर चोख मत बनो।...देंगे चूतड़ पर चार डंडा तो सब अकिल घुस जाएगा...। जब तुमको कोई मतलब नहीं, तो बीच में काहे घुसा रे? बोल?"

सत्तार मियाँ की घिघ्घी बँध गई।

"तुम्हारा नाम लिखवा गई है कि तुम भी लड़की के अपहरण में शामिल हो। चाहते हो कि अभी अन्दर ना ठेलें तो टेंट से पाँच हजार ढीला करो।" रसीदन के अँगूठे की निशानी वाला काग़ज़ लहराते हुए दारोग़ा ने कहा और फिर कल्लू मियाँ से बोला, "तुम तो अब अन्दर जाने की तैयारी करो। बाप-बेटा मिल कर साले नाक

में दम कर दिए हो। बेटा लड़की लेकर भागता है और बाप थाना में रिपोर्ट करने आता है। बेल पर है न बेटा तुम्हारा? रोज खस्सी जिबह करते हो, आज समझो कि तुम खुद ठीहा पर चढ़े हो।"

"हजूर!" गिड़गिड़ाए कल्लू मियाँ।

"अब खेला मत करो। दस हजार का इन्तजाम करो। घंटा भर की मोहलत दे रहे हैं।...और सुन लो, तीन दिन की मोहलत दे रहे हैं। लड़की-लड़का दोनों बरामद हो जाने चाहिए। देर हुई तो बूझना।...चलो दूनो जन फटाफट निकलो। हवा-बयार जैसे जाओ और हवा-बयार जैसे लौटो।" हुकुम सुना कर दारोग़ा उठ खड़ा हुआ।

दोनों लुटे-पिटे थाने से निकले। दोनों चुप थे। सत्तार मियाँ की सारी होशियारी हवा हो गई थी और वह अपनी बेवकूफ़ी पर अपने कोस रहे थे। कल्लू मियाँ को लग रहा था कि सचमुच उनकी गरदन ठीहे पर चढ़ी है और दारोग़ा उन्हें छुरी से ज़िबह कर रहा है।

इधर रसीदन पीरमुहानी पहुँची। वह अपने आँगन बैठ कर दहाड़ें मार कर विलाप करने लगी। बबिता सहित मोहल्ले की औरतें उसे चुप कराने और समझाने-बुझाने में लगी थीं। राधे ने अमीना से पूछा, "साबिर को फोन किया था?"

"हूँ।"

"आया नहीं। बड़ा कमीना निकला!" राधे ने कहा।

भला अमीना क्या जवाब देती! उसने आँखें झुका ली थीं। उसका दुख उसकी छाती में बवंडर की तरह उमड़-घुमड़ रहा था। वह समझ नहीं पा रही थी कि अपनी अम्मी को सँभाले कि अपनी छाती के भीतर उठते इस बवंडर से जूझे! अमीना को लगा, उसकी छाती का बवंडर उसकी पीठ पर पहाड़ बन कर लद गया हो,... कूबड़ निकल आया हो उसकी पीठ पर और वह इस कूबड़ के बोझ से झुकी जा रही हो,...धरती में धँसती जा रही हो। वह समझ नहीं पा रही थी कि कैसे इस बोझ से उसकी रिहाई हो,...कैसे नज़ात मिले! साबिर, जो उसके कलेजे में बसता था, अब उसकी पीठ पर सवार था।

अमीना अपनी अम्मी को सहेज कर कोठरी के भीतर ले गई। उसे बिछावन पर सुलाया और उसकी पीठ सहलाती रही ताकि उसकी हिचकियाँ बन्द हों। हिचकियाँ सँभलीं, तो वह उठ कर आँगन में आई।

दोपहर थी।

मेघ नहीं थे। आकाश निरभ्र था। भादों की तीखी धूप अब ढलान पर थी। उचट रही थी धूप। उसने चूल्हा सुलगाया और भात के लिए पतीले में अदहन चढ़ा दिया। घर में न दाल थी और न कोई तरकारी। चार-पाँच आलू थे। आलुओं को धोकर पतीले में डाल दिया कि भात के साथ उबल जाएँगे, तो चोखा बना लेगी।

बड़ी मुश्किलों से उसने अम्मी को भात खाने के लिए राज़ी किया। इसके बाद वह और फजलू खाने बैठे। गले के भीतर अन्न उतर नहीं रहा था। जैसे-तैसे पानी के बल पर अमीना ने खाना निगला। फजलू ने कई दिनों बाद भर पेट खाया।

बरामदे में अनमनी-सी बैठी अमीना बीत रहे समय के पाँवों के निशान निहार रही थी। आँगन की उचटती धूप में कई दरके हुए चेहरे उसे दिख रहे थे। उदास हवा की अजीब-सी सरसराहट भरी आवाज़ उसके कानों में भर रही थी। उसका मोबाइल बजा। वह बरामदे के तख़्त पर मोड़ कर रखे हुए बिछावन पर पड़ा था। अमीना ने उठ कर मोबाइल देखा। साबिर का नम्बर था। वह बजते मोबाइल को वहीं छोड़ कर वापस आई और बैठ गई। मोबाइल बजता रहा। लगातार कई बार फोन आया, पर उसने बात नहीं की। कई बार बजने के बाद फिर बजना बन्द हो गया।...जो सौ-सौ बार बोली बात नहीं समझ सका, उससे भला अब क्या बोलना-बतियाना! अमीना सोच रही थी कि कितने नसीब वाले होते होंगे वे लोग जिनके मन की बात बिना बोले उनके सामने वाला समझ-बूझ जाता होगा!

अमीना उठी। आँगन से बाहर निकली। दाता पीर मनिहारी के मज़ार की ओर चली। क़ब्रिस्तान से पानी निकल चुका था। भीतर जहाँ कहीं ज़मीन नीची थी छिछला पानी जमा था। क़ब्रों के ढूह उग आए थे। चारों ओर घास-पात के सड़ने की बू थी। पिछले दो-तीन दिनों से मज़ार की सफ़ाई नहीं हुई थी। इन दिनों अम्मी के बदले वही मज़ार की साफ़-सफाई का काम कर दिया करती थी।

मज़ार के पास पहुँच कर उसने ग़ौर से देखा। मज़ार के ऊपर पत्ते बिखरे हुए थे। पास खड़े पेड़ों की डालियों की गझिन छाँह में था मज़ार। दो दिनों तक तूफ़ानी

बारिश और हवा के चलते बुरा हाल था। हरी चादर उड़ कर नीचे लटक रही थी। लोबान वाले माटी के खप्पर में पानी भरा था। पास पड़े अगरबत्तियों के पैकेट गीले हो चुके थे। दाता पीर मनिहारी इस सबसे बेख़बर अपनी क़ब्र में इत्मीनान से गहरी नींद सोए हुए थे। अमीना ने मज़ार की सफ़ाई की। चादर को सहेज कर ठीक किया। भीतर जाकर अगरबत्तियों का नया पैकेट, लोबान और माचिस ले आई। जलाया। दोनों हथेलियाँ फैला कर दुआ की। कहा, "दाता पीर! अम्मा बताती है कि उसके नाना कहते थे कि आप मोहब्बत में चोट खाकर पीर बन गए।...हम का करें पीर बाबा?...हमको कुछ नहीं सूझ रहा! यहीं, आपके पास ही तो उस साँझ बैठे थे हम दोनों। आप पर बहुत भरोसा है बाबा।...अब सहा नहीं जाता। राह सुझाओ बाबा।"

सूरज धीरे-धीरे उतर रहा था। शिहोर और कदम्ब के पेड़ों के ऊपर आकर ठिठका हुआ था। पेड़ों के गझिन पातों पर बैठ कर दूर से ही निहार रहा था दुआएँ माँगती, गिड़गिड़ा कर अपनी मुहब्बत की हिफ़ाज़त की भीख माँगती अमीना को। बस थोड़ी देर का खेल था। पेड़ों की फुनगी से उतर कर सूरज को पेड़ों के सब्ज़ा के पेट में समाना था। इसके जाते ही चाँद आएगा। आसमान कभी ख़ाली नहीं रहता। कभी सूरज, कभी चाँद, कभी सितारे, तो कभी बदरी...कुछ नहीं तो उड़ते हुए पंछी। अमीना ने सोचा, ख़ाली रहना तो उसके नसीब में ही बदा है। जो ख़ाली था, वह भर गया। साबिर को अपना ननिहाल मिल गया और उसकी झोली ख़ाली हो गई।

सूरज चला गया। सियाही पसर गई। साफ़ आसमान में कटे नाख़ून की तरह चौथी का चाँद दिख रहा था।

जिस समय अमीना का फ़ोन आया, साबिर अपने छोटे मामू के साथ नूरसराय जाने के लिए तैयारी में था। नूरसराय में उन लोगों की मौरूसी जायदाद थी। उसके नाना उस्ताद नूरबख़्श के अब्बा ज़हूरबख़्श क़व्वाल थे और बिहारशरीफ़ में हज़रत मख़दूमे जहाँ यहया मनेरी की दरगाह में क़व्वाली गाया करते थे। दरगाह पर ज़ियारत करने वालों की भीड़ लगी रहती और जब वह गा कर उठते उनकी झोली चाँदी के सिक्कों

से भर जाती। दरगाह के पास आस-पास के गाँवों में ज़कात में मिली काफ़ी उपजाऊ ज़िराअती ज़मीन थी। ज़हूरबख़्श को उनके फ़न से ख़ुश होकर दरगाह के तत्कालीन सज्जादानशीं ने उन्हें नूरसराय में ज़मीन भी तोहफ़े में दी थी। बाद में उन्होंने पटना में मकान बनवाया और उसका नाम अपने बेटे नूर और अपने गाँव नूरसराय के नाम पर रखा। ज़हूरबख़्श पटना में बहुत कम रहते थे। आते-जाते रहते थे। ख़वास मोहम्मद जान के अब्बा पटना में नूर मंज़िल की देख-रेख करते। ज़हूरबख़्श की मौत के बाद नूरबख़्श पटना आ बसे। नूरसराय की सारी जायदाद नूरबख़्श के पटना आ बसने के चलते बिना देख-रेख की पड़ी हुई थी। बटाईदार अपनी मर्ज़ी से जो दे जाते, वही हासिल था। साबिर के आ जाने के बाद ग़ुलामबख़्श ने ज़मीन के काग़ज़ात निकाले और बेचने की मंशा से नूरसराय आना-जाना शुरू किया।

वे दोनों निकलने ही वाले थे कि साबिर का मोबाइल बज उठा था। पीरमुहानी की ख़बर सुन कर पहले तो वह सकते में आ गया था। सोच नहीं पाया था कि क्या करे! नूरसराय जाए या पीरमुहानी! पीरमुहानी जाना ज़्यादा ज़रूरी था, पर मामू से कहे क्या!...उसने मामू को बताया। साफ़-साफ़ सारा क़िस्सा बताया। मामला बड़े मामू तक पहुँचा। उन्होंने साबिर को बुला कर कहा, “बुरे वक़्त में किसी के काम आना अच्छी बात है, पर अब तुम क़ब्रिस्तान के बाशिन्दे नहीं रहे, इस बात को याद रखना होगा। थाना-पुलिस के मामले में तुम जाकर करोगे भी क्या? इस लफड़े में पड़ने से इस बात का भी ख़तरा होगा कि पुलिस कहीं तुम्हें न घसीट ले!...साबिर, अब तुम्हें हम सब की इज़्ज़त का भी ख़याल रखना होगा। हमारी राय है कि अभी टाल जाओ। मन न माने, तो नूरसराय से लौटने के बाद जाकर मिल आना।”

साबिर से कोई जवाब देते न बना था। उसका जी कर रहा था कि ननिहाल से सब छोड़-छाड़ कर निकल जाए।...पर इतना आसान भी नहीं था निकल भागना। वह चुप रहा। सिर झुका कर बड़े मामू के सामने से हटा और मन मसोस कर छोटे मामू के साथ नूरसराय जाने के लिए तैयार हुआ।

रास्ते भर उसके कानों में अमीना की काँपती हुई कातर आवाज़ गूँजती रही। वह जानता था कि अमीना का यह भरोसा कि उसका साबिर भागते हुए असकी अम्मी की पीठ पर मददगार बनकर खड़ा होगा, टूटने के बाद उसकी आँखों में आँसू तैर रहे होंगे। नूरसराय पहुँच कर वह फ़ोन करता रहा, पर अमीना ने बात

नहीं की। फजलू का फ़ोन बन्द था। वह बेचैन और फ़िक्रमंद था कि अल्लाह जाने क्या हुआ होगा!

नूरसराय में उसकी रात जागते और करवटें बदलते हुई बीती। ढहने को तैयार छतों और दीवारों वाले पुराने हवेलीनुमा जर्जर मकान के बरामदे में एक तख़्त पर मामू और दूसरे पर वह सोया था। मामू का एक पुराना ख़वास और अब बटाईदार ही जाने के बाद उन लोगों के खाने-रहने के इन्तज़ामात करता था। रहना तो पुराने मकान में होता, पर खाना उसके घर से बन कर आता। खाने में ऐसा स्वाद होता कि वह अपने ननिहाल का बाबर्चीख़ाना भूल जाता, पर सोते हुए लगता कि पूरा मकान धड़घड़ाते हुए उसके ऊपर अब गिरा कि तब! ज़मीन के कुछ टुकड़ों की बिक्री की बाबत कई लोगों से दिन में बातें करने के बाद अच्छी क़ीमत मिलने और बिना किसी हील-हुज्जत मामला तय हो जाने से उसके मामू इत्मीनान में थे और सारी रात नाक बजाते हुए सोते रहे थे।

दूसरे दिन नूरसराय से लौटते हुए रात हो गई। इस बीच एक-एक पल साबिर पर भारी गुज़रता रहा। उसके छोटे मामू उत्साह में थे और वह पीरमुहानी में घटने वाली किसी अनहोनी के बारे में सोच-सोच कर उदास रहा। सुल्तानगंज पहुँचने के बाद वह रात में ही पीरमुहानी जाना चाहता था, पर बड़े मामू की बातें याद करके उसने रात में जाना मुल्तवी किया और मन ही मन तय किया कि सुबह निकल जाएगा। रास्ते से ही छोटे मामू ने पुत्तन लाल को फ़ोन कर दिया था और वह नूर मंज़िल वाली गली के मुहाने पर जेब में आबे-अंगूरी की दो शीशियाँ लिये खड़े थे। साबिर के दारू और छोटे मामू के आबे-अंगूरी में बहुत फ़र्क़ था। उसकी हैसियत पाउच की थी। मामू और भाँजे दोनों को एक-दूसरे के शौक के बारे में अच्छी तरह मालूम था, पर दोनों इस मामले में एक-दूसरे की संगत से परहेज़ करते थे। नूर मंज़िल तक वह उनके साथ गया और 'आते हैं' कह कर तुरन्त वापस लौटा। वह अपना कोटा गली के मुहाने से थोड़ी दूरी पर 'पाक़ीज़ा हेयर कटिंग सैलून' के सामने सड़क किनारे उबले अंडों की दुकान लगाने वाले हसीन मियाँ से लेता था। हसीन मियाँ बचपन में ही चेचक से एक आँख गँवा बैठे थे। उनके चेहरे पर खाइयाँ ही खाइयाँ थीं। वह एक पुराने बक्से पर बैठते थे, जिसमें दारू का पाउच भरा रहता। नियम से पुलिस वालों को कमीशन देते और छाती ठोंक कर धंधा करते।

साबिर को देखते ही हसीन मियाँ ने माल निकाल कर दिया और दो अंडे छील कर उनके टुकड़े किए,...काला नमक मिलाकर एक ठोंगे में पकड़ा दिया। साबिर नूर मंज़िल लौटा। अपने कमरे में जाकर घूँट भरी। फजलू और अमीना को फ़ोन किया। फजलू का फ़ोन पहले की तरह बन्द था और अमीना के फोन का रिंगटोन बजता रहा, पर उसने बात नहीं की।

पीरमुहानी क़ब्रिस्तान में दो मैयतों के आने की ख़बर के साथ ही हलचल बढ़ गई थी। रसीदन ने भँवर पोखर वाले लड़के को फ़ोन करवाया। फजलू के अकेले वश का यह काम अब नहीं रह गया था। धीरे-धीरे उसकी देह छीजने लगी थी। गाँजे का धुआँ उसके फेफड़े को घुन की तरह खा रहा था। गीली धरती को खोद कर माटी बाहर निकालना कठिन होता है, पर रोटी के लिए यह सब करना ही था। भँवर पोखर वाला लड़का आया तब काम शुरू हुआ। तीनों ने मिल कर दोनों क़ब्रें तैयार कीं। सब कुछ निबटाते दिन माथ पर चढ़ आया।

जिस समय रसीदन और फजलू क़ब्रें खोदने और दफ़्न के इन्तज़ाम में जुटे हुए थे, साबिर पहुँचा। वह सीधे आँगन में गया। अमीना नहीं थी। कोठरी का दरवाज़ा खुला हुआ था, पर वह उसमें भी नहीं थी। मोबाइल बरामदे में तख़्त पर पड़ा था। उसे फाटक पर ही मालूम हो गया था कि मैयत आने वाली है और फजलू अपनी अम्मी के साथ क़ब्र खोद रहा है। वह बरामदे में बैठ गया।

अमीना आई। वह तरनेजा सेठ की दुकान पर गई थी। जब ख़ुद तरनेजा सेठ दुकान पर होते, वह बिना ना-नुकर किए उधार दे दिया करते थे। रसीदन को बहुत मानते थे। गाहे-ब-गाहे वह रसीदन की पैसों से भी मदद करते। कभी ज़कात् देकर, तो कभी क़र्ज़ देकर। उनका बेटा अगर दुकान पर होता, तो अमीना नहीं जाया करती थी। वह कमीना था। अपने निचले होंठ का एक कोना दाब कर मुस्कुराता और उसकी छातियों को घूरता। उसकी दवा चुन्नी थी। वह कई बार उससे उलझ चुकी थी और दुकान पर खड़े ग्राहकों के बीच उसका पानी उतार चुकी थी। वह चुन्नी से ख़ौफ़

खाता था। वह चावल, आटा, तेल, आलू-प्याज और माचिस उधार लेकर आई थी।

आँगन में घुसते ही अमीना की नज़र बरामदे में बैठे साबिर पर पड़ी। उसने देख कर भी अनदेखी की और सामान बरामदे में रख कर चूल्हा सुलगाने लगी। चूल्हा सुलगते ही धीरे-धीरे आँगन में कोयले का धुआँ पसरने लगा। उसने पतीले को माँजा। उसमें पानी भरा और चूल्हे के पास रख कर आलू और प्याज काटने बैठी। साबिर बरामदे में चुपचाप बैठा अमीना को देखता रहा। उसे समझ में नहीं आ रहा था कि बात कैसे और कहाँ से शुरू करे! अमीना तो बात शुरू करने से रही! वह उसकी उपस्थिति से अपने को बेपरवाह दिखाती काम में लगी थी। उसकी ओर पीठ थी अमीना की। उसे लग रहा था मानो अमीना की पीठ में आँखें उग आई हों और उसे निहार रही हों।

चूल्हे में आँच तैयार हो चुकी थी। कोयले दहक रहे थे। अमीना उठी और पानी से भरे पतीले को चूल्हे पर रख दिया।

"चाय नहीं बनाओगी?" साबिर ने अबोला तोड़ा।

साबिर की ओर बिना देखे अमीना नाबदान तक गई। चाय वाले बर्तन को माँज कर उसमें प्याली से नाप कर पानी डाला। चूल्हे से पतीला उतार कर चाय का पानी चढ़ा दिया। भीतर कोठरी में जाकर चाय की पत्ती और चीनी वाले डब्बे उठा लाई। बिना दूध वाली काली चाय छान कर एक प्याली साबिर के पास रख कर मुड़ी ही थी कि उसने पीछे से उसका हाथ पकड़ लिया। अमीना ने पीछे मुड़ कर देखा। उसकी बड़ी-बड़ी आँखें बाढ़ के दिनों वाली किसी नदी-सी उमड़ने को तैयार थीं। अपना हाथ झटक कर वह चूल्हे के पास आ गई। चाय की अपनी प्याली लेकर बैठ गई। इस बार वह ऐसे बैठी थी कि उसकी पीठ का थोड़ा-सा हिस्सा ही साबिर की ओर था। उसके दोनों घुटने मुड़े हुए थे और ठुड्डी घुटनों पर टिकी हुई थी। पतीले के पानी से सनसनाहट भरी आवाज़ उभरी। कुछ ही देर में पानी के भीतर बुलबुले फूटने लगे। अमीना खौलते पानी की आवाज़ को ऐसे सुन रही थी, मानो यह उसके आगे आने वाले समय की आवाज़ हो।

"हम मामू के गाँव गए थे,...नूरसराय। फोन पर अचानक तुमसे चुन्नी की बात सुन कर कुछ समझ में नहीं आया कि तुमको क्या जवाब दें!...बता नहीं पाए कि सुल्तानगंज में नहीं हैं। रात लौटे हैं।" झूठ बोलते हुए साबिर की आवाज़ टूट रही थी। वह यह सच नहीं बता पाया कि जब फ़ोन आया तो वह सुल्तानगंज में था और नूरसराय के लिए निकलने वाला था,...कि उसके बड़े मामू ने यहाँ आने से रोक दिया था।

"हम कुछ पूछे तो ना हैं तुमसे।" अमीना ने जवाब दिया और अपनी नज़रें उठा कर देखा साबिर को। पतीले से भात पसाती हुई वह बोली, "हमको अपना किस्सा-कहानी मत सुनाओ।...तुम्हारी दुनिया बदल चुकी है। जबरन कोई किसी का नहीं होता।"

"तुम्हीं तो ठेल कर भेजी थीं कि जाओ ननिहाल। शहनाई सीख लो। ढंग के लोगों के बीच रहोगे तो जिन्दगानी बदल जाएगी।...अब जब बदल रही है जिन्दगानी तो तुमको ही नहीं सुहा रही!" झूठ बोल कर नहीं पकड़े जाने के चलते साबिर के सीने में बल-बूता आ गया था। उसकी टूटती आवाज़ सँभल चुकी थी।

"देखना, ऐसी भी न बदल जाए जिन्दगानी कि तुम अपने को ही नहीं चीन्ह सको।...हमारे नसीब में कबरगाह लिखा है, तो अपनी छाती पीट कर भी इसको नहीं मिटा सकते। यहीं जनमे, यहीं माटी में दब जावेंगे।" अमीना की आवाज़ में थकन थी। वह चाहती थी साबिर के सीने से लग कर फूट-फूट कर रोना, पर...!

आँगन का परदा सरका। फजलू था। वह भीगे बदन था। मस्जिद के सामने लगे नल पर नहा कर भींगी गमछी लपेटे वह भीतर आया। साबिर को बैठा देख कर पूछा, "तुम कब आए?"

"कुछ देर हुई।" साबिर ने जवाब दिया।

"सामान ले आईं?" फजलू ने अमीना से पूछा।

"हूँ! भात तैयार है। आलू-प्याज की तरकारी बना देते हैं तो बुलाते हैं। निबटा?...अम्मी?" अमीना ने जानना चाहा।

"निबट गया।...आ रही है अम्मी भी। जल्दी तरकारी बना। पेट हौंड़ रहा है।" फजलू को भूख लग आई थी। वह आँगन से निकला। साबिर भी उठा और उसके पीछे-पीछे जाने लगा।

"खाकर जाना।" अमीना ने कहा और तरकारी पकाने की तैयारी में लग गई।

"कपड़े पहन कर फजलू तख़त पर चित लेटा था। थकान से उसका पूरा बदन टूट रहा था। सामने बैठे साबिर से उसने कहा, "चिलम बनाओ।"

"हम तो...।" साबिर ने अपनी बात अधूरी छोड़ दी।

"हूँ...। बताए तो तुम थे। हमहीं भूल गए थे कि तुम छोड़ दिए हो। मेरे लिए बना दे,...कि बनाना भी भूल गया? ठीक कहता है राधे भाई।"

"मेरे बारे में कहता है?"

"हूँ! कहता है कि देखना एक दिन सबिरवा के पीछे पूँछ निकल आवेगी।" हँसा फजलू। वह कई दिनों बाद हँसा था।

"तुम भी छोड़ दो। अपनी देह देखो। झूल गए हो एकदम।"

"हम तुम्हारी तरह अँगरेजी माल नहीं उड़ा सकते हैं। तुम्हारी जिन्दगानी और मेरी जिन्दगानी में अब बहुते फरक है साबिर मियाँ।"

"कोई फरक नहीं। तुम सब लोगों का माथा बिगड़ गया है। अमीना भी यही कह रही थी।...जहाँ रह रहे हैं, वहाँ का चलन तो निबाहना होगा। न निबाहें तो भी बुरे। तुम्हीं लोग कहोगे कि किसी काम का नहीं है साबिर।" साबिर ने उठ कर चिलम तैयार करना शुरू किया। फजलू उसे एकटक देख रहा था।

चिलम तैयार कर उसने फजलू की ओर बढ़ाया। फजलू उठा और चिलम लेकर दम लगाया। उसे ज़ोर से खाँसी आई। उसका दम उखड़ गया। साबिर उसकी पीठ सहलाने लगा। धीरे-धीरे फजलू की साँस थमी। साबिर ने उसे पानी पिलाया। बाहर निकल कर राधे के पास गया।

"आ गए?" राधे ने पूछा।

"दो चाय भेज भाई पहले।" साबिर बोला।

"बहुत जल्दी में हो?"

"फजलुआ का दम उखड़ गया है। उसे चाय पिला कर आते हैं तुम्हारे पास।"

"हमारे पास कौन कारूँ का खजाना गड़ा है कि आओगे तुम?...चाय लेते जाओ।" कहते हुए राधे ने चाय के दो गिलास पकड़ा दिए।

साबिर सिर झुकाए लौटा। फजलू को चाय दी। दोनों चुपचाप चाय पीते रहे।

"चुन्नी का कोई हाल-चाल मिला?" साबिर ने पूछा।

"ना।" फजलू ने गहरी साँस भरी।

कुछ देर बाद अमीना ने तरकारी पक जाने की ख़बर देते हुए खाने के लिए बुलाया। दोनों ने खाना खाया। वापस कोठरी में लौटे।

समय चुपके-चुपके आगे सरकता रहा। दोपहर ढलने लगी थी। रसीदन क़ब्रिस्तान से लौट कर,...नहा-धोकर,...खाना खा कर अपनी कोठरी में लेटी हुई थी। उसकी पीठ तड़क रही थी। दोनों जाँघों से लेकर पिंडलियों तक में टीस उठ रही थी। वह सोना चाहती थी। उसकी पपनियाँ भारी हो रही थीं, पर नींद नहीं आ रही थी। एक झपकी भी आ जाती, तो चैन मिलता। रसीदन की आँखों में उदासी भरी थी। अशक्त, असफल और दरिद्र ज़िन्दगी की उदास कथा सुनाती उसकी आँखें मुँदने को तैयार नहीं थीं।...अपनी छीजती देह को कितना और कब तक खींच सकेगी वह, सोच रही थी। कब तक मुर्दा देहों को माटी से तोपती-ढकती रहेगी? कब आएगा वो दिन जब उसकी माटी को माटी मिलेगी?

रसीदन को समद याद आए।

समद! समदू फ़क़ीर! सोचा उसने, कल जाएगी अपने समद से मिलने। शाह अरज़ाँ की दरगाह में भी हाज़िरी लगाएगी।...अपने दाता पीर मनिहारी के हुज़ूर में भी हाज़िरी लगाए उसे कई दिन हो गए। इस चुन्नी बदज़ात ने ऐसी हड़बोंग मचाई कि ज़िन्दगी ही बेपटरी हो गई। समद को बताएगी वह सब कुछ। शायद कोई राह निकले!

दिन बीतता रहा।

वह उठी। फाटक तक गई। फजलू की कोठरी में साबिर था। साबिर से उसका हाल-चाल पूछा। वह साबिर से बहुत कुछ कहना चाहती थी, पर कुछ भी कह नहीं सकी। साबिर भी चुप-चुप ही रहा। जितना उसने पूछा, उतना बताया। राधे के यहाँ से चाय लाकर उसे दी और चला गया।

जाने से पहले अमीना से बिना मिले निकल गया साबिर।

रात हुई। थोड़ा बड़ा हुआ चाँद। बूँद-बूँद चाँदी के बुन्दे टपकाता रहा।

बरामदे में तख़्त पर लेटे-लेटे अमीना ने चाँद को देखा। आधी रात से पहले

ढला चमकीला चाँद। चुन्नी के जाने के बाद बरामदे में अकेले सोना उसे अच्छा नहीं लग रहा था। वह थी, तो उसके होने से इस आँगन में हलचल बनी रहती थी। दोनों में अक्सर अबोला रहता फिर भी चुन्नी का होना इस क़ब्रिस्तान की उदास माटी को नए-नए रंगों से रँग देता था।

लौटते हुए बिना मिले चले जाने वाले साबिर के बारे में सोच रही थी अमीना।... कितना बदल गया है वह! देह भर आई है। चेहरा नरम-मुलायम और चमकीला हो गया है। परेशानहाल और खीझा हुआ था, पर चमक थी चेहरे पर। उसकी आँखों की जादूगरी वैसी ही थी। वह उससे आँखें नहीं मिला पा रही थी। उसे मालूम था कि अगर उसने साबिर की आँखों में देख लिया थोड़ी देर तक तो डूब जाएगी और उसका गुस्सा कपूर की तरह उड़ जाएगा।...और हुआ भी यही। कितनी देर टिकी रही वह! खाने के लिए कह ही दिया। अपने-आप मुँह से निकल गया।...पर जाते हुए तो मिल कर जाना था उसे। उसने हालात को जाने बिना उसे चोट दी। आख़िर क्या करे साबिर भी! जिनके साथ है, अगर उनकी न सुने तो भी बुरा ही कहलाएगा।...पर राह तो उसे ही खोजना है। बाप है नहीं। भाई लाचार है अपनी देह और अपनी आदतों से। अकेली औरत उसकी अम्मी की क्या औकात है भला कि वह कुछ कर सके! वह तो मुर्दों के बीच बैठी है। बस दाता पीर मनिहारी ही हैं सहारा। उनकी हाज़िरी में लगी रहती है उसकी अम्मी।...पर वह भी तो क़ब्र में ही सोए हुए हैं। जाने कब निकलेंगे क़ब्र से और क़ब उसकी जिन्दगानी पर रहम करेंगे!...पर उसने तो सुना है कि जब क़यामत की रात होती है तब मुर्दे क़ब्रों से बाहर निकलते हैं। क़यामत की रात जब आएगी, यह दुनिया मिट जाएगी। जब दुनिया ही मिट जाएगी, तो वह और साबिर भी मिट ही जाएँगे।...सोए रहो दाता पीर मनिहारी। क़ब्र में ही रहो। वहीं से, सोए-सोए ही हमारी जिन्दग़ानी पर रहम करो। हमारे लिए अल्लाह ताला से दुआ करो।

अमीना ने करवट बदली।

चाँद कब का जा चुका था। आँगन में, क़ब्रों की ढूहों पर, मस्जिद की मीनारों पर सियाही पसर चुकी थी। अमीना के होंठों पर साबिर के होंठों की वह छुवन दहकते अंगारे की तरह लहरा रही थी। इस अंगारे की आँच से सुलग रही थी पूरी धरती। साबिर की छाती में मुँह छिपाए हुए उसने जो गंध भरी थी अपनी साँसों में,

वह अब तक उसके फेफड़े में बसी हुई थी। इस गंध ने आसमान की सारी हवाओं को बंधक बना लिया था।

अमीना के होंठ काँप रहे थे। छाती किसी लोहार की धौंकनी की तरह उठ रही थी,...गिर रही थी। उसकी बन्द आँखों में दृश्यों का रेला था। कभी सियाह रात में सितारों से भरा आसमान दिखता, तो कभी पूरे चाँद की रात का उजास। कभी उसे शहनाई में फूँक मारते साबिर का चेहरा दिखता, तो कभी जाड़े की सुनहरी धूप में सब्ज़ीबाग़ के यकूफ़ मियाँ की दुकान पर शीर चाय की चुस्कियाँ लेते साबिर चेहरा सामने आ जाता।

आज वह साबिर को छू भी नहीं सकी। चाहती थी, उससे लिपट जाना। उसके गले में बाँहें डाल झूल जाना। उस दिन की तरह उसकी छाती में मुँह छिपा लेना। उसके होंठ हिले, "साबिर!...मेरे साबिर!...सुनो मेरे साबिर!"

अमीना का गला सूख रहा था। वह उठी। बरामदे के कोने में रखी बाल्टी से पानी निकाल कर उसने घूँट भरा और पानी को हलक़ के भीतर उतार लिया।

सुबह थी। अब तक चुन्नी की कहीं से कोई ख़बर नहीं मिली थी।

राधे की दुकान पर रसीदन ने चाय पी। राधे को बताया कि वह अभी शाह अरज़ाँ की दरगाह पर हाज़िरी देने जा रही है। वहीं, उसके अबरार मामू का बेटा रहता है। वह फ़क़ीर है। उससे मिल कर लौटेगी। वह दलदली गली से पैदल चलती हुई गाँधी मैदान पहुँची। वहाँ से ऑटो रिक्शा पर बैठ कर पत्थर की मस्जिद और फिर दरगाह वाली सड़क पकड़ कर शाह अरज़ाँ की दरगाह।

रसीदन ने दरगाह में जाकर हाज़िरी दी। समदू फ़क़ीर कहीं दिख नहीं रहे थे। उसने दरगाह में मज़ार के पास बैठे एक आदमी से उनके बारे में पूछा तो उसने बताया कि शायद अपनी कोठरी में हों। वह बाहर निकली। उनकी कोठरी की ओर बढ़ी। रास्ते में कोठरियों की क़तार की ओर से आता कोई और मिला। उससे पूछा, तो उसने रुकने का इशारा किया और कोठरियों की ओर चला गया। वह वहीं, बीच

राह में खड़ी रही। समदू फ़क़ीर का इन्तज़ार करती रही। सुबह की सैर से लौट आए थे समदू फ़क़ीर। अपनी कोठरी में थे। थोड़ी ही देर में उस आदमी के साथ समदू निकले। आते हुए दिखे।...पास आए। रसीदन को देख मुस्कुराए और सलाम किया। पूछा, "बड़ी सवेरे-सवेरे आईं बाजी? सब ख़ैर-आफ़ियत?"

"अल्लाह ताला का रहम है सब।...तबीयत बहुत बेचैन है समद। तुमसे बहुत कुछ बतियाना था।" रसीदन अपना दुख और अपनी बेचैनी छिपा नहीं पा रही थी।

"आओ बाजी,...बैठते हैं।" समदू आगे बढ़े। उनके पीछे-पीछे रसीदन चली।

फिर वही बरगद के पुराने पेड़ का चबूतरा था। दोनों बैठे। जो आदमी उन्हेंबुलाने गया था, उसे ही आवाज़ दी समदू फ़क़ीर ने और कहा, "हमारी बाजी आई हैं हमसे मिलने।...रहमत मियाँ से कहिए दो चाय भिजवा दें हमारे लिए।" रसीदन की ओर ग़ौर से देखा और पूछा, "बहुत परेशान लग रही हो बाजी?...कौन-सी अनहोनी हो गई?"

रसीदन फूट-फूट कर रोने लगी। समदू थोड़ी देर चुपचाप उसे देखते रहे। बेरोक-टोक रोने दिया उसे। कुछ देर बाद अपने-आप सँभली रसीदन। आँचल से आँखें पोंछती हुई उठी। सामनेवाले नल के पास गई। चेहरा धोया। ओक में भर कर पानी के कुछ घूँट हलक़ के नीचे उतार लिये। आँचल से ही चेहरा सुखाया और वापस चबूतरे तक लौटी। समदू फ़क़ीर चबूतरे पर बैठे चुपचाप उसे निहारते रहे।

"चुन्नी भाग गई समद।" रसीदन ने कहा।

"उसी लड़के के साथ?"

"हूँ!" हुँकारी भरी रसीदन ने।

"तुम क्यों रो रही हो?...वह जिसके साथ जीना चाहती थी, चली गई।"

"हम बोले थे कि उसी से ब्याह कर देंगे तुम्हारा। तुमसे मिल कर जाने के दूसरे दिन ही कह दिए थे उससे।...पर लड़के का बाप राजी नहीं था। हम कुछ कर नहीं पाए।...जाने कहाँ गई?...कौन हाल में है?" रसीदन ने कातर आँखों से समर को देखा।

"बाजी, कुछ नहीं बिगड़ेगा उसका। हिम्मत वाली है। जो लोग हिम्मत हार जाते हैं, उनका ही बिगड़ता है।...पाक परवरदिगार हिफ़ाजत करेंगे उसकी।...लो चाय पी लो।" रहमत मियाँ की दुकान से चाय आ गई थी। समदू ने चाय की प्याली अपने हाथ में लेकर रसीदन को पकड़ा दी। दूसरी प्याली लेकर ख़ुद पीने लगे।

चाय ख़त्म हुई।

रसीदन ने पूछा, "पीरमुहानी नहीं आओगे?...आकर दाता पीर मनिहारी से मिल लो। तुम्हारी खानदानी जगह है।...तुम्हारे दादा उनके मुरीद थे।"

"आना तो है। एक न एक दिन तो वहीं माटी में मिलना है।...तुमको मालूम है कि मसूद भाई नहीं रहे?"

"नहीं। पर उनकी मैयत नहीं आई पीरमुहानी!"

"हाँ,...फ़ारूक़ भाई हारुननगर में अपना मकान बनवा कर रहते हैं। वहीं मिलने गए थे कि दिल का दौरा पड़ा। वहीं के अस्पताल में भर्ती हुए और गुज़र गए। फ़ारूक़ भाई चितकोहरा क़ब्रिस्तान ले गए। पीरमुहानी उनको दूर लगा होगा। मुझे तो बाद में ख़बर मिली। भागते हुए पहुँचा। मैंने दबी ज़ुबान से कहा था पर...।" समदू ने अपने बड़े भाई मसूद हसन की मौत के बारे में बताते हुए कहा।

"मैं तो अच्छे-बुरे में किसी खबर के लायक भी नहीं।" रसीदन के चेहरे पर उदासी की एक और परत चढ़ गई थी। फिर पूछा उसने, "बच्चे उनके?"

"सब बड़े हो गए हैं। होटल का काम देखते हैं। अपनी अम्मी के साथ जामुनगली में ही रहते हैं।...कोई बता रहा था कि बड़े वाले बेटे का ब्याह होने वाला है।" मुस्कुराए समदू। यह एक अजीब-सी मुस्कुराहट थी। इसमें न न तंज़ था, न दुख और न ही कोई ख़ुशी थी। कुछ देर रुक कर उन्होंने फिर कहा, "जल्दी ही आता हूँ बाजी।...कोई ज़रूरत हो तो बिला झिझक कहना। इस फ़क़ीर भाई पर भरोसा रखना।...और अपना ख़्याल रखा करो।"

"हमारे लिए दुआ करो कि चुन्नी का हाल पता चल जाए।...उसको कोई नुकसान न हो।"

"अल्हम्दुलिल्लाह!...परवरदिगार पर भरोसा करो। ख़ैरबाद रहेगी वह। जल्दी ही उसकी ख़ैरियत मिलेगी। तुम नाहक अपनी जान हलकान मत करो।" समदू ने दुआ पढ़ी और बहन को ढाढ़स बँधाया।

धूप चढ़ रही थी। तीखी होती जा रही थी। उमस भी थी। बरगद की पत्तियाँ इन्तज़ार में थीं कि हवा का कोई झोंका आए और वे डोल उठें।...पर हवा जाने कहाँ मुँह छिपाए दुबकी हुई थी! रसीदन अपने आँचल के छोर से बार-बार अपना चेहरा पोंछ रही थी। उसने कहा, "हम तुमको भी हलकान कर देते हैं समद?...

पर का करें! जबसे तुमसे मिले हैं, तुम भरोसा हो मेरे लिए। तुमसे बतिया कर चैन मिलता है हमको।"

"बाजी! जब जी करे चली आया करो। भाई के पास आने के लिए क्या सोचना?...और हाँ, एक फोन नम्बर लिख कर देता हूँ। फजलू के पास तो मोबाइल होगा ही।...यही नाम है न बेटे का?" समदू ने पूछा।

"हाँ, यही नाम है। उसके पास है,...और बड़ी अमीना के पास भी है।"

"उनसे कहना, इस नम्बर पर मुझसे बात करवा देंगे। मैं तो पहले रखता नहीं था, पर सज्जादानशीं ने जबरन दे दिया।" कह कर समदू उठे। दरगाह के भीतर गए। मिठाई का एक पैकेट और काग़ज़ के एक टुकड़े पर मोबाइल नम्बर लिख कर ले आए और रसीदन के हाथ में पकड़ा दिया। पूछा, "एक प्याली और चाय मँगाएँ बाजी?"

"अब रहने दो।"

"पी लो बाजी।...कुछ खाया है? बिस्किट मँगवाते हैं। हम भी तुम्हारे साथ खा लेंगे।"

रसीदन चुप रही। समदू फाटक तक गए और चाय-बिस्किट के लिए रहमत मियाँ को ख़बर भिजवा कर लौटे। रसीदन उन्हें अपने नाना और उनके दादा काले फ़क़ीर के क़िस्से सुनाती रही। हज़रत दाता पीर मनिहारी के क़िस्से भी, जो उसने अपने नाना से सुना था। चाय-बिस्किट के बाद उसने फिर एक बार पीरमुहानी आने के लिए समदू से इसरार किया और विदा हुई। पिछली बार की तरह ही उसे विदा करने समदू फाटक तक आए।

रसीदन लौटी। पीरमुहानी क़ब्रिस्तान का माहौल बदला हुआ था।

उसे देखते ही अमीना ने डपटते हुए कहा, "कहाँ बिला जाती हो? बिना बताए चली जाती हो। हमारी जान हलकान हो गई तुमको खोज-खोज कर। बाद में राधे भाई बोला कि दरगाह गई हो।"

"कौन आफत-विपत आ गई मेरे चले जाने से?" रसीदन आँगन में घुसी।

"फोन आया था चुन्नी का। कलकत्ते में है बबलू के साथ। बबलू की फूफी के घर पर। कल निकाह भी हो गया। बबलू के फूफा-फूफी ने करवाया निकाह। चुन्नी कह रही थी कि जल्दी आएगी भेंट करने।" अमीना ने एक साँस में ख़बर सुना दी। फिर कहा, "बात कर लो। तुमको खोज रही थी। बेचैन थी तुमसे बतियाने के लिए।"

"हम का बतियावें?...हाल-चाल मिल गया, यही मेरे लिए काफी है।...अब जा के अपनी बहिन से पूछे कलुआ। पुलिस में केस लिखाने गया था हरामी। अब हम जाकर थाना में कहें कि उसकी बहिन ने हमारी बेटी का जबरन निकाह करवा दिया, तब?" रसीदन रो रही थी और बोल रही थी।

"अम्मी, तुम भी बेमतलब अपना माथा गरम किए रहती हो। अल्लाह की मेहरबानी कि पता चल गया। जान सलामत है और जो चाहती थी, सो कर ली। निकाह हो गया, तब किस बात की फिकर? अब बन्द करो रोना-धोना। बबलू के बाप से कौन लेना-देना है तुमको?" बड़े-बूढ़ों की तरह अपनी अम्मी को समझा रही थी अमीना।

फजलू भीतर आया। उसे देखते ही मानो रसीदन को दौरा पड़ा। तेज़ आवाज़ में बोलने लगी, "जा रे फजलुआ,...जा उस कलुआ कसाई के घर।...पूछ उससे कि अब कौन मुँह दिखाएगा? मान-मरजाद के साथ निकाह हो जाता, तो उसका क्या बिगड़ जाता? पूछ उससे! जाकर हरामी के मुँह पर थूक के आ।"

"पगला गई हो?...फौजदारी करने जावें?...औकात है हमारी-तुम्हारी कि जाकर फौजदारी करें?...छाती पीटना बन्द करो। जो हुआ, अच्छा हुआ। जहाँ गई है, रहे चैन से वहाँ।" फजलू ने अपनी अम्मी को समझाने की कोशिश की।

कई दिनों से जो जमा था रसीदन की छाती में मवाद की तरह फूट कर बह निकला था। धीरे-धीरे उसके आँसू थमे। अमीना ने पानी लाकर दिया। फजलू उसके पास खड़ा रहा। जब वह थोड़ा सहज हुई उसने कहा, "अम्मी, पैसे दो। खस्सी का गोस लाते हैं। कई दिन हुए भर पेट खाए।"

अमीना को हँसी आ गई। उसने दुपट्टे से अपना मुँह छिपा लिया। पहले फजलू की ओर और फिर अम्मी की ओर देखा। फजलू सूदख़ोर की तरह सामने तन कर खड़ा था। रसीदन ने उसे एक नज़र देखा और आँचल के छोर की गाँठ

खोल कर पाँच सौ रुपए का नोट पकड़ाते हुए बोली, "तेरे पेट में तो आग लगी रहती है।...ले।...जा।...चार पाई जोड़ कर रखते हैं कि घर चले, पर इसकी जीभ में तो लुत्ती लगी रहती है।"

फजलू ने झपटते हुए नोट पकड़ा और बाहर निकलने लगा। अमीना ने पीछे से आवाज़ दी, "रुक जा भाई।...सुन, गरम मसाला भी लेते आना।...और राधे भाई को बोल दे कि चाय भिजवा देगा दो गिलास।"

अर्सा बाद अमीना ने फजलू को भाई कह कर पुकारा था।

चाय पीकर रसीदन आँगन से बाहर निकली। दाता पीर मनिहारी के मज़ार के सामने हाज़िरी लगाने पहुँची। अपने दोनों हाथों को उठा कर दुआ माँगने लगी। उसकी आँखें मुँदी थीं। उसने अपने नाना काले फ़क़ीर को भी याद किया। काला जुब्बा पहने, काली पगड़ी बाँधे, गले में रंगबिरंगे मनकों के हार पहने और हाथ में चाँदी की मूठ वाली टेढ़ी-बाँकी छड़ी और कशकोल लिए उसके नाना सामने खड़े थे। मुस्कुरा रहे थे। रसीदन के होंठ थरथराए, "नाना!"

"हाँ मेरी बच्ची।...देख तेरी अल्लाह ने सुन ली। छोटी का ब्याह हो गया। तू नाहक परेशान मत हुआ कर।"

"हम तो नहीं देख पाए नाना बेटी का ब्याह।"

" तो क्या हुआ मेरी बच्ची?...हम थे वहीं। दाता पीर भी थे। तुम्हें बताया था न कि दाता पीर जब नीम-बेहोशी के आलम में दर-दर भटक रहे थे, जिस घर के दरवाज़े पर लड़की देखते उसके ब्याह के गीत गाने लगते। बहुत सुरीला गला और टाँसदार आवाज़ अल्लाह ने उन्हें दी थी।...सुन। हवाओं में अपने कान रोप कर सुन।...उनकी आवाज़ सुनाई देगी तुम्हें। वह अब भी गा रहे हैं।

रसीदन को लगा, मानो हवा थम गई हो। इस कायनात की सारी आवाज़ें थम गई हों। एक आवाज़ उभरी—

आज नवल बन्ना, बनरी को मुबारक,
आया सुदिनवा बनरा ब्याहन आया।
जुग-जुग जीवे निज़ाम को दूल्हा,
ख़ुसरो नाम कहाया।

रसीदन के कानों में अमृत झरता रहा। उसकी आँखों से लोर की बूँदें टपकती रहीं। इन बूँदों में उसके सपने थे, उसकी ख़ुशियाँ थीं। मज़ार के ऊपर धूप-छाँही आती-जाती रही। उसने आँखें खोल कर देखा। न दाता पीर मनिहारी थे, न नाना काले फ़क़ीर। पेड़ों की डालों से चू कर नीचे गिरे कुछ पत्ते थे, जिनमें हवा जुम्बिश पैदा कर रही थी। रसीदन ने पत्तों को चुना। अपने आँचल से मज़ार को साफ़ किया। चादर को झाड़ कर फिर से ओढ़ाया। चादर के चारों कोनों पर पत्थर के छोटे-छोटे टुकड़े रख कर उसे ठीक किया। लोबान और अगरबत्तियाँ जला कर धुआँ किया।

आँगन में लौट कर रसीदन ने सबसे पहले समदू फ़क़ीर से बात की। अमीना को काग़ज़ का वह टुकड़ा दिया, जिस पर उन्होंने अपना मोबाइल नम्बर लिख कर दिया था। उसने समदू को बताया कि चुन्नी का फ़ोन आया था और...। सारी बातें सुन कर उन्होंने अल्लाह का शुक्रिया अदा किया। इसके बाद अमीना ने उसकी चुन्नी से बात करवाई। दोनों बेटी-महतारी फ़ोन पर रोती रहीं। रोना थमा तो उधर से चुन्नी ने कहा, "जल्दी ही हम दोनों आवेंगे अम्मी। बबलू को कोर्ट में हाजिरी भी देनी है।...तुम रोना नहीं। हमारी फिकर मत करना। हम लोग अच्छे से हैं। अपना ख्याल रखना। भाई से कहना, हम पर गुस्सा न हो।"

रसीदन के आँगन में खस्सी के सालन के साथ पकते मसालों गंध लहरा रही थी। भादों की तीखी धूप अब उतरने को तैयार थी। मेघ फिर आवाजाही करने लगे थे और हवा आर्द्र होने लगी थी।

सत्तार मियाँ बीच सड़क पर पिट गए।

तरनेजा सेठ की दुकान से सामान लेकर निकली ही थी अमीना कि वह सामने राह रोक कर खड़े थे। दाएँ-बाएँ कज होकर उसने निकलने की कोशिशें की, पर हर बार वह सामने आ जाते। अमीना ने डपटते हुए कहा, "जाने दो हमको।"

"बहुत घमंड हो गया है तुम लोगों को? तेरी महतारी और भाई से तो हम

निपटेंगे बाद में, पर तुम बताओ कि तुम्हें किस बात का घमंड? लार टपकाती रही हो मेरे सामने।" सत्तार मियाँ भूल चुके थे कि वह बीच सड़क पर हैं। उनके भीतर छिपा छिछोरापन लहर मार रहा था।

"हम तो थूकें भी नहीं तुम्हारे मुँह पर।...हटो, जाने दो।" गरज उठी अमीना।

आसपास के लोग जमा हो गए। सत्तार मियाँ पिछले कुछ दिनों से कुछ ज़्यादा ही चुभने लगे थे लोगों की नज़र में। उनको लेकर आम राय पहले ही ठीक नहीं थी। लोग इस बात को अच्छी तरह महसूस करते थे कि यह आदमी चाल-चलन का ठीक नहीं और रसीदन की बेटियों पर बुरी नज़र रखता है।

"उड़ गया तेरा पंछी। समझी?...निकल गया सबिरवा तेरी मुट्ठी से।" सत्तार मियाँ ने दाँत पीसते हुए कहा।

लोगों की तादाद बढ़ती जा रही थी। इसी बीच बबिता गोप पहुँच गई। उसे देखते ही अमीना की छाती में हाथी का बल आ गया। उसे मुन्ना सिंह यादव भी दिखे। फिर गरजी वह, "हट हरामी...ना तो..."

"ना तो का क्या करेगी?" सत्तार मियाँ छाती ताने उसके और पास आए।

अचानक बबिता गोप दोनों के बीच में आ गई और उसने सत्तार मियाँ के गाल पर एक झन्नाटेदार तमाचा जड़ दिया।

इतना काफ़ी था। लोगों ने सत्तार मियाँ की धुनाई कर दी। उनका कुर्ता-पाजामा फट गया। निचला होंठ कटा। देखते-देखते आँखों के नीचे सियाही पुत गई। बबिता ने सिर्फ़ शुरुआत की थी। बाक़ी काम मुन्ना सिंह यादव की फ़ौज ने पूरा किया था।

बीच सड़क पर लुटे-पिटे सत्तार मियाँ खड़े थे। मुन्ना सिंह यादव की फ़ौज अपना काम ख़त्म कर वहाँ से कब निकल गई, किसी को पता तक न चला! एक समय ऐसा भी था कि लोहानीपुर से पीरमुहानी तक उनके जल्वे थे। आज वही सत्तार मियाँ अपनी इस बेहुरमती से बदहाल सिर झुकाए खड़े थे और समझ नहीं पा रहे थे कि कहाँ जाएँ! अपनी किराए की कोठरी में जाकर फूट-फूट कर रोएँ,... थाना जाकर सनहा लिखाएँ...या कहीं डूब-धँस कर मर जाएँ! सोच रहे थे कि आज अगर उनकी बिरादरी पीरमुहानी से उजड़ कर चली नहीं गई होती, तो उनका ऐसा हाल नहीं होता। इस मामले का रंग बदल जाता। पर...!

तरनेजा सेठ पानी की बोतल लिये अपनी दुकान से बाहर निकले। सत्तार मियाँ का हाथ-मुँह धुलवाया। बोले, "अपनी उम्र का ख़्याल रखना चाहिए आदमी को। जवान नहीं रहे तुम सत्तार मियाँ।...और होते भी तो तुम्हारी इस हरकत का यही जवाब होता। जाओ,...जल्दी निकल लो अभी।"

सत्तार मियाँ वहाँ से खिसके। सिर झुकाए चौथी गली में घुसे। अपनी कोठरी में जाकर बन्द हो गए। उन्होंने सोचा भी नहीं था कि उनकी ज़िन्दगी का मौसम इस तरह बदल जाएगा। उस दिन भी बिला वज़ह चुन्नी वाले मामले में नाक घुसेड़ा और पुलिस के चक्कर में फँस कर पाँच हज़ार उझल आए। यहाँ से गोदाम हटाना पड़ा। साबिर हाथ से निकल गया। धंधे पर बुरा असर पड़ा। कमाई आधी भी नहीं रह गई। नए गोदाम में गए अभी कुछ ही महीने हुए हैं, पर मकान मालिक ख़ाली करवाने पर आमादा है। रोज़ टोकता है।

सत्तार मियाँ को लग रहा था कि अगर उन्होंने जल्दबाज़ी न की होती, तो आज रसीदन की गरदन उनकी मुट्ठी में होती। रसीदन ने निकाह के नाम पर चुप्पी साध ली थी और उन्हें भी लगा कि जब औरत ख़ुद बिना निकाह के उनको घर में बिठाने को तैयार है, तो उन्हें क्या पड़ी है निकाह की! बिना निकाहनामा के उनका कोई हक़ नहीं बनता रसीदन और उसके परिवार पर। अगर निकाह हुआ रहता तो वह लाख छटपट करती, उसके घर में घुसने से भला उन्हें कौन रोक सकता था! इस बेहुरमती के बाद तो वह मोहल्ले में किसी को मुँह दिखाने लायक़ नहीं रहे। रसीदन के घर घुसना और उस पर अपना दावा ठोंकना तो दूर की बात रही, अब तो वह उसके सामने भी नहीं जा सकते। बुदबुदा रहे थे वह, "पूरे मोहल्ले में अपनी नेकनीयती का ढोंग रच कर भली औरत बनी फिरती है और हमारी बदनीयती का ढोल पीट-पीट कर बदनाम कर दिया हरामज़ादी ने!"

दिन भर अपनी कोठरी में मुँह छिपाए पड़े रहे सत्तार मियाँ। रात को भी नहीं निकले। अपने मकान मालिक के बेटे को पचास रुपए ऊपर से देकर भूलोटन के यहाँ से दारू का पाउच और 'अपनी पसन्द' होटल से रोटियाँ और चिकन मसाला मँगवाया। पूरा बदन टूट रहा था। मन ही मन गरियाते रहे कि हरामियों ने भितरमार मारा है। बिना दारू के यह दर्द नहीं जाने वाला। दारू पीकर उन्होंने तय किया कि अब पीरमुहानी से रिश्ता ख़त्म। क्या करेंगे यहाँ रह कर? गोदाम वाली जगह

क़ब्रिस्तान कमेटी वालों को वापस करके निकल लेंगे इस मनहूस मोहल्ले से। सब्ज़ीबाग़ वाले इलाक़े में ही कहीं ठिकाना तलाशेंगे। वहीं कोई नया धंधा करेंगे और वहीं से इस हरामज़ादी रसीदन की ख़बर लेंगे।

रात में चाँद नहीं दिखा। मेघों ने उसे ढक लिया था। रात में फिर बरसे मेघ और सुबह होने से पहले निकल भागे। पीरमुहानी में नई ख़बर लेकर आई सुबह।

क़ब्रिस्तान की दक्खिनी चहारदीवारी की नींव धँस गई और पूरी दीवार भहरा कर गिर गई। पिछले साल ही क़ब्रिस्तानों की घेराबन्दी की सरकारी योजना में यह चहारदीवारी बनी थी। सप्ताह भर पहले हुई भादों की बरसात ने क़ब्रिस्तान की माटी को इतना नम कर दिया था कि धरती ही नीचे धँस गई। इसके अलावा ठेकेदार ने जम कर लूटा था। ईंट की जोड़ाई में सीमेंट की कोताही हुई थी। लम्बी दीवार को सँभालने के लिए बीच-बीच में बनने वाले पिलर नदारद थे। जब काम चल रहा था फजलू के लगातार फ़ोन करने के बावजूद क़ब्रिस्तान कमेटी से कोई देखने-पूछने नहीं आया। सरकारी इंजीनीयर अपना कमीशन लेकर घर में सोया रहा। दीवार को गिरने का बहाना चाहिए था, सो बहाना भादों की बरसात ने दे दिया। उसी किनारे पर बारी साहेब का मक़बरा था। मक़बरे के पीछे लगभग बीस-पच्चीस फीट ज़मीन ख़ाली थी, जिस पर क़ब्रें नहीं थीं। क़ब्रिस्तान कमेटी उस पर पेड़ लगवाना चाहती थी। जैसे ही दीवार गिरी, लालजी टोला के बाशिन्दों को लगा भूडोल आ गया हो। इस दीवार के बाद गलीनुमा पतली-सी सड़क थी। सड़क के उस पार एक क़तार में लोगों के मकान थे। हिन्दुओं की घनी आबादी थी। यादवों के दबदबे के लिए लालजी टोला का यह इलाक़ा पूरे पटना में मशहूर था। सुबह होते ही लोगों ने गिरी हुई दीवार की ईंटों को सरकाना शुरू किया और देखते-देखते दिन ख़त्म होने से पहले ही आधी से ज़्यादा ईंटें लोगों की छतों पर पहुँच गईं या इधर-उधर जहाँ कहीं पच सकती थीं, पहुँचा दी गईं।

पिछली बार जब चारदीवारी बन रही थी, लालजी टोला के लोगों ने दबाव

बनाया था कि यह गली सर्वे वाले नक्शे में और चौड़ी है, इस लिए थोड़ी ज़मीन छोड़ कर चारदीवारी बने, पर मामला बना नहीं।

इस बार लोगों ने तय कर लिया था कि चाहे जो हो गली की चौड़ाई बढ़ेगी ही। हफ़्ता दिन के भीतर सात फीट की गली बारह फीट की सड़क बन गई। सड़क के उस किनारे कुछ गुमटियाँ और फूस की छाजन वाली दुकानें बन गईं। देखते-देखते लालजी टोला सरक कर बारी साहेब के मज़ार के चार-पाँच फीट पास तक जा पहुँचा। क़ब्रिस्तान की लगभग पन्द्रह-बीस फीट चौड़ी ज़मीन चहारदीवारी की पूरी लम्बाई में क़ब्ज़ा हो गई। इन गुमटियों में दैनंदिन जीवन के उपयोगी सामान बिकने लगे। इसे रोक पाना रसीदन और फजलू के बस का था नहीं। क़ब्रिस्तान कमेटी ने थाने में एफ.आई.आर दर्ज करवा दी। प्रशासन ने संज्ञान लिया और मामले को संवेदनशील मान कर एक-सौ-चौवालिस लगाया। लालजी टोला के लोग कोर्ट चले गए। कोर्ट ने एक-सौ-चौवालिस हटाने का आदेश जारी किया और स्टेट्स-को लागू कर दिया। क़ब्रिस्तान एक ओर से लाँगट-उघार हो गया। बिना कोर्ट के फ़ैसले के प्रशासन कुछ करने की स्थिति में था नहीं। क़ब्रिस्तान कमेटी बनाम लालजी टोला निवासियों के बीच का यह मामला लटक गया। लालजी टोला के लोग इस बात को अच्छी तरह जानते थे कि कोर्ट ऐसे मामलों में कम रुचि लेता है और जल्दबाज़ी नहीं करता, सो वे लोग भी इसे जितना लम्बा खिंच सके, खींचना चाहते थे। थाना को भी अवैध गुमटियों-झोंपड़ियों में चलने वाले व्यापार से अतिरिक्त वसूली का लाभ था, सो मामला ज्यों का त्यों बना रहा और समय सरकता रहा।

12

ज़ुलहिज[1] महीने का दसवाँ दिन आया और बकरीद हुई। इस बार अच्छी बीती बकरीद। रसीदन के घर ख़ैरात की अच्छी आमद हुई।

भादों बीता। उसके बाद छह महीने और बीत गए। चढ़ते चैत की सुबहें सर्द

1. हिजरी कैलेंडर का बारहवाँ माह जिसमें बकरीद होता है।

होतीं, पर दिन झनकते। तेज़ हवाएँ चलतीं। नए क़ब्रों की ढूह से ऐसी धूल उड़ती कि क़ब्रिस्तान रेगज़ार की तरह दिखने लगता।

इस बीच चुन्नी-बबलू आए और चले गए। कल्लू मियाँ की एक न चली। बबलू की अम्मी ने उसकी फूफी के साथ मिल कर उनकी नाक में नकेल डाल दी। अपनी मनमर्ज़ी की। बबलू अपनी दुल्हन के साथ कलकत्ते से सीधे अपने घर पहुँचा। बीच में चुन्नी पीरमुहानी भी आकर दो दिन रसीदन के साथ रही। बबलू भी लजाते-सकुचाते आया और दुआ-सलाम के बाद लोहानीपुर निकल गया। चुन्नी सबके लिए कपड़े लेकर आई थी। इस बीच बबलू अपने बाप के भरोसे नहीं रहा। ख़ुद वकील से बात की। कोर्ट में हाज़िरी लगाई और अर्ज़ी देकर अपना नया-पता-ठिकाना दाख़िल किया ताकि ज़मानत न ख़ारिज़ हो जाए। वह जितने दिन रहा जुनैद की बीवी कुहराम मचाए रही। बबलू उससे कटा-कटा रहा और चुन्नी सारा खेल समझ कर मुस्कुराती रही। रसीदन चाहती थी कि वह कुछ दिन और रुके, पर दोनों चले गए। उसने राधे से उधार लेकर दोनों के लिए कपड़े ख़रीदे। सोने की एक अँगूठी, जो सालों से रसीदन ने सहेज कर रखी थी, बेटी को पहनाई। बबिता ने नाक की कील दी। अपने फूफा-फूफी की मदद से बबलू ने अपना पुश्तैनी कारोबार शुरू किया था और चुन्नी किसी मॉल में साफ़-सफ़ाई का काम करने लगी थी। सुबह आठ से दोपहर बाद चार बजे तक रहना होता था। बबलू कम, पर चुन्नी कुछ ज़्यादा ही बंगालियों की बोली बोलने लगी थी। दोनों ख़ुश-ख़ुश आए और ख़ुश-ख़ुश रुख़सत हुए।

सत्तार मियाँ भी इस बीच पीरमुहानी से अपना बोरिया-बिस्तर समेट कर सब्ज़ीबाग़ के अँग्रज़ों वाले क़ब्रिस्तान, जहाँ अदीबों और अख़बारनवीसों का अड्डा था, के पीछे वाली गली में एक किराए की कोठरी में जा बसे। उन्होंने सब्ज़ीबाग़ वाला गोदाम ख़ाली कर दिया था और अपना धंधा भी बदल लिया था। पीरमुहानी में जो धंधा भूलोटन गोप का था, वही धंधा सब्ज़ीबाग़ में उनका था। दारूबन्दी में दारू बेचने से ज़्यादा फ़ायदेमंद और कोई धंधा नहीं था। इसमें पूँजी की ज़रूरत थी, जो उनके पास थी। ख़तरे थे, पर सत्तार मियाँ के लिए यह कोई नई बात नहीं थी। पुलिस का हिस्सा समय से पहुँचाने वालों के लिए ख़तरे कम थे और बरकत ही बरकत थी।

'अब और नहीं।' की घोषणा के बावजूद चुन्नी की बबिता भाभी छठवीं बार गर्भवती हो गईं। उन्होंने मोहल्ले की औरतों और अपने देवरों के सामने ही चाय की दुकान पर अपने वचन-भंग का सारा दोष राधे के माथे थोप कर अपने को बरी कर लिया। राधे ने कहा, "हमारा आँगछ ही गड़बड़ है। छूने भर की देर है।...अब इस बार छठियार में पूरे पीरमुहानी को नेवता दे कर गरदन में कंठी बाँध लेंगे। इस बबितवा की छाँही से भी बचेंगे।"

जल्दी-जल्दी आने का वादा करके गए साबिर अलीबख़्श इन कई महीनों में महज़ दो बार आए। कुरबानी का गोस लेकर बकरीद के दिन आए थे घंटे भर के लिए। अमीना के लिए कपड़े लाए थे, जिसे आज तक अमीना ने नहीं पहना। अब मोटरसाइकिल चलाने लगे हैं। बता रहे थे कि उनके छोटे मामू ने अपनी मोटरसाइकिल उन्हें दे दी है। पड़ी हुई थी घर में। छोटे मामू अब नहीं चलाते। दूसरी बार चुन्नी ने ही फ़ोन किया था। जिस चुन्नी से पहले उनकी रूह काँपती थी, उससे बड़ी देर तक बतियाते रहे। वह अमीना के इर्द-गिर्द भी मँडराए पर अमीना गम्भीर बनी रही और घर के काम-काज में अपने को मसरूफ़ दिखाती रही। बिना किसी ज़रूरत के काम खोज-खोज कर कुछ न कुछ करती रही। समय काटती रही। फजलू के पास भी बैठे रहे। वह बीमार था। बीमार फजलू को देख कर उनके चेहरे पर उदासी ज़रूर छा गई थी कुछ देर के लिए। राधे से भी बतियाया उन्होंने। अगर किसी से नहीं बोल-बतिया सके, तो वह अमीना थी। उनकी लाख कोशिशों के बावजूद अमीना तनी रही। हालाँकि यह तनातनी अमीना को भीतर ही भीतर चोटिल कर रही थी। जितनी देर रहे मरहूम उस्ताद नूरबख़्श के नवासे साबिर अलीबख़्श वह लहूलुहान होती रही। उस प्रवासी पंछी की तरह छटपट करती रही, जो पिछले बरस के जाड़ों के दिन बीतने के बाद अपनों से बिछड़ कर यहीं छूट गया था। वह ज़िन्दा नहीं रह सका। कुछ ही महीने उसे अकेले गुज़ारने थे, पर वह उनके बिना जी न सका। अमीना को इन दिनों लगता रहा कि वह भी छूट गई है और एक दिन उस पंछी की तरह...। पर वह चाहती थी जीना। जैसे चुन्नी जी रही थी एक हलचल भरी भरी-पूरी ज़िन्दगी, वैसी ही ज़िन्दगी की उसने भी कल्पना की थी, पर...। उसने धोखा खाकर मरने की पीड़ा अपनी सखी सरोज के चेहरे पर देखी थी।

रसीदन ने जाते हुए साबिर को रोक कर कहना चाहा था कि अब वह अपना इरादा बता दे। अमीना को लेकर उसने क्या सोचा है साफ़ हो जाए तो उसे सुकून मिले। उसे अमीना की चिन्ता दिन-रात सताती रहती थी। लड़की भी घुन लगे अनाज की तरह खाँखड़ होती जा रही थी। न रोती थी, न हँसती थी। कोल्हू के बैल की तरह दिन-रात घर के कामकाज में भाँवर काटती रहती थी। आख़िर कब तक बैठी रहेगी!...पर कुछ भी कह या पूछ नहीं सकी थी रसीदन।

उस्ताद फ़हीमबख़्श अपने भांजे साबिर अलीबख़्श को बृन्दावनी सारंग में अपने अब्बा मरहूम उस्ताद नूरबख़्श की एक पुरानी बन्दिश सिखा रहे थे। काफी थाट के इस राग की जाति औडव थी और इससे एक बहुत पुराना ख़ानदानी क़िस्सा जुड़ा हुआ था। उनके अब्बा बताते थे कि इसी राग में उनके दादा ने बिहारशरीफ़ में हज़रत मख़दूमे जहाँ यहया मनेरी की दरगाह में पहली बार क़व्वाली पेश की थी। उन्होंने अमीर ख़ुसरो का कलाम गाया था—

मोहे अपने ही रंग में रँग दे निज़ाम।
तू तो साहिब मेरा महबूबे इलाही।
जो तू माँगे रंग की रँगाई
मेरा जोबन गिरवी रख ले निज़ाम।
हमरी चुँदरिया, पिया की पगड़िया?
दोनों बसन्ती रँग दे निज़ाम।
मेरी लाज-शरम सब रख ले निज़ाम।

उनकी पेशकश पर ख़ुश होकर सज्जादानशीं ने उन्हें बख़्शीश में सोने की एक मुहर और चाँदी के पाँच सिक्के दिए थे। यहीं से ख़ानदान में दौलत की आमद शुरू हुई थी। उस्ताद फ़हीमबख़्श को इस बन्दिश से बहुत प्यार था। ख़ुद वह इसे शहनाई पर बजाते और जब बोल बनाव करते, सुनने वाले 'वाह! वाह!' कर उठते।

वह साबिर को बता रहे थे कि कैसे रे वादी होता है और प संवादी,...आरोह और अवरोह दोनों में ग और ध कैसे वर्जित होते हैं,...और कोमल और तीव्र दोनों में कैसे नि लगता है।

साबिर अलीबख़्श अब तैयार हो रहे थे। उस्ताद फ़हीमबख़्श ने सपने में भी नहीं सोचा था कि साबिर इतनी तेज़ी के साथ अपने पाँव सँभालते हुए मौसीक़ी के रास्ते पर चलने लगेंगे। हालाँकि, यह रास्ता बहुत लम्बा था और बीच-बीच में रागों के आरोह-अवरोह की मानिन्द बहुत सारी चढ़ाइयाँ-उतराइयाँ थीं। फिर भी, चल तो पड़े ही थे साबिर। पहनावा-ओढ़ावा, रहन-सहन और बोली-बानी सब बदलने लगी थी। अब वे बोलते हुए जी, ज़े और ज़ाल में फ़र्क़ करने लगे थे,...काफ़, ख़े और गाफ़ लगाने लगे थे। इन दिनों नया शौक करना शुरू किया था उन्होंने। इत्र का शौक। हरमंदिर गली में कन्नौजिया सेठ की इत्र की दुकान पर जाते और हिना की ख़ुशबू वाला इत्र ले आते।

इन दिनों एक सवाल उनके मन को दिन-रात मथता रहता कि ननिहाल का पुश्तैनी गाँव-घर तो देख आए वह, पर अपने अब्बा के पुश्तैनी गाँव-घर का कुछ पता-ठिकाना न चला। कहाँ के थे अब्बा? यहाँ पटना के मूल बाशिन्दा होते तो कोई न कोई ठिकाना होता! अगर कहीं से आकर बसे थे, तो कहाँ से और किन हालात में आए थे? रियाज़ ख़त्म करने के बाद उन्होंने बड़े अदब और संकोच के साथ एक दिन अपने बड़े मामू से पूछा। कुछ देर तक मौन रहे उस्ताद फ़हीमबख़्श। यादों में खोए रहे। फिर कहा, "तुम्हारे अब्बा का नाम अली जान था। मधुबनी ज़िला में बेनीपट्टी के पास बागमती के किनारे उनका गाँव था—सीसो। तुम्हारे अब्बा रसनचौकी बजाया करते थे। हर साल बागमती की बाढ़ में सारा इलाक़ा डूब जाता। आज भी डूबता है। एक साल ऐसी बाढ़ आई कि तुम्हारे दादा-दादी सहित पूरा परिवार बह गया। अकेले तुम्हारे अब्बा बच गए। खेती-बारी थी नहीं। फूस का घर था किसी और की ज़मीन पर बना हुआ। तुम्हारे अब्बा पटना चले आए। जैसे-तैसे उनकी ज़िन्दगी गुज़र रही थी कि हमारे अब्बा की नज़र पड़ी उन पर। ले आए अपने साथ। तालीम दी। पहले से ही रसनचौकी बजाते थे सो देखते-देखते उन्होंने हम दोनों भाइयों को पीछे छोड़ दिया। ग़ज़ब की फूँक थी। सुर के पक्के। इतने पक्के कि सूई की नोक भर भी इधर-उधर नहीं हुए कभी। हम दोनों भाइयों

से ज़्यादा मानते थे हमारे अब्बा उन्हें। उन्होंने तुम्हारे अब्बा का नाम बदल दिया और अपना बेटा बना लिया। वह अली जान से अलीबख़्श हो गए। अब्बा हमेशा कहते कि हमारे तीन बेटे हैं। मौसीक़ी की दुनिया में वह अपना असली वारिस तुम्हारे अब्बा को ही मानते थे। उम्मीद है, बाक़ी का क़िस्सा तुम्हें मालूम होगा।" पल भर के लिए रुके उस्ताद फ़हीमबख़्श। साबिर की ओर देखा और फिर कहा, "...साबिर, तुम्हारे ख़ून में मौसीक़ी है।"

मौन साबिर अलीबख़्श अपने बड़े मामू की बातें सुनते रहे। मरहूम उस्ताद नूरबख़्श की मौसीक़ी के वारिस अपने अब्बू को याद करते रहे। उनके कलेजे में हूक उठती रही कि इस ज़िन्दगी में कितना कुछ खो दिया उन्होंने! अपने अब्बू-अम्मा को याद करते हुए, ख़ाला बिलकीस बानो के जाने के बाद की पश्चात्ताप भरी बेचैनियों में और शहनाई न सीख पाने की टीस को सहते हुए उनकी आत्मा पर जो स्वरलिपियाँ जाने-अनजाने खुद गई थीं, वे इन दिनों पागल हवाओं की तरह पीछा करतीं। इनसे बचने के लिए साबिर अपने को शहनाई बजाने के रियाज़ में झोंके रहते थे। अमीना याद आती और हूक भी उठती, पर वह उसकी यादों को सुरों की छाँह में सुला देते। इधर कई दिनों से पीरमुहानी जाने के लिए जी बेचैन होता, पर उस्ताद फ़हीमबख़्श के दिए सुरों के पाठ का बोझ इतना भारी होता कि उसे सँभालते ही दिन सरक कर रातों में और रातें सरक कर दिन में बदल जातीं। दस-बारह घंटों तक रोज़ रियाज़ करना आसान नहीं था। उस्ताद फ़हीमबख़्श की शहनाई उनके अब्बा की तरह बजती नहीं, गाती थी। सारा खेल साँस को थामे रहने और फूँक को लय और ताल की संगति में बनाए रखने का था। जो अमीना कभी साबिर की साँसों में बसी रहती थी, उसका साबिर अलीबख़्श की साँसों में वैसा वजूद नहीं रहा। मुरकियाँ और तानें उसे धीरे-धीरे बेदख़ल करती जा रही थीं।

अपने अब्बू की कहानी सुन कर उन्हें अमीना के अब्बा नासिर मियाँ की याद आई थी। रसीदन ख़ाला बताती थीं कि उनके शौहर के अब्बा गंगा पार की किसी बस्ती से उखड़ कर आए थे। गंगा की बाढ़ ने उनका सब कुछ निगल लिया था। बस धुनकी बची थी, जिसके सहारे वे अपनी बीवी-बेटे के साथ पटना आ गए थे। साबिर ने सोचा कि कितनी मिलती-जुलती है नासिर मियाँ के

अब्बा और उसके अब्बू के उजड़ने और फिर कहीं न बस पाने,...उजड़े रह जाने की कहानी!

फ़रहत बानो अल्लाह को प्यारी हुईं।

उस्ताद नूरबख़्श ने अपनी बेटी का नाम ज़रूर फ़रहत रखा था, पर वह ता-ज़िन्दगी कभी ख़ुश न रह सकीं। नूर मंज़िल में साबिर के आने के बाद से उन्होंने अपने को कमरे में लगभग क़ैद कर लिया था। पहले वह कभी-कभार अपने दोनों भाइयों के साथ बैठ जाया करती थीं। घर की बातों में शामिल हुआ करती थीं। हाँ, दोनों भौजाइयों से कम बोलचाल होती। अक्सरहाँ चुप्पी ही रहती। एक रुक्न बी थीं, जिनसे उनकी बातें होतीं। वह रुक्न बी पर बात-बेबात गरजती-बरसती रहतीं। उनकी नसीहतें सुन कर रुक्न बी भी चुप नहीं रहतीं। पलट कर जवाब देतीं, "देखो तो भला! रात-दिन इनकी ताबेदारी करो और तिरछे बोल भी सहो।...हाय अल्लाह! कोई पूछे इनसे कि हमारे सिवा कौन इनको घास डालता है?...अय हय! नखरे तो देखो इनके, अब हम नहीं इनका हुकुम बजाने वाले।"

साबिर का आना उन्हें नहीं भाया था। साबिर भी उनसे बचता। सिर्फ़ बचता ही नहीं, डरता भी था। सामने पड़ जातीं तो अदब के साथ सलाम करता, भले वह जवाब दें या न दें। उनकी देह को दुनिया भर के मरज़ लगे हुए थे। उनकी दवाएँ बिला नाग़ा मँगवाई जातीं। जब से साबिर आया था, यह ज़िम्मा उसे ही दिया गया था। सारी दवाएँ तोशक के नीचे पड़ी मिलीं। उन्होंने कुछ महीनों से दवाएँ खाना बन्द कर दिया था।

फ़रहत बानो दोनों भाइयों के बीच में थीं और साबिर की अम्मा मरहूमा मदीहा बानो सबसे छोटी। अली जान से अलीबख़्श बन कर जब साबिर के अब्बू नूर मंज़िल में रियाज़ के सिलसिले में लगातार आने-जाने और ढेर सारा वक़्त गुज़ारने लगे, फ़रहत बानो सबसे पहले उनकी ओर खिंचीं। उनकी नज़रें अलीबख़्श का पीछा करने लगीं, पर वह कटे-कटे रहते। सारे घर में फ़रहत बानो का हुकुम चलता।

फ़रहत चाहती थीं कि अलीबख़्श उनके पीछे-पीछे दीवानों की तरह घूमें और वह उनसे दूर-दूर रहते हुए अपने इशारों पर नचाएँ।...पर इतनी साहस अलीबख़्श के पास नहीं थी। इस बीच चुलबुली मदीहा हवा के झोंकों की तरह आकर उनको छूने लगीं। जितनी देर वह नूर मंज़िल में रहते, वह मँडराती रहतीं। अपने अब्बा की दुलारी मदीहा बेख़ौफ़ होकर इश्क़ के पेच लड़ाने लगीं और फ़रहत यह देख-देख कर भीतर ही भीतर कोयले की मानिन्द धुआँती रहीं। एक शाम फ़रहत ने एकांत पाते ही अलीबख़्श को रोक कर साफ़-साफ़ लफ़्ज़ों में कहा, "हमारे न हुए तो मदीना के भी न हो पाओगे। सोच लो।"

एकांत धोखेबाज़ निकला। दूर कहीं से छिप कर मदीहा यह सब देख-सुन रही थीं। बस यहीं से दोनों बहनों के बीच तनातनी शुरू हुई। जब तक नूरबख़्श ज़िन्दा थे मदीहा बानो इत्मीनान में थीं कि उनका कोई कुछ नहीं बिगाड़ सकता, पर उनकी वफ़ात के बाद उन्हें किसी पर भरोसा नहीं था। उनकी अम्मी और दोनों भाइयों पर भी फ़रहत बानो का ही हुकुम चलता था, सो उन्हें लगा, वे लोग उनकी ही सुनेंगे। अपने अब्बा का चालीसवाँ गुज़रते ही उन्होंने अलीबख़्श से निकाह कर लिया। किसी की एक न सुनी। फ़रहत बानो ने दोनों भाइयों के साथ मिल कर उन्हें घर में घुसने न दिया और ग़ुरबत की ज़िन्दगी में ढकेल दिया। मदीहा ने अपनी मुहब्बत अलीबख़्श को पाने के लिए ग़ुरबत को मंजूर किया। इस ग़ुरबत से वह टूट कर बिखर गईं। इस तरह बिखरीं मदीहा बानो कि इस दुनिया से ही रुख़्सत हो गईं। फ़रहत बानो अपने ठस्सों का शिकार बनती गईं। ब्याह की सारी पेशकशें ठुकराती गईं और ताउम्र बिन ब्याही बैठी रहीं।

फ़रहत बानो के गुज़रने के बाद नूर मंज़िल की हवा में जो घुटन थी, वो क़ाफ़ूर हो गई। उनकी दोनों भौजाइयों ने चैन की साँस ली। भाइयों को दुख तो था उनके जाने का, पर घर के भीतर चौबीसों घंटे बनी रहने वाली बदअमनी से पीछा छूटने का इत्मीनान भी था। कई बार तो बिना बोले, सिर्फ़ मुँह बिचका कर ही फ़रहत बानो तूफ़ान खड़ा कर देतीं। फ़हीमबख़्श की बीवी तो उनके ताने सुन चुप-चुप रहा करतीं, पर ग़ुलामबख़्श की बीवी और रुक्न बी से ठनी रहती थी।

चालीसवाँ बीता। नूर मंज़िल की रँगाई-पुताई हुई। फ़रहत बानो के कमरे का सारा साज़ो-सामान निकाला गया। उनकी पेटी से गहनों की एक बड़ी पोटली

निकली। उनके ब्याह के लिए उनकी अम्मी ने जो गहने गढ़वाए थे, उन्हें सौंप गई थीं। लाखों की इस पोटली को अपनी पेटी में दबाए हुए पूरी ज़िन्दगी गुज़ार कर चली गई थीं फ़रहत बानो। गहनों को बैंक लॉकर में इस चर्चा के साथ रखवाया गया कि ये गहने ही साबिर की दुल्हन के काम आएँगे।

फ़रहत बानो की मौत के बाद नूर मंज़िल में साबिर के ब्याह की चर्चा की यह शुरुआत थी।

नूर मंज़िल में दौलत की कभी कमी नहीं रही। जब क़व्वाल उस्ताद ज़हूरबख़्श ने पटना में नूर मंज़िल की तामीर करवाई तब से लेकर अब तक अल्लाह की मेहर रही। नूरसराय की जायदाद के अलावा वह अपने वंश को मौसीक़ी का ऐसा हुनर सौंप गए थे कि जिसके बलबूते दौलत की आमद होती रही। इन दिनों ग़ुलामबख़्श और साबिर का नूरसराय जाना-आना लगा रहता। धीरे-धीरे ज़मीन बेचने का सिलसिला जारी था। अधिकतर ख़रीदार साबिर को पकड़ते। बाज़ार भाव के अनुसार क़ीमत चुकाने के अलावा उसे अलग से बिना माँगे बख़्शीश के नाम पर दलाली देते। पहले तो साबिर को अटपटा लगा, पर बाद में उसने सोचा कि क़ीमत में हेर-फेर किए बिना अगर कुछ मिल रहा तो वह हराम की कमाई नहीं, सो उसने लेना शुरू किया। ज़मीन-जायदाद की बिक्री में साबिर ने भी अपने लिए कुछ पैसे ज़ोड़ लिये। इतने पैसे वह जोड़ सकेगा, उसने कभी सपने में भी नहीं सोचा था। वैसे भी उसके पास अपने ख़र्च के लिए कोई कमी नहीं थी। एक बँधी हुई रक़म पार्टी के दूसरे लोगों की तरह उसे भी मिलती। जैसे औरों को हर प्रोग्राम के बाद कुछ पैसे मिलते, वैसे ही उसे भी मिलते। सौदा-सुलुफ़ के बाद जो बचता, उसे हर बार वह लौटाता, पर रक़म अगर मामूली हो तो दोनों ममानियाँ और मामू लोग उसे ही वापस कर देते। रहने-खाने की कोई फ़िक्र ही नहीं थी। बस अगर ख़र्च था, तो इतना ही कि हसीन मियाँ को दारू और कन्नौजिया सेठ को इत्र के पैसे चुकाने पड़ते। वैसे शौक बढ़ते ही जा रहे थे। इन दिनों साबिर अलीबख़्श ने अपने बड़े मामू की तरह क़िवाम

लगा मगही पान खाना शुरू कर दिया था। सुल्तानगंज की सबसे रौनक़दार जगह मगन चौरसिया की पान-दुकान पर उस्ताद नूरबख़्श के नवासे साबिर अलीबख़्श की पहचान बनने लगी थी।

एक दिन जब साबिर अलीबख़्श अपने मामू के साथ रियाज़ पर बैठे राग मियाँ की मल्हार सीख रहे थे, उनकी बड़ी ममानी पास आकर बैठ गईं। अक्सर ऐसा नहीं होता। रियाज़ के समय ग़ुलामबख़्श के सिवा किसी के भी पास आने की मनाही थी। उस्ताद फ़हीमबख़्श ने एक नज़र अपनी बेगम की ओर देखा और रियाज़ रोक कर इशारों में आने का कारण पूछा। वह इशारों का जवाब दिए बिना चुप बैठी रहीं। फिर रियाज़ रोक कर उन्होंने सवालिया अन्दाज़ में कहा, "कहिए।"

"जी, बस ऐसे ही।" साबिर की बड़ी ममानी बोलीं।

"बहुत देर हो गई क्या?"

"रियाज़ में क्या देर-सवेर! बहुत देर तो नहीं हुई, पर दूसरे मामले में अब हो रही है।"

"कौन से मामले में?"

"नाश्ता तैयार है। कर लें, फिर बताते हैं।"

"बताएँ तो सही।...नाश्ता तो रोज़ ही करते हैं। आज भी कर लेंगे।" मुस्कुराए उस्ताद।

"अब इस घर को एक दुल्हन चाहिए।"

"पहले ही दूसरी लाकर भुगत चुके हैं। आप चाहती हैं कि तीसरी लाकर अपनी फ़ज़ीहत करवाएँ, अब इस उम्र में तो मैं लाने से रहा। पहले जो ग़लती की उसे दुहराने नहीं जा रहे हम।..."

"हाय अल्ला! आप भी न...!" उस्ताद की बेगम हँसीं और साबिर की ओर देखते हुए कहा, "हम तो कह रहे हैं कि अब आप साबिर मियाँ के ब्याह की सोचें! दोनों भाई आँखें मूँदे बैठे हैं।"

"यह ज़िम्मेदारी आप और मुन्ना मियाँ ही निबाहें। हम निकलेंगे ढूँढ़ने तो ख़ाली हाथ ही लौटेंगे। आप जानती हैं कि हम कितने नासमझ हैं इन मामलों में।"

मियाँ की मल्हार ज्यों की त्यों रह गई। रे म रे सा मरे निध निसा से आरोह तो हो चुका था, पर सा नि प म प ग म रे सा का अवरोह बाक़ी रह गया। नाश्ते की मेज़ पर पराठे के टुकड़े में अंडे की ज़र्दी लपेट कर मुँह में कौर डालते हुए साबिर को अमीना याद आई।

नाश्ता ख़त्म कर साबिर अलीबख़्श मगन चौरसिया की दुकान पर पहुँचे। मगही पान का बीड़ा दाब कर वहाँ से निकले और बिना डोर वाली कटी पतंग की मानिन्द उड़ते-मँडराते रसीदन के आँगन में जा गिरे।

धूप थी।

जाते चैत की धूप। तीखी धूप। हवाओं को छका कर अपने ताप से झुलसाने वाली। लोग कहते कि ऐसी गर्मी पहले कभी नहीं पड़ी। क़ब्रिस्तान की दक्खिनी दीवार गिर जाने से आवारा पशुओं का भीतर घुस आना और पच्छिमी चहारदीवारी के संग लगे पेड़ों की छाँव में सुस्ताना रोक पाना मुश्किल हो गया था।

साबिर अलीबख़्श पहले फजलू की कोठरी में गए। कोठरी में अजीब-सी बास भरी हुई थी। फजलू पाँव मोड़ कर पेट में सटाए गठरी की तरह बिछावन पर पड़ा हुआ था। बहुत कमज़ोर हो चुकी थी उसकी देह। उसे देख कर साबिर को धक्का लगा। कलेजा मुँह को आ गया। उसने आवाज़ दी, "फजलू!...फजलू!"

फजलू ने आँखें खोलने की ऐसे कोशिश की मानो उसकी पलकों पर मनों बोझ लदा हो। पल भर के लिए आँखें खुलीं और फिर बन्द हो गईं। फजलू ने करवट बदलते हुए अपने हाथ से उसे बैठने का इशारा किया।

साबिर बैठा।

कोठरी की बास उसे परेशान कर रही थी। फजलू कुछ बोल नहीं पा रहा था। साबिर भी कुछ बोल नहीं सका। बैठा रहा थोड़ी देर। फिर कहा, "आता हूँ ख़ाला से मिल कर।" और कोठरी से बाहर निकल गया।

वह आँगन के दरवाज़े के पास पहुँचा। पर्दा बदल गया था। पहले फजलू किसी

से सिनेमा के पोस्टर वाले फ्लेक्स मँगवा कर टाँग दिया करता था। अब कपड़े का बड़े-बड़े फूलों के प्रिंट वाला पर्दा लगा था। पल भर के लिए ठिठक कर उसने पर्दे को देखा। फिर धीरे से पर्दा हटा कर सकुचाते हुए भीतर दाख़िल हुआ। अमीना दिन का खाना पका रही थी। रसीदन बरामदे में बैठी थी। यह आँगन, जो कभी साबिर के लिए एक जादू भरा संसार था, वहाँ उदासियाँ पसरी थीं। इन उदासियों को क़ब्रों की दूहों से निकलती बेआवाज़ आहों और पुकारों से भरी हवा लेकर आ रही थी। इस आँगन में घुसने के बाद पहली बार साबिर का मन काँप उठा था। वह समझ नहीं सका कि यह डर है या दुख! क़ब्रिस्तान के पेड़ों की ओर से धूसर और काले पाँखों वाली कोई चील उड़ी और आकर पल भर के लिए नल की टोंटी पर बैठ गई। अमीना ने उसे देखा और मुँह फेर कर कड़ाही में पक रही सब्ज़ी का ढक्कन हटाया। मसालों की तेज़ गंध का भभका उठा और साबिर के नथुनों से टकराता हुआ फैल गया। साबिर ने रसीदन के पास आकर सलाम किया र्प. ने कहा, "आओ, बैठो।"

वह रसीदन के पास आकर बैठा। एक बास वहाँ भी थी। फजलू की कोठरी में जो बास उसकी नाक में घुसी थी, वह मसालों की महक से थोड़ी देर के लिए दब गई थी। यह बास रसीदन के पास तख़्त पर बैठते ही फिर उभर आई थी और साबिर को परेशान करने लगी थी।

"...बड़े दिनों बाद याद आई?" रसीदन ने बिना उसकी ओर देखे पूछा और साबिर के जवाब देने का इन्तज़ार किए बिना ख़ुद ही कहा, "शुकर है अल्लाह का कि भूले नहीं।"

"कैसी हो ख़ाला?" ख में ख़े लगा कर पूछा साबिर ने।

"खाला को कौन जन्नत में जाना है! जैसे पहले थे, वैसे ही हैं। तुम बताओ अपना हाल-चाल।...साबिर बाबू को चाह पिला अमीना।" रसीदन ने एक गहरी उसाँस छोड़ते हुए अमीना से कहा।

"दूध नहीं है।" अमीना थी—प्रतीक्षा, दुख और उपेक्षा के नाख़ूनों से खुरचे जाने के बाद किसी लुप्त हुई सभ्यता की अबूझ लिपि के निशानों वाले पत्थर जैसा चेहरा लिये। काली सीपी-सी आँखों के मोतियों का रंग झड़ चुका था। साबिर के जाने के बाद जब तक आँसू रहे इन सीपियों में, ये गीले रहे, चमकते

भी रहे। आँसू सूख जाने के बाद इनकी चमक जाती रही। इनका रंग मटमैला हो गया।

"काली ही बना दे या राधे के पास से ले आ।"

"अब आँच नहीं रही चूल्हे में। सिरा रही है। चाय नहीं बन पाएगी।" कहती हुई उठी अमीना और आँगन से बाहर निकल गई।

जाती हुई अमीना को ग़ौर से देखा साबिर ने। पहले से बहुत दुबली लगी उसे। एक चोटी थी पीछे लटकती हुई। जो चोटी कमर से नीचे आ जाती थी पहले, वह अब कमर के ऊपर ही अटकी हुई थी। काँधों की उठान झुक गई थी। पैरों की चाल की लय भी बदल चुकी थी। साबिर मियाँ की नज़रें इन दिनों हर काम में सुर, लय और ताल की तलाश करने लगी थीं। वह जाती हुई अमीना को निहारने के बाद उसके बारे में सोचते रहा कि वह लौटी। उसके दोनों हाथों में चाय के दो गिलास थे। उसने एक साबिर को दिया और दूसरा अपनी अम्मी को। साबिर ने पूछा, "तुम नहीं पिओगी?"

अमीना ने कोई जवाब नहीं दिया।

रसीदन और साबिर चुपचाप चाय पीते रहे। चाय ख़त्म हुई। साबिर ने पूछा, "फजलू को किसी डॉक्टर को नहीं दिखाया ख़ाला?"

"दिखाया था। तिब्बिया हस्पताल में। वहीं से दवा ले आते हैं।"

"बुधमूरती के पास से?"

"हूँ!"

"किसी डॉक्टर को दिखा दो ख़ाला। तिब्बिया की दवाई से यह मरज़ नहीं जाने वाला। फजलू की हालत ठीक नहीं।" साबिर ने फ़िक्रमंदी के साथ सलाह दी।

चुप रही रसीदन। क्या जवाब देती? साबिर को वह त्या बताती? क्या उसे नहीं मालूम कि घर के हालात क्या हैं?

"ख़ाला तुमको बुरा न लगे, तो एक बात कहें?" साबिर ने पूछा।

"बोल बेटा।"

"कुछ पैसे हैं मेरे पास। तुम ले लो। फजलू को किसी अच्छे डॉक्टर से दिखा दो और...।"

साबिर की बात अभी पूरी भी नहीं हुई थी कि अमीना गरजी, "खैरात बाँटने

आए हो? भीख मत दो साबिर मियाँ।...खैरात लेना हम लोगों का पेशा जरूर है, पर भिखमंगों से नहीं लेते। तुम तो खुद ही दूसरे के दरवज्जे पर पल रहे हो। बहुत घमंड हो गया है तुमको।...जाओ यहाँ से। जाकर हड्डी चाटो ननिहाल में। मर जाने दो फजलू भाई को। उसके मरने-जीने की फिकर तुम मत करो। तुम अपनी जिन्दगानी देखो और हम लोगों को अपनी जिन्दगानी जीने दो। हम लोग दिन-रात कबर के साथ रहते हैं,...मैयत से नहीं डरते, सो मौत से डराओ मत हम लोगों को।...फिर मत आना हमारे घर।"

बीच आँगन में खड़ी अमीना चीख़ रही थी। बिलख-बिलख कर रो रही थी। उसकी देह थर-थर काँप रही थी। रसीदन उठ कर उसके पास आई और उसे अँकवार में भर लिया। उसकी पीठ सहलाती रही। अपने आँचल के छोर से उसका चेहरा पोंछती रही। जानती थी रसीदन कि अमीना जिस दाह में जल रही है, उसके ताप को, उसकी जलन की पीर को हर लेना किसी के बूते की बात नहीं। अमीना के इन बोलों, इस चीख़ती हुई आवाज़ और उसके होंठों के बीच मरे हुए सपनों की लाशें थीं। उसके चारों ओर एक खांडव वन था। दहकता हुआ। अपनी लपटों से झुलसाता, राख करता।

सूरज माथ पर था। तीखी किरणों से वेध रहा था। अचानक अमीना की आँखों के आगे सियाही छा गई। चाक पर रखी माटी के लोंदे की तरह नाच उठा उसका माथा। वह धम्म से बैठ गई ज़मीन पर। रसीदन उसे सँभालने में लगी थी। अमीना की आँखें मुँदी हुई थीं। उसके लिए चारों ओर सियाही ही सियाही थी। इसी बीच उसके कानों में कोई महीन पुकार उतरी, "बच्ची!...मेरी बच्ची!"

मिश्री घुली आवाज़ थी।

उसकी मुँदी आँखों में एक सूरत उभरी।

दाता पीर मनिहारी थे।

मनिहारी की तरह साज-सिंगार के सामान से भरी टोकरी लिए खड़े थे।

साबिर को काठ मार गया था।

रसीदन के इशारे पर वह उठा। पानी लाकर दिया। रसीदन ने अमीना के मुँह पर पानी के छींटे मारे। हौले-हौले उसकी आँखें खुलीं। रसीदन ने उसे अपनी छाती से लगा लिया।

अम्मी की छाती से लगी अमीना सुबकती रही। उसके सुबकने की दग्ध आवाज़ों के वलय में घिरे उस्ताद नूरबख़्श के नवासे साबिर अलीबख़्श बरामदे में चुप बैठे उसे देखते रहे।

चले गए शहनाईनवाज़ साबिर अलीबख़्श।

जाते समय रसीदन ने कहा कि खाकर जाओ, पर उन्होंने भूख नहीं होने की बात कही और बिना कुछ खाए चले गए। फजलू की कोठरी में बाहर से ही झाँक कर देखा। उसकी सलामती के लिए मन ही मन दुआ की और चले गए। राधे गोप ने उन्हें दूर से ही देखा और अपने को दुकान में उलझाए रखा। उन्होंने भी देखा, पर मिलने नहीं गए। अमीना से कोई बातचीत नहीं हुई। रसीदन ने उसे बरामदे में ही तख़्त पर सुला दिया था। वह आँगन के दरवाज़े की ओर अपनी पीठ किए सोई हुई थी।

रसीदन ने फजलू को अपने हाथों कौर-कौर खिलाया। इन दिनों यह काम अमीना करती थी। फजलू का खाना छूटता जा रहा था। बहुत चिरौरियों के बाद दो-चार कौर खाता था। सारा पका खाना धरा का धरा रह गया। न रसीदन ने खाया और न ही अमीना ने।

दिन को बीतना था, सो बीत गया।

साबिर अलीबख़्श ने आकर अमीना की ज़िन्दगी को हिंडोर दिया था। तलछट में जमी गाद की तरह भीतर छिपा दुख बाहर निकल आया था। कुछ दिनों से साबिर की अनुपस्थिति ने अमीना की ज़िन्दगी को नए तौर-तरीक़ों में ढालना शुरू कर दिया था कि उसने आकर एक बार फिर उसे तहस-नहस कर डाला था।...वह अपने को समझाने में लगी थी कि उसके लिए साबिर केवल एक जान-पहचान वाला आदमी भर है। उससे उसका कोई सम्बन्ध नहीं। वह अपने और साबिर के बीच एक ऐसी असाध्य दूरी बनाना चाहती थी, जिसका आरम्भ और अन्त कोई और नहीं पहचान सके। वह उसी दूरी के बीच अपनी पुकार की प्रतिध्वनियों को,...अपनी आत्मा के हाहाकार को केवल अपने ही सुनना चाहती थी।

जब साँझ का धुँधलका गहराया, अमीना उठी। वह आँगन से बाहर निकली। क़ब्रिस्तान की पच्छिमी ओर खड़े पेड़ों को गहराते धुँधलके में मिल कर बिलाते हुए देखा और दाता पीर मनिहारी के सामने जाकर खड़ी हो गई।

आज सुबह-सुबह कुछ औरतों का एक झुंड मज़ार पर चादरपोशी के लिए आया था। किसी की मिन्नत पूरी हुई थी। चूड़ियों वाली टोकरी में चूड़ियाँ भरी थीं। उसकी अम्मी को कुछ ख़ैरात भी मिली थी। हरे रंग की नई चादर ओढ़े दाता पीर सोए थे। अमीना ने कहा, "आज आप आए ढाढ़स बँधाने,...मेरा दुख पूछने आए,...अच्छा लगा पीर बाबा। बहुत भरोसा मिला।...हम रोना नहीं चाहते बाबा। किसी से कोई शिकवा नहीं करना चाहते। हमको बूता दीजिए बाबा कि जी सकें। जब से आपने 'मेरी बच्ची!...मेरी बच्ची!' कह कर अपनी मिसरी जैसी आवाज में पुकारा है, बार-बार आपकी आवाज सुनने को जी करता है बाबा।"

अमीना दोज़ानू होकर बैठी और अपना माथा मज़ार से टिका दिया। उसकी पलकें मुँद गईं।

बीतते चैत का चाँद आसमान में टहल रहा था और धरती को अपनी चाँदनी के छींटों से भिगो रहा था। धीरज के साथ बहती हवा थी। एक अबूझ बोली-बानी वाली मीठी आवाज़ अमीना के कानों में उतरी—

ज़रगर पिसरे चू माहपारा
कुछ गढ़िए सँवारिए पुकारा
नक़्दे-दिले-मन ग़िरिफ़्तो बिशिकस्त
फिर कुछ न गढ़ा न कुछ सँवारा।[1]

"हम कुछ समझे नहीं बाबा। जाने कौन-सी बानी बोल रहे हैं आप!...हमारे लिए अबूझ मत बनो बाबा। सारी दुनिया पहले ही अबूझ हो चुकी है हमारे खातिर।" अमीना ने गुहार लगाई। किसी मीठा बजने बाले बाजे की आवाज़ जैसी खिलखिल हँसी भर गई उसके कानों में। दाता पीर मनिहारी बोले, "एक सुनार का बेटा था। चाँद के टुकड़े जैसा सुन्दर। उसने आवाज़ लगाई कि कुछ गढ़वा लो, कुछ बनवा लो।

---

1. अमीर ख़ुसरो का क़त्अ:, जो 1767 ई. में प्रकाशित मीर की पुस्तक 'निकातुश्शुअरा' में दर्ज है।

उसने सोने जैसा मेरा दिल लिया और तोड़ दिया। न कुछ गढ़ा, न कुछ सँवारा।... समझा तुमने मेरी बच्ची?"

"हाँ मेरे दाता। समझ गई।...समझ गई तुम्हारी बानी।...मेरे मुर्शिद!...मेरे पीर!" अमीना के होंठ हिले।

13

फजलू की हालत दिन पर दिन बिगड़ती ही जा रही थी।

अमीना ने चुन्नी को फ़ोन किया। उसी रात हावड़ा-दानापुर एक्सप्रेस पकड़ कर वह कलकत्ता से चली और सुबह पटना पहुँची। दूसरे दिन फजलू को राधे और बबिता के सहयोग से सरकारी अस्पताल में दाख़िल कराया। मुन्ना सिंह यादव और पान दुकान वाले भुट्टी भाई ने भी सहयोग किया। तरनेजा सेठ ने रसीदन को बुला कर बिना माँगे आर्थिक मदद की। हफ़्ता दिन रुक कर चुन्नी चली गई। बड़ी मुश्किल से चार दिनों की छुट्टी मिली थी, पर उसने फ़ोन पर अपने सुपरवाइजर से गिड़गिड़ा कर तीन दिनों की छुट्टी बढ़वाई। सरकारी अस्पताल में भी अधिकतर दवाएँ बाहर की दुकानों से ख़ुद ख़रीद कर ले आना पड़ता था। जैसे-तैसे जोड़-गाँठ कर काम चल रहा था।

रसीदन को लगातार अस्पताल में रहना पड़ता था। बीच में घंटे भर की मोहलत लेकर वह पीरमुहानी आती और नहा-धोकर भागती। घर और क़ब्रिस्तान अमीना के ज़िम्मे था। क़ब्रें खोदने के लिए जिस लड़के को रसीदन ने रखा था, उसके सहारे अमीना अपनी अम्मी की ज़िम्मेवारियाँ निभाने लगी थी। उसे पता तक नहीं चला कि कब और कैसे वह धीरे-धीरे अपनी अम्मी के किरदार में ढलने लगी। मैयतों का आना तो रुक नहीं सकता था। मैयतें आती रहीं और वह अपनी अम्मी की तरह दफ़्न के इन्तज़ाम करने में लगी रही। इन दिनों उसकी सूरत उसकी अम्मी की सूरत में बदलती जा रही थी। यह सिलसिला लगभग एक माह चला।

फजलू मरते-मरते बचा। वह पहले से बेहतर होकर घर लौटा। पूरी तरह निरोग

तो नहीं हुआ था, पर हालात बेहतर हुए थे। मोहल्ले में किसी को उम्मीद नहीं थी कि फजलू ज़िन्दा लौटेगा। डॉक्टर ने रसीदन से कहा था, "कितने दिन इसे लेकर अस्पताल में पड़ी रहोगी?...इसे घर ले जाओ। दवाएँ खिलाती रहो। बाहर की हवा लगेगी तो जल्दी ठीक होगा।"

इस बीच, जिन दिनों फजलू अस्पताल में भर्ती था, एक दिन बड़ा कांड होते-होते बचा। रसीदन अस्पताल में थी। गर्मी से बेहाल अमीना बरामदे में बैठी दिन के बीतने का इन्तज़ार कर रही थी कि आँगन में सत्तार मियाँ घुसे। अमीना भौचक रह गई। पहले तो एक झटके में उसे भरोसा नहीं हुआ कि सत्तार मियाँ आ सकते हैं, पर वही थे। वह चौकन्नी हो गई। उसे लगा कि इस लू के थपेड़ों वाली सुनसान दोपहरी में सत्तार मियाँ का उसके आँगन में घुस आना बिना किसी मक़सद के नहीं हो सकता! अमीना ने कहा, "रुक जाओ!...भीतर मत आना।... बाहर निकलो!"

सत्तार मियाँ ठिठके। नज़रें घुमा कर इधर-उधर देखा और आगे बढ़े। बीच आँगन में आकर रुके। कहा, "क्यों अपनी ज़िन्दगी जहन्नुम कर रही है?...चुन्नी को देख, निकल भागी यहाँ से और मौज कर रही है।...चल, हमारे साथ निकल चल। नहीं निकली, तो एक दिन तेरी अम्मा तुझसे पेशा करवाएगी।"

अमीना चीख़ उठी, "हरामी, अगर पेशा भी किया, तो तेरे साथ नहीं।...हम थूकने वाले भी नहीं तेरे मुँह पर। चला जा।" सत्तार मियाँ हिलने को तैयार नहीं थे। बालों में मेहँदी लगा कर आए थे। अड़े हुए थे। उसने ज़ोर से आवाज़ लगाई, "राधे भाई!...राधे भाई!"

राधे की दुकान ख़ाली थी। इस लू में चाय पीने वाले भला कहाँ से आते! वह बेंच पर बैठा ऊँघ रहा था कि उसके कानों में अमीना की आवाज़ पड़ी। वह उठा। क़ब्रिस्तान के फाटक तक गया। उसे लगा, कहीं कुछ गड़बड़ ज़रूर है! उसने रसीदन के घर के दरवाज़े का पर्दा हटा कर झाँका। दरवाज़े पर टिकी अमीना की आँखों से उसकी आँखें टकराईं। उसे सत्तार मियाँ की पीठ दिख रही थी। राधे आगे बढ़ा। सत्तार मियाँ को आँगन में खड़ा और डर के मारे अमीना को काँपते हुए देख कर अचम्भित था वह। अमीना के बिना कुछ बोले उसके सामने सब कुछ साफ़ था। उसने एक ज़ोरदार तमाचा सत्तार मियाँ के गालों पर मारा। उनके मेहँदी रँगे

बाल हवा में मुर्गी के पाँख की तरह बिखर गए। उन्हें बीच आँगन में पटक कर जी भर कूटा राधे ने। फिर कहा, "आज भर के लिए इतना कम नहीं।...जाओ सत्तार मियाँ! निकल लो। अगर मुन्ना को पता चला, तो तुम सब्जीबाग जाने जोग नहीं रहोगे।...जाओ, फिर मत घुसना इस आँगन में।"

सत्तार मियाँ निकले और लोहानीपुर वाला रास्ता पकड़ कर ग़ायब हो गए। राधे ने कहा, "दरवाज़े का पल्ला लगा लिया कर अमीना।...खुला रखेगी, तो कुकुर घुसेगा ही।"

अपनी कोठरी में भले ही फजलू पड़ा रहता था, पर उसकी हैबत थी। अगर वह होता, तो सत्तार मियाँ की हिम्मत नहीं होती कि वह मुँह उठाए घुस आएँ। अमीना के चलते दूसरी बार पिटे थे वह। इस बार पिट कर लौटते हुए ख़तरनाक़ मनसूबे बाँधे थे उन्होंने।

नूर मंज़िल में साबिर अलीबख़्श के ब्याह को लेकर तरह-तरह की बातें चल रही थीं। कानाफूसियों का दौर था। बीच-बीच में जब कभी रुक्न बी नूर मंज़िल की बहती हवाओं में अपने कानों को रोप कर सुनने की कोशिशें करतीं तो कुछ न कुछ सुन ही लेतीं। उनका सुना हुआ ही साबिर तक पहुँचता। रुक्न बी आला दर्जे की क़िस्सागो थीं। वह जो भी सुनातीं, उसमें उनके अपने हुनर का कमाल भी शामिल होता। ब्याह की बिसात बिछी हुई थी। नूर मंज़िल की दौलत दाँव पर थी। साबिर मोहरा थे और साबिर की दोनों ममानियाँ खेल रही थीं। बड़ी ममानी के भाई को चार बेटे और एक बेटी थी। परिवार साधारण था। बेटे लगभग अनपढ़ थे और छोटे-मोटे धंधों में लगे थे, बेटी पढ़ी-लिखी थी और सुन्दर भी थी। पहले उन्होंने कोशिश की थी कि फ़हीमबख़्श उनके किसी भतीजे को गोद ले लें, पर वह तैयार नहीं हुए। अब वह चाहती थीं कि उनकी भतीजी से साबिर का ब्याह हो जाए। छोटी ममानी का मायका तो ठीक-ठाक था, पर उनकी छोटी बहन का ब्याह एक निकम्मे से हुआ था, सो उनका गुज़र-बसर जैसे-तैसे ही चल रहा था। उन्होंने बेटे की आस

में कुल पाँच बेटियों को जन्म दिया था। बड़ी बेटी मैट्रिक तक पढ़ी थी और बेसब्री से ब्याह की राह देख रही थी।

साबिर की बड़ी ममानी को उनकी भतीजी ने ही मात दे दी। उसने सातवीं पास साबिर से अपने ब्याह के प्रस्ताव को नकारते हुए नूर मंज़िल की दौलत को लात मार दी। लाख समझाया लोगों ने पर वह अड़ी रही। जब मामला पूरी तरह ठप्प पड़ गया और बड़ी ममानी की रुचि ख़त्म हो गई, छोटी ममानी ने कमान सँभाल ली। उनकी चाहत थी कि कम से कम एक भतीजी को तो धन-दौलत से भरा-पूरा घर मिल जाए। वह सोचतीं कि अगर उनकी भतीजी नूर मंज़िल में आकर बस गई, तो अपनी बहनों के ब्याह में मदद करने लायक़ तो हो ही जाएगी। फूफी-भतीजी दोनों मिल कर बाक़ी का बेड़ा पार लगा देंगी।

नूर मंज़िल में दस्तरख़ान बिछा था। रात का खाना परोसा जा रहा था। रुक्न बी दोपहर से ही रात के खाने की तैयारियों में लगी थीं। इन दिनों दस्तरख़ान कभी-कभार ही बिछता। दोनों भाई अक्सर अपनी बीवियों के साथ अपने कमरों में खाना खा लिया करते थे। साबिर का खाना भी रुक्न बी ऊपर वाले कमरे में पहुँचा आतीं। अब ख़ास दिनों पर ही दस्तरख़ान लगता और दोनों भाई साबिर के साथ बैठते। मर्दों के खा लेने के बाद दोनों औरतें साथ बैठ कर खातीं।

खाना खाते हुए फ़हीमबख़्श बोले, "साबिर, हम लोग सोच रहे हैं कि अब जल्दी ही तुम्हारा ब्याह कर दें। नूर मंज़िल में सूनापन भर गया है। ज़रूरी है कि अब इसकी आबोहवा बदले। घर में चहल-पहल हो। किसी नए मेहमान को लाया जाए। नई दुल्हन के आने से घर की रौनक़ बढ़ेगी।"

खस्सी के रान की नली चूसते हुए साबिर ने नज़रें उठा कर सबको देखा। सामने बैठी दोनों ममानियों की नज़र उस पर टिकी थीं। दबी ज़ुबान से साबिर ने कहा, "जी ऐसी क्या जल्दबाज़ी है!...अभी तो...!"

"है जल्दबाज़ी।..." गुलामबख़्श ने बात काटते हुए कहा, "ज़िन्दगी में कई मरहले होते हैं। अब वो मरहला आ गया है कि तुम्हारा ब्याह कर दिया जाए। हम दोनों भाइयों की उम्र हुई। हम लोग चाहते हैं कि तुम अपने परनाना मरहूम उस्ताद ज़हूरबख़्श और नाना मरहूम उस्ताद नूरबख़्श की विरासत सँभाल लो। दुल्हन आए और वह भी नूर मंज़िल की रवायतों को समझ-बूझ ले।"

"अब नखरे मत करो साबिर मियाँ।...हाँ बोल भी दो।" दरवाज़े के पास खड़ी रुक्न बी बीच में टपक पड़ीं।

"रुक्न बी!" फ़हीमबख़्श ने उन्हें टोका।

चमकती हुई बोलीं रुक्न बी, "हाय! हम क्या बिगाड़ कर दिए? जब से आए हैं इस घर में कभी कोई जलसा नहीं देखा।...कुछ होगा, तभी तो मुझ भिखारन की झोली भरेगी। कहे देते हैं कि इस बार सोना चाहिए हमको।...हाँ नहीं तो!"

"गाछ पर कटहल, होंठ पर तेल!...अभी ब्याह का ठिकाना नहीं और इनको ज़ेवरात के ख़्वाब आने लगे!" साबिर की छोटी ममानी के जुमले पर सबकी हँसी फूट गई।

रुक्न बी झनकती, पैर पटकती बावर्चीख़ाने की ओर चल दीं।

"आपकी छोटी ममानी की बहन की बड़ी बेटी है सबूही। मैट्रिक पास है। देखने में भी माशाअल्लाह बहुत ख़ूबसूरत है। ज़हीन और मिलनसार है। घर के कामकाज और देखरेख का हुनर भी है। आपस की रिश्तेदारी का मामला है, सो कुछ भी किसी से छिपा हुआ नहीं है। हम सब ने सोचा है कि तुम्हारा ब्याह सबूही से कर दें।...तुम्हें कोई एतराज़ तो नहीं?" सारी सूचनाएँ देकर सवाल के साथ अपनी बात ख़त्म की ग़ुलामबख़्श ने।

साबिर ने सब कुछ चुपचाप सुन लिया। लगभग सारी बातें रुक्न बी के मार्फ़त उसे पहले से ही मालूम थीं। खाना ख़त्म हो चुका था। साबिर की 'हाँ' या 'न' के इन्तज़ार में सबके कान चौकन्ने थे, पर उसके मुँह से कोई आवाज़ नहीं निकली। फ़हीमबख़्श ने कहा, "यह ज़रूरी नहीं कि अभी ही साबिर मियाँ अपना फ़ैसला सुना दें। इसके अब्बा भी कम ही बोलते थे।...ख़ूब इत्मीनान से सोच लो।"

खाना ख़त्म हुआ। फ़हीमबख़्श ने उठने का इशारा किया। साबिर उठा और अपने हाथ-मुँह धोकर अपने कमरे में चला गया। दोनों भाई भी आपस में कोई बिना किसी बातचीत के अपने-अपने कमरों की ओर गए। दस्तरख़ान पर दोनों औरतें बैठीं और अपनी-अपनी समझ के हिसाब से साबिर की चुप्पी के मानी तलाशती रहीं।

साबिर जिस वेग से अपने कमरे में गया, उसी वेग से नीचे उतरा। दस्तरख़ान पर बैठने से पहले पी गई शराब का नशा दस्तरख़ान से उठते हुए हिरन हो चुका था। वह तेज़ कदमों से हसीन मियाँ के पास पहुँचा। वह अपना तामझाम समेट ही रहे थे कि अपने सामने खड़े साबिर को देख मुस्कुराते हुए पूछा, "का हुजूर डबल कोटा?"

बिना कोई जवाब दिए साबिर ने पैसे बढ़ाए और और शीशी लेकर जेब में डाल ली। वह अब पाउच के बदले अंग्रेज़ी पीने लगा था। जिस वेग से गया था, उसी वेग से लौटा। पूरी शीशी ख़ाली करने के बाद साबिर के सिर में झनझनाहट शुरू हुई। फजलू का साथ छूटने के बाद उसकी पीने की आदत बदल गई थी। ज़माने बाद उसने इतनी शराब पी थी। आतिशी शीशे की तरह उसका दिमाग़ यादों से टकरा-टकरा कर चिंगारी उगल रहा था। अमीना की यादें आग की लपटों की तरह उसके इर्द-गिर्द धधक रही थीं। अब्बू, ख़ाला बिलकीस बानो, रसीदन ख़ाला, फजलू, राधे गोप, सत्तार मियाँ और उसकी बुढ़िया मकान मालकिन सब के सब उसे घेरे हुए ठहाके लगा रहे थे। आसमान ग़ायब था। पीरमुहानी की गलियाँ, क़ब्रिस्तान और क़ब्रिस्तान के एक कोने में बसा अमीना का घर-आँगन आसमान की जगह उसके ऊपर उल्टा होकर टँगा था और नीचे गिर कर उसे दबोचने ही वाला था। यह सब अजीब था। विकट और भयावह।

उसका जी कर रहा था कि वह कमरे से बाहर निकल कर खुली छत पर जाए और चीख़-चीख़ कर अमीना को पुकारे। इस तरह पुकारे कि सुल्तानगंज से पीरमुहानी तक सिर्फ़ उसकी ही आवाज़ सुनाई पड़े। दुनिया की सारी आवाज़ों को रौंदते, लाँघते-फलाँगते उसकी आवाज़ अमीना तक पहुँच जाए। हालाँकि उसे सच मालूम था कि वह लाख चाहे, पर नूर मंज़िल की छत से दी हुई उसकी आवाज़ अमीना तक नहीं पहुँच सकती। कहाँ आसमान से होड़ करती नूर मंज़िल की छत और कहाँ गहरे कुएँ की तलहटी में बसा अमीना का आँगन!...वह समझ नहीं पा रहा था कि चूक किससे हुई और कहाँ हुई! वह दौलत और शोहरत के लिए तो नूर मंज़िल आया नहीं था। वह तो अपनी अम्मा की एक तस्वीर माँगने आया था। वह अपनी अम्मा की सूरत देखना चाहता था। वह शहनाई ज़रूर सीखना चाहता था, पर अमीना को गँवा कर नहीं। वह साँझ उसकी यादों में सितारों की तरह जगमगाती रहती है, जब अमीना उसके सीने से लगी सुबक रही थी,...जब उसने अमीना के

होंठों को चूमा था। दाता पीर मनिहारी गवाह हैं कि वह अमीना को छोड़ कर आना नहीं चाहता था, पर...। किसी पुराने मकान का खंडहर जैसे भरी बरसात में भरभरा कर ढहता है, अपने बिछावन पर गिरा साबिर। उसे लगा, उसका बिछावन नीचे धँसता जा रहा है। नीचे। बहुत गहरे। पीरमुहानी क़ब्रिस्तान की धरती की कोख में धँस रहा है वह।...तमाम क़ब्रों के मुँह खुल गए हैं। उन क़ब्रों में दफ़्न मुर्दों की हड्डियाँ भाले की ज़ंग लगी नोक की तरह उसकी छाती में चुभ रही हैं।...अपने बिछावन पर छटपट कर रहा था साबिर। साँप के केंचुल की तरह अपने माज़ी को उतार फेंकना आसान नहीं था उसके लिए। उसकी आँखों के सामने बार-बार उभर रही थी अमीना की सूरत। वह उसे निहार रही थी। डरे हुए घायल पंडुक की आँखों की तरह उसकी आँखों में काँपते पानी को वह साफ़-साफ़ देख पा रहा था।...आज उसे बोलना था। सब कुछ बता देना चाहिए था। उसे बताना था कि वह अमीना से प्यार करता है। भले वह नाराज़ है, पर वह मना लेगा उसे। वह किसी और से नहीं, अमीना से ही ब्याह करेगा। वह अमीना के लिए ही पैदा हुआ है।...कल वह बड़े मामू से बात करेगा। वह बताएगा उन्हें कि अमीना उसका इन्तज़ार कर रही है...कि अपनी शहनाई की तरह ही उसे अमीना भी प्यारी है...कि अमीना उसकी साँसों में बसती है और वही फूँक बन कर उसकी शहनाई में उतरती है। अमीना ही है उसकी शहनाई की मीठी आवाज़।

दूसरे दिन की सुबह नूर मंज़िल में अफ़रा-तफ़री मच गई। साबिर ने अपने बड़े मामू फ़हीमबख़्श को जब साफ़-साफ़ लफ़्ज़ों में यह बताया कि वह क़ब्रिस्तान में रहने वाली मुजाविर लड़की अमीना से मुहब्बत करता है और उसी से ब्याह करना चाहता है, एक बार फिर नूर मंज़िल की नींव हिल गई। लगा, मानो धरती काँप उठी हो। ज़लज़ला आ गया हो। पैंतीस साल गुज़र गए जब मदीहा ने अलीबख़्श से निकाह कर लिया था, तब ऐसा ही दिन आया था। नूर मंज़िल की काँपती दीवारों-छतों से नफ़रत टपक रही थी। कमरों और आँगन में ख़फ़गी की लपटें भर गई थीं। मदीहा

और अलीबख़्श के लिए नूर मंज़िल ने अपने दरवाज़े हमेशा के लिए बन्द कर दिए थे। फ़रहत बानो के हाथों में कमान थी और दोनों भाई शमशीरें चमका रहे थे।... उस्ताद नूरबख़्श के नवासे साबिर अलीबख़्श अपने साथ फिर ऐसी बला लेकर आएँगे, ऐसा किसी ने नहीं सोचा था। दोनों ममानियाँ हैरत में थीं। ग़ुलामबख़्श आगबबूला थे, पर फ़हीमबख़्श ने मामले की नज़ाकत को समझते हुए अपना सब्र बनाए रखा। एक रुक्न बी थीं, जो समझ नहीं पा रही थीं कि आख़िर हो क्या रहा है! नाश्ते के लिए पराँठे और ऑमलेट बना कर वह इन्तज़ार करती रहीं, पर किसी ने एक लुक़मा भी मुँह में नहीं डाला।

बड़े मामू को अपना फ़ैसला सुना कर साबिर इधर-उधर भटकता रहा। देर शाम जब वह लौटा, बड़े मामू का बुलावा लेकर रुक्न बी आईं। वह जब उनके पास पहुँचा, छोटे मामू भी वहीं बैठे थे। उस्ताद फ़हीमबख़्श, साबिर के सामने दुनिया और दुनियादारी की बातें परोसते रहे। साबिर अपनी नमनाक आँखें झुकाए चुपचाप उनकी बातें सुनता रहा। उस्ताद बोल रहे थे, "साबिर,...मेरे बच्चे! इन मामलों में इश्क़ एक जुनून भर है।...पागलपन होता है।...इंसान जितना पाता है, उससे ज़्यादा खोता है। तुम्हारी अम्मा की मिसाल सामने है। क्या मिला मेरी बहन को? ग़ुरबत मिली,...मौत मिली। अपनी औलाद को छाती से लगा भी न सकी। तुम्हारा बचपन कैसे बीता, तुमसे बेहतर कौन जान सकता है भला!...अल्लाह ताला का रहमो-करम है कि देर से ही सही, तुम अपने ननिहाल आए। हमारे साथ रहने लगे। हम लोगों ने दिल खोल कर तुम्हारा इस्तक़बाल किया। मन में कोई दुराव-छिपाव नहीं रखा। तुम्हें अपना वारिस बनाना चाहा।...अब सब कुछ तुम्हारे ऊपर है कि तुम क्या चाहते हो? पीरमुहानी जाकर क़ब्रें खोदना चाहते हो कि शहनाई बजाना चाहते हो! मरहूम उस्ताद नूरबख़्श के नवासे बन कर जीना चाहते हो कि किसी मुजाविर के दामाद बन कर!...साबिर, हम समझ सकते हैं कि इस उम्र में ऐसे रिश्ते को लेकर कैसा जोश होता है,...पर यह जोश दरिया के उफान की तरह जब उतरता है, तब ज़िन्दगी दूभर हो जाती है।...नूरसराय से लेकर पटना तक सब तुम्हारे हवाले है।...हम दोनों भाइयों की ज़िन्दगी के बाक़ी दिन तुम्हारे हवाले हैं।... तुम्हारे नाना-परनाना की मौसीक़ी का घराना तुम्हारे हवाले है।...तुम चाहो तो इसे सहेज कर अपनी गाँठ में बाँध लो या फिर बिखेर कर,...अपने पाँवों तले रौंदते हुए

पीरमुहानी क़ब्रिस्तान में जा बसो। मेरी बस इतनी-सी सलाह होगी कि अगर इश्क़ ही करना है, तो मौसीक़ी से करो।..."

उस्ताद फ़हीमबख़्श की आँखें बरसने लगी थीं और आवाज़ टूट रही थी। ग़ुलामबख़्श उठे और पानी लाकर उन्हें पिलाया। साबिर किसी बुत की तरह बैठा रहा। उसकी देह बेजान और भारहीन हो गई थी। उसके कानों में उस्ताद की मिश्र पीलू में बजाई ठुमरी की धुन उतरती रही

मोरा जियरा न माने ऐसी बात...।

वह सिर झुकाए कुछ देर मौन बैठा रहा।

ग़ुलामबख़्श भी चुपचाप बैठे सब कुछ सुनते-देखते रहे। फ़हीमबख़्श ने सामने की मेज़ पर पड़ा लिफ़ाफ़ा उठाया। उसके भीतर रखा ख़त निकालते हुए छोटे भाई से कहा, "मुन्ने, सबको इत्तला कर दो कि कल शाम से रियाज़ की बैठकें होंगी। पंडित रामसिंगार महाराज से फ़ोन पर हमारी बात करवा देना। पुत्तन लाल, मौजूद हुसैन और सफ़ीर ख़ान को भी बता दो। सबके कपड़े भी बनवाने होंगे,...नए कपड़े। वक़्त बहुत कम है। आज के दसवें दिन दिल्ली में प्रोग्राम है। अब तक की मेरी ज़िन्दगी के सबसे बड़े जलसे में बजाना है। एकेडमी का जलसा है—शहनाई मेला। पूरे मुल्क से शहनाई के फ़नकार जुट रहे हैं। इस बार साबिर मियाँ के कपड़ों का रंग और उनकी बनावट ठीक वैसी ही रहेगी, जैसी हम दोनों भाइयों की। सबके नाम वगैरह एकेडमी वालों को भिजवा दो ताकि वहाँ से हवाई जहाज़ के टिकट आ जाए।...साबिर मियाँ, आपको कल से दिन-रात अपनी मौसीक़ी के बारे में सोचना है। दिल्ली वाले इस प्रोग्राम में आप हम दोनों भाइयों के बीच में बैठेंगे।"

उस्ताद फ़हीमबख़्श ने दिल्ली निकलने से पहले लगातार रियाज़ के लिए बैठकें कीं। इन बैठकों में साबिर के लिए कई ऐसे टुकड़े तय किए गए, जो उसे बीच-बीच में अकेले बजाना था। इस बार की तैयारी में उस्ताद ने राग अभोगी कान्हड़ा,

गुनकली, जैजैवंती और तिलक कामोद में अपने दादा मरहूम उस्ताद ज़हूरबख़्श की कुछ पुरानी बन्दिशों को नए रंग में तैयार किया। इन बन्दिशों में क़व्वाली के रंग शामिल थे।

नए कपड़े भी बन कर आ गए थे। दोनों भाइयों और साबिर के कपड़े एक रंग और एक जैसी बनावट के थे। सफ़ेद चुस्त पाजामा के ऊपर आसमानी नीले रंग की शेरवानी पर गहरे नीले रंग की कशीदाकारी थी। दूसरों के कपड़ों का रंग सलेटी था। कुर्ता और चौड़े मुँह के पायँचे वाले पाजामे थे।

साबिर को छोड़ बाक़ी लोग हवाई जहाज़ से जाते-आते रहे थे। वह पहली बार हवाई जहाज़ पर चढ़ने वाला था। उसने कभी हवाई जहाज़ पर चढ़ कर उड़ने का ख़्वाब नहीं देखा था। बचपन में आसमान में हवाई जहाज़ को उड़ते देख कर वह और फजलू दोनों एक साथ दौड़ते। हवाई जहाज़ से होड़ करते। बाद में जब फजलू की एक टाँग ख़राब हो गई, उसने भी हवाई जहाज़ के पीछे दौड़ना छोड़ दिया था। वह एक बार पीरमुहानी से पैदल चल कर हवाई जहाज़ देखने हवाई अड्डा गया था। भीतर जाना मुमकिन नहीं था और चहारदीवारी भी बहुत ऊँची थी। नज़दीक जाकर तो देख नहीं सका, पर वहाँ जाकर उसने आसमान से उतरते और चहारदीवारी के भीतर छिपते और चहारदीवारी के भीतर से ही आसमान की ओर ऊपर उठते जहाज़ को देखा था।

साबिर चाहता था कि दिल्ली जाने से पहले वह पीरमुहानी जाए और अमीना से मिले। उसकी नाराज़गी दूर करे और अपने हालात बताए। वह जिस दोहरी ज़िन्दगी के दलदल में फँसा था उससे छुटकारे के लिए शायद कोई राह सूझ जाए! नूर मंज़िल उसे पलक झपकाने की भी फ़ुर्सत देने को तैयार नहीं थी। सुबह-शाम रियाज़। घंटों रियाज़। कभी गिटकरी तान, जबड़ा तान, हलक तान, तो कभी शुद्ध तान और वक्र तान। कभी आलाप, तो कभी बढ़त। कभी टप्पा और तराना, तो कभी ठुमरी और दादरा। कभी बिलासखानी गत, तो कभी मसीतखानी गत। खमसा पर बड़े मामू ख़ास ज़ोर देते थे। कहते कि यह मौसीक़ी की दुनिया में मुसलमानों की ख़ास देन है। यह पूरी तरह क़व्वाली के रंग में रँगी होती। बड़े मामू का यह भी कहना था कि बजाने के लिए गाने की तमीज़ बहुत ज़रूरी है। पहले वह गाकर बताते, फिर शहनाई पर बजा कर समझाते। तरह-तरह के तानों, गतों, मुरकियों और

गमक में डूबते-उतराते बीत रहे थे साबिर के दिन-रात। कई-कई घंटों तक शहनाई फूँकते हुए लोहार की भाथी की तरह फेफड़े को काम करना पड़ता था। शहनाई फूँकते हुए साँस को अपने काबू में रखना और लम्बी तानों के बीच मुरकियों से खेलना आसान काम नहीं था। पल-छिन के लिए चूक हो, तो सुर पटरी से उतर जाए या लय ही झूल जाए। अल्ला ताला ने उसके दोनों मामुओं को ग़ज़ब के कान दिए थे! ज़रा-सी भी चूक हुई कि दोनों तरफ़ से उनकी तिरछी नज़रें उसे बर्छी की नोक की तरह छेदने लगती थीं। ऐसे में पंडित रामसिंगार महाराज उसकी ओर बहुत प्यारी भरी नज़र से देखते और नज़रों से ही भरोसा देते। पुत्तन लाल ज़रूर इसके उलट थे। अक्सर अपनी डुग्गी पर आड़ी-तिरछी चालें चल कर उसे उलझाने की कोशिशें करते। उनकी इस हरकत के लिए महाराज जी कई बार उन्हें डाँट चुके थे, पर वह अपनी आदत से लाचार थे। मौजूद हुसैन और सफ़ीर ख़ान को भी वह कभी फूटी आँखों नहीं सुहाया। दोनों के भीतर इस बात को लेकर ग़ुस्सा रहता कि एक नौसिखुए को तवज्जह दी जा रही है।

एक तो मौसीक़ी की ये मुश्किलें और मलामतें और दूसरी ओर अमीना से दूर होते जाने का दुख। दरिया की बीच धारा में हाथ से छूट गई पतवार की तरह अमीना को वह अपने से दूर जाते हुए देख रहा था। वह सोचता, बिना अमीना के क्या वह जी पाएगा? बिना पतवार के उसकी नाव कैसे चलेगी? अगर बीच में ही डूब गई नाव तो वह कैसे पार उतरेगा? उसके फेफड़ों में क्या इतना दम है कि वह तैर कर पार लग जाए? वह इस बात को समझने लगा था कि शहनाई फूँकना और ज़िन्दगी के दरिया को तैर कर पार कर जाना, दोनों अलग-अलग काम हैं।

फजलू की हालत इन दिनों फिर बिगड़ती जा रही थी। अस्पताल से लौटने के बाद कुछ दिनों तक तो वह पहले से बेहतर हालत में रहा, पर धीरे-धीरे हालात फिर वैसे ही होने लगे। उसकी छाती में बलगम फिर भरता जा रहा था। साँस लेना दूभर होता जा रहा था। हर साँस पर घर्र-घर्र की आवाज़ निकलती। न सोते हुए चैन मिलता,

न उठते-बैठते। पैसों की कमी के चलते डॉक्टर के नुसख़े में लिखी दवाइयाँ बन्द हो चुकी थीं। रसीदन तिब्बिया अस्पताल से दवाइयाँ लाकर दे रही थी। इन दिनों फजलू की देखरेख का लगभग सारा ज़िम्मा अमीना पर था। रसीदन की छीजती देह और टूट कर रेज़ा-रेज़ा बिखरता मन अब उसे बुरी तरह थकाने लगा था।

साबिर जब पीरमुहानी क़ब्रिस्तान पहुँचा, तीखी घूप थी और सूरज माथ पर था। दिल्ली जाने से ठीक एक दिन पहले वह सुल्तानगंज से निकला तो सब्ज़ीबाग़ में कुछ ख़रीदारी करने के लिए था, पर वहाँ से पीरमुहानी पहुँच गया। वह पहले फजलू की कोठरी में घुसा। फजलू अपने बिछावन पर पड़ा था। उसे देख कर फजलू की आँखें भीगने लगी थीं। साबिर चुप बैठा रहा। फजलू ने अपनी भीगी आँखें मूँद लीं और हाथ बढ़ा कर उसका हाथ थाम लिया। कुछ देर तक वहाँ बैठे रहने के बाद वह निकला। इस बार वह सुल्तानगंज से आते हुए सब्ज़ीबाग़ से फजलू के लिए कुछ फल ख़रीद कर लेता आया था।

साबिर आँगन में गया। अमीना खाना पका कर बरामदे में बैठी चूल्हे की सिराती हुई आग को एकटक निहार रही थी।

दोनों की नज़रें मिलीं। अमीना की आँखों में उसको देख कर न तो हैरत के भाव आए और न ही नफ़रत के। इन्तज़ार तो था ही नहीं। वह उठी। साबिर धीमे क़दमों से पास आया। अमीना ने तख़्त पर बैठने के लिए इशारा किया। पहले चुन्नी जिस बिछावन पर सोती थी, उस जगह को ख़ाली कर दिया गया था। अब बिछावन के बदले वहाँ पर ही दीवार से सटा कर एक चूल्हा बना दिया गया था और रसोई का सामान रखा हुआ था। इसी चूल्हे में सिराती हुई आग थी।

"ख़ाला?" पूछा साबिर ने।

"कहीं गई है।"

"कहाँ?" फिर पूछा साबिर ने।

"क्या करोगे जान कर? उसके माथ पर सौ बोझ लदे हैं।" अमीना थी ऊपर से शांत,...थिर,...पर भीतर ही भीतर किसी बरसाती नदी की धार से कटती किनारे की माटी की तरह भसकती और पानी में मिलती हुई।

थोड़ी देर चुप्पी रही। अमीना ने पूछा, "चाय पीओगे?"

"हूँ।" एक छोटी-सी हुंकारी भर कर चुप लगा गया साबिर।

अमीना उठी। चूल्हे के पास गई। चूल्हे में इतनी आग बची थी कि चाय बन सके। उसने पानी चढ़ाया और वहीं चूल्हे के पास ही बैठ गई।

"फजलू की हालत में तो कोई सुधार नहीं है। दवा चल रही है?" साबिर ने फिर बात शुरू की।

"...अब हालत सुधरने की कोई उम्मीद भी नहीं किसी को। अल्लाह ताला जो दिन दिखावें! भाई भी अब अपने जीने की उम्मीद छोड़ चुका है। सब हार गए हैं।...चल रही है दवा भी। तिब्बिया से जाकर अम्मी ले आती है।" चाय का पानी खौल रहा था। अमीना ने चाय-पत्ती और चीनी डाल कर उसे चम्मच से मिलाया।

"मेरी वाली में दूध मत डालना। काली ही रहने देना।"

"दूध है भी नहीं।" मुड़ कर साबिर को देखा अमीना ने और बोली, "तुमको तो काली चाय भाती ही नहीं थी पहले!"

चुप रहा साबिर। अमीना ने चाय दी। चाय पीते रहे दोनों।

चाय ख़त्म कर पूछा साबिर ने, "कब तक आएगी ख़ाला?"

"हमको नहीं मालूम।...हड़बड़ी में हो तो निकल जाओ। उसके आने का कोई भरोसा नहीं कि कब आएगी!"

"हड़बड़ी नहीं, पर कल दिल्ली जाना है, सो..." साबिर ने बीच में ही अपनी बात रोक दी।

साबिर को सचमुच ज़ल्दी थी। कल सुबह ही निकलना था। कई सारे काम निबटाने थे। यहाँ से लौट कर उसे कन्नौजिया सेठ के यहाँ हरमंदिर गली भी जाना था। छोटे मामू ने भी वहाँ से मोतिया का इत्र लाने की फ़रमाइश कर दी थी। वह अमीना को बताना चाहता था कि वह हवाई जहाज़ पर पहली बार चढ़ने जा रहा है,...अमीना का सपना पूरा हो रहा है कि वह इतने बड़े जलसे में शहनाई बजाने जा रहा है!...पर वह यह सब कह नहीं पा रहा था। वह बताना ज़रूर चाहता था यह सब, पर वह यह ख़बर सुनाने तो यहाँ आया नहीं था!...सोच रहा था साबिर कि तो वह क्या कहने आया था अमीना से?...यही कि उसके ब्याह की बात चल रही है उसकी छोटी ममानी की बहन की बेटी से, जो मैट्रिक तक पढ़ी-लिखी है!...या कि उसने जब अपने मामुओं को बताया कि वह अमीना से ब्याह करना चाहता है, तो वहाँ नूर मंज़िल में ज़लज़ला आ गया और उसके मामुओं ने साफ़-साफ़ नकार

दिया कि किसी मुजाविर की बेटी से यहाँ रहते हुए वह ब्याह नहीं कर सकता!...या कि यह कहना था उसे कि अमीना हम नूर मंज़िल छोड़ कर वापस आना चाहते हैं और तुम्हारे साथ अपनी ज़िन्दगी बीताना चाहते हैं!...ऊहापोह में बैठा रहा साबिर।

"सकुचाओ मत। जल्दी है, तो जाओ।...यह कबरगाह है साबिर। यहाँ आने के बाद सिरफ़ मुर्दे रुक जाते हैं। दूसरे लोग रुकने के लिए नहीं आते। वे लौट जाने के लिए ही आते हैं।...जाओ साबिर अपना कामकाज देखो।" अमीना के चेहरे पर एक तिर्यक मुस्कान थी। पीड़ा के गाढ़े अवलेह में लिपटी हुई मुस्कान।

"हमको भी मुर्दा ही बूझो।" साबिर ने कहा।

"ना साबिर मियाँ।...ना। अल्लाह न करें कि तुम मुर्दा बनो। जीते जी मुर्दा बनने के लिए कलेजा चाहिए साबिर मियाँ। सबके बूते की बात नहीं जीते जी मुर्दों की जिन्दगानी जीना। एक बात और सुन लो साबिर। दाता पीर के मज़ार के पास, जहाँ बैठ कर तुमने मुझे चूमा था,...ठीक वहीं कबर खोद कर हमने तुम्हारी अमीना को दफन कर दिया है।" अमीना उठी। साबिर के पास पड़ी चाय की जूठी प्याली उठा कर नाबदान के पास रखने गई।

साबिर भी उठा। उसने पैंट की जेब में हाथ डाल कर चमड़े का बटुआ निकाला और पाँच-पाँच सौ के चार नोट निकाल कर अमीना की ओर बढ़ा। अमीना मुड़ी। उसका हाथ पकड़ कर जबरन उसे पैसे देने की कोशिश करते हुए वह बोला, "इसे ख़ाला को दे देना। फजलू के लिए दवा ख़रीद लेगी।...ले लो अमीना।"

अपना हाथ झटक कर अमीना बीच आँगन में आई। बिना किसी उत्तेजना के,... बग़ैर चीख़े-चिल्लाए,...धीमी, पर घन की तरह बजती आवाज़ में बोली अमीना, "चले जाओ साबिर। हम लोगों को लाँगट-उघार मत करो।...मेहरबानी करो हम पर।...चले जाओ।"

साबिर के हाथ में नोट थे। उसकी नज़रें झुकी थीं। अमीना की आवाज़ उसके कानों में ऐसे उतर रही थी मानो उसकी शहनाई से निकलते वक्र तान का 'नि' सप्तम पर जाकर अड़भंगी हो गया हो।

जिस समय साबिर पीरमुहानी में था, उस समय रसीदन शाह अरज़ाँ की दरगाह पर अपने ममेरे भाई समदू फ़क़ीर के साथ थी। वही बरगद का पेड़ था। उसकी घनी छाँव में उसी चबूतरे पर बैठे दोनों बतिया रहे थे, जहाँ बैठ कर पहले भी बतियाते रहे थे। सामने दरगाह के भीतर आते-जाते लोगों की भीड़ थी। बूढ़े शीशम के पेड़ के खोड़र से निकल कर एक युवा सुग्गा बार-बार आता,...नल की टोंटी पर बैठता और फिर उड़ कर खोड़र में घुस जाता। नल सूखा था। नगरपालिका के इस नल में कई दिनों से पानी नहीं आ रहा था। सामने वाले चाँपाकल के पास ही लोग पानी पीते या वजू करते। वहाँ गीलापन था। चाँपाकल के पास ही एक छिछली गड़ही बन गई थी। इसके जल में ढीठ गौरैयों का एक झुंड फुदक-फुदक कर नहा रहा था। जल के छींटे उड़ रहे थे।

समदू फ़क़ीर और रसीदन के हाथों में चाय की प्यालियाँ थीं। रसीदन बोल रही थी, "अब हम थक गए हैं समद। मन और देह दोनों से...।"

"बाजी, तुम अपनी सोच रही हो और हम तुम्हारी बातें सुन कर फजलू की तकलीफ़ के बारे में सोच रहे हैं। सबको अपने-अपने हिस्से का भुगतना होता है। यह वक़्त तुम्हारे थकने-टूटने का नहीं है बाजी। अल्लाह ताला से अपने बेटे के लिए दुआ करो कि उसे उसकी तकलीफ़ों से नजात दिलाएँ।" समदू की आँखें दूर कहीं ख़ला में अटकी हुई थीं, मानो वह आने वाले दिनों की तस्वीरें देख रहे हों। लग रहा था, जैसे उफ़क़ पर कोई बाजा मद्धिम और उदास आवाज़ में बज रहा हो और वह उसे सुन रहे हों,...उसमें आते हुए वक़्त की आहट को अपने कानों से टेर रहे हों।

"फजलू की तकलीफ अब मुझसे देखी नहीं जाती। जाने कैसे सहता है मेरा बच्चा! रसीदन की आवाज़ काँप रही थी।

"हूँ।" एक छोटी-सी हुँकारी के साथ समदू फ़क़ीर की नज़रें उफ़ुक़ से उतरीं। उन्होंने रसीदन की ओर देखा।

"अमीना के लिए भी कोई राह नहीं सूझ रही है। उसकी जिन्दगानी भी उलझ कर रह गई है। साबिर इस तरह बदलेगा, सोचा भी नहीं था। साबिर को लेकर जो भरोसा था, वही डाँवाडोल है और जिस चुन्नी को लेकर कलेजा काँपता था, वह अल्लाह ताला की रहमत से अपनी जिन्दगानी जी रही है।...अमीना अपनी छाती

में अपनी तकलीफ लिए घुट-घुट कर जी रही है।...जी क्या रही है, समझो भीतर ही भीतर छिन-छिन गलती जा रही है! चुप रहती है। बोलती नहीं कुछ, पर हम तो सब बूझते-समझते हैं। मेरा कलेजा सालती रहती है उसकी उदास सूरत।" दुखों की गठरी बनी अमीना की छाती से रिस-रिस कर दुख बह रहा था।

जैसे गहरे कुएँ के जल में अचानक हिलोर उठी हो, वैसे ही समदू फ़क़ीर की यादों में हलचल मच गई।...जैसे सैकड़ों सालों से कुएँ की तलहटी में बैठे किसी बूढ़े कछुए ने शीत-निद्रा से जाग कर करवट बदली हो और कोई नीली आँखों वाली मछली उसके दबाव से कराह उठी हो, वैसे ही उनके भीतर से एक कराह उभरी और उच्छवास बन कर बाहर निकली। उन्होंने रसीदन से पूछा, "बाजी, तुमको याद है आज से कई साल पहले पीरमुहानी क़ब्रिस्तान में एक जवान लड़की की मैयत आई थी, जिसे अचानक पुलिस ने आकर दफ़्न करने से रोक दिया था? पुलिस चिराईघर लाश ले गई। उसके बाद दूसरे दिन फिर लाश आई और उसे दफ़्न किया गया। याद है बाजी? लड़की के बाप को पुलिस ने गिरफ़्तार भी किया था। याद है बाजी?"

पल भर के भीतर रसीदन की आँखों के सामने वह मंज़र कौंध गया। बोली वह, "हाँ याद है।...फजलू के अब्बा ने ही तो वह कबर खोदी थी। बहुत हंगामा हुआ था। लड़की के बाप ने ही उसका गला दबा दिया था। लोग कह रहे थे कि लड़की किसी ऐसे लड़के से मोहब्बत करती थी, जिसे उसका बाप नापसन्द करता था।...कौन थी वह समद? उस लड़की को जानते थे तुम?"

"जानता हूँ बाजी।...क्या तुम्हें वह जगह,...उसकी क़ब्र याद है?...इतने साल बीत गए, पर क्या तुम पहचान लोगी कि उसे कहाँ दफ़नाया गया था?...क्या शबे बरात पर कोई आता है उसकी क़ब्र पर?" समदू फ़क़ीर की लरज़ती और टूट-टूट कर बिखरती हुई आवाज़ को हवा सँभाले हुए थी।

"अब हम यह तो नहीं बता सकते कि शबे बरात को कोई आता है या नहीं, पर उसकी कबर पहचान लेंगे। दक्खिन-पच्छिम के कोने पर दफनाया गया था उस लड़की को।...हमको याद है कि दूसरे दिन जब पुलिस मैयत लेकर आई, तो दफन के समय कोई मर्द नहीं था। बस एक औरत साथ आई थी, मरियल, बीमार-सी। वह कबरगाह के बाहर बैठ कर रोती रही। दफन का खरच-बरच उसी

ने दिया था और...।" रसीदन ने बीच में ही बात रोक दी। उसने देखा समदू फ़क़ीर कहीं और गुम थे!

कुछ देर तक गुम रहे समदू फ़क़ीर। उफ़ुक़ से उतर कर ज़ूबी की सूरत पास आ गई थी। बिलकुल पास। वह ज़ूबी की सूरत निहारते रहे। नीले चेहरे पर नीली आँखें।

...एक बार फिर मंज़र बदला। ज़ुह्र की नमाज़ के लिए अज़ान की आवाज़ आई। समदू की चेतना वापस लौटी। उन्होंने रसीदन की ओर देखा और बोले, "नमाज़ का वक़्त हो चला।"

"हम भी निकलेंगे अब। फजलू को छोड़ कर बहुत देर तक बाहर रहना भी ठीक नहीं है।...अमीना अकेले हलकान हो रही होगी।...तुम आए नहीं समद?... कब आओगे? एक बार आकर मेरे फजलू के माथे पर हाथ फेर दो। हो सकता है तुम्हारी दुआ कुबूल हो जाए।" रसीदन उठी।

"आऊँगा बाजी।...दो-चार दिनों में ही आता हूँ।" समदू फ़क़ीर ने अपनी बाजी को विदा किया। फाटक तक आकर छोड़ने के बाद चाँपाकल पर वजू करने बैठ गए।

रसीदन जब घर लौटी, फजलू अपनी कोठरी में वैसे ही पड़ा था। वह आँगन में गई। अमीना बिछावन पर पड़ी थी। अमीना की पीठ आँगन की ओर थी। हिचकियों की आवाज़ सुन कर पास आई वह। रो-रो कर अमीना ने अपना बुरा हाल कर लिया था। लाख पूछा उसने पर अमीना कुछ बोलने को तैयार नहीं थी। वह बाहर निकली और राधे से पूछा, "कोई आया था क्या रे राधे?"

"हाँ बुआ।"

"कौन?"

"वही था, तुम्हारा दुलरुआ।...सबिरवा कमीना!"

"जाने कौन-सी बात हुई कि लड़की बिछावन पर पड़ी तब से रो रही है। पूछने पर कुछ बोलती भी नहीं।"

"अब तुम जानो।...तुम्हारा दुलरुआ है।" राधे बिना रसीदन की ओर देखे बात कर रहा था।

"आनी-बानी मत बोल राधे। अपनी औलाद माफिक पाले-पोसे हैं, तो कैसे गरदन में हाथ लगा के घर से बाहर कर दें उसको?...इस लड़की का दोख नहीं है क्या? जब आता है, हर लफज से बर्छी की तरह छेदती है उसको। हर बात कलेजे में छिपा कर रखती है। न ढंग से बोल-चाल करती है उससे और न तो...।"

"कैसी महतारी हो तुम बुआ? लड़की का दुख नहीं दिखता तुमको!...उस साले कमीने को समझ में नहीं आता इस लड़की का दुख? उसको अब कवन गरज? राजपाट भोग रहा है।...तुम उसका बाट जोहती रहो।"

"तुमसे मिला?...बात की?"

राधे ने मुड़ कर देखा रसीदन को और दाँत पीसते हुए बोल, "हम उस हरामी के मुँह पर थूकेंगे भी नहीं और तुम बतियाने की बात कर रही हो!...पिछली बार भी आया तो कन्नी काट कर बिना मिले चला गया था। इस बार भी दस डेग चल कर मेरे पास नहीं आया। हमको कवन गरज है कि उसको पुकारें। हम आते-जाते देखे, पर महटियाए रहे।"

राधे ने रसीदन की ओर चाय का गिलास बढ़ाया। वह बोली, "एक और दे दे,...अमीना के लिए भी।"

राधे ने दूसरा गिलास भी दिया। रसीदन दोनों चाय लेकर आँगन की ओर चली गई। बरामदे में जाकर अमीना के पास बैठी। उसका सिर सहलाया। अमीना उठ कर बैठी। रसीदन ने उसे पानी लाकर दिया। उसके हाथ में चाय का गिलास पकड़ा कर बिछावन के पास पड़ी पीढ़िया पर बैठ गई। कहा, "चाय पी ले पहले,...फिर बता, बात क्या हुई?...बिना रोए-गाए,...इत्मीनान से बता एक-एक बात।"

"हमारे रोने-गाने से तुमको बहुत तकलीफ है, तो जहर-माहुर लाकर दे दो।" अमीना बोली।

"...देख, छोटी की तरह मत कर। जैसी थी, वैसी ही बनी रह।"

"जैसी थी, वैसी ही कैसे बने रहें? उसी का तो नतीजा भुगत रहे हैं।" अमीना की आवाज़ में थकन थी।

"साबिर आया था?"

"हूँ।...आया था। तुमसे मिलने आया था। तुम्हीं को खोज रहा था। तुम्हारे लिए घंटा भर बैठा रहा। भीख देने आया था। नोट दे रहा था। कह रहा था कि खाला को दे देना।...फजलू की दवाई के लिए हैं।" अमीना की आँखों से फिर आँसू टपकने लगे थे।

"और कुछ नहीं कहा?"

"कहा।...कहा कि दिल्ली जा रहा है।"

"यही बताने आया था कि दिल्ली जा रहा है?"

"अब हम क्या जानें कि क्या बताने आया था!"

"तुमने कुछ नहीं कहा? कुछ पूछा नहीं उससे?"

"हम क्या पूछते कि डोली लेकर रुखसती कराने कब आओगे?...या कहती कि करजा ले-ले कर पेट भर रहे हैं हम लोग,...कुछ पैसे खैरात दे जाओ?" तमक कर अमीना ने चाय का गिलास नीचे रखा और बिछावन से उठ गई।

"हम ऐसा तो नहीं बोल रहे हैं।...पर पेट में बात रखने से बात नहीं बनती बड़ी।...बात नहीं करेगी उससे तो पता कैसे चलेगा कि उसके मन में क्या है?" रसीदन की आवाज़ में बेचारगी थी।

"हमको बात नहीं बनानी और न हमारे पेट में कोई बात है। उसके या किसी के मन से हमको कोई लेना-देना नहीं। हम अपना मन दफन कर चुके हैं अम्मी।...हाँ अगर तुम्हारी छाती पर बोझ लग रहे हैं तो साफ़-साफ़ बोल दो, कहीं डूब-धँस कर जान दे देंगे।"

"तेरी जीभ में भी टनकबाय हो गया है, छोटी की तरह।...इसी जीभ के चलते वह गुम्मी मार कर लौट जाता है हर बार। समझी?" रसीदन ने अपनी थकी हुई आवाज़ को खींचते हुए कहा।

"क्या करती? पैसे ले लेती उससे?...ऐसे पैसे लेने से तो बेहतर है रंडी बन कर कमाना।" बिफरती हुई अमीना आँगन से बाहर निकली और दाता पीर मनिहारी के मज़ार की ओर चली गई।

रसीदन बैठी रही। अमीना को जाते हुए देखती रही। उसे लग रहा था कि मानो सारी मुसीबतों की जड़ वही हो। कुछ देर तक बैठी रहने के बाद वह बाहर निकली।

धनवान की मैयत आई थी। वह क़ब्र में उड़ेलने के लिए मँगवाई इत्र और गुलाब-जल की शीशियाँ सहेज रही थी कि जहाज़ ऊपर से गुज़रा। यही रास्ता था जहाज़ों के आने-जाने का, सो अमीना ने आँख उठा कर ऊपर की ओर देखा तक नहीं। उसे यह मालूम भी नहीं था कि शहनाई नवाज़ साबिर अलीबख़्श जहाज़ में बैठ कर उसके ऊपर से गुज़रने वाले हैं। अगर मालूम होता, तो शायद एक नज़र देख लेती और दुआ करती।

दोपहर बाद अमीना को फ़ुरसत मिली। नहा-धोकर वह फ़राग़त हुई तो भूख लग आई। रसीदन बाहर थी। फजलू की कोठरी में बैठी, उसकी आती-जाती साँसों पर नज़रें टिकाए अपने नसीब के खेल को मौन निहारती हुई। फजलू का बचना अब मुश्किल लग रहा था। अपने ही जने को अपनी आँखों के सामने मौत की नींद सोते हुए देख रही थी और अल्लाह ताला से दुआ कर रही थी कि उसके बेटे को तकलीफ़ से आज़ाद कर दें।

अमीना ने राधे की दुकान से बिस्किट और चाय लेकर रसीदन को दिया और ख़ुद भी आँगन में आकर बैठी। चाय में बिस्किट डुबो-डुबो कर खाती और चाय सुड़कती रही। उसकी देह की पोर-पोर टूट रही थी। एक तो वह पिछली रात सोयी नहीं थी। सारी रात जाग कर सोचती रही थी कि क्या सचमुच साबिर जो कर रहा है, उसके लिए वही क़ुसूरवार है? क्या यह सच नहीं कि साबिर के लिए अब उसकी मुहब्बत से ज़्यादा ज़रूरी उसका ननिहाल, ननिहाल की दौलत, नई ज़िन्दगी का ऐशो-आराम और उसकी शहनाई है? क्या वह साबिर के क़दमों में झुककर सजदा करे कि 'मुझे ले चलो अपने साथ?'...कि वह चौबीसों घंटे छाती पीट-पीट कर स्यापा करे कि 'हाय! देखो लोगो, मेरा आशिक़ मुझे छोड़ कर चला गया?'...वह [illegible] सब नहीं करने वाली। कहीं नहीं जाएगी वह। इसी क़ब्रिस्तान में रहेगी। यहीं [illegible] के बीच ज़िन्दगी का जश्न मनाती रहेगी।...बस एक ही बात की टीस है कि [illegible] अपने भाई का इलाज नहीं करवा पा रही है। कहाँ से लाए पैसे? पैंचा-उधार से [illegible]ी कट रही है। करना तो नहीं चाहती, पर आज वह चुन्नी को फ़ोन करेगी कि [illegible]छ पैसे भेज दे तो कम से कम पुरानी वाली दवाएँ ख़रीद कर दी जा सकें। [illegible]हा उदास पड़ा था। नाबदान पर रात के जूठे बर्तन ज्यों के त्यों पड़े थे। सुबह [illegible]यत आने की ख़बर आई थी और वह उसी में लग गई थी। अमीना ने आँगन

क़ब्रिस्तान के फाटक के पास आई। उसे देख कर दूर से ही राधे ने कहा, "बुआ, एक न्यूज मालूम है तुमको?"

"का हुआ?"

"पास आओ। चिल्ला कर बताने वाली बात नहीं है बुआ।"

रसीदन गई। राधे ने कहा, "तुमको मालूम है सत्तार मियाँ ने निकाह कर लिया?... चार दिन पहले ही निकाह हुआ है। दारू पहुँचाने के लिए उसने एक बुढ़ऊ को रखा था। उसकी तीन-तीन बिन ब्याही जवान बेटियाँ थीं। कुछ मालमत्ता दिया और उसकी बड़ी बेटी से कर लिया निकाह।...हमको आज पता चला। सोचा, तुमको बता दें।"

क्या बोलती रसीदन, चुप रही। पल भर के लिए उसकी आँखों में उस दिन का मंज़र नाच गया, जिस दिन उसने सत्तार मियाँ को बिना निकाह के अपने घर बैठा लिया था। उस दिन जो दाग़ उसकी ज़िन्दगी में लगा, सो आज तक...। बिना कुछ बोले रसीदन मुड़ी और क़ब्रिस्तान के फाटक की ओर चल दी।

मरहूम उस्ताद नूरबख़्श के नवासे साबिर अलीबख़्श एयर इंडिया की उड़ा
आठ से दिल्ली उड़ गए। 'उस्ताद फ़हीमबख़्श-उस्ताद ग़ुलामबख़्श
दिल्ली में पाँच दिनों तक चलने वाले शहनाई मेला में दो प्रोग्राम पेश
पहला प्रोग्राम, पहले ही दिन एक बड़े हॉल में था और दूसरा
मंच पर होना था। उड़ते हुए साबिर सोच रहे थे कि धरती प
में उड़ने में कितना फ़र्क़ होता है! नीचे से ऊपर देखने और
भी बहुत फ़र्क़ है। काश उन्हें उड़ते हुए अमीना देखती,..
ख़ाला और बिलकीस ख़ाला देखतीं!...और काश उ
भी देखते। अब्बू भला नीचे से क्यों देखते! वह तो
उनके बगल में बैठे हुए।

जिस समय पीरमुहानी क़ब्रिस्तान के ऊ
रहा था, अमीना भँवर पोखर वाले लड़के

में चारों ओर भर नज़र देखा और एक गहरी उसाँस छोड़ कर सिर झुका लिया।

आँगन से धूप जा चुकी थी।

रात बीती।

अमीना ने चुन्नी को फोन किया था। उसने फजलू की हालत के बारे में बताया, पर पैसों के लिए नहीं बोल सकी। बिना बोले ही चुन्नी ने बबिता भाभी के बैंक खाते में दो हज़ार रुपए डाल दिए। दोपहर में बबिता भाभी आकर पैसे दे गई। अमीना जाकर कुछ दवाएँ ले तो आई, पर फजलू दवाएँ निगलने की हालत में नहीं था। उसके कंठ के नीचे बड़ी मुश्किलों से पानी की एक-दो घूँट उतर पा रही थी। उसकी साँसें उसके फेफड़े से बाहर आने के लिए उमड़तीं और एक अजीब-सी भयावह आवाज़ के साथ भीतर ही भीतर घुटतीं। उसकी आँखें बहुत थोड़ी देर के लिए खुलतीं, फिर बन्द हो जातीं। इन आँखों की पुतलियों का रंग बदलने लगा था। ये पुतलियाँ कभी न आने वाले की राह निहारती आँखों की पुतलियों की तरह उदास और मटमैली हो चुकी थीं। फजलू के होंठों पर पपड़ी जमी थी। जगह-जगह से फटी हुई पपड़ी की साँवली परत। रसीदन बार-बार उसके होठों को पानी से भीगे अँगोछे से गीला करती, पर देखते-देखते जल की नमी भाप बन कर उड़ जाती।

उधर दिल्ली के अशोका होटल के कमरे से हल्के नीले रंग की शेरवानी और सफ़ेद चुस्त पाजामे में सज-धज कर अपने मामुओं के साथ साबिर अलीबख़्श निकल चुके थे और कॉपरनिकस मार्ग पर बने कमानी सभागार में चल रहे शहनाई मेला के उद्घाटन सत्र में बैठे हुए थे। उनसे लिपटी हिना के इत्र की ख़ुशबू उनके छोटे मामू से लिपटी मोतिया के इत्र की ख़ुशबू से गले मिल रही थी। शहनाई मेला में शिरकत करने वाले फ़नकारों के नामों में अपने उस्ताद फ़हीमबख़्श और उस्ताद गुलामबख़्श के नाम के साथ अपना नाम सुन कर साबिर की आँखें ख़ुशी से नमनाक हो चलीं। उन्होंने अपने अब्बू मरहूम अलीबख़्श को याद किया।

रसीदन के घर रात के खाने के लिए चूल्हा नहीं जला। किसी को न पकाने की फ़ुरसत थी, न खाने की और भूख भी नहीं थी। फजलू की मौत के इन्तज़ार के पल सरक रहे थे। अमीना और रसीदन कोठरी में बैठी कभी उसे निहारतीं, तो कभी एक-दूसरे को। दोनों की आँखों की नमी सूख चुकी थी। चेहरा बेहिस हो चुका था।

रात बीत रही थी। बिना पाल,...बिना खेवैया, जैसे कोई नाव तिरती हो दरिया में, वैसे ही तिरती जा रही थी रात।

आसमान में चाँद भी था और बादल भी थे।

साँझ से ठिठकी हुई हवा अब चलने लगी थी,...कभी चाँद को दुलारती, तो कभी बादलों से चुहल करती।

रात्रि का मध्य प्रहर आया।

शहनाई मेला के पहले दिन की आख़िरी प्रस्तुति के लिए देर रात मंच पर बैठे थे पटना के 'उस्ताद फ़हीमबख़्श-गुलामबख़्श और हमनवा'। मरहूम क़व्वाल उस्ताद ज़हूरबख़्श के इन पोतों की ख्याति पूरे देश में क़व्वाली गायकी के अन्दाज़ में बोल-बनाव करते हुए शहनाई बजाने के लिए थी। लुप्त होती खमस की रवायत के ये दोनों भाई अन्तिम वारिस थे। खमस गायन को शहनाई पर बजाने की रवायत इनके वालिद मरहूम उस्ताद नूरबख़्श ने शुरू की थी। उनकी रियाज़तकशी[1] की देन थे दोनों भाई।

खमाज थाट के राग तिलक कामोद में ख़याल के लिए शहनाई पर सुर छेड़ा उस्तादों ने। यह बन्दिश तूती-ए-हिन्द अमीर ख़ुसरो की थी। आलाप के बाद दोनों भाइयों ने इस बन्दिश के सुरों की डोर अपनी मौसीक़ी के वारिस नौजवान शहनाई वादक साबिर अलीबख़्श को पकड़ाई। साबिर अलीबख़्श ने जब बन्दिश के बोलों 'मंगल करन सुन्दर गजगामिनी, निरमल गात हरि कर दामिनी' को शहनाई पर बजाया, सभागार में तालियों की गूँज भर गई। जिस समय इन बोलों को अपनी शहनाई से निकाल कर लोगों को दीवाना बना रहे थे साबिर अलीबख़्श, फजलू अपनी कोठरी में अन्तिम साँसें ले रहा था।

---

1. साधना।

फजलू की साँस साबिर अलीबख़्श की शहनाई से निकलते तिलक कामोद की सुर-लहरियों के रुकने से पहले ही थम गईं।

दूसरे दिन की दोपहर रसीदन और अमीना ने फजलू की क़ब्र खोदी। अमीना कुदाल चला रही थी और रसीदन गड्ढे से निकली माटी सहेज रही थी। भँवर पोखर वाले लड़के को अमीना ने कुछ भी नहीं करने दिया। नमाज़े-जनाज़ा के बाद फजलू को माटी देकर क़ब्र ढकते साँझ हो गई। महतारी-बेटी दोनों दुआएँ पढ़ कर लौटीं और दाता पीर मनिहारी के मज़ार पर पहुँचीं। रसीदन के दोनों घुटने थरथरा रहे थे, जैसे ऊबड़-खाबड़ पथरीली राह से कोसों लम्बी राह चल कर पहुँची हो। उसे लग रहा था मानो धरती धसक रही हो और चारों ओर मची चीख़-पुकार की ध्वनियाँ और हाहाकार धीरे-धीरे लोप हो रही हों। दोनों ने एक-दूसरे को देखा। अपलक देखती रहीं कुछ देर। अचानक लगा जैसे सब कुछ थम गया हो। मानो पूरी कायनात किसी लम्बे इन्तज़ार के ख़त्म होने की राह देख रही हो। पहले अमीना का कंठ फूटा। एक जुम्बिश हुई और वह एक घुटती हुई चीत्कार के साथ अपनी अम्मी की देह से लिपट गई। रसीदन ने उसे अपने अँकवार में भर लिया। फिर उसका कंठ फूटा। फूटे हुए काँसे के बर्तन से निकलते स्वर की तरह उसकी रुलाई निकली।

न जाने कहाँ से अचानक तेज़ हवा आई और दाता पीर मनिहारी के मज़ार पर बिछे शीशम और शिहोर के पीले सूखे पत्तों को उड़ाने लगी। साँझ के झुटपुटे अँधियारे को भेदता रोशनी का एक अँगुठिया घेरा उभरा और तेज़ गति से नाचते हुए क़ब्रिस्तान में जाकर बिला गया। सारी आवाज़ें थमी हुई थीं। तूती की आवाज़ की तरह पुकारती-दुलारती कोई महीन आवाज़ ऐसे उभरी कि लगा मानो दाता पीर लोरी गा रहे हों। यह आवाज़ पूरे क़ब्रिस्तान में पसरती गई। सामने से काला जुब्बा पहने रसीदन के नाना काले फ़क़ीर आते दिखे। उनके साथ सफ़ेद जुब्बा पहने समदू फ़क़ीर थे। पास आकर उसके नाना काले फ़क़ीर लोप हो गए।

समदू फ़क़ीर ने रसीदन के काँधे पर हाथ रखते हुए हौले से आवाज़ दी, "बाजी!"

रसीदन ने पल-छिन के लिए निहारा उन्हें और लिपटते हुए कहा, "समद।"

समदू फ़क़ीर ने रसीदन को बाँहों में भर लिया। अपनी अम्मी से अलग होकर पास ही खड़ी थी अमीना। उन्होंने एक बाँह से अपनी बाजी को सँभाले रखा और दूसरी से अमीना को अपनी ओर खींच कर सहेज लिया। बोले, "बाजी! हम आ गए हैं। यहीं रहेंगे तुम्हारे पास। शाह अरज़ाँ से इजाज़त लेकर आए हैं। अब यहीं, दाता पीर मनिहारी के हुज़ूर में हाज़िरी लगा कर ज़िन्दगी गुज़ारेंगे।...देखो बाजी,... मेरी ओर देखो। बस, तुम दादा वाली वह टेढ़ी-मेढ़ी छड़ी और उनका कशकोल दे देना मुझे।"

आभार

जीवनसाथी मीनू के प्रति, जिन्होंने इस कोरोना-काल में हौसला टूटने न दिया...

इस उपन्यास का नामकरण करने के लिए सत्यानन्द निरुपम और लिखे जाने के दौरान इसके अंशों को सुनने के लिए लगातार उत्सुक रहकर उत्साहित करने वाली वन्दना राग के प्रति।

इम्तियाज़ अहमद, पूर्व निदेशक, ख़ुदाबख़्श ओरिएंटल पब्लिक लाइब्रेरी, पटना; सैयद शाह शमीमुद्दीन मुनएमी, सज्जादानशीं, ख़ानक़ाह मुनएमिया, मीतन घाट, पटना सिटी और क़ासिम ख़ुर्शीद, शाइर के प्रति जिनसे लिखने के दौरान बातें करके मैं समृद्ध होता रहा।